LUTZ KREUTZER

Die Akte Hürtgenwald

LAUERNDER TOD Von der Frau verlassen, Fuß im Gips und dann auch noch wegen dieser Schlägerei mit dem Taxifahrer zum Aktenwälzen nach Stolberg versetzt. Es könnte besser laufen für Kommissar Straubinger. Da stößt er im Archivkeller der Stolberger Dienststelle auf die Unterlagen zum Todesfall eines Großindustriellen aus dem Jahr 1956. Bei Waldarbeiten im Gressenicher Wald soll der Magnat auf eine Weltkriegsmine getreten sein. Doch was hatte der schwerreiche Fabrikant im Wald zu suchen? Straubinger rollt den Fall neu auf. Sein einziger Zeuge ist der alte »Wolkenmaler«, ein offenbar verwirrter Künstler, der unweit einer verfallenen Bunkeranlage wohnt und ausschließlich den Himmel malt, stets ohne Horizont. Während Straubinger in die Vergangenheit eintaucht, kommt es zu einem weiteren Mord. Ein junger Belgier wird mit einer Axt erschlagen, ganz in der Nähe der Stelle, an der der Industrielle ums Leben kam. Ein Zufallsopfer? Oder wusste er zu viel über die Geheimnisse, denen Straubinger auf die Schliche zu kommen droht?

© Jutta Benzenberg

Lutz Kreutzer wurde 1959 in Stolberg geboren. Er schreibt Thriller, Kriminalromane sowie Sachbücher und gibt Anthologien heraus. Am Forschungsministerium in Wien gründete der promovierte Naturwissenschaftler ein Büro für Öffentlichkeitsarbeit. In Hörfunk und TV wurden viele Beiträge über seine Arbeit gesendet. Er arbeitete lange als Manager in der IT- und Hightech-Industrie. Seine beruflichen Reisen und alpinen Abenteuer (in Südtirol: »Große Mauer«, »Messner-Platte«, »Gelbe Kante« u. a.) nimmt er zum Anlass, spannende Literatur daraus zu machen. Auf Buchmessen wie Frankfurt und Leipzig sowie auf Kongressen hat er zahlreiche Autoren gecoacht. Seine Arbeit wurde mit mehreren Stipendien gefördert. Er lebt in München.
Mehr: www.lutzkreutzer.de

LUTZ KREUTZER

Die Akte Hürtgenwald

KRIMINALROMAN

GMEINER

Immer informiert

Spannung pur – mit unserem Newsletter informieren wir Sie
regelmäßig über Wissenswertes aus unserer Bücherwelt.

Gefällt mir!

Facebook: @Gmeiner.Verlag
Instagram: @gmeinerverlag

Besuchen Sie uns im Internet:
www.gmeiner-verlag.de

© 2021 – Gmeiner-Verlag GmbH
Im Ehnried 5, 88605 Meßkirch
Telefon 07575/2095-0
info@gmeiner-verlag.de
Alle Rechte vorbehalten
3. Auflage 2023

Lektorat: Daniel Abt
Herstellung: Mirjam Hecht
Umschlaggestaltung: U.O.R.G. Lutz Eberle, Stuttgart
unter Verwendung eines Fotos von: © Brigipix / Pixabay
Druck: CPI books GmbH, Leck
Printed in Germany
ISBN 978-3-8392-2812-8

1956 – MONTAG, 21. MAI

Gressenicher Wald, 9.20 Uhr
– eine halbe Stunde vor dem Moment

Der alte Zweitakter machte einen Lärm wie ein Dutzend Hornissenschwärme. »Wie weit müssen wir noch fahren?«, rief der kleine Junge, nachdem sie die Waldlichtung »Buche 19« passiert hatten. Verkrampft hielt er seine Mutter umschlungen, die Hände in den Gürtel ihres Trenchcoats gekrallt. Er saß etwas erhöht auf dem Sozius, sodass er einem Sack Mehl gleich auf ihrem Rücken hing.

Die Mutter wendete den Kopf über ihre Schulter. »Die Kurve noch, dann sind wir da.«

Der Wald rechts und links war so dicht, dass die Blicke des Jungen keinen Meter hineindrangen. Die Mutter bremste und drehte kurz am Gasgriff, der 7-PS-Motor heulte ein letztes Mal auf, bevor sie ihn zum Absterben brachte. Sie kippte das dunkelgrüne Meldekrad der Wehrmacht, ein NSU 201 ZDB, nach links, um den Jungen absteigen zu lassen.

»Pass auf und verbrenn dich nicht am Auspuff!« Jedes Mal, wenn sie zusammen irgendwo hinfuhren, warnte sie ihn vor dem heißen Metallrohr. Und so achtete der Junge beim Absteigen darauf, das Bein weit auszustrecken, bevor er es über den Sattel schwang.

»Hier?«

»Ja, hier ist es«, flüsterte sie, »de Höll.« Sie bückte sich vor, riss die Augen auf und schnappte mit der Hand nach seiner Nase, wobei sie ein grimmiges Geräusch machte, als wolle sie ihn auffressen.

Der Junge schreckte zurück. »Nicht! Da krieg ich ja Angst!«

Es war das liebevolle Katz-und-Maus-Spiel zwischen Mutter und Sohn. Sie nahm ihn in die Arme und drückte ihn fest an sich. »Hör zu, mein Junge! Du bleibst dicht hinter mir, hörst du? Du machst keinen Schritt, ohne dass ich es dir sage, ist das klar?«

Der Junge nickte.

Die Mutter forderte ihn mit erhobenem Zeigefinger auf: »Sag es laut!«

»Ja, Mama, ich mach keinen Schritt.«

»Gut. Du weißt, hier gibt es immer noch Tote. Der Förster und der Dorfpolizist müssen ab und zu jemanden rausholen.«

»Ja, Mama, ich weiß. Minen. Sie liegen immer noch im Boden.«

»Man kann sie erkennen. Es ist eine ganz leichte Erhebung über ihnen.« Sie machte eine Bewegung mit der rechten Hand, als würde sie einem Hund den Kopf streicheln. »Aber wenn Blätter drauffliegen … Man weiß nie. Wir gehen da auf keinen Fall rein, hörst du?«

»Wo gehen wir nicht rein?« Ängstlich sah der Junge sie an. »In de Höll?«

»Ja, hab ich dir erklärt«, mahnte die Mutter, »zu gefährlich.«

Der Junge ließ nicht locker. »Wieso heißt das so?«

»So nennen die Leute hier das nun mal.« Die Mutter

holte zwei Baumwollbeutel aus der kofferartigen Motor-radtasche aus Leder hervor und drückte sie dem Jungen in die Hände. »Wirst schon sehen.«

Seine viel zu große Jacke hing ihm bis zu den Knien und verdeckte fast komplett die kurze Hose. Seine Unterschenkel waren blau vor Kälte. Er hauchte in die Hände, rieb sie schnell und fest aneinander und hielt sie an seine Beine.

Die Mutter bückte sich, rubbelte seine Waden warm und sagte: »Bald bekommst du eine lange! Zum Geburtstag, wenn du acht wirst. Ich werde dir eine nähen, versprochen.«

Sie schoben die kleine Maschine hinter zwei Bäume und bedeckten sie mit Astwerk. »Damit sie niemand findet«, sagte sie lachend. »Das Gute ist, dass sich niemand aus den Dörfern hierhertraut. Außer uns beiden«, ergänzte sie flüsternd. »Und deshalb können wir die besten Pilze finden! Im späten Mai wachsen die ersten. Und die können wir gut verkaufen.«

Der Junge machte ein enttäuschtes Gesicht. »Nur verkaufen?«

»Nachdem wir uns kugelrund gegessen haben.« Sie lachte abermals und presste den Kopf des Jungen gegen ihre Brust. »Und wir nehmen nur die guten Pilze, die Steinpilze. Alles andere lassen wir stehen. Pilzschnitzel machen wir uns, die werden dir schmecken. Wirst sehen!«

»Hmm!« Voller Vorfreude leckte der Junge sich über die Lippen, rollte mit seinen Augen und rieb sich den Bauch.

Die Mutter gab ihm einen Klaps. »Und nun los, alles klar?«

Der Junge nickte. Sie schlichen einen kleinen Pfad entlang, und obwohl die Sonne bereits hell über dem dichten Wald hing, kam dem Jungen der Weg so düster vor, als würde es dämmern. Durch die eng gesetzten Fichten drang kaum ein Lichtstrahl. Nach einer Weile öffnete sich eine Lichtung.

Die Mutter blieb stehen und hob warnend die Hand. »Keinen Schritt weiter!«

Sie hatte ihm einige Male davon erzählt und er hatte so lange gequengelt, bis sie ihm versprach, ihn mitzunehmen. Für diese Stelle im Gressenicher Wald galt immer noch eine Betretungswarnung seitens des Forstamts, die Einheimischen wussten das. Und jetzt wurde dem Jungen schlagartig klar, warum die Leute dieses Inferno »de Höll« nannten. Er starrte auf ein monströses Chaos aus umgeknickten, explodierten und zerschossenen Bäumen. Zur Hälfte abgerissen, die Baumkronen am Boden, die trotz der Zertrümmerung noch Leben in sich zu tragen schienen, bizarr zerborstene Stämme, wild ineinander verhakt, rohes gesplittertes Holz, ein Mahnmal totaler Zerstörung.

»Hier hat der Krieg gewütet.« Ihre Stimme klang heiser und belegt. »Noch nicht lange her. Wenige Jahre, bevor du geboren wurdest, da ist das passiert. Und die Soldaten, die hier gestorben sind, die kamen aus der Heimat, wie ich damals, aus dem Osten. Viele Jungs, nur ein paar Jahre älter als du.«

Der Junge hatte kaum ein Ohr für seine Mutter. »Alles kaputt.« Seine Stimme bibberte. »Der ganze Wald geplatzt.« Er machte ein Knallgeräusch und ließ die gespreizten Hände auseinanderschnellen. Ängstlich sah er sich um und flüsterte: »Da ist was abgestürzt oder so.«

»Und überall Minen, vom Krieg, weil sie noch nichts weggeräumt haben.« Mit festem Griff packte sie ihn an der Schulter, sodass der Junge den Druck deutlich spürte. »Man muss ein Stück wegbleiben.«

»Aua!« Der Junge befreite sich mit einer schnellen Drehung. »Und hier hast du das Moped, die NSU, gefunden?«

»Ja, dahinten, am anderen Ende. Und den Mantel auch. Ich hab ihn umgenäht, er war mir viel zu lang.«

»Von wem war der?«, fragte der Junge.

»Von einem Soldaten.« Beiläufig hob sie die Schultern. »Hat ihn wohl liegen gelassen.«

Der Junge griff kurz nach dem dunklen Trenchcoat, sah auf die geflickte Stelle in halber Höhe und nickte.

»Und dahinten wachsen auch die besten Pilze.« Sie lächelte gütig. »Also, mein Liebling, sei schön vorsichtig«, mahnte sie ein letztes Mal, »und bleib immer dicht bei mir, hörst du?«

DIENSTAG, 24. MÄRZ –
53 JAHRE SPÄTER

Köln

Es war zu heiß an diesem Tag, dabei war es erst März. Frau weg, zu viel Bier im »Colonia« und jetzt dieser Taxifahrer! Erst mokierte sich der Kerl über das »fremde Gesocks«, das die Stadt unsicher mache, und als Straubinger ihn bat, ihn nur nach Hause zu fahren und die Klappe zu halten, meckerte er, dass die Bayern ja genauso eine Pest wären. Die Bayern, eine Pest. Er, Straubinger, eine Pest! Das war zu viel.

Straubinger herrschte ihn an, er wolle sofort aussteigen. Doch der Taxifahrer gab Gas, raste um die Ecke und machte erst am Parkplatz vor dem Kölner Zoo eine Vollbremsung. Er beschimpfte Straubinger als Scheißbayer, bezeichnete, noch frecher, das Münchner Bier als Kotzbrühe und wollte zehn Euro zusätzlich. Schmerzensgeld, weil Straubinger im Gegenzug Kölsch als Rollmopspiesel bezeichnet hatte, wegen Beleidigung und so.

»Ja geht's no?«, lallte Straubinger in breitem Oberbayerisch den Taxilümmel an. »Schmerzensgeld? Ja, da brauchst erst mal a richt'ge Watschn, damit's überhaupt schmerzen tut!« Straubinger holte aus und verpasste dem Taxifahrer eine, dass es knallte.

Der Taxifahrer hielt sich die Nase. Straubinger griff nach seinen Sandalen, die er zuvor ausgezogen hatte, riss die Tür auf und stieg aus. Er warf fünf Euro auf den Beifahrersitz und schlug die Tür zu. In dem Moment gab der Flegel Gas.

Verflucht! Was war das? War der Scheißkerl ihm tatsächlich über den Fuß gefahren? Straubinger kippte wie in Zeitlupe nach hinten und sah, wie der Taxifahrer mit blutiger Nase, zitternden Lippen und gehässigem Blick zweimal zum Abschied mit der Faust auf die Hupe schlug und weiterfuhr. Straubinger fiel zur Seite, der Mistkerl überrollte mit dem Hinterrad ein zweites Mal seinen nackten Fuß. Es krachte.

Straubinger schrie auf. »Na wart, wenn ich dich erwisch, du Sau!« Mit schmerzverzerrtem Gesicht starrte er ihm nach. Er merkte sich das Kennzeichen, legte sich auf den Rücken und rief die 112.

Fast zwei Monate hatte Straubinger damit verbracht, seinen Fuß zu kurieren. Drei Platten aus chirurgischem Stahl hatten sie ihm eingebaut. »Da nutzt Titan dir auch nix mehr«, hatte der Chirurg gesagt. Komplizierter Mittelfußbruch. »Da brauchen wir was, was nicht reißt!« Mannomann, sein Fuß auf dem Röntgenbild glich eher einem Schraubenregal im Baumarkt als einem menschlichen Körperteil.

Heute war sein Entlassungstag. Er ließ sich direkt zum Dienstgebäude der Kölner Polizei fahren. Als er seine 105 Kilo an zwei Krücken hineinschleppte, trug er immer noch diesen Aircast-Schuh, der ihn ans Skifahren erinnerte.

Irgendwie hatte er sich auf die Kollegen gefreut.

»Zum Chef!«, schlug es ihm als Erstes entgegen. Kein »Wie geht es«, kein »Guten Morgen«, gar nichts.

Nanu, immerhin war er, Hauptkommissar Josef Strau-binger, lange krank gewesen. Und er war im Gespräch als stellvertretender Leiter der Kölner Mordkommission. Kein freundliches Wort? »Auch einen schönen guten Morgen, Schmitz, heute eine Katze gefrühstückt?«

Kollege Schmitz reagierte nicht. Wie immer unfreund-lich, übergriffig und dümmlich. Blöd wie ein Ochs am Spieß, dieser Kerl! Schmitz wartete nur darauf, Straubin-ger aus dem Weg zu räumen, denn er wollte seine Stelle haben.

Straubinger schnaubte. »Hey, Schmitz, ich rede mit dir!«

»Warst du Skifahren? Muss man auch können.« Schmitz hielt sich an seinem Kaffeebecher fest und sah auf Strau-bingers Fuß. »Aber schöner Schuh«, ließ er süffisant fallen.

Straubinger schüttelte den Kopf und humpelte den Flur entlang, klopfte an das Büro von Polizeirat Schmid. Er ging hinein, ohne abzuwarten. »Guten Morgen. Was gibt es denn so Dringendes?«

»Ah, Straubinger, wieder dienstfähig?«, fragte Schmid übertrieben höflich.

»Ich denk schon, wenn ich nicht grad einen Täter im Lauf überwältigen muss.« Er deutete mit dem Kopf auf sein Bein.

»Jaja, setzen Sie sich, Straubinger, setzen Sie sich!« Schmid nickte zu dem Stuhl vor seinem Schreibtisch. »Da denkt man, im Krankenhaus nimmt man ab, und dann … na ja.« Schmid lachte kurz und gequält und zeigte auf Straubingers Bauch. »Also, setzen.«

Straubinger blieb stehen.

Schmid warf ihm einen Aktendeckel hin. »Suspendiert. Bis auf Weiteres.«

»Was?« Straubingers Gesicht entgleiste.

Schmid lächelte und Straubinger hatte keinen Zweifel, dass sein Chef sich heimlich freute. In Köln waren sie gern unter sich, dachte Straubinger grimmig. Vielleicht war das der Grund, warum sie alle ähnliche Namen hatten. Schmitz, Schmid, Schmitt, Schmidt. Er war hier seit seiner Einstellung vor vier Jahren stets wie ein Gastarbeiter behandelt worden.

»Und, die Frau wieder zu Hause? Oder immer noch weg?« Schmid sah ihn an, als ob ihn das etwas anginge.

»Warum bin ich suspendiert?«

»Das mit dem Taxifahrer, das war zu viel.«

»Schmid, hören Sie, der Kerl war eine Zecke!«

Bevor Straubinger weiterreden konnte, fuhr Schmid ihn an. »Ja, und der Neffe des Herrn Staatssekretärs Schmied. Da haben Sie den Falschen erwischt mit Ihrem unnachahmlichen bayerischen Charme. Also! Einstweilen weg vom Dienst. Ich nehme an, Sie werden versetzt. Fällt Ihnen ja jetzt leichter, wo Sie wieder frei sind, also ohne Frau.« Schmid grinste dämlich.

Straubinger ließ sich auf den Stuhl fallen. »Versetzt? Wegen so einer Lappalie?«

»Lappalie?« Schmid schnauzte ihn an. »Der Mann hat einen Zahn verloren, seine Nase gebrochen, Blutverlust, psychisches Trauma!«

»Klar.« Straubinger blieb ruhig. »Und mein Bein hat nix.«

»Notwehr! Reine Notwehr, sagt der Taxifahrer! Und jetzt gehen Sie, Straubinger, bevor ich mich vergesse.«

Straubinger drehte sich weg und humpelte den Flur entlang. Scheißladen, dachte er. Irgendwie gut, dass er hier endlich rauskam.

DONNERSTAG, 11. JUNI

Polizeihauptwache Süd, Stolberg

Die Inspektion 2 der Polizei Aachen lag auf einem Hügel oberhalb der Stadt Stolberg. »Polizeihauptwache Süd, Stolberg«, so lautete der Name der Dienststelle offiziell. Zuständig für die Eifelgemeinden und für Stolberg, die alte Kupferstadt mit der hell leuchtenden Burg im Zentrum.

Seit Tagen hatte es nicht geregnet, ausgerechnet heute herrschte Sauwetter. Straubinger parkte seinen dunkelgrünen 74er-Volvo vor dem Gebäude der Wache und stieg aus. Der Himmel war schwarz, es hatte mächtig abgekühlt. Eine Böe packte ihn, bevor schwere Regentropfen auf das Dach seines Autos prasselten. Er schlug den Kragen seines englischen Tweedjacketts hoch und ging auf das Zweckgebäude zu, dessen trostlose Austauschbarkeit ein hohles Gefühl von Leere in seiner Magengrube auslöste.

Straubinger wurde gleich zum Dienststellenleiter geschickt. Der Erste Polizeihauptkommissar Dietmar Müller begrüßte ihn überschwänglich, doch sein von Falten durchzogenes Gesicht verwandelte sich im Nu in ein fast trauriges Antlitz. »Hauptkommissar Straubinger, ich weiß nicht, ob das wirklich so sein soll. Sie sind uns zugeteilt. Was haben Sie bloß angestellt? Sie müssen sich ja wirklich was Übles geleistet haben.«

»Inwiefern?« Straubinger prüfte Müller mit skeptischem Blick.

»Sind Sie nicht bei der Mordkommission gewesen?« Straubinger nickte. »In der Tat.«

»Und nun hat man Sie hierhergeschickt, um Ordnung in unseren Keller zu bringen?« Müller, das erkannte Straubinger, war das alles sehr unangenehm. »Das ist wirklich eine Strafexpedition, HK Straubinger.«

Straubinger hörte ihm zu, ohne zu antworten.

»Eines muss klar sein! Sie machen keinen Außendienst. Ich brauch dringend jemanden, der das erledigt. Und Sie, so leid es mir tut, wurden nun mal zu uns geschickt.«

»Jaja, das ist in Ordnung. Ich beschwere mich nicht. Was also soll ich tun?«

Müller seufzte und lehnte sich zurück. »Wir haben vor einigen Jahren eine Kollegin zugeteilt bekommen. Hatte zwei Jahre Elternzeit hinter sich, und«, er beugte sich konspirativ nach vorn und hob die Hand an den Mund, »sie hatte, wie sich herausgestellt hat, keine Lust zu arbeiten. Nur ihr Kind im Kopf.« Er lehnte sich wieder zurück. »Kann man ja irgendwie verstehen. Und wissen Sie was, Kollege? Ich hab lange überlegt, was ich mit ihr machen soll. Dann kam aus Aachen die Anweisung, unseren Keller zur Verfügung zu stellen für jede Menge Akten.«

»Warum? Die lagern doch sicher zentral im Polizeipräsidium, oder?«

»Ja, das stimmt schon. Aber das Präsidium in Aachen platzt aus allen Nähten. Dabei ist es noch keine 30 Jahre alt, Fehlplanung, wenn Sie mich fragen. Da mussten die Sachen teilweise ausgelagert werden. Und man hat das Zeug in Lkw-Ladungen hierhertransportiert. Da hab ich mir gedacht, das ist was für die Kollegin, und hab sie drauf angesetzt, irgendwie für Ordnung zu sorgen. Das war ein Fehler.« Er seufzte nochmals.« Jetzt herrscht Chaos im Keller! Sie hat Fallakten und zugehörige Asservate wahllos in diese wunderschönen Regale gestopft, die man uns aus einem ausgemusterten Archiv, was weiß ich wo, hierhergebracht hat. Das Magazin ist sozusagen unbrauchbar.«

»Und sie hat nichts verzeichnet?«

»Den Eingang schon, aber den Lagerort hat sie nie festgehalten. Nix. Unauffindbar.« Er atmete tief durch, legte die Hände zusammen und sah Straubinger an. »Und jetzt haben wir jemanden beantragt, der System in das Durcheinander bringen soll. Jemanden mit Erfahrung in der Polizeiarbeit wollten wir haben. Und nun hat man Sie geschickt, einen Hauptkommissar! Was haben Sie bloß angestellt?«, fragte er erneut und raufte sich kurz die Haare. »Da werden Sie Monate dran knabbern, HK Straubinger.« Müller setzte eine Mitleidsmiene auf, als würde er ihn in die Unterwelt zur Reinigung der Abwasserkanalisation schicken.

»Machen Sie sich keine Sorgen. Ich wurde vorgewarnt. Es muss Ihnen nicht peinlich sein. Ich hab schon ganz andere Sachen machen müssen. Zeigen Sie mir, wo ich hinsoll. Den Rest schaffe ich schon. Und was meine Untaten betrifft, ich hab bloß einen Taxifahrer vermöbelt. Der hatte es verdient. Aber er hatte die falsche Verwandtschaft.«

»Sieht ja eigentlich ganz ordentlich aus.« Straubinger schaute sich in dem fensterlosen Raum mit den Archivregalen um, auf denen jede Menge abgelegte Gegenstände und Akten herumlagen.

Die junge Polizistin, die zuvor die feuerfeste Stahltür geöffnet hatte, grinste. »Na ja, versuchen Sie mal, hier was zu finden.« Für einige Sekunden starrte sie in seine tiefbraunen Augen und schien kurz in seinem Blick gefangen zu sein.

Straubinger streckte sich und fuhr sich durch die schwarzen lockigen Haare. Prüfend ließ er seinen Blick zwei Sekunden auf ihr ruhen, woraufhin sie rot anlief. Er schlug die Augen nieder und sah zu dem großen Metallschrank am Ende des Raums. »Was ist da drin?«

»Ach, das ist ein alter verstaubter Schrank, der stand schon immer hier. Waren früher Kisten mit Lampen, altes Schreibtischzeugs, Schreibmaschinen und so drin.« Verschwörerisch beugte sie sich vor und flüsterte: »Der Chef, der schmeißt nicht gern was weg, verstehen Sie?«

Straubinger nickte und setzte eine konspirative Miene auf.

»Jetzt hat die Kollegin erst mal die alten Fälle reingepackt … äh … soweit ich weiß«, stammelte sie. »Aus den eingemeindeten Gebieten.«

»Aha, eingemeindete Gebiete.« Straubinger sah sie erneut an. »Was ist das?«

Mit beiden Händen rückte sie ihren Gürtel zurecht. »Na ja, all das, was in den Stadtteilen passiert ist, die damals noch eigenständige Gemeinden waren, Breinig, Venwegen oder Gressenich.«

»Gemeinde Gressenich, aha. Hört sich geheimnisvoll an.«

»Ist es auch irgendwie. Dörfer rund um Stolberg, die in den 70er-Jahren der Stadt zugeschlagen wurden. Damals hatte fast jedes Dorf eine eigene Polizeiwache. Mit einem Polizisten, den jeder kannte, und so.« Sie sah auf die Wanduhr. »Ich muss leider …«

»Nur noch eine Frage. Müssen die Akten in dem Schrank auch neu sortiert werden?«

»Nee, da ist ja in den letzten Jahren niemand rangegangen. Nicht so wichtig. Aber so genau weiß ich das nicht.« Sie lachte. »Will eigentlich keiner wissen.« Dann tippte sie auf ihre Armbanduhr, hob verlegen die Schultern, wandte sich zum Gehen und winkte zum Abschied. »Viel Spaß hier unten.«

»Jaja, klar. War schön, Sie kennenzulernen. Und lassen Sie die Tür bitte offen.«

»Gemeinde Gressenich«, murmelte Straubinger leise, als sie den Raum verließ. »Was für ein klingender Name.«

Fünf Stunden lang hatte Straubinger Akten gesichtet, ihre Registriernummern herausgesucht und mit der Datei abgeglichen, die seine Vorgängerin so unfachmännisch angelegt hatte, dass er für jedes Stück beinahe eine halbe Stunde brauchte. Des Öfteren blätterte er in den Fällen und versuchte, sich nebenbei ein Bild über die Menschen dieser Stadt zu machen. Diebstahl, Kneipenschlägereien, Rauschgiftdelikte, Autoknacker, Sexualstraftaten, Neonazis, Brandstiftung, zwei Banküberfälle, schwere Körperverletzung. Eine Stadt wie viele andere. Eigentlich nichts Außergewöhnliches.

Immer wieder fiel sein Blick auf diesen Metallschrank am Ende des Raums. In dem Schrank gab es für ihn eigentlich nichts zu tun, Altfälle, bei denen davon auszugehen war, das sie sauber geordnet und abgelegt waren. Doch allein die Tatsache, dass der Schrank dort hinten stand, abgesperrt und lange unberührt, reizte ihn so, dass er sich irgendwann erhob und im Gehen an dem Schlüsselbund, den die Kollegin ihm übergeben hatte, nach dem passenden Schlüssel suchte. Er fand ihn, testete ihn vorsichtig und öffnete den Schrank. Staub wirbelte auf, den er zur Seite wedelte. Im Innern roch es muffig. Stehordner, Hängeordner und stapelweise verschnürte Aktendeckel. Alle zugebunden, mit einer Archivnummer versehen und anscheinend in der richtigen Reihenfolge abgelegt. Die älteste Akte, die er fand, war aus dem Jahr 1968. Schlägerei in einer Gastwirtshaft in Mausbach, Gemeinde Gressenich.

Hier schien nichts in Unordnung zu sein. Alles war sauber gekennzeichnet und sortiert. Als er gerade den Schrank schließen wollte, fiel ihm ganz unten am Boden, eingeklemmt zwischen Hängeordnern und Rückwand, etwas auf, was das ordentliche Gefüge zu stören schien. Ein verloren wirkender Aktendeckel, auf der Spitze stehend, irgendwie aus der Ordnung gefallen. Straubinger bückte sich, griff nach der ausgeblichenen grauen Pappe und zog sie vorsichtig heraus. Die Akte war sehr dünn. Merkwürdig, dachte Straubinger. Ein Aktenzeichen aus dem Jahr 1956. Ein Todesfall! Vorn auf dem Deckel stand mit Bleistift geschrieben: »Akte Hürtgenwald«.

Seine Neugier war geweckt. Ohne den Schrank zu schließen, begab er sich zurück zu seinem Tisch. Er zog an dem Knoten des Stoffbands und öffnete den Aktendeckel. Die Akte enthielt wenige Schriftstücke und zwei Fotos. Am Rand des vergilbten Papiers war das Porträt eines Mannes festgesteckt, helles Haar, bereits deutlich ausgedünnt, Seitenscheitel. Straubinger erschrak. Dieses Gesicht, es erinnerte ihn an jemanden. Aber an wen?

Auf der ersten Seite ein Name: »Heinrich III. Vandenberg, geboren am 13. Januar 1919 in Stolberg, gestorben am 21. Mai 1956, Gressenicher Wald, südlich ›Buche 19‹, Gemeinde Gressenich.«

Gemeinde Gressenich. Schon wieder dieser Name. Straubinger gab das Aktenzeichen in den Computer ein. Nichts. Dann »Akte Hürtgenwald«, wieder nichts, anschließend suchte er nach Vandenberg. Auch nichts. Entweder war die Mappe nach einer amtlichen Aktenvernichtungsaktion im Schrank vergessen worden oder jemand hatte sie versteckt, um sie vor der Vernichtung zu bewahren.

Er blätterte weiter. Die Buchstaben auf den dünnen Durchschlagpapieren waren kaum lesbar, die Typendurchschläge des Kohlepapiers hatten sich in dem Trägerpapier mit den Jahren ausgebreitet und waren verschwommen.

Auf der zweiten Seite stand noch einmal der Name Heinrich Vandenberg, wohnhaft im Kupferhof Blumenthal in Stolberg. Tod bei Waldarbeiten zwischen »Buche 19« und »Pflanzgarten«, durch eine Landmine. Wurde 37 Jahre alt. Dann standen dort der Name des Försters und der Name des Polizisten, die den Toten im Wald gefunden hatten, und der Name eines Mannes, der den beiden den Fund am 22. Mai gemeldet hatte.

Straubinger sah sich das Schwarz-Weiß-Foto des Mannes noch mal an. Ein gut geschnittenes Gesicht, dunkle Augen. Ein anmutiges, fast verstecktes Lächeln umspielte seine vollen Lippen, Falten entlang der Wangen, zweifellos ein Frauenschwarm seiner Zeit. Diese funkelnden, warmen Augen. Das Gesicht des Mannes strahlte neben der herben Männlichkeit auch etwas Gütiges aus. Vor mehr als 50 Jahren von einer Mine getötet. Ein weiteres Foto, das in einer flachen angeleimten Leinentasche am hinteren Deckel steckte, zeigte die Leiche, wie sie mit verdrehten Armen auf dem Waldboden lag, ein Bein komplett abgerissen, das andere Bein zerfetzt. Das abgerissene Bein hing hinter ihm in einem Baum. Sein Gesicht war deutlich zu erkennen. Er wollte das Foto gerade wieder zurückstecken, als ihm etwas auffiel. Im Vordergrund am unteren Bildrand erschien der Waldboden ungewöhnlich ebenmäßig. Straubinger öffnete mehrere Schubladen des Schreibtischcontainers und fand schließlich, wonach er suchte, eine große Lupe. Ein sehr schmaler Zipfel im Bildvordergrund hob sich ab vom umgebenden Waldboden. Allerdings war der Bildbereich äußerst unscharf, sodass man nicht erkennen konnte, was es war. Ein Stück Stoff vielleicht?

Straubinger war wie elektrisiert. Dieser Mann, einerseits hart und andererseits sensibel, wie er auf dem Foto wirkte, hatte Holzarbeiten im Wald gemacht? Irgendwas sagte ihm, dass das nicht alles war.

Er drehte das Foto um. Auf der Rückseite waren ein blauer Stempel, ein handgeschriebenes Datum und eine Unterschrift zu sehen. Der Stempel des Fotografen, die Stempeltusche mit den Jahren verlaufen. Karl Königforst, Mausbach, 22. Mai 1956. Das Foto war also einen Tag nach dem angegebenen Todesdatum des Heinrich Vandenberg entwickelt worden.

Ein letztes Mal betrachtete Straubinger das Foto der

Leiche des Mannes. Es blieb die Frage: Was war das dort im Vordergrund? Er bewegte den Kopf langsam vor, blinzelte und schien nochmals in das Foto einzudringen. Als er es in die Leinentasche zurückstecken wollte, fand er darin einen kleinen Zettel und las.

»Na, HK Straubinger«, Straubinger erschrak, »haben Sie sich gut eingearbeitet?«

»Danke, ja, danke.« Straubinger steckte den Zettel zurück und legte Akte und Lupe beiläufig zur Seite. »Ganz schöner Wust hier.«

»Sie machen das schon.« Der EPHK Müller klang jovial wie ein liebevoller Patriarch. »Ab morgen bekommen Sie dann eine Assistenz.«

»Oh, die kann ich brauchen.«

»Warum steht die Tür offen?« Müllers Blick fiel auf den Stahlschrank am Ende des Raums.

»Hab mal reingesehen. Ich muss ja wissen, was überall herumliegt.«

»Da brauchen Sie nix zu machen. Altes Zeug aus den alten Gemeinden, braucht keiner mehr. Manche Akten aus den ehemaligen Polizeiwachen sind irgendwann bei uns gelandet, manche in der einzigen Wache, die heute noch existiert, in Vicht.«

Straubinger sah ihn fragend an. »Vicht? Heißt so nicht der Fluss, der durch Stolberg fließt? Der mit den alten Hammerwerken? Hab da was gelesen.«

»Ja, die Vicht ist ein Bach«, erklärte Müller. »Aber so heißt eben auch 'n Dorf.«

»Und da ist die letzte verbliebene Land-Polizeiwache?«

Müller nickte. »Nur eine einzige Wache mit zwei Kollegen für 17.000 Leute, die neun eingemeindeten Dörfer von Stolberg. Und den Schrank da, den können Sie wieder zumachen. Lassen Sie das Zeug außen vor.«

»Und wenn ein ungeklärter Fall wieder aufgerollt werden soll?«, fragte Straubinger. »Dann sollte man doch wissen, wo was zu finden ist.«

»Ungeklärter Fall? Fällt mir nichts ein.« Müllers Züge wurden nachdenklich, bevor er sich zum Gehen wandte.

»EPHK Müller?«

»Was denn, Kollege?«

»Ich hab eine Akte gefunden, ganz hinten, versteckt hinter den anderen Akten.« Er nahm das Schriftstück in die Hand und wedelte damit. »Ein Todesfall von 1956. Den würde ich mir gern mal näher ansehen. Die ›Akte Hürtgenwald‹.«

»1956?« Müller verzog das Gesicht und kratzte sein Kinn. »Ach das, ja. Der Fall Vandenberg, oder?«, fragte er und zeigte auf den Aktendeckel.

Straubinger nickte. »Ja, das ist der Fall.«

»Das war ich. Die hab ich dahinten hingesteckt. Die Akte hab ich vom ehemaligen Dorfpolizisten von Schevenhütte, Polizeiobermeister Matthes Wolfberg, ein guter Mann. Er hat den Fall damals intern ›Akte Hürtgenwald‹ genannt.« Müller deutete auf die Bleistiftschrift. »Er hat mich zur Polizei gebracht, alter Freund meines Vaters. Als er starb, ein paar Jahre nach seiner Pensionierung, hat seine Frau mir die Akte vertraulich übergeben. Sie erzählte mir, dass er sie stets gehütet hatte und davor bewahren wollte, vernichtet zu werden.«

»Und das hatte sicher einen Grund, nehme ich an.«

»Sie wissen ja, jeder Fall, der älter als die 70er-Jahre

ist, ist eigentlich längst wegen der verstrichenen Aufbewahrungsfrist entsorgt worden.« Müller setzte sich auf die Kante von Straubingers Schreibtisch und nahm ihm die Akte kurz aus der Hand, schlug sie auf und betrachtete das Foto von Heinrich Vandenberg. »Wolfberg ist dieser Fall sehr nahegegangen, ich hab damals als Junge zugehört, als er das meinem Vater mal erzählt hat. Und mir ist seine Beschreibung nicht aus dem Kopf gegangen, wie er und der damalige Förster, der alte Enno ter Wey, den Toten gefunden haben.«

»Und ein Hepp Dorenbusch, der hat das ja gemeldet, steht hier drin.«

»Ja, genau«, bestätigte Müller. »Da war noch jemand dabei.«

»Hepp Dorenbusch, Besenbinder, Gressenich, wohnhaft Dorado.« Straubinger stutzte. »Was bedeutet Dorado?«

Müller zuckte die Achseln. »Nie gehört.«

»Aber warum hat er gerade diese Akte gehütet?«

»Wolfberg hat wohl irgendwie Zweifel an irgendwas gehabt.«

»Und, haben Sie dann weiter nachgeforscht?«

Offensichtlich war Müller Straubingers Frage unangenehm. »Na ja, Sie wissen, wie das ist. Das war unendlich lange her und ich hatte anderes zu tun, als ich den Laden hier übernommen habe. Aber die Akte hab ich ja wenigstens verwahrt.«

»Mir erscheint da Einiges merkwürdig. Nur zwei beschriebene Seiten. Keine weiteren Nachforschungen.«

»Es gab damals viele Minentote, bis lange Zeit nach dem Krieg. Das war also nichts Außergewöhnliches.

Man hat das seinerzeit als ein naturgegebenes Schicksal betrachtet.«

»Trotzdem, irgendwas scheint mir nicht klar.«

»Und wenn schon«, sagte Müller abweisend. »Es ist nicht Ihre Aufgabe, HK Straubinger.«

»Ich würde mich gern drum kümmern. Mord verjährt nun mal nicht.«

»Es war kein Mord! Vandenberg ist auf eine Mine getreten, es war also kein Mord.«

»Vielleicht, vielleicht nicht. Kollege Wolfberg hatte daran anscheinend Zweifel.«

Müller wurde unruhig. »Wie kommen Sie drauf?«

»Darf ich?« Straubinger nahm die Akte wieder an sich, zog den Zettel heraus.

Müller beugte sich über und Straubinger las vor: »›Akte Hürtgenwald‹, darunter ein großes Fragezeichen, mit Bleistift geschrieben. Darunter die Frage: ›Wonach hat Vandenberg gesucht?‹ Und zum Abschluss die Initialen ›M.W.‹«

Müller richtete sich wieder auf. »Wo hat der Zettel gesteckt?«

»Hinten bei dem Foto, ein bisschen versteckt in der kleinen Leinentasche.«

Straubinger beobachtete, wie es in Müller arbeitete.

»Gut, HK Straubinger. Nehmen Sie sich der Sache an. Vielleicht bin ich das dem alten Wolfberg schuldig.« Müller schüttelte den Kopf und stöhnte. »Hab ich es doch gewusst! Warum musste der Herrgott mir einen Mordermittler schicken?« Flehend blickte Müller an die Decke und reckte die Hände in Verzweiflung wie einst Desdemona im Angesicht Othellos. Dann wurde sein Blick streng. »Aber bitte vergessen Sie nicht, wozu Sie eigentlich hier sind. Machen Sie das im Stillen und außerhalb der Dienstzeit. Wir werden sehen, was sich draus entwickelt. Einverstanden?«

»Akzeptiert, Sie sind der Chef.«

»Und übrigens: Sie sollten eine Kaffeemaschine hier unten haben. Da in dem Schrank, unten links, da müsste sie stehen. Die können Sie nehmen.« Müller stützte die Hände in die Hüften, nickte und verließ den Raum.

Straubinger ging zu dem offenen Aktenschrank und räumte unten links einen Karton zur Seite. Und da stand sie, eine »Wigomat 100«, völlig verstaubt. Straubinger lachte. So was gab es eigentlich nur noch im Design-Museum, Abteilung 50er-Jahre. Diese Kaffeemaschine war tatsächlich älter als er. Grinsend schüttelte er den Kopf und schloss die Schranktür.

Nach diesem denkwürdigen Tag in Stolberg fuhr Straubinger durch einen heftigen Regensturm auf die Autobahn und zurück nach Köln. Nach eineinhalb Stunden war er in seiner Wohnung.

FREITAG, 12. JUNI

Der Hürtgenwald

Das Gesicht des Mannes und das Foto seiner Leiche hatten ihn nicht losgelassen, er hatte schlecht geschlafen. Jetzt saß er frisch geduscht am Frühstückstisch und strich sich durch die Haare. Der Duft von frischem Kaffee half ihm, munter zu werden. Und schnell waren die Bilder von gestern wieder da. Von dem Mann, dem Toten im Gressenicher Wald.

Ein diffuses Gefühl der Unruhe kam in ihm auf. Der Mann und der Fall erinnerten ihn an ein Ereignis, das lange zurücklag. War es das Porträt? Oder war es das Foto im Wald, der Tote, wie er dort inmitten dieser einsamen Waldlichtung lag, kaputte Bäume ringsumher, sein Bein in einem der Äste hängend. Grausam.

Josef Straubinger war in den Wäldern des Chiemgaus aufgewachsen, sein Vater war Bauer gewesen und hatte zwei Hektar besessen. Jeden Sommer hatte es ihn mit den Nachbarn in die Forste gezogen, um für den Winter vorzusorgen, denn die Höfe der Region wurden allesamt mit Scheiten beheizt. In der Nachbarschaft hatten sie zusammengehalten, man hatte sich gegenseitig geholfen. An einem warmen Sommertag im Juli, bei Neumond, zogen sie aus. Dem Korbi Mühlburger, dem stets gut gelaunten Nachbarn, war es nicht wohl an diesem Morgen. Er klagte über Magenprobleme. Selbst der Kräuterschnaps hatte keine Besserung gebracht. Doch er wollte nicht zurückstehen und begleitete Straubingers Vater und die anderen. Und er, der zwölfjährige Josef, durfte auch mit. Mit festem Bergschuhwerk, einer groben Leinenhose und einer dicken Cordjacke bekleidet, war er bestens gerüstet für die schwere Arbeit. Als sie gerade dabei waren, eine riesige Fichte, die der Vater und der Bruno geschlägert hatten, mit dem Flaschenzug den Hang hinaufzuziehen, da passierte es. Straubinger erinnerte sich, wie er die Riesenratsche bediente, die der Korbi ihm eingerichtet hatte. Zug um Zug ächzte der Baum den Hang hinauf. Dem Korbi wurde unvermittelt schlecht. Er ging ein paar Schritte den Hang hinab und übergab sich. Dann, plötzlich, rutschte er aus, glitt auf dem Hosenboden auf den Baum zu und verhakte sich im Schritt mit beiden Beinen zwischen Stamm und Boden. Er fluchte. Straubingers Vater und der Bruno hechelten den Hang hinauf. Riefen ihm etwas zu. »Auslassen, Josef, auslassen!« Doch er hatte nicht gewusst, was sie meinten. Panisch hatte er den winzigen Hebel betätigt, der die Bremsnase aus dem Zahnrad der Ratsche löste, und der Baum war den Hang hinabgerast. Der Korbinian hatte geschrien wie am Spieß, denn der Baum und das Stahlseil hatten ihm den Unterschenkel abgerissen.

Straubinger saß am Küchentisch und schüttelte sich. Die Erinnerung daran war jedes Mal fürchterlich. Der Korbinian hatte ihm niemals die Schuld gegeben. Mit einem trefflichen Holzbein ausgestattet, hatte er ihm immer wieder gesagt: »Mein Junge«, währenddessen hatte er auf das Holz geklopft, »hätt der Herrgott gewollt, dass ich mein Bein behalt, hätt er mir morgens keinen üblen

Magen beschert.« Da wurde ihm klar, an wen ihn das Porträt des Mannes aus dem Wald erinnerte. Der Korbinian hatte ähnlich ausgesehen. Hellblaue Augen, schütteres blondes Haar, Seitenscheitel. Straubinger starrte ausdruckslos an die Wand und trank langsam den Kaffee aus. Dieses Gesicht!

Als er seine Wohnung im Kölner Süden verließ, regnete es in Strömen. Auf der A 4 Richtung Aachen war die Hölle los. Er kam eine halbe Stunde zu spät in Stolberg an und begab sich gleich ins Archiv.

»Guten Morgen!« Eine junge Frau, Ende 20, kam auf ihn zugeschossen und streckte ihm die Rechte hin. »Anja Schepp, ich soll Ihnen helfen, hier Ordnung reinzubringen.« Sie grinste verlegen.

»Das ist schön, Anja Schepp. Darf ich Anja sagen?«, fragte Straubinger, wobei sein brummiger Bariton fast warm klang.

»Ja, klar«, antwortete Anja fröhlich.

»Haben Sie schon mal so was gemacht?«

Sie zögerte. »Na ja, zum Schluss. Bei Ihrer Vorgängerin.«

»Nanu, und Sie haben das nicht bemerkt? Ich meine dieses Chaos?«

Anja sah zu Boden. »Doch«, sagte sie leise. »Ich hab es ja … aufgedeckt … also sozusagen. Ich hab ja bemerkt, dass …«

»Dafür müssen Sie sich nicht verteidigen. Das ist doch gut, dass Sie das bemerkt haben.«

Sie lächelte verschämt. »Finden Sie? Hm … Ihre Vorgängerin fand das nicht. Die hat mich ganz schön beschimpft.«

»Ich beschimpfe Sie nicht.« Straubinger ging zu seinem Schreibtisch. »Nehmen Sie Platz, hier, gegenüber.« Straubinger klatschte kurz in die Hände. »Also, dann fangen wir mal an.«

Anja Schepp erklärte ihm, wie alles zusammenhing, wo er was finden konnte und ein paar Worte zum Chef. »Ein wirklich netter Mensch, aber reizen Sie ihn nicht, er kann ganz schön ungemütlich werden.«

»Er ist Polizist. Warum sollten Polizisten immer nur lieb sein?«, fragte er sie.

»Auch wieder wahr.« Anja Schepp nahm eine Flasche Wasser aus ihrer Tasche und trank sie zum Drittel aus. »Ah«, stieß sie genussvoll hervor. »Aachener Heilwasser. Wollen Sie einen Schluck?«

»Macht das was mit mir?«, fragte Straubinger scherzhaft.

»Einen klaren Kopf. Köln hat sein Kölsch zur Verwirrung, Aachen seine Heilquellen zur Wiederbelebung.« Sie goss ihm ein Glas ein und stellte es ihm hin. »Die Produktion wird Ende des Jahres eingestellt. Noch haben Sie also die Chance, Körper und Geist zu reinigen.«

»Danke!« Straubinger probierte und verzog das Gesicht. »Uiui, ist Ihnen da der Salzstreuer reingefallen?«

Anja lachte. »Ha, Sie sind nicht der Erste, der so reagiert. Aber Sie werden sehen, es wird Ihnen guttun.«

Straubinger nickte. »Nun gut«, sagte er und trank den Rest des Glases aus. »Anja, was ganz anderes. Kennen Sie Gressenich?«

»Klar, so ein Dorf, gehört zur Stadt Stolberg.«

»Und wo liegt das? Gibt es so was wie eine Umgebungskarte?«

»Ja, kommen Sie, hinten an der Wand steht eine, die können wir aufhängen.«

Anja Schepp ging voran und drei Regalgassen weiter stand tatsächlich eine große aufgezogene Wandkarte mit dem Stadtgebiet von Stolberg.

Straubinger hob die Karte hoch, schleppte sie zurück und stellte sie auf den Tisch, sodass sie gegen die Wand lehnte. »Ein bisschen muffig«, sagte er und rümpfte die Nase.

»Also, Gressenich, das ist nicht weit«, erklärte Anja Schepp. »Sehen Sie, hier sind wir, Stadtteil Münsterbusch. Dort ist die Stolberger Burg, und noch weiter, immer nach Osten, da ist Gressenich. Ungefähr ... vielleicht zehn Kilometer von hier weg.«

»Also eine Viertelstunde mit dem Auto?«

»Ja, ungefähr. Ist ganz schön da. Aber auch wirklich eigenwillige Leute.« Sie zog einen Flunsch.

Straubinger nickte. »Wo nicht?«

»Ja, wo nicht. Aber dort besonders. Sie haben keinen Karnevalsprinzen, Karneval feiern sie an anderen Tagen und sie hätten immer noch gern einen eigenen Bürgermeister.«

Straubinger lachte. »Von diesem Karnevalszeug verstehe ich zwar nichts, aber hört sich in der Tat sehr eigenwillig an. Wo auf der Karte ist der Gressenicher Wald?«

Anja sah ihn mit großen Augen an. »Da fragen Sie mich was!« Sie schüttelte den Kopf. »Keine Ahnung. Irgendwo bei Gressenich, nehme ich an.«

»Genau so ist es, südlich von Gressenich«, sagte eine Stimme von der Tür her. EPHK Müller betrat den Raum. »Ich bringe Ihnen was. Frischer Kaffee aus Aachens bester

Rösterei. Und Filtertüten. Milch und Zucker.« Er stellte eine Dose und eine Tüte auf den kleinen Tisch.

»Vielen Dank, Sie sind ja ein großartiger Chef!«, sagte Straubinger sichtlich erfreut.

»Haben Sie die Maschine getestet?«

»Äh, nein, keine Zeit gehabt.«

»Aha! Dann mal los.« Müller ging zum Schrank und holte die Maschine raus. »Oh je, die muss mal geputzt werden. Dahinten ist ein Waschbecken, Straubinger, schon gesehen?« Müller ging hin und begann, die Maschine vom Staub zu befreien.

»Frau Schepp, besorgen Sie doch mal ein paar Tassen, bitte«, rief Müller, füllte Wasser in den Glasbehälter und ging hinüber zu Straubingers Tisch. Er gab Straubinger das Kabel mit dem Stecker in die Hand, legte einen Filter in den Trichter und füllte ihn mit Kaffeepulver aus der Blechdose, die ein Relief des Aachener Doms zierte. Ein paar Sekunden später röchelte die Maschine kaum hörbar los. Kaffeeduft erfüllte augenblicklich den Raum.

»Wusste ich es doch, sie funktioniert. Das war noch Qualität! Und fast geräuschlos. Das Wasser läuft nur durch Metallbauteile. Im Gegensatz zu den heutigen Maschinen aus Plastik. Die hier kann noch richtig guten Filterkaffee machen.«

Anja kam zurück und brachte drei Steinguttassen.

Müller schenkte jedem Kaffee ein. Dann stellte er sich vor die Karte. »Sehen Sie sich unsere Heimat gut an, HK Straubinger. Studieren Sie die Karte. Jeder Fall, den Sie hier in dem Chaos finden, hat irgendwo dadrauf seinen Punkt.« Müller trank einen Schluck. »Ahh, ist der gut!«

Straubinger trat ein Stück näher und trank ebenfalls.

»Tatsächlich, nur ein bisschen Staubgeschmack«, sagte er und verzog kurz das Gesicht, »aber nach dem dritten Durchlauf ist der auch weg.«

»Sehen Sie hier«, erläuterte Müller, »alles, was im Süden von Gressenich liegt, das ist der Gressenicher Wald. Das ist der nördlichste Teil des Forstgebietes, das man Hürtgenwald nennt.«

»Ich hab mal ein Buch von Ernest Hemingway gelesen, ist das dieser Hürtgenwald, den er in dem Buch beschreibt? Wo diese Riesenschlacht war? Das größte Desaster für die Amerikaner im Zweiten Weltkrieg?«

»Ja genau, das ist der Hürtgenwald. Dieser dicht bewaldete Höhenrücken hier«, sagte Müller und zeigte auf die Karte, »zwischen Roetgen, unten im Süden an der belgischen Grenze, Stolberg im Westen, Langerwehe und Düren im Norden. Und dieser obere Teil des Hürtgenwalds, also der Gressenicher Wald, gehört zum Stadtgebiet von Stolberg«, schloss er und fächerte mit der Handfläche über die Karte. »In diesem verfluchten Hürtgenwald, da haben die Amerikaner so viele Soldaten verloren wie sonst nirgendwo. Zehntausende Männer, die genaue Zahl kennt man nicht. Die Deutschen nicht ganz so viele. Und vor Gressenich, da sind die Amis damals hängen geblieben. Aber«, sagte er leise, »das erzähl ich Ihnen ein andermal. Ich muss jetzt weiter.«

»Und Vandenberg?«, fragte Straubinger.

Müller sah ihn verdutzt an.

»Die ›Akte Hürtgenwald‹, Heinrich Vandenberg. Wo ist er gestorben?«

Müller runzelte die Stirn. »Tja, genau kann ich Ihnen das auch nicht …« Er fixierte noch einmal die Wandkarte und zeigte schließlich auf einen Punkt. »Also das hier ist der Parkplatz ›Buche 19‹«, murmelte er und fuhr mit dem Finger den Bachlauf nach Süden entlang, »hier unten, da etwa. Da muss das gewesen sein. Mitten im Gressenicher Wald.«

Straubinger nickte und nahm noch einen Schluck.

»Tun Sie mir einen Gefallen, HK Straubinger. Beißen Sie sich nicht zu sehr fest in die Sache», sagte Müller und schlenderte zur Tür.

»Danke für den Kaffee!«, rief Straubinger ihm hinterher.

Anja Schepp setzte sich an ihren Tisch und betrachtete die Karte. »Da lernt man in einer Minute mehr über seine Heimat als in drei Schuljahren Heimatkunde.«

Straubinger sah sie ein paar Sekunden lang an. »Sagt Ihnen der Kupferhof Blumenthal etwas?«, fragte er schließlich.

»Blumenthal? Ja sicher. Das ist das Stammhaus der Vandenbergs. Eine alte Villa. Mitten in Stolberg. Schönes Anwesen.«

»Kupferhof? Was bedeutet das?«

»Stolberg ist eine alte Kupferstadt. Steht ja auch auf allen Ortsschildern, Kupferstadt Stolberg.«

»Und die Vandenbergs? Was sind das für Leute?«

»Kupfermeister, reiche Industrielle.« Anja hob die Schultern. »Ich kenne sie nicht, nie gesehen. Irgendwie abgehoben, glaub ich. Was weiß ich? Hab in Heimatkunde nie so richtig aufgepasst.«

Straubinger stutzte. Heinrich Vandenberg entstammte also einer reichen Industriellenfamilie. Und so jemand machte Holzarbeiten im Wald? Zu jener Zeit wurden die Klassenunterschiede noch viel deutlicher gelebt als heutzutage. Sehr geheimnisvoll, dachte Straubinger. Er nahm sich die Akte noch einmal vor und las. Dann stutzte er. »Anja, können Sie mal rausfinden, was eine ›Dolmar CP‹ ist?«

»Wie?«

»Dolmar CP«, wiederholte Straubinger.

»Klar«, sagte sie, verdrehte die Augen, tippte etwas auf der Tastatur und starrte angestrengt auf den Bildschirm.

»Ich hab's! Die erste Einmann-Benzinmotorsäge weltweit trug den Namen Dolmar CP. Wurde 1952 in Deutschland erfunden.«

»Hier im Polizeibericht steht, dass sich unmittelbar neben Heinrich Vandenbergs Leiche so eine befand.«

»Ja, und?«, fragte Anja.

Straubinger kramte das Bild hervor, auf dem die Leiche zu sehen war, und legte es Anja hin. »Sehen Sie irgendwo eine Kettensäge?«

Anja sah sich das Bild an, verzog das Gesicht. »Nein, keine Kettensäge. Aber ganz schön heftig«, sagte sie leise und reichte Straubinger das Bild zurück über den Tisch.

»So was machen Minen mit einem.«

Heute war Freitag. Am Nachmittag, nach Dienstschluss, würde er diesen Kupferhof Blumenthal besuchen. Und anschließend, wenn noch Zeit blieb, würde er sich dieses Dorf einmal ansehen. Das befahl ihm einfach seine Neugier.

Kupferhof Blumenthal

Gesäumt von kniehohen Mauern, endete die gepflasterte Einfahrt an einem prunkvollen Torbogen aus Blaustein. Zwischen den vorgelagerten Betriebsgebäuden und dem Torbogen spannten sich hohe Brüstungsgatter, die oben in Lilienspitzen endeten und das Überklettern unmöglich machten. Dahinter thronte ein mächtiger dreistöckiger Bau mit einer Fassade aus gelbrotem Sandstein, die von Simsen und Faschen aus demselben Blaustein gegliedert wurde, aus dem auch der Torbogen war. Eine Freitreppe mit kunstvoll gestaltetem Schmiedewerk und Zustiegen von rechts und links führte zu dem mächtigen Eingangsrisalit, der oben in einem klassisch dreieckigen Giebel abschloss. Das graue Blechdach und die beiden Schornsteinbauten aus rotem Ziegelmauerwerk verliehen dem Gebäude trotz seiner Pracht den Eindruck unprätentiöser Behaglichkeit.

Straubinger war beeindruckt. Er sah auf die Uhr. 15.10 Uhr. Auf Viertel nach drei hatte er sich angemeldet. Nun stand er vor dem runden Blumenbeet aus Buchsbäumen und Rosensträuchern, das die Hofeinfahrt wie eine Verkehrsinsel teilte. Dahinter, am Fuß der Freitreppe, befand sich ebenfalls ein Beet mit unterschiedlichen Sträuchern und Pflanzen, flankiert von zwei weißen Puttenstatuen, die die beiden Treppenaufgänge bewachten. Hier schien alles seine klare Ordnung zu haben.

»Wow, so möchte ich auch mal wohnen«, murmelte Straubinger und blickte an der Fassade empor zu der prachtvoll ornamentierten Schmuckfläche des Giebeldreiecks. Er bemerkte, dass er beobachtet wurde. Im zweiten Stock lugte eine Frau aus einem der weißen Sprossenfenster. Sie zog sofort ihren Kopf zurück und knallte das Fenster zu.

Zwei Minuten später stand Gerhild Vandenberg in einem schwarzen Morgenmantel aus blumenbesticktem Samt vor ihm, der bis zum Boden reichte. Ihre Haare waren unter einer Samthaube versteckt, ihr Gesicht frisch geschminkt, knallroter Lippenstift, dunkler Lidschatten, leicht nachgezogener Augenbrauenstrich, und ihre Füße steckten in plüschbesetzten roten Pantoffeln. Am auffälligsten jedoch waren ihre wachen Augen. Einen Moment war es Straubinger so, als würde er in dem funkelnden Glühen ihres Blicks versinken.

»Es ist Freitag, ich hab meine Fitnessübungen gemacht, komme gerade aus der Wanne, und Sie überfallen mich hier wie ein Kater eine Maus. Sie sind also der Hauptkommissar?« Ihre penetrante Blasiertheit überraschte Straubinger, doch er blieb ruhig.

»Ich hatte angerufen und mich angemeldet.«

»Ja, aber Sie sind fünf Minuten zu früh«, schimpfte sie.

»So ist es, Gnädigste, und ich habe Fragen an Sie, die sich kaum aufschieben lassen.«

»Kaum, sagen Sie. Das heißt doch, sie lassen sich aufschieben«, gab sie barsch zurück. »Sehen Sie, es gibt immer eine Möglichkeit, wenn man sich bemüht.« Sie musterte Straubinger von oben bis unten. »Ach was, kommen Sie rein. Was soll's.« Sie drehte sich um und ging voran ins Haus. »Und schließen Sie die Tür.« Ihr Trippeln auf dem Steinfußboden hallte wider wie in einem Kirchengebäude.

Straubinger ging drei Schritte hinter ihr her. Plötzlich blieb sie stehen und drehte sich um. »Ich komme mir vor, als hätte ich einen … einen Mord begangen.« Dabei ließ sie ihre Arme in der Luft herumwirbeln.

»Wer weiß.«

»Oh, ich werde verdächtigt. Na, so was. Wen hat es denn erwischt?«

»Ich möchte Ihnen ein paar Fragen stellen, die Ihre Vergangenheit betreffen.« Straubinger deutete auf einen der Stühle. »Darf ich mich setzen?«

»Vergangenheit?« Sichtlich irritiert sah sie ihn an. Erst als Straubinger die Stuhllehne anfasste, bot sie ihm einen Platz an dem großen Holztisch vor dem offenen Kamin an. »Ja, natürlich, setzen Sie sich. Oder gehen wir vielleicht in den Garten?«

Straubinger nickte und folgte ihr durch den nördlichen Gebäudeflügel. An den Wänden hingen Gemälde. Drei Bilder, nur Himmel und Wolken. Straubinger blieb fasziniert stehen.

»Gefallen sie Ihnen?«, fragte sie mit verschränkten Armen neben ihm. »›Der Morgen‹, ›Der Mittag‹ und ›Der Abend‹.«

»Ja, sie sind sonderbar. Leicht, verletzlich, und doch haben sie etwas Dräuendes, Eindringliches.«

»Sehen Sie, Sie haben es verstanden.« Ihr Tonfall wurde sanfter. »Kunst, die nur schön sein will, hat die Bezeichnung Kunst nicht verdient. Kunst muss Sie innen berühren, ganz tief in Ihnen drin. Ansonsten ist sie sinnlos.« Gerhild Vandenberg lächelte. »Dieser Mann hat uns alle berührt. Ganz tief, tief in uns drin.«

»Wer ist der Maler?«, fragte Straubinger.

Sie hob den Zeigefinger an die Lippen und sagte leise: »Psst, das wird nicht verraten.« Dann wandte sie sich um und ging weiter. »Kommen Sie, wir gehen raus. Ich habe gerade einen Tee aufgebrüht. Mögen Sie Tee?«

Straubinger nickte. Nach einer Minute kam sie zurück mit einem Tablett, darauf altenglisches Porzellan, ein kleines Sahnekännchen und eine Keksdose.

Sie nahmen Platz an einem weißen Tisch und ebensolchen Stühlen, die aus Gusseisen gefertigt waren, der morgendliche Regen war abgetrocknet. Gerhild Vandenberg goss den Tee ein und bot ihm Shortbread dazu an.

»Ein beeindruckendes Anwesen. Sagen Sie, wohnen Sie alleine hier?«

»Es gehört der Vandenberg-Stiftung und ich habe das Wohnrecht, lebenslang.«

Straubinger ließ seinen Blick schweifen. Ihm fielen die Holzskulpturen auf. Große Figuren, die ihn ein wenig an afrikanische Kunst erinnerten. »Wunderbar, Sie sind Liebhaberin afrikanischer Kunst?«

Sie lachte. »Gefällt es Ihnen?«

»Ja, sehr. Wunderschön.«

Sie wirkte ein wenig verlegen. »Ich mach das selbst. Schnitzen, behauen, bemalen. Meine Leidenschaft. Mit irgendwas muss man sich ja beschäftigen im Alter. Solange man noch kann.«

Straubingers Blick fiel auf ein Nebengebäude, dessen Steinfassade zwar ebenso gepflegt wirkte wie der Rest der Anlage, dessen direkte Umgebung aber verwahrlost war. Keine gemähten Rasenflächen, keine Blumen, ungeputzte Fenster, und jede Menge Kinderspielzeug aus Plastik lag verstreut umher, ausgeblichen und teilweise kaputt. In einem Sandkasten aus angefaultem Holz spielten zwei unvorstellbar hässliche Bullterrier-Albinos, die an Ketten gelegt waren. Daneben stand ein verrosteter Blechgrill, an dem eine ebenso verrostete Grillzange hing.

»Und wer wohnt dort?«

»Das kann man nicht wohnen nennen«, schimpfte sie zischend. »Dort haust der Albtraum. Ich weiß nicht, wieso. Aber mein Onkel hat dieser Familie freies Wohnen eingeräumt, schon seit ewigen Jahren. Der Alte ist lange tot, aber nun wohnen sie in dritter Generation dort und sie werden nicht weniger, wie sie unschwer erkennen können. Ungebildetes und streitsüchtiges Volk!«

»Wo sind sie denn alle? Sieht ja nach einem ganzen Klan aus.«

»Sie hatten heute Morgen Streit. Danach setzte es Schläge. Wie so oft. Die Polizei kommt gar nicht mehr her, wenn ich sie anrufe. Jedes Mal haben die zusammengehalten wie Pech und Schwefel und mich der Lüge bezichtigt. Statt die Kinder zu beschützen, hat die Polizei mir Schwierigkeiten gemacht. Sollen sie sich die Köpfe einschlagen, mir ist es egal. Nach einer Stunde sind sie alle ausgelaugt und geben Ruhe.«

»Und woher wissen Sie, dass sie sich nicht die Köpfe eingeschlagen haben?«

»Weil der dreckige Kerl nach jedem Streit erst mal die beiden Kampf-Albinos vor die Tür setzt. Die machen mir echt Angst.«

»Kann ich gut verstehen.«

»Manchmal bedroht er mich damit und seine beiden Jungs, zehn und zwölf, sind auch nicht besser.«

In dem Moment ging die Tür des Nachbargebäudes auf. Ein Hüne von einem Mann kam heraus und schnauzte irgendwas in Richtung der Hunde, sodass Gerhild Vandenberg zusammenzuckte. Aus dem Augenwinkel beobachtete Straubinger, dass er den Viechern ihr Fressen in einen Napf füllte.

»Wie heißt der gute Mann?«, fragte Straubinger leise.

»Das ist der Herr Dorenbusch.«

»Dorenbusch?« Straubinger horchte auf. »Haben Sie etwas dagegen, wenn wir doch ins Haus zurückgehen? Wir sitzen ja irgendwie auf dem Präsentierteller.«

»Wenn Sie das möchten. Ich traue mich ja gar nicht mehr in meinen Garten. Und ich hatte mich gefreut, dass ein Mann neben mir sitzt, damit dieser Unmensch dort sieht, dass ich nicht ganz hilflos bin.«

Straubinger stellte beide Tassen auf das Tablett, nahm es, ging voran und setzte sich zurück vor den Kamin an den großen Holztisch. »Ich habe gestern eine alte Polizeiakte gelesen. Über den tragischen Tod Ihres Vaters im Jahr 1956. Dorenbusch, Hepp Dorenbusch, so hieß doch der Mann, der Ihren Vater damals gefunden hat.«

Sie nickte und Straubinger glaubte zu sehen, wie ihr ein Schmerz der Erinnerung durch die Glieder fuhr. Ihre Fassade schien zu bröckeln. »Ja«, antwortete sie leise. Zitternd. »Das ist der Mann, der damals hier eingezogen ist mit seiner Familie. Und das da eben, das war sein Sohn Dieter Dorenbusch.«

»Und Hepp Dorenbusch, er ist tot?«

»Tsss«, zischte sie. »Ja. Er war ja ganz nett. Damals ist er spurlos verschwunden, wurde aber für tot erklärt, damit diese elende Sippe das Erbe antreten konnte!«, antwortete sie fast schnippisch und deutete auf das Haus gegenüber.

»Wann ist er verschwunden?«

»Warten Sie, ich muss nachdenken. Ich glaube, es war 1968, im Sommer. Ja, er ist nicht mehr aufgetaucht. Einfach weg.«

»Und das ist nie aufgeklärt worden?«

Sie schüttelte den Kopf. »Nein, wir haben vermutet«, sagte sie leise, »dass er abgehauen ist. Durchgebrannt, mit einer Frau.«

»Wann hat Hepp Dorenbusch hier das Wohnrecht erhalten?«

»Es war kurz nach dem Tod meines Vaters. Unser Onkel, Vaters jüngerer Bruder Olaf, hat damals das Familienvermögen erhalten, so stand es in der Familienverfügung. Ich als unehelicher Bastard bekam nur einen Pflichtteil.«

»Wie geht denn das?«

»Damals war alles möglich. Juristen haben das so gedreht. Na ja, aber es geht mir ja einigermaßen gut. Olaf jedenfalls hat Dorenbusch hier einziehen lassen.«

»Haben Sie eine Idee, was Ihr Vater damals mit Hepp Dorenbusch im Wald gemacht haben könnte?«

Sie zuckte mit den Schultern. »Es hieß Holzarbeiten.«

»Aber was sollte Ihr Vater dort für Holzarbeiten durchführen?«

Sie machte eine nachdenkliche Miene.

»Vielleicht hat er etwas gesucht?«, bemerkte Straubinger.

Sie seufzte und legte die Hände zusammen. »Es war damals für mich und für meine Cousine Gisela ein harter Schlag. Vater war ein wunderbarer Mann. Und auf einmal war er weg. Was hätten wir tun sollen? Sie haben uns gesagt, er wäre bei Holzarbeiten auf eine Mine …« Sie drehte sich weg, verzog ihr Gesicht und fing sich dann wieder.

»Verstehe«, sagte Straubinger. »Es muss sehr schwer für Sie gewesen sein.« Er trank einen Schluck Tee und betrachtete den Shortbread Finger, den er in der Hand hielt, biss hinein und kaute. »Sagt Ihnen Dorado etwas?«

Sie zog die Augenbraue hoch, stutzte und schüttelte den Kopf. »Nein. Dorado? Was soll das sein?«

»Ein Wohnort?«

»Eldorado, die sagenumwobene Goldstadt?« Sie lächelte. »Nein, es soll irgendwo in Gressenich sein.«

Erneut schüttelte sie den Kopf. »Nie gehört. Das weiß ich nicht. In Gressenich kenne ich mich eigentlich kaum aus.«

Straubinger nickte. »Dieser Onkel, wo ist er und was macht er?«

»Olaf, er hat sich nach dem Tod unseres Vaters ganz allmählich zurückgezogen.« Sie machte eine Pause, weil die Hunde so laut kläfften und miteinander rangen, als würden sie sich gegenseitig auffressen wollen. Wie wild rannten sie hin und her, dabei knurrten sie bedrohlich.

»Scheißviecher!«, fluchte Straubinger aufgebracht. »Entschuldigen Sie, aber diese Hunde gehören nicht hierher.«

Sie nickte hilflos. »So geht das jeden Tag. Manchmal hetzt er sie auf mich und macht sich einen Spaß daraus zuzusehen, wie sie in die Kette rennen und kurz vor mir zum Stehen kommen, dass ich Angst bekomme. Und wenn ich ihn darauf ansprechen will, dann laufen die Hunde wieder auf mich zu. Der Onkel, der hat nach Vaters Tod als Nachlassverwalter das Familienvermögen in die Dürener Papierindustrie gesteckt. Man muss sagen, ziemlich erfolgreich, denn er lebt heute in einem kleinen Schloss dort oben.«

»Wieso hat er gerade in Düren investiert?«

»Die Frau vom Onkel, die gute Tante Ottilie, sie stammte von dort. Früh gestorben.«

Straubinger ließ den Blick schweifen. »Sagen Sie, was ist eigentlich mit Ihrer Mutter?«

»Meine Mutter? Na ja, sie hat mich damals gern abgegeben, in Vaters Obhut. Sie hat sich kaum um mich gekümmert. Ich hab sie noch ein paarmal gesehen nach Vaters Tod, aber sie war nicht gerade das, was man sich unter einer guten Mutter vorstellt. Vor 20 Jahren hab ich sie dann beerdigt. Lungenkrebs. Und tot«, sagte sie und machte eine Handbewegung, die das Zerplatzen einer Seifenblase imitierte.

»Ihnen geht es ja nicht gerade schlecht hier. Also bis auf den Nachbarn.« Straubinger beobachtete, wie sie reagieren würde.

Sie zeigte keine Regung. »Ich würde diese Leute dort gern loswerden, bisher ist es mir nicht gelungen.«

Irgendwie berührte Straubinger diese Frau. Ihre aufgeplusterte Art hatte zwar etwas von einer Vogelscheuche, aber er hatte erkannt, dass sie in frühen Jahren wohl ein hartes Schicksal hatte ertragen müssen, als sie ihren Vater verlor.

»Wenn Sie dann keine Fragen mehr haben …« Sie lächelte freundlich und erhob sich. »Ich bin müde, ich brauche meinen Nachmittagsschlaf.«

»Tja, das wär's dann.« Straubinger erhob sich. »Vielen Dank für Ihre Bereitschaft, mir das alles zu erzählen.«

»Gern, und kommen Sie bald wieder«, antwortete sie und reichte ihm zum Abschied die Hand.

Im »Petit Marron«

Straubingers Volvo glitt die Landstraße entlang. Zu beiden Seiten der Fahrbahn breiteten sich Felder aus, im Hintergrund rechts eine bewaldete Hügelkette, die den Blick auf vereinzelte schwarz gedeckte Häuser freigab. War er das, der Gressenicher Wald? Aus einer Senke vor ihm türmte sich eine riesige weiße Dampfwolke auf, die aus zwei Kühltürmen eines Kraftwerkklotzes heraus den blauen Himmel verhängte. Windräder am Horizont flankierten die Kraftwerkswolke und erinnerten Straubinger an Lanzenträger, die ihre Burg beschützten. Dann endlich markierte ein gelbes Ortsschild den Beginn von Gressenich, »Kupferstadt Stolberg«.

Straubinger bremste ab und fuhr die Hauptstraße entlang, vorbei an einem reinen Zweckbau, der als Kirche diente, und an alten Bruchsteinhäusern. Bald hatte er das Ortsende erreicht. Kein Mensch war auf der Straße zu sehen. Er wendete den Wagen an einer Einmündung, fuhr zurück und bog links ab. Die Straße führte hinunter in ein Tal und endete bei einer Kapelle, die an der tiefsten Stelle des Ortes stand. Es musste doch ein Wirtshaus geben, dachte Straubinger. In jedem Ort gab es ein Wirtshaus. Ein älterer Mann querte die Straße. Straubinger ließ das Fenster runter.

»Entschuldigen Sie. Gibt es hier ein Wirtshaus?«

»Watt?«, fragte der Mann. »Wirtshaus? Sie meinen bestimmt 'ne Kneipe, oder? Ja, fahren Sie mal weiter und biegen Sie links ab. Da ist ein Spielplatz, und da gibt es ein ... ein Wirtshaus.«

An dem Spielplatz hielt Straubinger an. Ein Bruchsteinhaus mit Walmdach, an den Wänden rankte üppig der Efeu. »Petit Marron« stand in Leuchtlettern auf der Wand, kleine Kastanie.

Straubinger schloss das Auto ab, sah in die Sonne und ging auf das »Petit Marron« zu. Neben dem Eingang stand handschriftlich auf einer schwarzen Werbetafel mit Kreide geschrieben: »3 Gläser Leffe ersetzen 6 Semester Philosophiestudium.«

Hier gab es also belgisches Bier. Die Tür stand weit offen, Straubinger konnte von außen einen flüchtigen Blick auf die Theke werfen.

Neben der Werbetafel stand ein kleiner Mann mit Glatze, Brille und Bierbauch allein an einem Stehtisch und rauchte. »Raucher sterben vor allem einsam«, frotzelte Straubinger und grinste den Mann im Vorbeigehen an.

»Und Idioten vor allem schnell!«, rief ihm der Mann brummig hinterher.

Hinter der Theke stand ein großer Kerl, dessen Umfang es mit dem eines Bierfasses locker aufnehmen konnte. »Das da draußen, das war ein guter Einstand, Fremder«, bemerkte er und grinste, während er ein Bier zapfte.

Vor der Theke saßen drei Männer. Zwei in Monteuranzügen, etwa 40, einer schlank und drahtig, der zweite klein und untersetzt. Sie aßen irgendeine Wurst mit Pommes und tranken Pils dazu. Der dritte Mann trug ein langes weißes Hemd, das ihm bis zu den Oberschenkeln reichte, hatte schlohweiße, schulterlange Haare, die zu seinem Bart passten, und nippte an einem dunklen belgischen Leffe. Der Mann sah aus wie Ende 60.

Straubinger grüßte kurz in die Runde und setzte sich an einen Tisch, der mit einem rot-weiß karierten Tuch bedeckt war. Der Wirt kam zu ihm und fragte nach seinem Wunsch.

»Ich nehme ein Kölsch. Und das Tagesessen.«

»Heute gibt es Scholle, gebraten.«

Straubinger nickte. »Passt.«

»Aus Bayern?«, fragte der Wirt.

»Aus Köln«, gab Straubinger zurück.

»Reden die in Köln jetzt auch schon so?« Der Wirt verschwand in der Küche.

Fünf Minuten später kam er zurück, einen Teller in der Hand und ein Kölsch.

»Scholle, Zitrone, Bratkartoffeln. Und einen Salat dazu.«

»Danke!« Straubinger blickte voller Genuss auf den Fisch. »Sagen Sie, wo ist denn der Gressenicher Wald?«

Der Wirt starrte Straubinger mit großen Augen an, streckte den Zeigefinger aus und drehte sich einmal um die eigene Achse. »Hier überall.« Er grinste. »Suchen Sie was Bestimmtes?«

»Ich hab nur davon gehört, soll schön sein dort. Und hat es dort nicht Kämpfe gegeben, im Zweiten Weltkrieg?« Straubinger registrierte aus dem Augenwinkel, dass der Mann mit dem weißen Hemd aufmerkte und herübersah.

»Kämpfe?« Der Wirt schlenderte zurück hinter die Theke. »Kämpfe ist wohl gelinde ausgedrückt. Man sagt, mit die schlimmste Schlacht während des Kriegs. Hier, vor unserer Haustür.«

»Zwei Gute!«, sagte einer der Männer in Monteurkluft.

Der Wirt schenkte zwei dunkelbraune Schnäpse ein und stellte sie wortlos auf die Theke. Die Männer tranken sie in einem Zug, verzogen kurz das Gesicht, bezahlten und verließen das Lokal.

»Hey, Bierbaron! Mein Bier, schreib's an!«, sagte der Mann mit dem weißen Hemd zum Wirt. Nachdem er den letzten Schluck getrunken hatte, kam er auf Straubinger zu, sah ihn mit großen Augen an und zischte:

»Gression trotzt blind vermessen
Gottes Satzung, Gottes Wort;
Lustbetöret, erdvergessen
Frevelten die Blinden fort.«

Schnell wieselte er zur Tür, wobei er Straubinger nicht aus den Augen ließ, und verschwand.

Straubinger kaute noch, als er den Wirt fragte: »Muss man den Herrn kennen?«

Der Wirt hielt ein Glas unter den Zapfhahn und drehte ihn auf, sodass sich das Bier mit einem hörbaren Schuss Frische in das Glas ergoss. »Dem könnten Sie eigentlich gleich hinterherlaufen. Er wohnt im Gressenicher Wald.«

»Er wohnt im Wald?«

»Ja. Hat sich eine Hütte gezimmert, vor 40 Jahren oder so. Erzählen die Leut.«

»Und da wohnt er?«

»Im Sommer. Im Winter zieht er ins betreute Wohnen. Hier gleich im Dorf. Kann es aber kaum abwarten, bis das Wetter nach dem Winter wieder besser wird.«

»Und was macht er?«

»Er malt. Wolken.«

»Sonst nichts?«, fragte Straubinger und stutzte.

»Viele Wolken.«

»Und er nennt Sie Bierbaron?«

Der Wirt nickte und brummte eine Bestätigung.

»Bierbaron. Ein guter Name.«

Straubingers Bemerkung entlockte dem Wirt ein müdes Lächeln. »Er hat für jeden im Dorf einen Namen.«

»Und wie heißt er selbst?«

»Der Wolkenmaler.«

»Und was hat er da eben aufgesagt?«

»Ach.« Der Bierbaron lachte. »Einen der alten Verse über Gression«, bedeutungsschwanger hob er den Blick und die rechte Hand, »die sagenumwobene Stadt, die hier mal gewesen sein soll.« Dann zapfte er weiter. »Er hat viele solcher Geschichten.«

»Wo finde ich ihn?«

Der Bierbaron stöhnte. »Äh, ja, neben seinem Bunker. Im Wald.«

»Bunker?« Straubinger schien verwirrt.

»Ja, ein gesprengter Weltkriegsbunker. Da steht seine Hütte.«

»Gibt es denn keinen Förster, der da einschreitet?«, fragte Straubinger.

»Doch, es gibt einen Förster. Aber der lässt ihn.«

Straubinger hakte nach: »Wie komme ich dahin, also zu der Hütte?«

»Tja, eigentlich nicht so schwer zu finden. Mit dem Auto?«, fragte der Wirt.

Straubinger nickte.

»Da vorren links«, sagte der Bierbaron.

»Das hab ich jetzt nicht verstanden, Entschuldigung«, sagte Straubinger. »Sagten Sie vorren?«

Der Bierbaron seufzte. »Also. Da … vorn … links.«

»Okay, da vorn links, jetzt hab ich es.«

Der Bierbaron grinste. »Dann die Straße bis fast zur nächsten Ortschaft.« Er zeigte Richtung Südwesten. »Richtung Mausbach, nach 'nem Kilometer, da ist links am Waldrand ein Parkplatz. Den Waldweg fahren Sie entlang. Schnurgerade, wieder so 'n Kilometer. Am Ende, etwas verwachsen, da sind drei Bunker, alle gesprengt. Einer ist noch halbwegs intakt. Da finden Sie ihn. Meistens sitzt er draußen bei seiner Hütte und malt.«

»Wolken«, stellte Straubinger fest.

»Ja, Wolken. Deshalb heißt er so.«

»Der Wolkenmaler.«

»Ja genau, der Wolkenmaler.«

Straubinger zahlte. »Scheint ein friedlicher Zeitgenosse zu sein.«

»Hoho, der kann auch anders«, sagte der Wirt mahnend. »Frag mal die vier da draußen, unsere Dorf-Punks, wie der Wolkenmaler sie liebevoll nennt.« Er zeigte kurz durchs Fenster auf ein paar Jugendliche. »Die haben so ihre Erfahrungen mit ihm gemacht.«

Straubinger beobachtete vier Halbstarke, die auf der Lehne einer Bank saßen, die Füße auf den Sitzflächen, Aludosen in der Hand. Sie schäkerten, so wie es Jugendliche in dem Alter machten.

Mittlerweile stand der Raucher von draußen an der Theke. »Was willst du denn von dem Idioten?« Er hob das Glas und trank an dem frisch gezapften Bier. »Macht nur Ärger, der Kerl.«

»Noch ein Idiot? Welchen Ärger denn?«, fragte Straubinger.

Der Mann wischte sich den Mund ab und fauchte. »Erzählt Mist, beleidigt jeden, der ihm über den Weg läuft. Denkt sich bescheuerte Namen aus. Will alles wissen über die Leute.«

Der Wirt hob korrigierend den Finger und schaute wie ein Oberlehrer. »Weiß alles über die Leute.«

Der Mann setzte einen griesgrämigen Blick auf und winkte ab.

»Hat er für Sie auch einen Namen?«, fragte Straubinger.

»Mich nennt er Tschick. Keine Ahnung, was das heißt. Hört sich bescheuert an, oder?« Er gab dem Wirt ein Zeichen, woraufhin der zum Zapfhahn griff.

»Tschick, so sagt man in Österreich zur Zigarette.« Straubinger lachte. »Vielleicht rauchen Sie zu viel für seinen Geschmack.«

»Aha.« Teilnahmslos trank Tschick erneut einen Schluck. »Jetzt stellt er seine Nachforschungen auch schon bei den Ösis an.«

Der Bierbaron machte zwei schwungvolle Bleistiftstriche auf Tschicks Deckel und stellte Straubinger ein frisches Kölsch hin.

»Wie komme ich zu der Ehre?«, fragte Straubinger.

»Bei uns wird jeder eingeladen«, antwortete Tschick ungerührt. »Beim ersten Mal.«

»Prost!« Straubinger trank das Bier in einem Zug aus und sah durch das Fenster auf den Spielplatz. Die vier Dorf-Punks, die eben noch auf der Sitzbank rumlungerten, waren verschwunden. »Beim nächsten Mal bin ich dann dran«, sagte er zu Tschick.

Als er ging, rief der Wirt ihm hinterher: »Kommen Sie wieder! Und empfehlen Sie uns weiter ... in Bayern!«

»Wenn ich mal wieder dort bin. Ich sag Ihnen, die kommen demnächst alle. Schön hier bei euch. Aber die Gläser könntet ihr ein bisschen größer machen.«

Bei den Bunkern

Die schnurgerade Schneise war rechts und links von ebenso schnurgeraden Fichten gesäumt. Ein dicht gepflanzter, undurchdringlicher Wald. Nach etwas mehr als einem Kilometer näherte sich Straubinger einer Weggabelung auf einer kleinen Lichtung.

Der Mann in dem weißen Gewand stand vor einer Blockhütte und stellte gerade eine Staffelei auf. Straubinger hielt seinen Wagen an und stieg aus.

»Hallo!«

Der Mann reagierte nicht.

Straubinger ging ein paar Schritte näher. »Hallo, entschuldigen Sie, wir haben uns eben in dem Wirtshaus unten getroffen. Erinnern Sie sich?«

Blitzschnell wendete der Mann den Kopf und starrte Straubinger mit riesigen Augen an. »Wir haben uns nicht getroffen«, schnippte er fast wütend, »wir sind uns begegnet. Das ist ein Unterschied. Und klar erinnere ich mich, was soll die Frage. Ich bin nicht blöd!«

»Sie waren ja schnell wieder hier aus dem ›Petit Marron‹.«

»Was wollen Sie?«, fragte er barsch.

»Mich interessiert das Gedicht, das Sie eben aufgesagt haben.«

»Niemand interessiert sich dafür.« Der Alte wirkte verwirrt.

»Ich schon«, widersprach Straubinger. »Worum geht es in dem Gedicht?«

Der Alte stierte Straubinger für einige Sekunden aus tiefen Augenhöhlen an, drehte sich weg und verschwand in der Hütte. Straubinger ging hinter ihm her. »Darf ich eintreten?«

»Nein!« Der Alte baute sich vor ihm auf und stemmte sich in den Eingang.

Straubinger wich zurück. »Sagen Sie mir, worum es bei dem Gedicht geht?«

Langsam kam der Weißhaarige wieder aus der Hütte heraus. »Alte Verse zu den liederlichen Menschen von Gression. So wie sie damals waren, so sind sie heute.« Er warf den Kopf in den Nacken und reckte die Fäuste.

»Den Herrgott wollten sie nicht kennen,
Als er bot den Menschen Gnade.
Gression muss niederbrennen
An des Omerbachs Gestade.«

»Sind Sie da nicht ein bisschen streng mit Ihren Nachbarn?«

Dem unwirschen Blick des Alten folgte eine Tirade an Unfreundlichkeiten. »Meine Nachbarn? Dass ich nicht lache. Ha! Eine Saubande ist das! Nichts als Scharlatane! Taugenichtse! Und Frevlerinnen!«

»Aber doch nicht alle, oder?«, fragte Straubinger.

»Was glauben Sie, hä? Ich lebe hier seit 60 Jahren. Die Menschen sind schlecht! Sie betrügen, faseln unnötiges Zeug, belügen sich und wollen nur eines: Geld, Geld, Geld! Das war damals so und das ist heute so. Gression, dem Untergang geweiht!«, rief er aus voller Brust.

»Ein großartiges Gedicht. Und Gression? Gibt es das noch?«

»Der Herrgott hat es untergehen lassen. Und genauso wird es allen hier ergehen, weil sie wieder dieselben Torheiten begehen!«, sagte er zornig, reckte beide Hände nach vorn, als wollte er etwas packen, und zog sie langsam zu sich hin.

»*Giebel stürzen, Häuser fallen,*
Bäume werden unterspült;
Von der Woge mächt'gem Prallen
Wird der Boden aufgewühlt.«

Der alte Mann kochte. Er konnte sich kaum beruhigen, atmete hektisch und machte merkwürdige Bewegungen mit den Händen, wand sich und verkrampfte das Gesicht. Dann, von einer Sekunde auf die andere, setzte er eine strenge Miene auf. »Alle bekloppt«, brummte er und wedelte mit der Hand vor seiner Stirn hin und her.

Straubinger sah ihn lange an. »Haben Sie Angst?«

»Angst?« Der Alte sah zu Boden. »Angst, nein, keine Angst. Vor wem? Vor diesem gottlosen Volk?« Heftig schüttelte er den Kopf. »Der Untergang ist nicht mehr weit. Und weißt du was, Bayer?«, sagte er voller Überzeugung. »Du bist Polizei, ich sehe es dir an. Und auch du glaubst es mir nicht. Niemand glaubt es!«

Straubinger ging auf die Hütte zu und startete erneut den Versuch, einen Blick hineinzuwerfen. Der Alte stellte sich sofort vor ihn und blockierte ihm erneut den Zugang.

»Sie wissen, dass Sie im Wald eigentlich nicht wohnen dürfen?«, sagte Straubinger.

Der Alte folgte seinem Blick, ging noch näher an ihn ran, bückte sich und sah ihm mit seltsam verdrehtem Hals von unten in die Augen. »Meint er das ernst, Polizei?«

Straubinger nickte. »Ja, ich meine das ernst.«

Der Alte stolperte scheinbar und trat Straubinger voll auf den Fuß, ausgerechnet auf den Fuß, in dem ihm die Platten und Schrauben eingebaut worden waren.

»Oh«, rief der Alte schwülstig. »Oh, entschuldigen Sie ...«

Straubinger war klar, dass dieses kleine Schauspiel von Gemeinheit getrieben war. Er setzte ein gleichgültiges Gesicht auf.

Der Wolkenmaler stutzte und rüttelte an Straubingers Arm. »Hm? Tut ihm der Fuß nicht weh?«

»Nein, tut mir nicht weh.«

Der Alte nahm einen Stock, der neben der Tür zur Hütte stand, und klopfte zweimal auf Straubingers dünnen Turnschuh. »Nicht weh?«

Straubinger schüttelte gelassen den Kopf. »Nein.«

Der Wolkenmaler betrachtete ihn und seinen Fuß mit fragendem Blick. Dann holte er weit aus, ließ den trockenen Haselnussstock niedersausen, sodass es krachte, als hätte er ihn gegen einen Panzer geschlagen. Prüfend starrte er Straubinger ins Gesicht, der immer noch keine Miene verzog.

»Eisenfuß«, murmelte der Alte. Skeptisch musterte er Straubinger von oben bis unten. »Du bist ein Mann mit Charakter.« Während er Straubinger verwirrt betrachtete, fasste er sich ans Kinn. »Komm, Eisenfuß!« Er stellte den Stock zur Seite und führte Straubinger in seine Hütte.

Überall standen große und kleine bemalte und unbemalte Leinwände. Die Bilder zeigten den Himmel, manchmal war er blau mit Schönwetterwolken, manchmal grau mit bedrohlichen Wolkentürmen, dann war der Himmel in frühmorgendliches Grün getaucht oder in vormittägliches Gelbgrün, immer waren Wolken zu sehen, mal weiße, dann gräulich-lilafarbene oder rötlich leuchtende. Einige Bilder zeigten die watteähnlichen Wolken des Kraftwerks vor einem satten Blau. Aber alle Bilder zeigten eben nur Himmel, keinen Horizont.

»Sie sind ein Meister der Wolken«, sagte Straubinger und presste anerkennend die Lippen zusammen. »Ist es immer derselbe Himmel, den Sie malen?«

Der Wolkenmaler nickte. »Immer derselbe. Immer der Himmel über dieser gottverfluchten Scholle«, sagte er leise, richtete den Blick nach oben, machte eine beschwörende Handbewegung und ging leicht in die Hocke. »Dieser Himmel hat alles Böse der Welt gesehen«, flüsterte er.

»Was … Was meinen Sie mit dem Bösen?«, fragte Straubinger gespannt.

»Krieg und Zerstörung. Hunger und Vertreibung. Mord und Totschlag«, zeterte er, während er einen Schritt vor die Tür machte.

»Und warum malen Sie ihn unentwegt, den Himmel? Ist das Böse auf die Dauer nicht lähmend?«

Der Alte hielt den Blick nach oben gerichtet und blinzelte in die Sonne, als suche er die Ewigkeit. »Komm, Eisenfuß, komm!« Dann zog er Straubinger hinterher. »Sieh hin«, sagte er. »Das Böse ist dort, überall. Und ich«, beschwor er und zeigte jetzt nach oben, »ich muss das Gute in meinem Himmel finden.«

Straubinger betrachtete die weißen Wolken und das kühle Blau. Sein Blick wanderte in das bärtige Gesicht des Alten, dessen Augen glühend auf seine Bestätigung warteten. Straubinger nickte. »Wie zeigt sich der Himmel heute?«

»Coelinblau, kalt wie Stahl, hart wie dein Fuß. Heute male ich ein neues Bild. Ich habe seit Tagen auf dieses Wetter gewartet.« Er machte sich an seiner Staffelei zu schaffen.

»Sagen Sie mal, haben Sie eigentlich einen Namen?«

Verstört starrte er Straubinger an. »Natürlich hab ich einen Namen.«

»Wie darf ich Sie nennen?«, wollte Straubinger wissen.

»Nenn mich so wie alle. Nenn mich Wolkenmaler«, sagte er mit ernster Miene. »Namen sollten ja etwas über einen Menschen erzählen. Ich gebe jedem einen eigenen, eine treffende Bezeichnung. Ich bin Wolkenmaler, du bist Eisenfuß. Das sagt mehr aus als der Taufname, der uns in Unwissenheit als Kind gegeben wurde, ohne uns zu kennen.« Er schob den Haltebügel nach oben und klemmte eine leere Leinwand fest.

Straubinger beschloss, ihn fortan ebenfalls zu duzen. »Gut, du bist der Wolkenmaler.«

Er nickte.

»Ich habe Bilder wie diese heute schon mal gesehen. Im Kupferhof Blumenthal.«

Der Wolkenmaler zeigte keine Regung.

»Bei Gerhild Vandenberg. Kennst du sie?«, fragte Straubinger.

Der Alte sah zu Boden. Plötzlich schnellte er vor wie eine Krähe und keifte ihn an: »Du wirst ihr nichts tun!« Seine Augen schienen zu lodern.

Straubinger wich zurück. »Nein, nein, was sollte ich ihr tun?«

Der Wolkenmaler wühlte in einem Holzkasten mit Farben. Er holte drei Tuben hervor und quetschte je einen dicken Klecks auf eine Holzpalette. Dann nahm er einen breiten, schweren Pinsel, lud ihn mit den drei Farben auf und schlug ihn wild auf die Leinwand. Straubinger sah fasziniert zu, wie er eine Grundierung anlegte, die bereits einen weiten, kühlen Himmel in seinen Augen entstehen ließ.

»Sag mal, Wolkenmaler, was ist unter deinem Himmel?«

»Unter? Unter meinem Himmel?«

»Was ist das, was du nie malst?«

Der Wolkenmaler antwortete nicht.

»Was wäre auf einem Bild zu sehen, wenn du den Horizont malen würdest? Was würde ich dort erkennen?«

»Kann man nicht malen«, schnarrte er, sah ihn verschämt an und trippelte zurück in die Hütte, als müsse er ein Geheimnis beschützen.

»Ich will, dass du es für mich malst«, sagte Straubinger und stützte sich am Türsturz ab. »Ich will wissen, was dein Horizont zeigt.«

Der Wolkenmaler sah stoisch ins Leere. Er verzog keinen Muskel im Gesicht, sagte nichts und atmete schwer.

»Es wäre ein besonderes Bild.« Straubinger ließ nicht locker. »Was würde es zeigen?«

Der Wolkenmaler holte zwei Schnapsgläser und zeigte ihm eine klare Flasche mit einer braunen, leicht trüben Flüssigkeit. »Wolkenels« stand dort schwungvoll in Frakturschrift, ein hellblauer Himmel war auf das Etikett gemalt. Aus der Flasche ließ er je einen Schnaps in die Gläser fließen. »Trink!«

Straubinger nahm das Glas, roch daran und rümpfte die Nase. »Was ist das?« Das bitterstarke Aroma widerte ihn ein wenig an.

»Els. Aus Kräutern, die dir den Magen vergrätzen und ihn doch schützen vor all dem Unheil, das in dieser Luft schwebt.« Der Wolkenmaler hielt das Glas gegen den Himmel. »Das einzig Heilbringende hier in der Gegend!«, rief er. Dann forderte er Straubinger noch mal zum Trinken auf. »Weg damit!« In einem Zug kippte er den Schnaps in seinen Schlund.

Straubinger tat dasselbe. »Puh, ganz schön bitter. Was ist denn da drin?«, fragte er und verzog das Gesicht.

»*Artemisia absinthium*, Wermutkraut. Der Franzos' macht seinen Absinth draus, der Italiener den Martini und der brave Eifler seinen Els. Und mein Els enthält außerdem Minze. Bau ich hier hinter der Hütte an. Gut bei Magenbeschwerden! Das macht aus ihm eine Medizin, und Medizin ist eben besonders bitter.«

Straubinger betrachtete den grünlichbraunen Schimmer am Rand des leeren Glases und schüttelte sich. »Wer denkt sich so was aus?«

»Mit Els hat früher manch wackerer Bauer die Verdauung seiner Kuh reguliert. Und was fürs Vieh gut ist, das kann dem Menschen nicht schaden.«

1956 – MONTAG, 21. MAI

Gressenicher Wald, 9.35 Uhr
– eine Viertelstunde vor dem Moment

Sie führte den Jungen in einem weiten Bogen durch dichten Wald um die Lichtung herum, bis sie auf der gegenüberliegenden Seite angekommen waren. Der Junge blieb die ganze Zeit hinter ihr. Dann blieb sie stehen. »Guck mal!«, rief sie. »Siehst du?« Sie zeigte auf eine Stelle im Unterholz, wenige Meter vor ihnen.

»Uiui«, staunte der Junge, »zwei Steinpilze.«

»Die kannst du nehmen. Unten direkt am Boden abschneiden und vorsichtig in die Tasche legen. Da stehen bestimmt noch mehr«, sagte sie und wies auf das Wurzelwerk eines großen Baums, ein paar Schritte entfernt.

»Womit denn?«, fragte der Junge.

Sie fasste in ihre Manteltasche, lächelte ihn strahlend an, holte ein großes silberglänzendes Taschenmesser hervor, an dem eine kleine Kette mit einer Medaille baumelte, und hielt es ihm hin.

Der Junge konnte es kaum fassen. »Boaaah! Für mich?«, fragte er leise, als würde er befürchten, dass sie es wieder wegnähme.

Sie nickte. »Ja, für dich, mein Schatz. Du wirst bald acht. Da kannst du mit so was jetzt umgehen.«

Voller Glück nahm er das schwere Messer in die Hand, las die Gravur darauf mit seinem Namen und öffnete es.

Er wollte seiner Mutter in die Arme fallen, doch sie hielt ihn zurück. »Vorsicht, mein Junge, es ist scharf!«, sagte sie.

»Das ist ja richtig groß! Woher hast du es?«, fragte er leise, voller Ehrfurcht.

»Es … Es ist …«, ihr Blick lag zwischen Demut und Befürchtung, »es ist von deinem Papa.«

Der Junge sah sie traurig an. »Wo ist er denn?«

»Du weißt doch, dass er nicht da ist.« Sie wollte ihm gerade ausführlicher antworten, da ging sie schnell in die Hocke und hob den Zeigefinger an die gespitzten Lippen. »Psst«, flüsterte sie, »da sind zwei.«

Der Junge klappte das Messer zu, stützte seine Hände auf die Knie und folgte ihrem Blick durchs Unterholz, und tatsächlich: Zwei Männer sprachen miteinander, der jüngere schien dem älteren etwas zu zeigen. Mitten in dem Durcheinander gesprengter Bäume.

»Was machen die da?«, fragte der Junge.

»Ruhig!«, zischte sie und gab ihm einen Klaps auf die Lippen.

Vor Schreck zwinkerte der Junge kurz mit den Augen. Dann beobachtete er, wie der ältere der beiden Männer mit einem merkwürdigen Gerät voranging. Er trug einen schweren Rucksack, hielt eine Stange mit einem dicken Teller am unteren Ende in der rechten Hand und bewegte sie hin und her über den Boden. Ab und zu hob er die Hand und rief etwas, woraufhin der Jüngere hinter ihm ein kleines Fähnchen in den Boden steckte. Dann rief der Ältere: »Ich hab hier was!«

»Mama, was ist das für ein Ding?«, fragte der Junge aufgeregt. »Das sieht aus wie ein … ein Putzschrubber oder so.«

Die Mutter folgte mit ihrem Blick seinem ausgestreckten Zeigefinger. Sie beobachtete, was der Ältere machte, und hob ratlos die Schultern. »Ich weiß es nicht. Ist egal. Ist nix für uns, hörst du?«

Der Junge nickte enttäuscht. »Aber …«

»Nix aber!«, befahl die Mutter streng. »Wir machen weiter. Und lauf nicht weg, hörst du? Ich nehme die Pilze dahinten.«

Während seine Mutter Pilze abschnitt, hockte der Junge neugierig hinter einem Busch und schaute den beiden Männern zu. Der Ältere begann damit, das Gestrüpp zu entfernen. Der Jüngere ging etwa die Hälfte des Weges zurück, den sie gegangen waren, sah kurz zum Älteren hinüber, der ihm gerade den Rücken zukehrte und anscheinend sehr beschäftigt war, zog vier Fähnchen heraus und pflanzte sie an einer anderen Stelle wieder ein.

»Nun mach schon«, tuschelte seine Mutter mahnend.

Der Junge schickte sich an, die beiden Pilze zu ernten, so wie seine Mutter es ihm gezeigt hatte. Dann entdeckte er vor sich unter einem kleinen Haufen Reisig ein weiteres Exemplar, viel größer als die beiden anderen. Er schnitt den dritten Pilz vorsichtig ab und hob ihn wie eine Jagdtrophäe jauchzend in die Höhe. »Guck mal, Mama!«, rief er. »Ein Riesending!« Stolz stand er da, mit einem Steinpilz in der gereckten Hand, fast so groß wie zwei seiner Fäuste, das Taschenmesser in der anderen.

»Psst«, mahnte die Mutter erneut, deutete dem Jungen an, sich zu bücken, und hoffte, dass die beiden Männer sie nicht gehört hatten.

SAMSTAG, 13. JUNI

Privathaus Adalbert Meurer

»Vandenberg«, sagte Meurer und nickte. »Alteingesessene Messingdynastie.« Er strich sich durch sein struppiges graues Haar. »Die Familie um Heinrich I. Vandenberg ist 1595 aus Aachen hierhergezogen. Und Heinrich I. Vandenberg war nicht der einzige Kupfermeister, der nach Stolberg kam! Die Stadt hatte einiges zu bieten«, erklärte Meurer voller Stolz.

»Messing, Kupfer? Messingdynastie, Kupfermeister, was denn jetzt?« Straubinger war verwirrt.

»Also Kupfermeister ist eigentlich nicht richtig. Stolberg hat ein besonderes Erzvorkommen, das sehr selten ist in dieser Ausprägung. Galmei heißt es.«

»Da bin ich ja beim Vorsitzenden des Geschichts- und Heimatvereins genau richtig«, stellte Straubinger fest. »Und ich bin dankbar, dass Sie mich an einem Samstag empfangen.«

Meurer nickte sichtlich geschmeichelt. »Ja, Galmei ist eines der bevorzugten Forschungsobjekte in unserem Verein. Und dann hatten wir natürlich noch die Bleierze, weshalb sich in Stolberg ein beachtlicher Bleiabbau entwickelt hat, aber das ist alles längst vorbei.«

»Galmei also. Was ist das genau?«, fragte Straubinger.

»Ein Zinkerz. Hier in Stolberg hauptsächlich Zinkcarbonat, im nahen Belgien kommt es überwiegend als

Silikat vor. Dort nennen sie das Erz Calamine oder Kelmis, so heißt deshalb auch ein größerer Grenzort in der Nähe von Aachen. In Belgien, genauer in der Stadt Dinant, haben die Messingschläger, die sogenannten Batteurs, bis ins 15. Jahrhundert Messingfeingeschirr hergestellt und nach ganz Europa verkauft, Paris, London, Deutschland. Nach der Zerstörung Dinants durch die Burgunder und Niederländer sind die Batteurs nach Aachen geflohen und haben sich später in Stolberg niedergelassen. Den Galmei hat man gemahlen, mit Holzkohle und Kupfer vermischt, dann auf 1.000 Grad erhitzt, und raus kam Messing, eine Legierung aus Zink und Kupfer.«

»Und das wurde hier in Stolberg hergestellt?«

»Ja, in den Kupferhöfen. Bis vor ungefähr 200 Jahren wusste man allerdings noch nicht, dass im Galmei eigentlich Zink drinsteckt. Messing hielt man daher für eine andere Form von Kupfer und man hat es ›Gelbes Kupfer‹ genannt. Die Messingschmiede hießen folglich Kupfermeister und deren Wohnhäuser und Betriebsstätten nannte man Kupferhöfe. Und davon gibt es in Stolberg, und nur hier, noch ein gutes Dutzend.«

»Und warum sind so viele Kupfermeister nach Stolberg ausgewandert?«

»Drei Gründe. Erstens: Gefäße aus Messing kamen damals in ganz Europa mehr und mehr in Mode. Um Messing in Massenproduktion herzustellen, brauchte man Wasserkraft für die Hammerwerke, mit denen man aus den Messingplatten die Hohlformen herstellen konnte. In Aachen aber gehörte das Wasser den Tuchfabrikanten. Zweitens: Galmei ist sehr schwer. Die Aachener mussten das Erz erst einmal aus Belgien holen. Da bot es sich doch an, die Hammerwerke direkt dort zu errichten, wo das Erz unmittelbar neben fließendem Wasser abgebaut wurde, nämlich in Stolberg.«

»Und der dritte Grund?«, fragte Straubinger.

»Die Religion. Die Aachener Kupfermeisterfamilien waren überwiegend Protestanten. Das urkatholische Aachen hat ihnen im Zuge der Gegenreformation das Leben schwer gemacht. Ihnen wurden die Rohstoffe gesperrt, sie wurden geächtet. Die Stolberger aber haben sie dankbar aufgenommen. Stolberg wurde dadurch reich, Aachen verarmte. Wie dumm kann man sein?«, sagte Meurer kopfschüttelnd und lachte. »Tja, und so kam es, dass wir uns in Stolberg heute rühmen dürfen, das älteste industrielle Familienunternehmen Deutschlands zu beherbergen, die Prym Werke.«

»Spannende Geschichte. Aber was ist mit den Vandenbergs?«

Meurer dachte kurz nach. »Tja, die Vandenbergs. Verlierer zur Zeit des Umbruchs.«

Straubingers Neugier wuchs. »Welchen Umbruch meinen Sie?«

»Irgendwann hat man dann doch festgestellt, dass reines Zink viel leichter ist als Galmei. Also schaffte man reines Zink fortan dorthin, wo das Kupfer gefunden wurde, statt umgekehrt. Dadurch verlor die Messingindustrie in Stolberg an Bedeutung. Die Kupfermeister mussten sich auf andere Geschäftsfelder einstellen. Kurzwaren, Glas, Textilien. Während andere das wunderbar schafften, verloren die Vandenbergs den Anschluss.«

»Und ihr Kupferhof?«

»Ihr Anwesen, der Kupferhof Blumenthal, verfiel in

der Folge zunehmend. Ein Teil der Familie lebte nur noch in einem Flügel des Hauses, im Südflügel.« Meurers Gesicht drückte Bedauern aus, hellte sich aber gleich wieder auf. »Aber dann, wie durch ein Wunder, in den 30er-Jahren, da kamen die Vandenbergs wieder zu Geld.«

»Wie das?«

Meurer hob die Schultern. »Die Vandenbergs hatten in Bier investiert. Nazis haben ja nicht nur gebrüllt, gesoffen haben sie auch wie die Löcher. Vandenberg Pils, ein schlimmes Gesöff.«

»Eine turbulente Zeit«, bemerkte Straubinger lakonisch. »Aber Gerhild Vandenberg lebt ja heute noch dort.«

»Ja. Die letzte Vandenberg ist Gerhild Vandenberg.«

»Und Heinrich Vandenberg, ihr Vater?«

Meurer stutzte. »Aha, Sie haben schon ein wenig vorgearbeitet. Da läuft also der Hase lang!« Meurer atmete durch. »Tja, Heinrich III. Vandenberg, er ist damals mit dem Brauen wieder zu großem Wohlstand gekommen. Später starb er bei Waldarbeiten. Im Gressenicher Wald. Tragische Sache, ist wohl auf eine Mine getreten.«

»Wissen Sie Näheres darüber?«

»Unterlagen gibt es angeblich nicht darüber. Wir vom Geschichtsverein haben da sehr gründlich recherchiert. Sogar in den Polizeiakten haben wir nichts gefunden.« Meurer schüttelte den Kopf. »Nein, da existiert nichts mehr.«

»Und Gerhild, was war mit ihr?«

»Gerhild ist in meinem Alter, sie war also damals 16, als das mit ihrem Vater passiert ist.«

»Welches Verhältnis hatte sie zu ihrem Vater? Was war er für ein Typ?«

»So gut kannte ich ihn nicht. Aber ich weiß noch, dass er politisch eher liberal gewesen ist. Belesen, geachtet, und er war kein Nazi, im Gegensatz zu seinem Bruder Olaf. Der hat ja nach Heinrichs Tod nicht nur das Familienerbe, sondern auch Gerhilds Vormundschaft übernommen, der alte Nazi-Kopp.«

»Und sie, war sie nicht aufmüpfig gegen ihn, einen Nazi?«

Er lachte. »Nein, Gerhild war zu schüchtern, ein bisschen ängstlich und sehr verletzlich. Hat sich immer nur für Kunst interessiert. Sie war leise, wurde in der Schule nicht gut behandelt von ihren Gleichaltrigen. Als ›Kopperdöppe‹ wurde sie verspottet, also Kupfertöpfchen. Nicht etwa, weil sie aus einer Kupfermeisterfamilie stammte, nein. Sie hatte kupferrote krause Haare.« Meurer verfiel in einen Flüsterton. Hinter vorgehaltener Hand ergänzte er: »Sie war unehelich.«

»Ihr alten Leut.« Straubinger grinste und schüttelte den Kopf. »Ihr kriegt die verschrobenen Moralvorstellungen irgendwie nicht aus dem Kopf, wie? Ist doch kein Verbrechen, unehelich zu sein.«

»Nein, im Gegenteil, also heut ist das doch alles egal. Aber damals war das ganz anders.« Meurer winkte verunsichert ab. »Ich mein ja nur!«

»Was meinen Sie ja nur?« Straubingers Stimme wurde ein wenig ärgerlich.

»Also in den 5oern«, Meurer hob den Zeigefinger und schwang ihn bedrohlich hin und her, »da war das … Es war eben so … eine Schande, unehelich zu sein, das kann ich Ihnen sagen.«

»Schon klar, das arme Mädchen wird es jeden Tag gespürt haben.«

»Ja, äh, und die roten Haare, das lag in der Familie mütterlicherseits. Rote Haare, das war damals kein Zuckerschlecken. Ihrer Cousine Gisela«, Meurer hielt kurz inne und sah nach oben, »Robrecht mit Familiennamen hieß sie, glaube ich, ihr ist es damals ähnlich ergangen. Die beiden waren die besten Freundinnen.«

»Lebt sie noch, ihre Cousine?«

»Ja, sie lebt heute, soweit ich weiß, in Gressenich.«

Am Waldrand

Gisela Robrechts Name stand im Telefonbuch. Straubinger stutzte. Eine dreistellige Telefonnummer?

»Sagen Sie, Anja, was ist denn das für eine Vorwahl?«, fragte er und hielt ihr das dünne Telefonbuch der Stadt Stolberg hin.

»Das ist die Vorwahl von Gressenich und umliegenden Dörfern. Hatte als Gemeinde eine eigene Ortsvorwahl. Ist bis heute so.«

Straubinger verzog verwundert das Gesicht. »Aber eine dreistellige Telefonnummer. Was bedeutet das?«

»Nix Besonderes. Außer, dass es eine sehr alte Nummer ist. Das muss also jemand sein, der schon lange dort wohnt.«

»Kennen Sie die Straße?«

Anja Schepp sah sich die Adresse an und machte ein unwissendes Gesicht. »Nein, kenn ich nicht. Liegt daran, dass ich in Gressenich gar nix kenne. War nur ein- oder zweimal dort.«

Straubinger griff zum Hörer und wählte die Nummer.

»Bei Robrecht«, meldete sich eine junge weibliche Stimme.

»Straubinger, Polizei Stolberg. Ich möchte gern Frau Gisela Robrecht sprechen.«

»Das geht jetzt nicht. Frau Robrecht ist nicht gut dran.«

»Mit wem spreche ich?«

»Martina. Pflegedienst ›Der Sorgsame Heiland‹.«

Straubinger sammelte sich. »Hm, ja, das verstehe ich. Kann ich Frau Robrecht besuchen? Ich habe eine Frage an sie.«

»Augenblick«, sagte sie. Nach ein paar Sekunden: »Hören Sie? Frau Robrecht fragt, ob es wichtig ist.«

»Es betrifft ihre Vergangenheit«, sagte Straubinger und wartete ab.

Wieder kurzes Schweigen. »Frau Robrecht fragt, ob es Ihnen am Nachmittag recht ist. Kommen Sie vorbei. So gegen halb fünf? Kaffeezeit?«

»Gut. Ich werde pünktlich sein.«

Es roch nach Regen. Unter ihm pfiff der Asphalt. Der Himmel war düster, das Kraftwerk in der Ferne kaum zu sehen. Am Ortsschild orientierte er sich nach seinem Navigationsgerät. Es führte ihn quer durch das Dorf, vorbei an der Kapelle, über den Bachlauf, auf der anderen Seite den Berg hinauf. Das Haus stand auf einer Anhöhe, ein wenig isoliert in einer Gruppe von Pappeln, Birken und Blautannen. Straubinger parkte den Volvo direkt vor dem Haus und ging den Kiesweg entlang, der durch einen üppigen Vorgarten führte. Ein lauter dreitöniger Gong erschallte, als er auf die Klingel drückte.

Es dauerte etwa eine Minute, da wurde das kleine Tor mit einem Surren entsperrt. Straubinger ging die Treppe aus Naturstein hinauf, der zart gebändert in grünlichen und lila Farben glitzerte. Die schwere Haustür, mit schmiedeeisernem Laubwerk verziert, wurde einen Spaltbreit geöffnet.

Straubinger stellte sich vor und zeigte seinen Ausweis. »Darf ich eintreten?«

Die Tür öffnete sich. Vor ihm saß eine vielleicht 70-jährige Dame in einem Rollstuhl, die wild frisierten Haare leuchteten rot. Die Ähnlichkeit zu ihrer Cousine ließ sich nicht leugnen. Sie trug ein elegantes Kleid, ihre Lippen waren dunkelrot nachgezogen, ihre Wimpern mit Mascara geschminkt. In ihren blauen Augen mit den großen tiefschwarzen Pupillen war nichts Trübes zu erkennen, was ihnen ein unerhörtes Maß von jugendlichem Glühen verlieh, obwohl die Gesichtshaut der Frau in unzähligen Falten lag.

»Kommen Sie vom Gesundheitsamt, Herr … äh … Staubinger, richtig?«

»Straubinger, mit r, und nein, ich komme nicht vom Gesundheitsamt. Ich bin Polizist.«

»Wollen Sie irgendwas prüfen? Oder warum machen Sie den weiten Weg hierher?«, fragte sie skeptisch.

»Nein, nein. Ich hab ein paar Fragen zu früher, zu Ihrer Kindheit. Alles andere interessiert mich nicht.«

»Gut, kommen Sie rein«, sagte sie, atmete hörbar erleichtert durch und fuhr ein Stück zurück.

»Erst einmal vielen Dank, dass Sie mich empfangen, liebe Frau Robrecht.« Straubinger reichte ihr die Hand. »Ich bin wirklich froh, dass es Ihnen offensichtlich besser geht als heute Morgen.«

»Ach, alles halb so wild.« Sie wiegelte ab und kicherte. »Sie müssen entschuldigen.«

Straubinger nickte.

Sie ließ seine Hand nicht los. »Heute Morgen, die Schwester Martina. Immer besorgt um mich. In Wirklichkeit geht es mir ganz gut. Aber wenn sie hier ist, dann spiel ich ein bisschen die Kränkliche«, gluckste sie mit diebischer Freude. »Sonst fühlt sie sich nicht genug beachtet. Sie will ja gebraucht werden, das liebe Ding. Sonst kommt sie vielleicht irgendwann nicht mehr.« Die alte Dame klopfte sich auf die Schenkel. »Sie quatscht zwar ein bisschen zu viel, aber ansonsten ist sie ganz nett.« Gisela Robrecht rollte voran in die Küche. »Kommen Sie!«

Straubinger ging ihr hinterher. »Setzen Sie sich. Sie bekommen jetzt von mir einen guten Kaffee.«

»Wohnen Sie allein?«

Sie nickte. »Ich hab ein bisschen was geerbt. Da hab ich ein frei stehendes Haus in einer schönen Umgebung gesucht. Vor 30 Jahren, wissen Sie, da konnte man sich so ein Haus noch leisten.« Sie zeigte auf die Kaffeemaschine. »Wären Sie so nett, bitte?«

Straubinger füllte zwei Tassen und brachte sie hinüber zum Tisch.

»Und Sie sind wirklich nicht von der Pflegekasse oder so?«

»Nein, ehrlich nicht. Ich hab wirklich keine Gesundheitsfragen.«

»Dann ist ja alles gut.« Sie atmete noch einmal tief durch, stand auf und ging zum Kühlschrank.

»Nanu? Sie können ja laufen«, sagte Straubinger staunend.

»Ja, den da hab ich nur, weil sie ihn mir zugeteilt haben.« Sie deutete auf den Rollstuhl. »Pflegestufe und so. Wenn ich jetzt sag, ich brauch ihn nicht, dann kommt niemand vom Pflegedienst. Und dann wäre ich sehr einsam. Wenn es klingelt, dann sitz ich immer im

Rolli. Man weiß ja nie, ob jemand kontrollieren kommt. Milch? Zucker?«

»Schwarz.«

»Oh, einer von den harten Burschen«, sagte sie fröhlich. »Ich nehme Milch und Zucker. Mein Arzt schimpft, aber mir ist das egal.« Sie brachte ein Milchkännchen und eine Zuckerdose an den Tisch. »Und nun, was kann ich für Sie tun, Herr Staubinger?«

»Straubinger. Hauptkommissar Straubinger, wenn es Ihnen recht ist«, gab er zurück und grinste.

»Ja, klar, Strrrraubinger«, sagte sie belustigt und rührte in ihrem Kaffee.

Er rückte sich zurecht. »Als Sie ein Kind waren, da sind Sie in die Mädchenschule in Stolberg gegangen?«

»Ja, das bin ich. Das heutige Ritzefeld-Gymnasium.«

»Und Ihre Cousine Gerhild auch.«

»Ja, Gerhild auch. Sie war zwei Klassen unter mir. Den Abschluss hat sie also erst später gemacht.«

Straubinger beobachtete sie aufmerksam. »Aber sie ist doch gleich alt wie Sie?«

»Ja, aber sie war ein wenig … zurückgeblieben … so haben wir immer gesagt«, sie lachte peinlich berührt. »Sie wurde ja erst ein Jahr später eingeschult. Und dann musste sie kurz vor Schulende, also das vorletzte Jahr, das musste sie wiederholen. Sie war still, in sich gekehrt.« Das Bedauern in ihrer Stimme klang echt. »Sie wurde von allen unterschätzt. Dabei konnte sie wirklich gut zeichnen und werken. Sie macht ja heut noch diese bemerkenswerten Statuen«, fügte sie etwas geringschätzig hinzu.

»Ja, ich hab welche in ihrem Garten gesehen«, sagte Straubinger. »Und ihr Vater? Wie war er zu ihr?«

Ihre Züge wurden streng. Sie presste die Lippen zusammen. »Was … Was soll ich zu ihm sagen? Ein fleißiger, gut aussehender, von allen geachteter Mann.«

Das kam etwas oberflächlich, dachte Straubinger. Ihm fiel das Unbehagen in ihren Augen auf. »Und? Da war sicherlich noch eine andere Seite an ihm.«

Sie sah zu Boden. »Wissen Sie, ich will nicht schlecht über einen Toten reden.«

»Sie reden ja nicht über den toten Heinrich Vandenberg, Sie reden ja über ihn, als er noch lebendig war. Also erzählen Sie es mir. Wie war er sonst noch?«

»Der konnte ganz schön böse werden. Ein Choleriker. Herrisch war er, dieser Heinrich Vandenberg III., der verbitterte Sack.« Sie hob die Hand an den Mund, als wäre noch jemand im Raum. »War ja ein linker Hund!« Sie zog die Hand wieder zurück. »Ist von den Nazis ziemlich drangsaliert worden und bisweilen hat er das an allen anderen ausgelassen«, presste sie hervor. »Die Gerhild, die hat er nicht anerkennen wollen, lange nicht.«

»Inwiefern?«

Sie räusperte sich. »Gerhilds Mutter und meine Mutter kamen aus einer ärmlichen Familie. Kaum was zu beißen. Der Heinrich hat zwar Gerhilds Mutter nicht geheiratet, aber die Gerhild hat er zu sich holen müssen.«

»Müssen, wieso müssen?«

Gisela Robrecht verdrehte die Augen. »Ach, ihr jungen Kerle, ihr wisst gar nichts über früher. Es gab Vorstellungen. Vom Zusammenleben, von Anstand und so. Ein uneheliches Kind, das war nicht so einfach. Das war … Schändlich war das. Der Heinrich, der hat sie geholt, zum Trotz. Aber gemocht hat er sie deshalb noch lange nicht.«

»Und woher wissen Sie das alles?«

»Ich durfte sie oft besuchen, ich war eben die Cousine. Manchmal tagelang, wochenlang. Dem Heinrich war es recht, da musste er sich weniger um sie kümmern. Und meiner Mutter auch, ein Maul weniger zu stopfen. Seine Haushälterin, die brave Tini, die hat die Gerhild und auch mich streng erzogen. Heinrichs Frau war ja früh gestorben und er hat nie wieder geheiratet. Und uns ging es gut, solange der Olaf in der Nähe war.«

»Der Bruder, Olaf, war also gut zu ihr?«

Sie nickte, sagte aber nichts weiter.

»Und dann, dann ist ihr Vater, Heinrich, gestorben«, ließ Straubinger fallen. »Bei Holzarbeiten.«

Sie keuchte, schüttelte sich und sah an die Decke. »Die alten Geschichten. Immer wieder die alten Geschichten.«

»Wenn Sie eine Pause brauchen …«

»I wo! Ich brauch keine Pause. Ich will, dass das endlich vorbei ist! Wissen Sie, wie lange ich gebraucht habe, um alles zu vergessen?«

»Es war sicher schlimm für Gerhild, als er gestorben ist.«

»Ja, das war es … aber Holzarbeiten?« Sie hob die Schultern und seufzte. »Er konnte nicht mal eine Säge halten. Wir mussten es einfach glauben.«

»Was ist nach Heinrichs Tod passiert?«

»Gerhilds Onkel Olaf, er hat sich ihrer angenommen. Gerhild war klein, schmächtig, ein bisschen linkisch, mit kupferrotem Krollenkopp, sie konnte sich nicht wehren. Für die meisten Menschen galt er als unausstehlicher

Mann, während sein Bruder Heinrich nach dem Krieg von allen hofiert und gemocht wurde. Und dann, nach Heinrichs Tod, da war nur noch Olaf übrig. Ein Scheiß-Nazi«, sagte sie und spie das Wort beinahe aus. »Aber mir hat er nichts getan.«

»Und ihr, also Gerhild?«

Sie hob die Schultern. »Er hat sie beschützt, wenn alle wieder mal über sie herzogen, sie wegen ihrer roten Haare beschimpften und verspotteten.«

»Rote Haare? War das Grund genug, jemanden zu verspotten?«

»Haben Sie 'ne Ahnung! Sehen Sie sich das an!«, schäumte sie vor Wut und krempelte sich die Arme hoch. »Sommersprossen überall. Rote Haare überall. Rote Haare waren in den 50er-Jahren noch was wirklich Schlimmes bei uns hier. Juden durften ja nicht mehr beschimpft werden, aber Leute mit roten Haaren, die konnte man beschimpfen und verschmähen. Mädchen und Frauen, das waren Hexen«, sagte sie, hob die Hand vor den Mund und flüsterte, »und galten vielen sogar als Huren.« Empört richtete sie sich auf. »Heute sind Frauen stolz drauf, wenn sie rote Haare haben. Gut so. Aber für Gerhild und mich, für uns kam das zu spät.«

»Das klingt alles ziemlich verbittert.« Straubinger beobachtete sie genau und erkannte, wie nahe ihr das immer noch ging. »Wie sind Sie und Gerhild damit umgegangen?«

»Umgegangen?« Zorn troff regelrecht aus ihren Worten. »Sie können sich das nicht vorstellen! ›Rote Ziege‹, ›Englische Hexe‹, das waren noch die feinsten Bezeichnungen, die sie für uns hatten. ›So was wie euch hätte man früher verbrannt‹, haben sie geschrien.« Dann zeigte sie ihm ihre Pulsadern. »Sehen Sie das? Quer geschnitten, so ein Quatsch! Wie es richtig geht, haben wir damals noch nicht gewusst. Ist halt schiefgegangen.«

»Oh Gott!« Straubinger stand blankes Entsetzen im Gesicht.

Sie sah ihm in die Augen. »Nein, nein, ich hab das alles längst überwunden. Aber Gerhild, sie hat viel länger darunter gelitten. Ich glaube, das tut sie heute noch. Ich konnte es mir irgendwann nicht mehr anhören. Wir haben kaum noch Kontakt. Heute kann ich darüber reden.«

Straubinger machte eine Pause. Dann fragte er: »Glauben Sie, dass jemand versucht haben könnte, Heinrich Vandenberg umzubringen?«

»Uff. Das ist ja eine Frage!«

»Überrascht Sie das? Also diese Frage?«

»Überraschen? Nein, die Frage an sich nicht. Was mich überrascht, ist, dass sie heute, nach all den Jahren, noch mal jemand stellt.«

»Hat das schon einmal jemand gefragt?«, wollte Straubinger wissen.

Sie grinste. »Und ob.«

»Wollen Sie mir verraten, wer?«

Sie nickte erneut. »Ein Militärpolizist vom Camp Pirotte in Aachen. Ein Belgier. Der tauchte damals bei uns auf.«

»Wissen Sie seinen Namen noch?«

»Ja, den weiß ich noch. Capitaine Jean-Baptiste Debiers aus Malmedy.« Sie sprach den Namen Debiers nicht französisch aus, sondern deutsch, wie Bier.

»Und den Namen haben Sie sich so gut gemerkt?«

»Ja«, antwortete sie. »Den Namen werde ich nicht vergessen.«

Straubinger ahnte, dass mehr dahintersteckte.

»Darf ich fragen, warum?«

»Er mochte meine roten Haare. Bis vor vier Jahren hat er sie gemocht. Dann ist er gestorben. Dort hinten«, zeigte sie, »auf der Couch, mit 71.«

Im »Petit Marron«

Straubinger parkte seinen Wagen vor dem »Petit Marron« um 18.00 Uhr. Vor dem Eingang standen einige Männer und rauchten. Auf der Tafel stand diesmal ein anderer Spruch: »Unser Möhrengemüse verbessert Ihre Sehkraft, unser Chardonnay verdoppelt sie!«

Der Wirt schien kreativer zu sein, als Straubinger vermutet hatte. Als er den Gastraum betrat, herrschte eine ausgelassene Stimmung. Die Kneipe war gut besucht, alle Tische, heute grün kariert eingedeckt, waren besetzt, es duftete nach Pommes Frites, Schnitzel und Huhn. Die Kellnerin hatte entsprechend viel zu tun und lief emsig hin und her, auf dem Hinweg mit kühlen Getränken und dampfenden Speisen, auf dem Rückweg stets mit einem Tablett voller leerer Teller und Gläser. Auch draußen unter der Kastanie waren alle Tische besetzt. Die Regenwolken hatten sich verzogen.

An der Theke standen und saßen ausschließlich Männer, die Bier tranken. Tschick musterte Straubinger griesgrämig, ohne zu grüßen. Am anderen Ende hatte der Wolkenmaler ein fast leeres belgisches Bierglas vor sich. Neben ihm saß ein Mann, der ebenfalls belgisches Bier trank. Bei den beiden stand ein großer Kerl, der Straubinger momentan den Rücken zukehrte, er hatte geölte schwarze Locken und trug einen hellen Anzug. Er redete auf den Wolkenmaler ein. Straubinger glaubte zu erkennen, dass der Kerl ihm unangenehm war. Erst auf den zweiten Blick erkannte er Dieter Dorenbusch, den miesen Nachbarn von Gerhild Vandenberg. Er grüßte den Wolkenmaler kurz und stellte sich abseits an die Theke.

»Ah, Bayern ist wieder da«, sagte der Wirt. »Was trinkst du, Fremder?«

»Wen könnte ich befragen, wenn ich etwas über die Zeit nach dem Krieg erfahren möchte. Also was den Gressenicher Wald betrifft. Gibt es da noch …«

»Geh doch mal in die Seniorenresidenz ›Der Sorgsame Heiland‹. Da leben einige, die es noch aus der Zeit gibt. Oder hier im Dorf ins Seniorenheim. Es gibt aber auch ein paar alte Leute, die noch zu Hause wohnen.«

»Hast du ein paar Namen?«

»Ganz schön neugierig«, sagte der Bierbaron und schüttelte den Kopf. »Was du alles wissen willst.« Dann beugte er sich leicht vor. »Tschicks Oma und Opa, die leben noch. Die könnten dir was erzählen. Sein Opa hat früher bei der Gemeinde gearbeitet, oder, Tschick?«

Tschick nickte mürrisch. »Aber Rumschnüffeln, das haben wir hier nicht so gern«, brummte der Glatzkopf. »Was gehen dich hier unsere Dinge an?«, fragte er bissig. »Bist du ein Bulle?«

»Mach mal ein Bier für Tschick«, rief Straubinger dem Wirt zu.

Sogleich stellte der Wirt Tschick ein frisches Pils hin. »Von 'nem Schnüffler nehm ich nix«, grummelte Tschick, stand auf, streckte den Arm, kippte das Bier genüsslich in den Ausguss hinter der Theke, fischte eine Zigarette aus seiner Packung und ging nach draußen.

»Schmeckt auch allein«, sagte Straubinger zu sich selbst und trank an seinem Kölsch. Er beobachtete den Mann, der neben dem Wolkenmaler saß. Straubinger schätzte ihn auf Mitte 40, er hatte schütteres, dunkelbraunes Haar, war ziemlich stämmig gebaut und groß gewachsen. Jetzt hob er die Hand und streckte dabei zwei Finger in die Höhe. Der Wirt ging zu ihm hin, sah den Mann an und fragte: »Encore deux bière belge?«

»Oui«, antwortete der Mann lächelnd und nickte.

Der Wirt zapfte zwei Leffe und stellte eines dem Mann und das zweite dem Wolkenmaler hin. Ohne aufzusehen, aber höflich prostete der Wolkenmaler dem Mann zu und trank einen Schluck.

»Hey, Bierbaron!« Straubinger winkte den Wirt zu sich. »Hast du Maßkrüge?«, fragte er ihn flüsternd.

»Pfff«, machte der Wirt und ruderte mit den Händen. »Ja, irgendwo im Keller stehen ein paar. Ich hatte mal so 'nen bayerischen Nachmittag. Waren nachher alle besoffen.«

»Hol zwei.«

Der Wirt grinste ablehnend. »Nee.«

»Hol zwei. Bitte!«

»Hört sich schon anders an«, sagte er und ging langsam hinaus. Als er zurückkam, spülte er die Maßkrüge durch und fragte: »Und jetzt?«

»Eine Maß Pils, eine Maß Kölsch.«

Der Wirt starrte ihn an.

»Also, ich warte!«, sagte Straubinger und verschränkte die Arme.

Der Wirt machte sich ans Werk und schüttelte den Kopf. »Ein Liter, das ist hier bei uns ein verdammt großes Bier!«, rief er gegen den Lärm an und verdrehte die Augen.

»0,2 wie das hier«, antwortete Straubinger und hob sein Kölschglas in die Höhe, »ist dort, wo ich herkomme, ein verdammt kleines Bier.«

In dem Moment kam Tschick wieder herein und stellte sich an seinen Platz. Der Bierbaron knallte ihm den Liter hin, den anderen stellte er vor Straubinger auf den Tresen.

»Bei uns, wo ich herkomme, da trinkt man das in einem Zug leer. Und ablehnen geht nicht.« Straubingers Blick war unerschütterlich.

An der Theke wurde es ruhig. Tschick schien überrumpelt und sah sich herausgefordert. Die Leute ringsherum starrten die beiden voller Erwartung an.

»Na und? Kann ich auch«, tönte Tschick und setzte die Maß mit Verachtung an. Er schluckte schnell, wobei er Straubinger durch die dicke Glaswand des Maßkrugs beäugte.

»Prost«, sagte Straubinger und hob seinen Krug an die Lippen, trank langsam und gemach und beobachtete Tschick. Noch war Tschick vorn. Straubinger kannte den Fehler, den Tschick machte, er trank zu hektisch und ließ dann nach. Genüsslich trank Straubinger aus, stellte den Krug mit einem Knall auf den Tresen und grinste, während Tschicks Gesaufe in einem Hustenanfall endete, sodass er einen Schwall Bier zurück in den Krug beförderte.

Die Kneipe johlte und applaudierte. Tschick hustete sich die Seele aus dem Leib, während ihm jemand unentwegt auf den Rücken klopfte. Dann sah er mit rotem Kopf auf, lugte Straubinger von der Seite mit aufgequollenen Augen an und nickte. »Das kannst du besser als ich, Bayer! Aber deshalb werden wir noch lange keine Freunde.«

»Freunde?«, fragte Straubinger. »Ich hab keine Freunde. Du wärst der erste. Der Platz ist noch frei.«

Von hinten packte ihm jemand an die Schulter. »Du bist also der Kerl, der sich breitmachen will und unseren … Künstler … hier ausfragt«, sagte eine krächzende, aber tiefe Stimme, die wie eine Stahltür klang, die über den Boden schleifte.

Straubinger nahm das Handgelenk des Fremden in die Zange, zwang die Pranke von seiner Schulter und drehte sich um. Der Hüne, Dieter Dorenbusch, einen halben Kopf größer als er, breite Schultern, blaubärtig und mit lang gelockten, dunklen Haaren, stand vor ihm. Wie ein Scanner betrachtete Straubinger den Mann vor sich und registrierte jede Einzelheit. Er war Mitte 50, versuchte jedoch krampfhaft, jünger auszusehen. Goldkettchen, Dauerwelle, sonnenbankbraun, aber die grauen Brusthaare, die aus seinem Hemdkragen wucherten, verrieten ihn.

Dorenbusch hatte einen üblen Grinser aufgesetzt, sein Sommeranzug war aus glänzendem Polyesterstoff, darunter trug er ein weit aufgeknöpftes graues dünnes Hemd, Seidenimitat, ebenfalls aus Polyester, und auf Hochglanz polierte Budapester aus Kunstleder. An seinem Handgelenk, das Straubinger immer noch festhielt, hing ein billiges Rolex-Imitat. In der anderen Hand hielt er einen Autoschlüssel fast so andächtig wie eine Nonne den Rosenkranz.

»Kennen wir uns?«, fragte Straubinger und drückte ihm seinen Daumen so fest ins Handgelenk, dass Dorenbusch einen kleinen Knicks machte und das Gesicht verzog.

Der Kerl löste seine Hand aus Straubingers Griff. »Du warst doch letztens bei der Vandenberg im Garten. Hab dich gesehen.« Er verströmte eine mächtige Alkoholfahne.

»Ich glaube, das geht Sie gar nichts an«, gab Straubinger zurück.

Der Kerl ließ den Schlüssel in seine Jacketttasche gleiten und stupste Straubinger an.

»Hey, Schmalzlocke, lass Eisenfuß in Ruhe!«, schimpfte der Wolkenmaler voller Empörung.

Dorenbusch grinste grimmig. »Eisenfuß, hä? Was machst du hier, Eisenfuß?«, zischte er und ließ seine ganze Verachtung mitschwingen. »Kommst her und schnüffelst rum. Zurück nach Bayern, du Arsch!«

Straubinger ging einen halben Schritt zurück. »Ich kenne Sie nicht und ich will Sie auch nicht kennen. Also machen Sie sich vom Acker. Das ist ein gut gemeinter Rat.«

»Sonst was?«, fragte Dorenbusch grob.

»Sonst stehen Sie hier und machen sich bald noch lächerlicher«, gab Straubinger zurück.

Erneut stupste Dorenbusch ihn, sodass Straubinger zurückstolperte. Blitzschnell holte Straubinger aus und verpasste Dorenbusch eine schallende Ohrfeige. Dann hob er beide Hände. »Ist mir jetzt ausgerutscht.«

»Lass gut sein, Dieter!« Der Mann, der zuvor mit dem Wolkenmaler angestoßen hatte, stand jetzt hinter Dieter Dorenbusch, klopfte ihm auf die Schulter und sprach mit einem französischen Einschlag: »Hör auf zu stänkern und fahr nach Hause!«

Dorenbusch drehte sich um. »Was willst du denn jetzt, du Wagges?«

»Sei friedlich.« Der Mann sah ihn beschwörend an, ohne zu zucken.

Dieter Dorenbusch hielt seinem Blick nicht stand, glotzte erst zum Wirt, dann zu den anderen an der Theke und zum Schluss zu Straubinger. Er hob provokant den Zeigefinger, presste die Lippen zusammen, schnaubte kurz und wandte sich an den Wolkenmaler. »Und wir sehen uns noch, Alter!« Dann verließ er mit Riesenschritten das Lokal, startete seinen Wagen und ließ den Motor mehrfach aufheulen.

»Der Kerl gerade, ist der oft hier?«, fragte Straubinger Tschick.

»Ein Idiot. Kommt zwei- oder dreimal im Jahr.« Er hob den Blick und sah den Wirt an. »Oder?«

»Normalerweise schon«, sagte der Wirt, während er Bier aus dem Zapfhahn laufen ließ. »Immer nur kurz. Trinkt ein Bier und fährt dann wieder. Aber jetzt war er erst gestern und heute schon wieder hier. Komischer Kauz. Dorenbusch oder so heißt er.«

Der Mann, den Dieter Dorenbusch verächtlich Wagges genannt hatte, saß mittlerweile wieder vor seinem Leffe neben dem Wolkenmaler. Straubinger ging zu ihm. »Wollt nur kurz danke sagen. Merci!«

»Keine Ursache«, antwortete er und stützte sich mit beiden Unterarmen auf dem Handlauf an der Theke ab. »Der Kerl ist ein Hitzkopf.«

»Kennen Sie ihn?«

»Ah«, sagte er und winkte ab, »nicht wirklich. Flüchtig, wie man Leute so kennt, wenn man sie ein paarmal gesehen hat.«

»Was bedeutet das Wort, das er da zu Ihnen gesagt hat?«, fragte Straubinger.

»Hm?«, fragte der Mann und trank an seinem Bier.

»Wagges, er hat Sie Wagges genannt.«

»Ach, das«, sagte der Mann und lachte geringschätzig, »so nennt man hier im Rheinland die Belgier.«

»Und was bedeutet das?«

Der Wolkenmaler richtete sich auf. »Früher, da hat man die Elsässer so beschimpft. Lateinisch *vagus*, heißt so viel wie Herumtreiber. Nichts Gutes!«, hauchte er mit apokalyptischem Blick und schüttelte den Kopf. »Nichts Gutes!«

Der Belgier trank sein Glas aus und legte einen Geldschein auf die Theke. »Ist nicht so schlimm.« Mit einem verschmitzten Grinsen hob er die Schultern. »Gewonnen haben ja wir.« Dann zwinkerte er Straubinger zu und ging.

»Was meint er?«, fragte Straubinger den Wolkenmaler.

Der Wolkenmaler schwieg.

»Den Krieg«, sagte der Bierbaron mit leisem Hohn, während er wie am Fließband Bier zapfte. »Noch eins?«, fragte er Straubinger.

»Ja, noch ein Kölsch.« Straubinger machte eine kurze Pause. Als der Wirt ihm einen Strich auf den Deckel machte, fragte er: »Sag mal, wer war das?«

»Wer?«

»Na der Belgier, der grad noch hier saß.«

»Ach der. Das war Maxim, ist ein Angler, hat Verwandtschaft hier, er kommt aus Bütgenbach, Ostbelgien.«

»Ostbelgien?«

»Ja, das sind die Gemeinden, in denen zumeist deutsch gesprochen wird. Tiefste Eifel und so.«

»Weit weg?«

»Na ja, nicht sehr weit. Bisschen mehr als 'ne Stunde?«

Straubinger wandte sich an den Wolkenmaler. »Was wollten die beiden von dir? Gibt es Probleme?«

Der Wolkenmaler trank einen Schluck. »Probleme«, antwortete er leise. »Schon immer … gab es Probleme.«

1956 – MONTAG, 21. MAI

Gressenicher Wald, 9.45 Uhr
– kurz vor dem Moment

Heinrich Vandenberg stellte den »Mine Detector Mark III« an einen zerschossenen Baum. »Woher hast du das Ding bloß?«, fragte er und zeigte auf den Minendetektor.

»Polnische Erfindung«, antwortete Hepp Dorenbusch. »Haben die Amis hier im Wald liegen lassen. Hätten wir bei der Wehrmacht gern gehabt, so ein Ding.«

»Wo warst du eigentlich im Krieg?« Vandenberg schnallte den Versorgungstornister von seinem Rücken und stellte ihn neben die Sonde.

Dorenbusch grinste. »Mich haben sie 1941 eingezogen und zu den Krad-Schützen nach Russland gesteckt. War 'n guter Mopedfahrer.«

»Hattest du da mit Minen zu tun?«, fragte Vandenberg, packte zwei Brote aus und gab Dorenbusch eines.

Dorenbusch nahm es dankbar an und biss sogleich hinein. »Scheiße, Mann! Die Russkis haben gefangene Zivilisten vor sich hergetrieben und durch die Minenfelder gejagt, bumm!«, schrie er. »Bis wieder eine hochging. Und wir haben das dann später auch so gemacht, wenn wir durch ein russisches Dorf fuhren. Bevor wir selbst krepiert sind«, grummelte er mit vollem Mund und hob mit einer Unschuldsvisage die Schultern.

»Das ist ja barbarisch!«, schimpfte Vandenberg erschüttert.

»Es war Krieg. Sie und Ihre Familie, Sie haben sich schön zu Hause in Ihrer Brauerei versteckt«, sagte Dorenbusch barsch und fuchtelte immer wieder mit dem Zeigefinger in Richtung Vandenberg, als würde er auf ihn einhacken wollen, »und sich abends am Ofen die Eier geschaukelt, während ich mir in Russland den Arsch abgefroren hab. Sie haben doch gar keine Ahnung!«

»Na ja, zumindest beruhigend, jetzt so ein Gerät dabeizuhaben.« Vandenberg wollte ihn beschwichtigen, deutete auf den Minendetektor und nickte anerkennend. Er blickte hinter sich und sah die Reihe kleiner weißer Fähnchen, die Dorenbusch in den Boden gesteckt hatte. »Gute Idee von dir, den Weg abzustecken.«

Dorenbusch grinste schief. »Klar, die Verwaltung bezahlt mir das ja auch gut. Der Kampfmittelräumdienst ist immer noch total überfordert. Für mich ’n schönes Zubrot.«

»Keine Angst allein im Wald?«, fragte Vandenberg.

»Ich weiß ja wenigstens, wie man die Dinger entschärft«, krächzte er. »Sind ja unsere eigenen Minen hier.«

Vandenberg aß den letzten Bissen, knüllte das Papier zusammen und warf es auf den Waldboden. »Und hier irgendwo soll das Ding also runtergegangen sein?«

»Hier in der Nähe, so hat Zündorf es beschrieben, ja«, antwortete Dorenbusch. »In der Nähe dieser Lichtung. Wo genau, das weiß ich natürlich auch nicht«, fügte er hinzu, versteckte den Kopf zwischen den Schultern und hob die Hände. »Aber hier irgendwo muss sie liegen.«

»Was ist das für ein gottverdammter Ort?«, fragte Vandenberg sichtlich unwohl.

»De Höll«, sagte Dorenbusch leise. »Eine der schlimmsten Stellen, die ich mir vorstellen kann. Möchte nicht wissen, wie viele Leichen sie hier nach dem Krieg rausgeholt haben. Ich finde immer noch Knochen.«

Vandenberg sah ihn verunsichert an. »Und mit diesem ›Mine Detector‹ willst du auch das Ding finden?«

»Wir finden es«, antwortete Dorenbusch. »Suchen Sie weiter, wir finden es.«

Vandenberg stapfte vorsichtig ins Unterholz. Nach einer halben Stunde ging er auf eine kleine Erhebung zu. Der Detektor schlug wie wild aus. Er machte sich vorsichtig daran, etwas freizulegen, und rief Dorenbusch zu sich. »Das ist es!«, flüsterte er. »Wir haben es gefunden.«

Die Männer legten gerade einen kastenförmigen, sechseckigen Rahmen aus Stahl frei, als sie die Stimme eines Kindes rufen hörten. Abrupt hielten sie inne und sahen sich erschrocken an.

»Was war das?«, fragte Vandenberg flüsternd.

»Keine Ahnung«, antwortete Dorenbusch.

»Du hast doch gesagt, hier wagt sich niemand her!«, schnauzte Vandenberg im Flüsterton.

Dorenbusch verzog den Mund zu einer Unschuldsmiene.

Vandenberg ging den abgesteckten Pfad entlang und blieb kurz stehen. »Ist das hier sicher?«, rief er und zeigte auf die Reihe der Fähnchen.

»Ja, klar! Was sonst?«, rief Dorenbusch zurück und erschrak vor seinen eigenen Worten.

Familie Klodt

Straubinger stand vor dem alten Bruchsteinhaus, öffnete das grün angemalte Gartentor und ging ein Stück bis zur Haustür, eine 70er-Jahre-Sünde aus Strukturglas mit eingebautem Briefschlitz. Die Klingel passte zum Design der Tür.

Eine Frau öffnete, dicke Brille, frisch frisiert mit bläulich-grauem Haar, eine Trainingshose und ein wild gemusterter Arbeitskittel über einer hellblauen Bluse. Er schätzte sie auf etwa 70.

»Guten Tag, mein Name ist Straubinger. Sind Sie Frau Klodt?«

»Ja …?«, sagte die Frau leise.

»Ich hab mit Ihrem Enkel Bekanntschaft gemacht. Im ›Petit Marron‹. Und der Wirt vom ›Petit Marron‹, der sagte mir, Sie sind die Oma von … äh«

»Ja, ich weiß, die nennen den da anders. Tschick oder so. Er heißt aber Rudolf.«

»Also, der Wirt und Rudolf, die meinten …«

»Der Lümmel, fast jeden Tag hängt er da rum.« Die Laune der Frau schien sich schlagartig zu verschlechtern. »Ich sag ihm immer wieder, er soll da nicht so oft hingehen. Gegen den Wirt hab ich ja nix, is ja der Sohn von Klärchen nebenan, aber gegen sein Bier und den Schnaps«, brummte sie.

»Also, die beiden meinten, Sie können sich sicher noch an Dinge von früher erinnern, die hier im Wald passiert sind, in den 50er-Jahren.«

»Hooo«, rief die Frau und warf die Arme in die Höhe. Ihre Miene hellte sich auf. »Da waren wir noch jung!«, rief sie und schlug die Hände zusammen. Dann lehnte sie den Kopf zurück. »Vati! Komm mal. Hier ist einer, der was wissen will ... Ach was«, nörgelte sie, »der hört ja nix. Is aber erst 71!« Dann hielt sie inne. »Wer sind Sie denn eigentlich?«

»Ah, entschuldigen Sie, Hauptkommissar Straubinger, Polizei in Stolberg. Mich interessiert das alles sehr.«

»Ja. Dann warten Sie mal. Oder ... kommen Sie rein. Bitte.« Sie bat ihn in den Hausflur. An den Wänden, die mit Styroporstrukturtapete ausgeklebt waren, hingen Bilder in rustikal aufbereiteten Eichenholzrahmen an kleinen schwarzen Ketten. Die Bilder zeigten grobes Stickwerk, ein Stillleben mit reifen Äpfeln und Birnen in einer Art Messingschale, aus der grüne Trauben heraushingen, ein Wildschweinetechtelmechtel in einem knorrigen Eichenwald mit einer Sau und einem Keiler, der gerade mit dem Vorderfuß strotzend vor Kraft die Erde aufzuwühlen schien, und ein Mädchen mit Stickrahmen, vertieft in ihr Werk auf einem Stuhl sitzend vor einem Tisch mit Kerzenleuchter und offenem Zinndeckelkrug, der auf ihren Fleiß und Durst hinwies.

»Sehr schöne Bilder haben Sie«, sagte Straubinger.

»Ja? Hab ich selbst gemacht«, sagte die Frau stolz. »So was macht ja heut keiner mehr. Sticken ist aut, wie die jungen Dinger heut sagen. Die gucken ja nur noch auf dat Händi und flitschen rum.« Sie drehte sich um und fragte Straubinger: »Sie kommen auch nicht von hier, oder?«

»Nein, aus Bayern.«

»Ah ja, schön. Da waren wir mal in Urlaub. Die sprechen ja da ganz anders da unten.«

Als sie im Wohnzimmer waren, schrie sie: »Heinz, hier is einer, der wat wissen will!«

Heinz Klodt saß in einem Ohrensessel aus goldgrünem Brokatstoff. Im Fernseher lief eine Talkshow. Sehr laut. Klodt erhob sich und Straubinger erkannte, dass es ihm Schmerzen bereitete.

»Bleiben Sie sitzen, bitte!«, rief er.

Der Mann kramte ein Hörgerät aus einer schwarzen Dose und steckte es in sein rechtes Ohr. Dann schaltete er den Fernseher auf leise. »Ja?«

»Aus den 50ern, Heinz, da warst du noch knackig«, sagte Frau Klodt und lachte.

»Un' du erst mal«, gab Herr Klodt zurück. »Aber schön singen kann sie noch«, scherzte er und zwinkerte Straubinger dabei grinsend zu.

Straubinger nahm in einem bequemen Sessel Platz, der mit demselben Brokat überzogen war. Frau Klodt fragte: »Einen Kaffee? Auch Plätzchen hab ich noch.«

Sie ging kurz hinaus und kam mit einem Tablett zurück, darauf standen drei Tassen, eine silberne Thermoskanne und eine Keksdose.

»Kaffee is bei mir immer fertig. Könnt ja jemand kommen«, sagte sie vergnügt. »Hier, probieren Sie mal. Die Plätzchen hab ich selbst gemacht.« Sie öffnete die Keksdose und hielt sie Straubinger unter die Nase. Er nahm eines und bedankte sich für den Kaffee.

»Können Sie sich an die 50er-Jahre erinnern? An einen Vorfall im Gressenicher Wald? 1956, da ist ein Mann aus Stolberg auf eine Mine getreten. Vandenberg hieß er.«

»Heinrich Vandenberg«, sagte Heinz Klodt leise. »Das war im Mai 1956.«

Straubinger war wie elektrisiert. »Ja, am 21. Mai.«

»Ich kann mich gut erinnern, weil das der Vandenberg aus Stolberg war. Die Familie war ja bekannt. Kupferhof Blumenthal. Ich war ja noch jung damals, im letzten Lehrjahr.«

Frau Klodt kaute auf einem Keks herum. »Hier, mit Kokos, das müssen Sie mal probieren«, schwatzte sie und reichte Straubinger einen. »Da haben wir uns grad ein paar Monate gekannt, im Mai 56, oder, Heinz?«

Heinz Klodt nickte.

»Der Heinz ist ja nicht von hier, also nicht aus Gressenich«, sagte sie mit einem fast verschwörerischen Unterton, als wollte sie einen Makel verstecken, »aber der war ja 'ne gute Partie. Hat bei der Gemeinde gearbeitet.«

»Jaja, Finchen, is ja jut«, sagte Klodt mürrisch und wandte sich dann wieder an Straubinger. »Ich komm aus dem Nachbardorf, aus Mausbach. Die Gressenicher und die Mausbacher, die mochten sich nicht so sehr.«

Straubinger nickte. »Tja, so ist das manchmal auf dem Land. In Bayern ist das auch nicht anders.«

»Aber in Mausbach, da war eben das Gemeindeamt. Und uns wurden ja solche Fälle gemeldet, wenn was passiert war im Wald. Förster, Polizei, Gemeindeamt.«

»Wissen Sie noch, wo genau das passiert ist?«

»In de Höll«, sagte Klodt.

»De Höll?«, fragte Straubinger. »Die Hölle?«

»Ja, wenn Sie es hochdeutsch haben wollen.«

»Und wo ist das genau?«

»Also, das ist hinter dem Parkplatz ›Buche 19‹, in Richtung ›Pflanzgarten‹, noch so 'n Parkplatz. Mitten im Gressenicher Wald. Ich war damals mit dem Katasterwesen beschäftigt. Wir haben zu der Zeit immer noch schwere Kriegsschäden im Wald gehabt, die mussten genau kartiert und aufgenommen werden. Wir wussten ja auch, dass noch einige Areale vermint waren. Und da ist immer wieder was passiert. Obwohl die Leute in den Dörfern rund um den Wald gewarnt waren. Oft waren das ja auch keine Leute von hier, die auf 'ne Mine getreten sind.«

»Und die Minen wurden nicht geräumt?«

»Ach, das Minenräumkommando, die kamen gar nicht hinterher nach dem Krieg. Die mussten doch überall in den Wohngebieten Bomben suchen und entschärfen. Die wussten überhaupt nicht, wo sie anfangen sollten. Da waren die Minen im Wald nicht ganz so wichtig.« Klodt machte eine Pause und atmete schwer. »Aber immer wieder hingen Leichen in den Bäumen. Oder besser die Einzelteile von ihnen.«

Frau Klodt schien der Keks im Hals stecken zu bleiben. Sie verzog das Gesicht. »Das war früher Alltag hier bei uns«, kommentierte sie.

»In den 50er-Jahren noch?«, fragte Straubinger erstaunt.

»Ja. Und wir mussten sie rausholen«, sagte Klodt leise. »Die Toten.«

»Wer musste das tun?«

»Die Forstgehilfen und die Dorfpolizisten aus Gressenich, Mausbach, Schevenhütte und Vicht. Manchmal

96

war ich dabei. Und dann wurden die Reste begraben.«
Er schüttelte sich. »Ach, scheußlich war das!«

Straubinger rückte sich zurecht. »Warum wurden damals gerade in dem Gebiet so viele Minen vergraben?«

Der alte Klodt atmete tief durch. »Mitte September 1944, da kamen die Amis von Westen, also aus Belgien. Die haben damals geglaubt, die Eifelwälder im Handstreich nehmen zu können, um an den Rhein zu gelangen. Aber es kam ganz anders.« Seine Stimme begann zu beben. »Das 7. Korps der 1. US-Armee hat schnell die Panzerbarrieren des Westwalls durchbrochen. Aber genau hier bei uns im Wald, da sind sie aufgehalten worden. Um die Amis zurückzuschlagen, hatten die Deutschen nämlich aus Westpreußen die berüchtigte 12. Infanterie-Division hierherverlegt. Der Vormarsch der Amis bei Mausbach und Stolberg konnte erst mal gestoppt werden.«

Dem Alten standen die Tränen in den Augen. Frau Klodt ging zu ihm und legte ihm die Hände auf die Schultern. »Ist gut, Heinz, hör auf. Es regt dich zu sehr auf.«

»Ach, vielleicht ist es das letzte Mal, dass ich das erzählen kann. Hört mir ja sonst niemand mehr zu. Lass nur, Finchen, lass nur«, sagte er und tätschelte ihre Hand. »Für uns hier war es ein großes Leid, Herr Kommissar, dass sie die 12. Division damals hergeschickt haben. Der Krieg war doch längst verloren. Durch die Stellungskämpfe wurde alles zerstört, Häuser, Höfe, die Wälder ringsum zerschossen und zerbombt. Die Baumkrepierer, also Granaten, die die Baumkronen zerfetzten, schossen Äste und Holzsplitter durch den Wald, die gefährlicher als Projektile waren. Der Boden war mit Minen und Sprengfallen durchsetzt. Wohin die Amis auch kamen, der Wald war ihr Tod. Und überall lauerten deutsche Wehrmachtssoldaten, in Bäumen, in getarnten Unterständen und in Bunkern.«

»Und diese Höll, wie Sie es nennen?«

»Das ist so ein Platz, der noch lange nach dem Krieg so aussah. Die alten Bäume in der Gegend sind mit Granatsplittern so durchsetzt, dass die Sägewerke die Bäume untersuchen mussten, damit ihnen die Sägeblätter nicht um die Ohren flogen.«

Frau Klodt polierte ihre Untertasse und schüttelte unentwegt den Kopf. Dann sagte sie leise: »Gressenich wurde ja evakuiert, wir Kinder und die Mütter wurden weggeschafft, Kühe, Hühner, Schafe und Schweine, die haben sie uns geklaut, unsere Soldaten.«

»Vorher sind vor allem in Mausbach, also das Dorf, aus dem ich stamme, viele Leute während der Eroberung gestorben. Meine Mutter …« Klodt machte eine längere Pause und kämpfte mit seiner Stimme, » … sie hat es nicht überlebt.« Er schluckte. »Ich schon. Ich war sechs, als sie starb.«

»Und ich kam dann irgendwann zurück«, flüsterte sie, »aus Thüringen. Aus der Evakuierung. Aber das weiß ich nicht mehr.«

»Das alles, das war eine der schlimmsten Materialschlachten im Zweiten Weltkrieg«, schloss der Alte. »Und unsere Heimat, die haben wir nachher nicht mehr wiedererkannt.« Er schnäuzte sich.

Straubinger schwieg. Erst nach einer halben Minute fragte er: »Wie konnten die Leute das alles schaffen?«

»Indem sie aufgeräumt haben und niemand drüber

gesprochen hat. Zumindest die ersten Jahre nicht, bis wir wieder ein Dorf hatten.« Er sah Straubinger lange an. »Die Leut haben es akzeptiert wie eine Naturgewalt. Ich war ja noch ein Kind. Und ich bin froh, dass ich es Ihnen nun erzählt habe.«

Straubinger nickte. »Das glaube ich Ihnen gerne.« Nach einer Weile fragte er vorsichtig: »Und am 22. Mai 1956, wie war das genau an dem Tag, an dem die Leiche gefunden wurde?«

Der Alte überlegte kurz. »Ich muss nachdenken. Wir hatten grad im Gemeindeamt zu Mittag gegessen, ich war 17, da rief einer an und meldete einen Toten im Wald. Aus Gressenich, da wohnte der Bürgermeister, und der hatte ein Telefon. Damals gab es ja nur ganz wenige Telefone in jedem Dorf.«

»Wissen Sie noch, wer angerufen hat?»

»Der Besenbinder aus Gressenich. Ich kannte den nicht. Wart mal, wie hieß der gleich, Finchen?«

»Tja, wie hieß der noch, der Besenbinder? Komischer Kauz. Den sah man immer nur mit einer Karre im Dorf, mit den Besen hinten drauf. So einen gebückten Gang hatte der. Hat mit seiner Familie irgendwo im Wald gehaust, in einem Verschlag. War der letzte Besenbinder in Gressenich.«

»Der letzte Besenbinder?«, fragte Straubinger.

»Hier in Gressenich hat es früher viele Besenbinder gegeben. Die waren bekannt für gutes Handwerk, die Besen waren aus Reisig und Stöcken gemacht. Wurden überallhin verkauft. Und der letzte Besenbinder, der ist nach dem Krieg zugewandert, von irgendwo aus dem Selfkant.«

»Wo ist das?«

»Nördlich von Aachen, an der holländischen Grenze. Egal, jedenfalls hat dieser Kerl … Wie hieß er?«, fragte er erneut seine Frau. »Hach, wenn man alt ist, lässt das Gedächtnis einen wirklich im Stich.«

»Irgendwas mit Busch«, sagte sie. »Wart mal … hm … Dorenbusch, glaub ich.«

»Ja genau!« Klodt hob den Finger und richtete sich auf. »Hepp Dorenbusch. So hieß er.«

»Ein unangenehmer Mensch, der hatte so 'nen gehetzten Blick. War immer besoffen. Wir Mädchen hatten Angst vor dem Kerl.«

»Und wo hat er gewohnt?«, fragte Straubinger.

»Mein Vater sagte immer, der haust in Dorado, irgendwo im Wald. Mit Frau und Sohn.« Frau Klodt zog die Mundwinkel nach unten und hob kurz die Schultern. »Aber wo?«

»Dorado? Nie gehört«, sagte der alte Klodt. »Müsste ich doch wissen.«

»Was ist das?«, fragte Straubinger.

»Was ich weiß, ist, dass sich nach 1945 einige fremde Leute im Wald irgendwo eingenistet haben. Da waren ja viele obdachlos. Die einen hausten hier, die anderen dort, das konnte man gar nicht wissen. Die wurden einfach geduldet. Aber Dorado? Das hab ich, wie gesagt, noch nie gehört.«

»Wer könnte das wissen?«, fragte Straubinger.

Das Telefon klingelte. Frau Klodt ging ran. »Rudolf, ja. Wie geht es dir?«

Der alte Klodt spitzte die Ohren, sein Enkel war am Telefon.

»Ja, der ist hier. Ja, er ist Hauptkommissar. Ja. Willst du ihn sprechen? Ja, Moment, ich gebe dich weiter.«

Buche 19

»Schnell, Eisenfuß. Du musst kommen. Ein Toter!«, schnarrte es aus dem Hörer. »›Buche 19!‹«

Frau Klodt stand neben ihm und hörte mit gespitztem Ohr mit, so gut es ging, was ihr Enkel Straubinger zu sagen hatte.

»Was für ein Toter?«, fragte Straubinger mit rauer Stimme. »Woher weißt du überhaupt, dass ich …«

»… dass du Oma und Opa aushorchst? Buschfunk! Jemand hat dich reingehen sehen und mich angerufen«, sagte er außer Atem. Im Hintergrund bellte ein Hund. »Zufall. Verdammt, jetzt komm schon!«, fluchte er. »Schnauze, Boris!«

»Boris?«

»Mein Cocker.«

»Hör zu, Tschick, hast du die Polizei verständigt?«

»Du bist doch die Polizei, oder?« Tschick fluchte. »Mann, Eisenfuß! Ich hab ja Hanno versucht anzurufen … äh … also den Ortspolizisten, Hanno Drechsler. Den kenn ich ja gut.«

»Und?«

»Nicht erreichbar. Irgendwo unterwegs. Der hat ja halb Nordrhein-Westfalen zu betreuen«, schimpfte Tschick.

»Und die 110?«

»Die 110, die 110, jetzt mach schon! Da kommt ein Gewitter!«

»Also, jetzt mal ruhig«, sagte Straubinger. »Was ist wo passiert?«

»Mann! ›Buche 19‹. Mitten im Wald. Auf dem Parkplatz. Der Belgier. Liegt im Dickicht. Erschlagen mit einer Axt im Schädel.«

»Hast du ihn gefunden?«

»Ja ... äh ... nein, mein Hund. Boris. Ich war joggen ... äh ... Also wir waren joggen. Scheiße. Mann, das sieht vielleicht aus! Wie 'n toter Joker. Der lacht!«

»Okay, wie komme ich dahin?«

»Navi. Hast du eins?«

»Ja, hab ich.«

»Also, Mann, ›Stolberg, Gressenich, Buche 19‹ eingeben. Und beeil dich. Ich kotz gleich!«

Straubinger gab Frau Klodt den Hörer zurück, bedankte sich bei beiden und rannte auf sein Auto zu. Als er den Motor angelassen hatte, telefonierte er. »Ja, Kollegin, HK Straubinger hier. Ein Toter. Waldparkplatz ›Buche 19‹, Stolberg-Gressenich. Ich fahr schon mal hin. Ein Zeuge wartet, hat mich angerufen ... Nein, ich bin zufällig hier, privat. Also, eher halb-privat. Und schick mir die Spurensicherung!« Dann gab er Gas und zehn Minuten später war er dort.

Der Parkplatz »Buche 19« lag mitten im Wald an einer Straße, die über Schevenhütte hierherführte. Der freie Platz, etwa 20 Meter breit, war von Bäumen umringt. Drei Autos standen dort geparkt. Als Straubinger aus seinem Volvo stieg, kam ein Cockerspaniel auf ihn zugelaufen und verbellte ihn aufgeregt. Tschick, der bei offener Tür in seinem Auto saß, rief Boris zurück, ohne auszusteigen. Verschwitzt und in Joggingklamotten saß er auf dem Beifahrersitz.

»Hast du schon mal so 'nen Toten gesehen?«, rief er Straubinger zu.

Straubinger antwortete nicht. »Wo liegt er denn?«

»Dahinten«, antwortete Tschick aufgeregt und zeigte ins Gebüsch.

»Hast du was angefasst oder zertrampelt?«

»Nein, nix angefasst. Bin halt hin, um den Hund wegzuholen. Verdammt, der hat ja an dem Kerl rumgeschnüffelt.«

»Und woher weißt du so genau, dass es ein Belgier ist?«

»Nicht ein Belgier. Der Belgier. Der aus dem ›Petit Marron‹! Mit dem du gequatscht hast, Mann. Maxim!«

Ein Donnergrollen ließ Straubinger prüfend in den Himmel blicken. Tatsächlich war ein Gewitter im Anmarsch. »Bleib im Auto und halt den Hund fest.«

Vorsichtig fächerte Straubinger mit den Ärmeln seiner Jacke den mannshohen Farn zur Seite. Vor ihm lag der Belgier auf dem Rücken. Sein Schädel war gespalten, mit einer Axt zerteilt. Die Axt steckte noch, ein langer Holzschaft aus Hickoryholz, schwarze Metallschneide. Blut überall. Fußstapfen waren erkennbar.

Es begann zu regnen. Straubinger nahm sein Handy und machte Fotos von allen Details. Er lief zu Tschicks Auto. »Wo ist der Verbandskasten?«

»Was ... der ... Der ist doch schon tot.«

»Klappe, den Verbandskasten. Schnell!«

Tschick kramte unter seinem Sitz und zog eine Plastikkiste hervor.

»Alu-Rettungsdecke, los!«, befahl Straubinger. »Mach schon!«, schrie er. »Und Aids-Handschuhe.«

Tschick holte zwei Päckchen hervor. Straubinger streifte die Handschuhe über, riss das Päckchen mit der Rettungsdecke auf, lief zurück ins Dickicht und breitete die Decke über dem Oberkörper des Toten aus. Und dann ging es los. Wie aus Eimern schüttete es. Er zog seine Jacke aus und deckte mit ihr die Fußspuren behelfsmäßig ab. Dann rannte er zurück und setzte sich neben Tschick ins Auto.

»Warten wir auf die Kripo. Und die Spurensicherung.«

»Fährst du mich nach Hause? Ich bin total fertig«, sagte Tschick und verbarg sein Gesicht in den Händen.

»Hör zu, Tschick, was du hier gesehen hast, darüber hältst du erst mal die Klappe, klar?«

Tschick wirkte verwirrt. »Ja, aber das ist doch ein Bekannter, ständig im ›Petit Marron‹, wie soll das geheim bleiben?«

»Das soll nicht geheim bleiben, es soll erst mal keiner erfahren, bis die Kripo den Fall übernimmt, bis morgen oder so, kapiert?«

Tschick nickte.

»Zu niemand, absolut niemand ein Sterbenswörtchen«, mahnte Straubinger barsch. »Nichts, auch nicht zum Bierbaron, du gehst heute nicht in die Kneipe, und morgen auch nicht. Hast du das verstanden?«

»Ja, hab ich. Ich muss sowieso mal 'ne Bierpause machen.«

MITTWOCH, 17. JUNI

Polizeihauptwache Süd, Stolberg

Der Erste Polizeihauptkommissar Müller sah unglücklich aus. »Oh Mann, HK Straubinger, was haben Sie sich bloß dabei gedacht? Einfach einen Tatort untersuchen, bevor die zuständigen von der Mordkommission da sind?«

»Untersucht hab ich ja nichts. Ich hab den Tatort vor Regen geschützt.«

»Und woher wussten Sie die ganzen Details?«

»Der alte Fall von 1956. Ich hab mich drum gekümmert.«

»Ach, Straubinger, nicht alle sind so neugierig. Kaum bohren Sie in einem Fall rum, ist schon einer tot, mit dem Sie am Tag zuvor gesprochen haben, Sie Feierabenddetektiv.«

Straubinger hob die Schultern. »EPHK Müller, es gibt bei Morduntersuchungen eine Regel.«

»Und die wäre?«, fragte Müller gelangweilt.

»Keinen Tanz für den schlafenden Hund.«

»Toll. Ich bin beeindruckt«, antwortete Müller mit resigniertem Ton. »Können Sie das übersetzen?«

»Wenn es während einer Untersuchung einen weiteren Toten gibt, dann darfst du dir selbst nie die Schuld geben und nach irgendeiner Pfeife tanzen. Die Schuld ist immer beim schlafenden Hund, auch wenn du ihn geweckt hast.«

»Sie sind ein Philosoph, Straubinger. Bravo. Und wissen Sie was?«

Straubinger schüttelte den Kopf.

»Da haben Sie was Tolles angerichtet!«

»Warum?«, fragte Straubinger irritiert.

»Weil die Aachener Sie nun angefordert haben. Das Kriminalkommissariat 11, für Mord zuständig, leidet an chronischer Unterbesetzung. Und jetzt sagen die, wenn wir hier in Stolberg ohnehin schon einen sitzen haben, der sich mit Mord auskennt und den Fall so gut wie selbst angeleiert und sogar seine Jacke geopfert hat«, Müller wurde immer lauter, »dann sollen wir unseren Scheiß doch allein machen!«

Straubinger pustete die Wangen auf. »Und was heißt das jetzt?«

»Sie sind drin, Straubinger. Jetzt gleich fahren Sie nach Aachen, ins Präsidium, da stellen Sie sich beim Kriminal-kommissariat 11 vor, bei EKHK Döbern. Der leitet den Laden dort. Er will Sie mal gesehen haben. Sie machen das. Sie kriegen ein Büro hier im Erdgeschoss.« Müller spielte mit einem Kugelschreiber und ließ das Ende immer wieder auf die Tischplatte knallen. »Und dann, dann fahren Sie mal bei der Wache in Vicht vorbei. Der Kollege Hanno Drechsler hat nämlich angerufen und ist stinksauer, dass er erst so spät von dem Fall erfahren hat. Und dass Sie das einfach an sich gerissen haben, ohne ihn einzubinden. Seien Sie lieb zu ihm. Ich brauch den noch. Und Sie können ihn sicher auch brauchen.«

»Ich arbeite lieber allein.«

»Blödsinn, Sie binden ihn ein, klar?«

»Wenn Sie meinen, gut, aber der kann mich aufsuchen. *Er* war es schließlich, der nicht erreichbar war, als der Mord entdeckt wurde.«

»Mann, Straubinger, Sie sind 'ne harte Nuss, muss das denn sein?«

Straubinger beugte sich vor und stützte sich auf Müllers Tischplatte. »Ich kenne solche blöden Empfindlichkeiten zur Genüge. Solche Leute machen immer Schwierigkeiten.«

Müllers Blick wurde streng. »Nicht Drechsler. Er macht Ihnen keine Schwierigkeiten. Sie sind doch der, der gerade Schwierigkeiten macht.«

»Und was sind Ihre Schwierigkeiten?«, wollte Straubinger wissen.

Müller seufzte so laut, dass es im ganzen Raum widerhallte. »Ich hab wieder niemanden, der meinen Keller aufräumt.«

Polizeipräsidium Aachen, Soers

Im Polizeipräsidium in Aachen in der Soers herrschte Geschäftigkeit. Auf dem Flur wurden Akten geschoben, Türen standen offen und Möbel wurden gerückt, Kabel wurden gezogen, und Straubinger hatte den Eindruck, dass niemand so recht wusste, wohin mit dem ganzen Kram. »Nanu?«, fragte er einen Handwerker im Blaumann. »Was ist denn hier los?«

»Da zieht mal wieder jemand um«, antwortete der Mann gelangweilt und schob einen Aktenschrank vor sich her, den er auf einen kleinen Rollwagen gestellt hatte. »Ist ja nicht das erste Mal, dass die Damen und Herren Polizei sich was anders überlegen.«

»Wie überall, wo umgezogen wird«, mischte sich ein

zweiter Handwerker ein, ein großer, breitschultriger Kerl mit tätowierten Armen. »Als Erstes baut man Bett und Kühlschrank auf und betrachtet sich endlich als heimisch. Aber die eigentlichen Arbeiten gehen ja dann erst los«, sagte er und deutete auf eine Kabelrolle, die er im Arm trug.

»In einer Behörde ist das ähnlich, nur dass statt Bett der Schreibtisch und statt dem Kühlschrank die Kaffeemaschine als Erste aufgebaut werden«, warf ein Mann in Jackett, kariertem Hemd und Jeans ein und winkte Straubinger in sein Büro. Der Leiter der Mordkommission schien von den Handwerkern genervt zu sein.

Straubinger stellte sich kurz vor.

»HK Straubinger? Woher? Stolberg? Aber Sie klingen wie ein Bayer?«, sagte der Erste Kriminalhauptkommissar Döbern missmutig und räumte Akten in einen Schrank. Alles roch wie frisch aus der Möbelfabrik.

»Ich bin Bayer. Ich wurde strafversetzt in diese Scheißgegend hier.«

»Was, strafversetzt, und dann so unverschämt? Und was wollen Sie von mir?«

»Sie haben mich heute Morgen in Stolberg angefordert. Wegen des Toten im Gressenicher Wald.«

»Ach, Sie sind das?«, sagte Döbern, strich sich durch die grauhaarige Stoppelfrisur und sah kurz auf.

»Ja, ich bin das.«

Döbern hielt grimmig inne und musterte Straubinger von oben bis unten. »Sie sehen gar nicht aus wie ein Bayer.«

»Entschuldigen Sie, EKHK Döbern, aber ich hab meine Lederhose und den Gamsbart vergessen. Kommen Sie damit klar?«

Döbern verzog das Gesicht. »Jetzt machen Sie mal halblang.« Er grinste. »Die Spurensicherung sagt, Sie haben sogar Ihre Jacke geopfert. Ein guter Mann, sagen die. Dann glaub ich das mal.« Ratlos legte er ein paar Sachen zur Seite. »Sie sehen, wir sind hier immer noch im Umzugsmodus. Einen Mord können wir überhaupt nicht brauchen. Sie machen das. Sie haben ja schon vorgefühlt, da in diesem Eifelkaff.«

»Eifelkaff ist wohl nicht der richtige Ausdruck, die Leute dort schwören, dass sie noch nicht zur Eifel gehören.«

»Ach, was weiß denn ich«, sagte Döbern mit tiefer Stimme. »Die einen sagen, die Eifel beginnt hinter der Linie Aachen–Koblenz, dann gehören sie noch nicht zur Eifel. Und die anderen sagen, die Eifel ist da, wo die Leute sich wie Eifler verhalten. Und dann sind die dort auf jeden Fall in der Eifel.«

»Viele Freunde haben Sie dort nicht, oder?«, fragte Straubinger.

»Nun werden Sie mal nicht anmaßend, HK Straubinger. Fahren Sie hin und machen Sie Ihre Arbeit. Ich hab gehört, Sie waren eingeteilt zum Aktenputzen? Sehen Sie mich hier an und seien Sie froh, dass Sie wieder rauskommen, unter Menschen und Mörder.«

Bei Gisela Robrecht

Es war heiß. Der Volvo verfügte über keine Klimaanlage, deshalb hatte Straubinger sein Fahrerfenster bis zum Anschlag geöffnet. Seine Haare wehten im warmen Wind und aus dem Kassettenrekorder dröhnte »Child in Time« von »Deep Purple«. Er fuhr von Aachen aus bergab ins Krebsloch, nahm den nächsten Hügel am Napoleonsberg und rollte hinab in den nächsten Ort, an alten Fachwerk- und Bruchsteinhäusern vorüber. Das musste Kornelimünster sein, das Zentrum des Münsterländchens, wie er gelesen hatte. Hier gab es also die alte Reichsabtei, zu der einst auch Gressenich gehört hatte.

Die Straße schlängelte sich am Verlauf der Inde entlang, die aus dem nahen Belgien kommend erst wenige Kilometer durch deutsches Gebiet floss.

Straubinger genoss den Fahrtwind und schmunzelte, als er an das Gespräch von eben dachte; »unter Menschen und Mörder«, hatte Döbern gesagt. Ein schräger Vogel, dieser Kerl.

Er griff zu seinem Handy und wählte die Nummer des »Petit Marron«. Der Bierbaron hob ab.

»War Tschick heute schon bei dir?«, rief Straubinger gegen den Lärm an.

»Eisenfuß, bist du das?«, schnarrte es aus dem Handy, das er auf laut gestellt hatte. »Tschick? Nein! War nicht hier.«

»Du sagtest doch, der Belgier letztens an der Theke, der hat Verwandtschaft in Gressenich.«

»Ja, das hab ich gesagt.« Der Bierbaron klang genervt.

»Und, wie heißt diese Verwandtschaft?«, fragte Straubinger.

»Robrecht, Frau Robrecht, die wohnt …«

»Robrecht, sagst du? Ja, danke, dann weiß ich Bescheid.« Straubinger legte auf und drückte aufs Gaspedal.

Gisela Robrecht war fassungslos. Sie saß am Küchentisch und weinte bitterlich.

»Frau Robrecht, kann ich jemanden verständigen?«, fragte Straubinger.

Sie schüttelte den Kopf und schniefte in ein Papiertaschentuch. »Nein, ich hab ja niemanden mehr. Jetzt, wo Maxim tot ist.«

Straubinger beugte sich leicht vor. »Haben Sie eine Vermutung, wer das gewesen sein könnte?«

Abermals schüttelte sie den Kopf. »Maxim war so ein lieber Mensch. Nein, ich weiß es nicht.«

»Wie war er eigentlich mit Ihnen verwandt?«

»Gar nicht«, antwortete sie. »Er war der Sohn meines Mannes.«

»Aber wenn ich mal rechne, dann … ist er doch geboren, so etwa Mitte der 60er-Jahre, richtig? Da waren Sie doch schon zusammen, wenn ich Sie richtig verstanden habe.«

Sie sah auf, und ihr Gesichtsausdruck änderte sich. Jetzt lächelte sie fast kokett. »Mm, ja. Das stimmt. Maxims Mutter ist Belgierin. Aber so was machen die halt anders als die Deutschen. Ein bisschen lebensnäher, französischer.«

Straubinger stutzte. »Und für Sie war das in Ordnung?«

»Ach, in Ordnung, was heißt das schon? Wir waren noch nicht verheiratet. Jean war ein guter Mann. Ein bisschen ein Draufgänger, aber«, sie lehnte sich ein Stück vor und sprach zitternd weiter, »genau das habe ich ja an ihm so gemocht.« Sie setzte sich wieder aufrecht hin und schniefte erneut. »Anfangs war ich schon sauer. Also, als er es mir gebeichtet hat. Aber dann hab ich ihm verziehen und wir haben ein Jahr später geheiratet.«

»Und Maxim? Hat er Ihren Mann oft gesehen?«

»Wissen Sie, was ich Ihnen jetzt sage, ist mit das Schwierigste für eine Frau.« Sie seufzte, rieb sich noch mal die Nase und setzte an: »Ich konnte keine Kinder bekommen. Aber ich wollte mich so sehr um eines kümmern. Und da hab ich Jean versprochen, dass ich ihn unterstützen würde und dass er Maxim, so oft es geht, holen kann. Das war dann auch so. Maxim ... Maxim war ein ...«, schluchzte sie, » ... so ein wunderbarer Junge.« Ihre Mundwinkel zitterten, erneut liefen ihr die Tränen herab und sie sank zusammen. »Wie er geweint hat, als ich ihm die Unterlagen meines Mannes übergeben habe. Drei große Kisten voller Akten, Bilder und so. Alles Zeugs aus der Militärzeit, das mir nicht viel gesagt hat. Aber für Maxim, da waren diese Sachen wichtig. Eine Erinnerung an seinen Vater.«

»Wohin hat er diese Unterlagen gebracht?«

Sie hob die Schultern. »Das weiß ich nicht. Er wohnte ja in Ostbelgien, in Bütgenbach.«

»Da muss ich die belgischen Kollegen fragen, ob die was gefunden haben.« Straubinger machte eine Pause und reichte ihr ein neues Taschentuch. »Hatte Maxim Feinde?«

Ihre Augen weiteten sich, ihr Blick war durchdringend und überrascht. »Feinde, Maxim? Nein. Er ist ein sehr zurückhaltender Mann. Kann ich mir nicht vorstellen.«

»Und Freunde?«

Sie zögerte kurz. »Ja, einen besonderen. Eine Art väterlichen Freund. Er war schon mit meinem Mann befreundet. Sie gingen zusammen angeln, oft zu dritt.« Ihre Stimme wurde kratziger. »Er ist etwas seltsam. Aber eigentlich sehr freundlich. Hubert heißt er, Hubert Abel. Sie angeln auch heute noch oft zusammen.« Sie hielt inne. »Also, sie haben bis heute noch oft ... Ach, wie soll ich es denn ausdrücken?«

»Kennen Sie ihn gut?«

»Wie gut kennt man einen Menschen schon? Er war oft hier bei uns, war immer äußerst freundlich und zuvorkommend. Ein bisschen linkisch, würde ich sagen.«

»Und dieser Hubert Abel, wohnt er auch hier?«

»Das kann ich Ihnen nicht sagen. Irgendwo in Stolberg, soweit ich weiß. Da müssen Sie Maxim ...« Sie erstarrte, und ihr Blick wurde unendlich traurig. Sie senkte den Kopf. »Aber das geht ja nun nicht mehr.« Erneut brach sie in Tränen aus.

»Frau Robrecht, soll ich Ihre Betreuerin, Schwester Martina, verständigen?«

Sie nickte. »Ja, bitte, das wäre schön.«

»Haben Sie eine Telefonnummer?«

Sie zeigte ihm eine Karte, die am Kühlschrank heftete.

»Ich werde Sie dann alleine lassen«, sagte er sanft, nachdem er telefoniert hatte. »Gleich kommt sie und kümmert sich um Sie.«

Gressenicher Wald, 9.50 Uhr
– der Moment

Der Junge stand immer noch dort, mit dem großen Steinpilz in der gereckten Hand. Augenblicklich wurde ihm
klar, dass er mit seinem Jubelschrei etwas falsch gemacht
hatte. Er schämte sich, senkte den Arm mit dem Pilz und
bekam einen hochroten Kopf.

Die Mutter, etwa acht Schritte entfernt, sah erbost zu
ihm hinüber. Aus den Augenwinkeln nahm sie wahr, wie
die beiden Männer aufhorchten und in ihre Richtung blick-
ten. Ach, egal, dachte sie, als sie in das betretene Gesicht
ihres Sohnes sah. Sie lächelte verzückt und wollte zu ihm,
ihn loben, ihn in den Arm nehmen. So stolz war sie auf
ihn, wie er strahlend vor Glück dort vor ihr stand, wie er
eben den Arm in den Himmel gereckt hatte, die dünnen
Beinchen, die aus der kurzen Hose herauskamen, immer
noch bläulich vor Kälte. Entrückt vor mütterlicher Zuneigung, konnte sie den Blick gar nicht von ihm und dem
großen Pilz in seiner Hand lösen, machte einen Schritt in
seine Richtung.

Am Rande seines Blickfeldes sah der Junge, wie der ältere
Mann innehielt, auf sie zukam, kurz zögerte, sich nur kurz
zu dem jüngeren umdrehte und schließlich weiterging.

Der Junge drehte langsam den Kopf, um den Mann besser beobachten zu können.

Zu spät bereute der Mann seinen Schritt. Seinen Fehler, den er in diesem Moment beging, als der Boden nur wenig unter ihm nachgab, schien er förmlich zu spüren. Denn sein Gesicht verwandelte sich in eine entsetzte Maske, die begriff und einen entsetzten Schrei offenbarte, ohne einen Laut von sich zu geben. Ihn hätte ohnehin niemand mehr hören können.

Eine ohrenbetäubende Explosion zerriss die Luft. Die Mutter und der Junge fuhren zusammen. Sie warf den Kopf zur Seite. Der Junge stand dort mit offenem Mund, immer noch den Pilz in der Hand. Einen Augenblick später waren die Beine des Mannes zerrissen, sein Unterleib aufgebrochen und seine Jacke zerfetzt. Etwas flog davon und landete mit einem Krachen in einem Baum. Ein Bein.

Verstört riss der Junge die Hände hoch, hielt sich die Ohren zu und kniff die Augenlider zusammen, begriff nicht, was geschehen war. Seine Augen suchten zuerst den Mann, dann starrte er seine Mutter an, die ihm etwas zurief. Er konnte es nicht verstehen, er hörte nur noch ein schmerzhaft dröhnendes Pfeifen. Doch er sah, dass ihre Lippen sich heftig bewegten.

Ängstlich blickte die Mutter zu dem jüngeren Mann hinüber, der etwas abseits stand und nur wenig überrascht schien von der Explosion. Er sah kalt in ihre Richtung, neigte leicht den Kopf und kam auf sie zu.

Gehetzt starrte sie den Jungen an und rief etwas, wobei sie ihm Handzeichen gab, die ihm bedeuten sollten, sich zu verstecken.

Der Junge kroch ins Dickicht und beobachtete ängstlich, wie seine Mutter wild mit den Armen ruderte. Sein Gehör kehrte allmählich zurück. Er hörte sie schreien, sodass der Mann ihr in die andere Richtung folgte. Dann warf sie ihrem Sohn einen letzten Blick zu und lief davon.

»Mama!«, rief der Junge leise wie zum Abschied. Immer noch hörte er ein Pfeifen in seinen Ohren. Vorsichtig, aber von der Neugier getrieben, schlich er zu der Stelle, wo der Mann lag.

Reglos stand der Junge über dem Verletzten. Der Rest seines Körpers zitterte heftig, und sein Blut füllte allmählich den kleinen Explosionskrater, neben dem er lag. Die Farbe wich aus seinem Gesicht. Er öffnete kurz seinen Mund, dann war er tot.

DONNERSTAG, 18. JUNI

In Tines Café

Der Verkehr in Köln am frühen Morgen hatte Straubinger wie so oft in eine Art Lethargie fallen lassen, und auf der A 4 musste er sich alle Mühe geben, sie irgendwie abzustreifen. Hinter Kerpen, an der »Allee Baum des Jahres« entlang der Autobahnböschung, hatte er früher versucht, die Bäume zugehörig zum jeweiligen Jahr auswendig zu lernen. Nachdem nun der Bewässerungsvertrag ausgelaufen war, konnte er jetzt zählen, wie viele Bäume außer Schwarzerlen und Weißtannen bereits abgestorben waren, und das ermüdete ihn zunehmend. Er war kurz davor, am Steuer einzuschlafen, als ihn der Kadaver eines überfahrenen Greifvogels aufschrecken ließ.

Er riss die Augen auf und wischte sich durch das Gesicht. Vielleicht Radio hören, dachte er. WDR 2, es wurde gerade über einen Mann berichtet, der in Köln am späten Abend einer Frau mit Kinderwagen an der Rheinpromenade das Kopftuch heruntergerissen hatte und daraufhin von fünf aufgebrachten Männern so heftig verprügelt wurde, dass er schwer verletzt im Krankenhaus gelandet war.

Das Navi wies ihn an, hier abzufahren. Über eine lange Brücke ging es auf einer schnurgeraden Straße nach Süden bis Langerwehe, wo die ersten Vorhügel des Waldrückens zu sehen waren, die den Hürtgenwald markierten. Straubinger fuhr das Tal der Wehe entlang, des Baches, der mitten im Hürtgenwald bei den ehemaligen Schlachtfeldern entsprang und von dort aus nach Norden abfloss. In Schevenhütte bog er an der Kirche rechts ab.

Die Straße führte ihn durch Wald, Felder und Weideland bis nach Gressenich. Vor ihm kroch ein Linienbus. Als er bremste, überholte Straubinger und wurde am Marktplatz angehalten. Die Polizei. Straubinger kam auf dem Streifen der Bushaltestelle zum Stehen.

Er kurbelte das Fenster runter. Der Polizist kam näher. »Kölner Kennzeichen. Aha. Führerschein, Papiere«, sagte er mürrisch. Seine Schulterklappen wiesen ihn als Oberkommissar aus.

Straubinger kramte nach seinem Dienstausweis und zeigte diesen vor, anstelle dessen, wonach der Polizist verlangt hatte.

»Führerschein?«

»Im Ernst?« Straubinger wurde ärgerlich.

Der Polizist nickte und streckte fordernd die Hand aus.

Straubinger suchte nach dem Führerschein und haute ihn dem Polizisten in die Hand.

»Ausgestellt in Landshut, Niederbayern. Sind Sie der, den sie hier Eisenfuß nennen?«

Straubingers Blick hellte sich auf. »Ja, genau«, sagte er erleichtert.

»Sie waren zu schnell.« Der Polizist sah ihn streng an.

Straubingers Miene wurde dunkler. »Hey, Kollege, jetzt ist aber gut. Hast du gemessen?«

»Nein. Muss ich nicht. Die Einhaltung der Schrittgeschwindigkeit darf durch Polizeibeamte auch ohne Nutzung technischer Verfahren festgestellt werden. Sie haben einen Linienbus überholt, als er hielt, und das dürfen Sie eben nur in Schrittgeschwindigkeit.«

Straubinger zischte. »So ein Quatsch, jetzt komm schon, Kollege.«

»Und wissen Sie, wo das festgestellt wurde? In Ihrem Heimatland.« Der Polizist genoss die Situation, blieb aber völlig regungslos.

»Was?«, fragte Straubinger genervt.

»Na, dass die Einhaltung der Schrittgeschwindigkeit durch Polizeibeamte auch ohne Nutzung technischer Verfahren festgestellt werden darf. Oberstes Landesgericht in Bayern.«

»Wir sind hier aber nicht in Bayern«, hielt Straubinger trotzig entgegen und kreuzte die Arme vor der Brust.

»Gilt laut Erlass des Innenministeriums von Nordrhein-Westfalen auch bei uns.« Der Polizist grinste. »Also, sagen wir mal 50 Euro. Bezahlen Sie gleich hier?«

Straubinger schäumte. »Das ist doch …«

»Genau, Ermessenssache. Wenn ich es mir recht überlege …«

»Schon gut, schon gut.« Straubinger zückte seine Geldbörse und holte einen 50er heraus.

Der Polizist nickte, nahm grinsend den Geldschein entgegen und stellte eine Quittung aus. »Und beim nächsten Mal«, fügte er mit erhobenem Finger hinzu, »sind wir dann ein bisschen …«

»Vor allem wir!«, rief Straubinger wütend. »Sie können mich mal …«

»Na, na, na!«, ermahnte der Polizist und ließ den Zeigefinger tanzen.

Straubinger stierte ihn an, tastete nach dem Zünd-schlüssel und wollte den Motor anlassen.

»Moment, Kollege. Wir könnten das jetzt nutzen, uns mal bekannt zu machen. Wird ja Zeit.«

Straubinger stutzte. »Wie bitte?«

Der Polizist hielt die Hände auf dem Rücken zusam-men und wippte leicht vor und zurück. »Oberkommis-sar Drechsler, Hanno Drechsler. Polizeiwache Vicht. Ich bin hier zuständig. Und ich werde nicht gern über-gangen.«

Das saß. Straubinger schnaubte kurz, setzte einen kur-zen Lacher hinterher und schüttelte den Kopf. »Okay, Herr Kommissar, Tschick hat mich schon vorgewarnt. Und Müller auch. Was machen wir jetzt draus?«

Drechsler sah kurz auf die andere Straßenseite und drehte sich dann wieder zu Straubinger. »Ich schlage vor, du parkst dein Auto auf dem Platz, steigst in meinen Ren-ner und ich lade dich auf einen Kaffee ein.«

Straubinger nickte. »Guter Vorschlag.«

»Wenn du den Kuchen zahlst.«

»Wo gibt es denn hier ein Café?«

»Wir fahren dahin, wo du gerade hergekommen bist. Nach Schevenhütte. Ein Minicafé am Straßenrand. Eine Wirtin aus Köln. Und da essen wir dann Tines Hefe-knübbelchen.«

»Knübbelchen? Was ist denn das?«, fragte Straubinger.

Drechsler wirkte irgendwie ratlos. »Tja, was ist ein Knubbel? Ein Knubbel ist eine Verdickung. Und ein Knübbelchen ist also was Kleines. Und Tine, die …«, Drechsler hielt inne, »… ach, am besten, du siehst selbst.«

Drechsler hielt den Wagen an. Sie stiegen aus, überquerten die Straße und setzten sich in den kleinen Gastgarten am Straßenrand.

»Tine, zwei Kaffee und zweimal Knübbelchen.«

»Kommt gleich!«, rief die Wirtin.

»Ist das hier nicht zu gefährlich, den Wagen auf der Hauptstraße stehen zu lassen?«

Drechsler verneinte. »Hier ist nichts mehr am Ende. Da ist nur noch Wasser.«

»Was heißt das?«

»Das hier war mal ein Touristenort. Hier, in dem kleinen Dorf, gab es mehr als zehn Gaststätten und Hotels. Bis Ende der 70er.«

»Und?«, fragte Straubinger. »Was ist passiert?«

»An jedem Wochenende war der Bär los! Tagestouristen ohne Ende. Aus Aachen, Köln, Bonn, Belgien, Holland. Alle auf dem Weg in die Eifel. Und hier, in Scheven-hütte, da haben sie Halt gemacht. Mittagessen, Kaffee und Kuchen, Bootfahren auf einem kleinen Weiher, Ponyreiten, Minigolf, Freibad. Und dann haben sie den Leuten das Tal zugemacht.«

Die Wirtin brachte zwei duftende Kaffees und zwei Teller mit Hefeteigkugeln, die mit Puderzucker bestäubt waren.

Straubinger bedankte sich kurz. »Wie das?«, sagte er und steckte sich ein Stück von den Knübbelchen in den Mund.

»Sie haben eine Talsperre gebaut. Und viele Leute haben sich gefreut und waren begeistert.«

»Denke ich mir«, sagte Straubinger. »Schiffe, Boote, Segeln, Angeln, eine Feriengegend. Alles, was ein See so mit sich bringt. Und wo war der Haken?«

»Es ist eine reine Trinkwassertalsperre. Streng geschützt. Kein Angeln, kein Bootfahren, kein Schiff, nicht mal Segeln ist erlaubt. Das Einzige, was du da machen kannst, ist, den Fröschen beim Poppen zuhören.«

Straubinger lachte. »Und haben die Leute dieses Freizeitangebot angenommen?«

Drechsler trank von seinem Kaffee und schmunzelte. »Straubinger, dieser Fall mit dem Mord, der ist mir ein bisschen nahegegangen. Tschick ist ein Kumpel von mir, und der ist echt durch 'n Wind. Ich bin als Dorf-Sheriff zwar eigentlich nicht für so harte Sachen gemacht, aber ich würde dich gern unterstützen.«

»Aber nur, wenn ich die Knübbelchen zahle, oder?«

»Ja klar, das ist natürlich die Voraussetzung.«

Sie lachten beide. »Gut, Kollege, dann kannst du mir gleich helfen. Mir ist im Rahmen der Ermittlung ein Fotostudio untergekommen. Fotostudio Karl Königforst in Mausbach. Das gibt es wahrscheinlich längst nicht mehr. Sagt dir das was?«

»Knips-Karlo. Klar, das waren zwei Fotografen. Vater und Sohn, von einem der beiden hat sich früher jeder aus der Gegend sein Passbild machen lassen. Heute wohnt seine Tochter dort. Sigrid.« Drechslers Augen glänzten, als er ihren Namen aussprach. »Sigrid Meckel. Ich zeig dir, wo sie wohnt.«

Straubinger fiel auf, wie er in sich hineingrinste. »Ist irgendwas Besonderes mit ihr?«

»Das musst du selbst herausfinden. Aber du kannst dich freuen.«

Bei Knips-Karlo

Straubinger las das Straßenschild, als Drechsler vor ihm gegenüber der Kirche links abbog. Der Platz hieß Markusplatz, früher wohl Markt, hatte ihm Drechsler erläutert. Hier in der Nähe musste das Atelier des Fotografen Karl Königforst in Mausbach gewesen sein. Die Straße führte einen kleinen Berg hinauf, nach etwa 200 Metern wurde Drechsler langsamer. Er zeigte mehrfach nach rechts, drehte sich kurz um und nickte Straubinger zu. Als Straubinger den Arm aus dem Fenster streckte und dankend die Hand hob, gab Drechsler Gas und fuhr davon.

Straubinger betrachtete das alte Haus, parkte und ging auf den Eingang zu, das Polizeifoto von 1956 aus der Akte in der Tasche. An der Tür las er den Namen Meckel und drückte den Klingelknopf. Eine etwa 40-jährige Frau machte auf, bunt geringelte, eng anliegende Hose, Plastik-Flipflops, brünettes Haar und ein hellblaues, labberiges Sweatshirt mit einem Aufdruck: »Ich bin Mama, aber ich kann auch anders.« Straubinger stellte sich vor.

»Ja, bitte?« Ihr Blick hatte etwas Herausforderndes. Ein fröhliches, hübsches Gesicht mit tief liegenden dunklen Augen strahlte ihn an.

Straubinger wurde fast schwindelig. »Äh, hier war früher mal ein Fotostudio, Karl Königforst. Wissen Sie etwas darüber?«

Die Frau nickte. »Willkommen bei Knips-Karlo. Das war der Name von meinem Opa. Was möchten Sie wissen?«

»Frau Meckel?«

Sie nickte lächelnd. »Nervös?«, fragte sie.

Straubinger fing sich. »Ich bin auf der Suche nach einem ganz bestimmten Foto, das Königforst, also Knips-Karlo, gemacht hat.«

»Mein Opa war der Erste hier im Dorf, der eine Foto-ausrüstung hatte. So mit 'ner dicken Kamera, 'nem Stativ wie 'n Garderobenständer und 'n Blitzer, so groß wie 'ne Aktentasche. Später hatte dann jeder Jeck 'n Knipsapparat, und die Leute haben selbst geknipst. Jeden Scheiß. Aber Opa hat die Bilder entwickelt. Supergeschäft! Dann kam die Digitalfotografie und alles war komplett am Arsch! Dann hat sich das alles nicht mehr gelohnt.«

»Ist er …«

»Gestorben? Klar. Ich hab sein Haus geerbt. Meine Eltern wohnen im Sauerland. Haben 'ne Tankstelle.«

»Hatte Ihr Großvater ein Archiv?«

»Ja, sicher hatte er so was.«

Straubinger durchzuckte so etwas wie Hoffnung. »Und wo ist das jetzt? Also die Fotos.«

»Ach, kommen Sie doch rein. 'n Kaffee?« Sigrid Meckel ging voran durch einen Flur mit Laminatboden, durch die Küche und auf eine Terrasse, die an einen künstlich angelegten Teich grenzte. Die Terrasse war komplett ver-glast. Nur eine Tür war offen, aber mit einem schwarzen Gazetuch verhängt.

»Mücken! Unzählige Mücken. Seit wir den Teich vor zwölf Jahren da angelegt haben, kommen wir im Som-mer hier fast um. Deshalb haben wir das Glashaus gebaut, damit wir überhaupt noch draußen sitzen können. Also, so gut wie draußen. Unsere Frösche werden immer fetter, aber so viele Mücken können die gar nicht fressen. Da sag noch mal einer, es gibt keine Mücken mehr! Sollte eigentlich 'n Schwimmteich für die Kinder werden.«

Straubinger setzte sich. Sigrid Meckel schenkte ihm eine Tasse Kaffee ein. »Und wo ist nun das Archiv?«

»Ach so, das Archiv. Ja, das stand da, wo der Teich jetzt ist.«

Straubinger traf der Schlag. »Aber die Fotos. Die haben Sie doch sicher aufbewahrt, oder?«

»Ich hab mich ja nie für die Fotos interessiert. Als Kind, meine ich. Fand ich super langweilig. Hab ja mehr gemalt. Also Malen nach Zahlen, kennen Sie das? Super. Da kannste ein echtes Ölgemälde machen, mit Pinsel und so. Brauchst nur ein paar Farben und so einen Pappdeckel mit so Feldern drauf, und da stehen die Zahlen drin. Musst du natürlich kaufen. Kostet was«, erklärte sie begeistert und rieb Zeigefinger und Daumen der linken Hand, wobei sie mit dem rechten Auge zwinkerte. »Umsonst gibt es da nix.« Sie lachte. »Also mit den Fotos. Mein Mann, der hat damals noch was weggekramt, aber auch viel bei E-Bay verkauft.«

Straubinger fühlte sich, als würde er in einen Abgrund stürzen. »Frau Meckel, wo ist Ihr Mann jetzt?«

»Ja, der ist lange weg.«

»Was heißt das, lange weg?«

»Weg, abgehauen, über alle sieben Berge! So 'ner spanischen Schlampe hinterher.«

»Wann ist er abgehauen?«, fragte Straubinger.

»Vor sieben Jahren. Ich war ihm nicht mehr gut genug. Und seitdem hab ich zehn Kilo mehr drauf.«

»Das steht Ihnen aber ganz gut«, sagte Straubinger, um sie bei Laune zu halten.

»Ja, finden Sie?« Sigrid Meckel strahlte wie eine Heizlampe. »Och, das ist aber nett. Da kriegen Sie glatt noch 'nen Kaffee«, sagte sie glucksend und goss nach.

»Aber die Fotos. Was ist damit?«

»Also, Pit hat gar nix mitgenommen. Bis auf unser Geld und den Hund.«

»Und, wo könnten sie sein, die Fotos?« Straubinger war kurz davor zu platzen.

»Da müsste noch was im Keller sein. Vielleicht in einem der Diaschränke. Da such ich ohnehin jemanden, der das kaufen will. Interesse?«

»Liebe Frau Meckel, das ist kein Verkaufsgespräch, obwohl Sie zweifellos gewisse Begabungen dazu mitbringen. Das ist eine polizeiliche Ermittlung.«

»Man kann's ja mal versuchen«, antwortete sie augenzwinkernd. Sie lachte kurz und bat ihn, ihr zu folgen.

Im Keller standen sie in einem Raum, der vollgestellt war mit Schränken. Im Nachbarraum stand ein komplett ausgestattetes Fotolabor mit Vergrößerungsgerät, Entwickler-, Wässerungs- und Fixiererwanne. Sogar Chemikalien waren da.

»Arbeitet noch jemand damit? Das sieht ja aus, als wäre hier noch alles in Betrieb!«, sagte Straubinger überrascht.

»Es ist so. Ich interessiere mich sehr wohl für diese Fotos. Und hab sie auch alle noch. Ich bin sozusagen die Nachlassverwalterin von Knips-Karlo. Verzeihen Sie mir den Spaß, den ich mir mit Ihnen gemacht habe.«

Straubinger atmete hörbar erleichtert auf. »Schon gut, besser, als wenn alles vernichtet wäre.«

»Ab und zu kommen noch mal so 'n paar alte Leutchen mit ihren Wünschen und wollen Positive neu gezogen haben. Hat Opa mir alles gezeigt.«

»Würden Sie das auch für mich machen, wenn ich was finde?«

»Natürlich, sehr gern. Wenn Sie gut zahlen! Er hat auch Auftragsarbeiten gemacht. Die kleine ›Leica‹ hab ich sogar noch. Die großen Kameras und Beleuchtungsanlagen hat mein Mann alle still und heimlich verhökert.«

Straubinger staunte nicht schlecht, als sie eine »Leica M3« hervorzauberte, in einem braunen Lederetui. »›Leica M3‹ von 1954«, sagte er und nahm sie vorsichtig in die Hand. »Wissen Sie, was die wert ist?«

»Nö, bestimmt nicht mehr viel.«

»3.000 bis 4.000 bekommen Sie dafür.«

»Was? So viel?« Die Frau staunte. »Das ist ja ein Ding!«

»Sie haben hier bestimmt einige Schätze rumliegen. Darf ich mich umsehen?«

»Jaja, machen Sie nur. Sie sind ja ein echter Schatzsucher.«

Straubinger durchsuchte die Schränke. Dias ohne Ende, aber keine Negative. Dann, im vorletzten Schrank, fand er tatsächlich Ordner mit Negativstreifen. Die Ordner waren sauber beschriftet nach Jahren, die darin enthaltenen A4-Pergaminhüllen boten je Blatt Platz für einen Kleinbildfilm mit 36 Aufnahmen. Von 1956 gab es vier Ordner. Er nahm sie heraus und legte sie auf den kleinen Leuchttisch.

Im ersten Ordner fand er jede Menge Porträt- und Landschaftsaufnahmen, Familienfeiern und Aufnahmen von Verkehrsunfällen. Hinten war eine handgeschriebene Liste eingeheftet, auf der in kurzen Stichworten stand, was die einzelnen Blätter beinhalteten. Einige waren auf die Polizei als Auftraggeber ausgestellt.

Im zweiten Ordner waren die Monate April, Mai und Juni 1956 eingetragen. Im Monat Mai fand er tatsächlich einen Negativstreifen mit Aufnahmen, zu der auch diejenige gehörte, die er in seiner Tasche dabeihatte. Straubingers Herzschlag wurde schneller. Bilder von dem toten Heinrich Vandenberg. Straubinger versuchte, aus den Negativen in der Pergaminhülle mit der Nummer 1956/126 schlau zu werden, kleine Bildchen, die die Realität in umgekehrten Grauschattierungen zeigten, alles Helle war dunkel, alles Dunkle war hell. Insgesamt waren drei Filmstreifen in der Hülle mit insgesamt 17 Fotos. Sie zeigten den Toten aus verschiedenen Perspektiven, alle unterschiedlich belichtet und mit unterschiedlichen Brennweiten, zu hell, zu dunkel, zu unscharf, und nur wenige Aufnahmen taugten etwas. Auch deshalb war wohl nur eine in der Polizeiakte gelandet. Die Blätter dahinter trugen Filme mit anderen Motiven. In der handgeschriebenen Liste am Ende des Ordners stand unter der Nummer 1956/126 der Vermerk »Fall Vandenberg, Polizeiposten Schevenhütte. Fotos: vor Ort von Herbert Dorenbusch. Fotos entwickelt: Herbert Dorenbusch« mit dem Datum 22. Mai 1956.«

»Frau Meckel?«, rief er die Kellertreppe hinauf. »Ich bin so weit. Es wäre toll, wenn Sie mir von den Negativen Abzüge machen könnten.«

»Aber heute nicht mehr«, rief sie.

»Hat Zeit bis morgen, ist nicht so wichtig. Das Original, das wichtig ist, das habe ich ja.«

»Moment, ich komme!«, antwortete sie von oben und trippelte die Treppe hinunter. Sie hatte sich umgezogen und trug nun einen Rock, Sommerschuhe und eine weiße Bluse.

»Nanu? Gehen Sie heute noch aus?«, fragte Straubinger. »Ins Kino vielleicht?«

»Kino, so was haben wir hier leider nicht. Aber Material hätten wir genug. Hier können wir einen spannenden Film zusammenstellen«, hauchte sie ihm entgegen. »Also, wenn Sie mir helfen wollen?«

»Warum nicht«, antwortete Straubinger und ging einen vorsichtigen Schritt auf sie zu.

Sie hob kurz den Finger und sagte: »Augenblick!« Dann verschwand sie kurz im Nebenraum und kehrte nach wenigen Momenten mit einer Flasche Sekt und zwei Gläsern zurück. »Wir sollten uns zuerst dem Vorspann widmen. Finden Sie nicht?«

Die Hunde

Die Nacht war kurz und schön gewesen. Sigrid Meckel hatte noch am Abend eine ausgezeichnete Lasagne gekocht und einen Wein aufgetischt, wie Straubinger lange keinen getrunken hatte. Sigrid hatte sich als unterhaltsame und blitzgescheite Gesprächspartnerin gezeigt.

Straubinger konnte sich kaum daran erinnern, wann er zuletzt so beseelt in den Tag gestartet war. War sie ihm nun über diese kurze Affäre hinaus zugeneigt oder war es das jetzt? Unsicher gab er ihr zum Abschied einen flüchtigen Kuss und sie ihm einen festen Klaps auf den Hintern. »Komm wieder, Mann aus Bayern«, hauchte sie ihm ins Ohr und schloss die Tür. Mit einem Lächeln auf den Lippen fuhr Straubinger in Richtung Stolberg. Er wollte sich mal mit Dorenbusch unterhalten. Irgendwas stimmte mit dem Burschen nicht.

Straubinger durchschritt den Garten, öffnete das Tor und klingelte bei Dorenbusch. Ein wildes Kläffen setzte ein. Die beiden Hunde rannten wie entfesselt in Richtung Hausecke, wurden jedoch jäh von ihren Ketten gestoppt, würgten sich selbst kurz ab und bellten weiter, was das Zeug hielt.

Die Haustür wurde aufgerissen. Dieter Dorenbusch. »Was machst denn du hier, Eisenfuß? Holst du dir deine Prügel ab?« Die Hunde bellten weiter.

»Halten Sie mal Ihre Plüschtiere zurück. Ich will etwas über Ihren Vater wissen.«

»Hauen Sie ab! Sie haben hier gar nichts zu fragen!«, schrie Dieter Dorenbusch.

»Was ist mit Ihrem Vater, Herr Dorenbusch? Wen ich auch frage, niemand weiß etwas über ihn.«

»Ich auch nicht. Und jetzt ab durch die Mitte! Sonst«, brüllte Dorenbusch ihn an, »lass ich die Plüschtiere mal mit dir kuscheln!«

»Passen Sie mal auf, Sie aggressiver Irrer. Sie holen jetzt Ihre Hunde und dann sperren Sie die Viecher in ihre Hundehütte. Und da bleiben die dann auch. Und wenn mir noch einmal zu Ohren kommt, dass Sie der Frau nebenan zu nahe kommen, dann müssen Sie damit rechnen, dass der Eisenfuß mal zutritt.«

»Häääät!«, schrie Dorenbusch und stampfte wie Godzilla an Straubinger vorbei zu den Hunden. Blitzschnell wickelte Straubinger sich seine Jacke um den linken Unterarm. Mit gehetztem Blick ließ Dorenbusch den größeren Bullterrier von der Kette und sah zu, wie er auf Straubinger zustürmte.

Das Muskelpaket mit den Schweinsaugen und dem höckerförmigen Schädel sprang wie ein Pfeil auf Straubingers Hals zu. Der zweite Hund bellte und kläffte sich mit Schaum vor dem Maul die Kehle wund, als wäre er ein Hooligan des ersten.

Straubinger riss den Arm in die Höhe. Der Hund verbiss sich in seiner halbwegs schützenden Jacke mit der Kraft eines Schraubstocks. Das Tier zappelte wie ein riesiger Raubfisch und war genauso schwer zu packen. Straubinger drohte, die Balance zu verlieren. Wäre die Hauswand nicht in seinem Rücken gewesen, hätte das Tier ihn umgeworfen. Er schlug dem Kampfhund mehrmals mit voller Wucht die Faust auf die Nase und stach ihm den Finger ins linke Auge, bis er jaulend losließ. Rasch packte Straubinger das Tier mit gekreuzten Armen bei den Hinterläufen, riss die Arme auseinander und warf das Tier auf den Rücken. Bevor der Hund sich orientieren konnte, drehte Straubinger sich im Kreis, beschleunigte und schlug den Schädel des jaulenden Monsters gegen die Wand. Mit einem hohen Wimmern verlor der Bullterrier das Bewusstsein. Der andere Hund stoppte abrupt sein Kläffen und zog sich heulend zurück. Straubinger sah zu dem bewusstlosen Tier herab, hielt seinen Unterarm und stöhnte kurz auf, mehr aus Erleichterung als vor Schmerz.

Dorenbusch stand mit offenem Mund da und konnte es nicht fassen. Der zweite Hund lag winselnd neben ihm. »Du Drecksau! Hast meinen Hund tot gemacht! Du Psycho. Ich hol die Polizei!« Dorenbusch schnellte vor, starrte den Hund fassungslos an, bückte sich und streichelte ihn.

»Das Mistvieh kommt schneller wieder zu sich, als Sie fluchen können, Dorenbusch.« Straubinger zückte seinen Ausweis. »Hier ist sie schon, die Polizei. Ich krieg Sie dran wegen schwerer Körperverletzung und versuchter Tötung eines Polizeibeamten. Und Sie nähern sich Ihrer Nachbarin um keinen einzigen Schritt, klar? Und die da, die nehmen Sie mit und legen sie ins Körbchen. Und nie wieder hier draußen anketten!«

Der Hund winselte kurz.

Dorenbusch nickte kleinlaut. »War ja nicht so gemeint, Herr Hauptkommissar.«

Straubinger schmiss seine Jacke auf den Boden und sagte kalt: »Die Rechnung für die Jacke schick ich Ihnen zu!« Dann ging er auf den zweiten Hund zu, der sich hinter Dorenbuschs Beinen versteckte, streckte seinen Zeigefinger aus und schimpfte: »Und du, du Drecksvieh, passt besser auf, dass ich dir nicht irgendwann irgendwo im Dunkeln begegne.«

Im »Petit Marron«

»Es ist nicht einfach, von einem Toten, dem der Schädel gespalten wurde, ein halbwegs ansehnliches Porträtfoto zu machen«, nörgelte der Kollege vom Erkennungsdienst in den Hörer. »Hat 'n bisschen gedauert. Ich schick es Ihnen zu, Straubinger.«

Wenige Sekunden später war das Foto auf seinem Handy, das neben ihm lag, während er sich Jod auf die wenigen kleinen Bisswunden träufelte, die er trotz der dicken Jacke am Unterarm davongetragen hatte. Vom Brennen des Jods verzog er das Gesicht zu einer schmerzverzerrten Grimasse, den Schrei behielt er für sich.

Respekt, dachte er, als er sich das Bild ansah. Der Belgier sah eigentlich ganz gut aus auf dem Foto. Die Augen standen zwar immer noch weit offen, aber die Axt war weg, der Spalt geschlossen und das Blut irgendwie entfernt worden. Das Gesicht war ein bisschen hager, aber das konnte bei der Bildbearbeitung passiert sein. Trotzdem, der Kollege war ein Künstler. Es lebe Photoshop!, sagte er sich und fuhr los.

Vor dem »Petit Marron« standen Tschick und zwei weitere Männer in kurzen Hosen und knappen T-Shirts. Es war immer noch heiß an diesem späten Nachmittag, die Männer schwitzten und rauchten. Auf der Werbetafel stand heute: »Wer nackt badet, braucht keine Bikinifigur. Trinkt mehr Bier!«

Als Straubinger, den zerrissenen Ärmel seines Hemds notdürftig zusammengeflickt, an ihnen vorübergehen wollte, gab einer der Männer, ein großer Blonder mit einem Narbengesicht, ein abschätziges Lachen von sich, machte einen tiefen Zug und deutete auf Straubingers Arm, der deutlich Bissspuren und rote Flecken von der Jodtinktur zeigte. »Mit 'nem Bär gekämpft?«

»Es war eine Bärin«, antwortete Straubinger. »Die war ein bisschen wild.«

»Du gehst besser zum Arzt. Sonst kriegst du Unterarmkaries.«

Straubinger hatte Tschick im Blick.

»Wolltest du nicht zu Hause bleiben?«

Tschick wand sich. »Du weißt doch, wie das ist. Scheißgefühl, so allein nach dem Mist, und bis gestern war ich daheim wie versprochen.«

»Hast also deine Klappe nicht halten können«, schimpfte Straubinger. Er sagte weiter nichts und hielt dem Blonden das Handy hin. »Kennst du den?«, fragte er.

Der Blonde zuckte zusammen, sah sich das Bild an und wurde bleich. »Ja, das ist doch … der Belgier. Maxim, oder?« Er wandte sich an Tschick. »Das hast du ja gar nicht gesagt, dass es Maxim ist, den du ausm Wald gezogen hast.«

»Aus dem Wald gezogen, soso«, wiederholte Straubinger entlarvend und guckte Tschick vorwurfsvoll an. »Tschick, was sagst du? Ist er es?«, fragte er ihn und hielt ihm ebenso das Bild unter die Nase.

Tschick betrachtete das Bild sehr genau und sagte dann: »Bisschen schmales Gesicht, find ich. Aber wenn einem so 'n Beil ausm Kopp gezogen wird, ist das sicher normal, oder?«

Straubinger betrat den Gastraum, die Theke war voll mit Leuten. Er winkte dem Wirt kurz zu. »Auf ein paar Sekunden. Sieh mal, kennst du den?« Er hielt ihm das Handy über den Tresen.

Der Bierbaron machte ein skeptisches Gesicht und trocknete die Hände an einem Tuch, das er in seine Schürze gesteckt hatte.

»Und, erkennst du ihn?«

Er reagierte bemerkenswert gelassen, verzog dann den Mund. »Ist das der Tote, den Tschick gefunden hat?«

Straubinger antwortete nicht, sondern setzte einen strengeren Blick auf. »Also?«

»Das ist der Belgier«, antwortete der Bierbaron, »Sieht aus wie unser Maxim. Bisschen schmal is er geworden, kein Wunder, bei dem Schock. Deshalb hast du mich also vorgestern Morgen angerufen.«

In dem Moment war ein schrilles Motorengeräusch zu vernehmen, das jäh erstarb. Der Wolkenmaler betrat die Kneipe, begab sich, ohne jemanden zu grüßen, schnell in seine Ecke und stellte eine vollgestopfte Lederumhängetasche hinter den Tresen. Der Wirt ging sogleich hin, nahm die Tasche und verschwand kurz. Dann kam er zurück und gab dem Wolkenmaler die leere Tasche zurück.

Straubinger ging zu ihm hin. »Wolkenmaler, wer ist das?«

Der Wolkenmaler sah nicht hin.

»Kennst du den?«, fragte Straubinger noch mal, diesmal mit deutlich strengerer Stimme.

»Ich kenne keine Fremden«, antwortete er. »Und die, die ich kenne, kenne ich auch nicht.«

»Wolkenmaler, du kennst diesen Mann.«

Langsam wendete er seinen Kopf und schien Straubinger mit seinem Blick zu durchbohren. Als er kurz auf das Bild sah, schreckte er zurück, als hätte ihn der Schlag getroffen. »Der Belgier.«

»Sieh noch einmal genau hin!«, drängte Straubinger.

»Eisenfuß, das ist nicht gut!«, sagte der Wolkenmaler voller Furcht. Er hob die Hände und wischte sich den Schweiß von der Stirn. Mit weit aufgerissenen Augen flüsterte er:

»Keuchend irrt er durch die Felder,
Längs des Erzbachs auf die Höhen;
Halb am Hügel, halb im Tale
Sinkt er ein und kann nicht stehen.«

Der Wolkenmaler packte Straubingers Arm, mit wässerigen Augen starrte er ihn durchdringend an und verließ fluchtartig das Lokal.

Der Wirt, der das Bier für ihn in der Hand hielt, glotzte ihm staunend hinterher. »Was hast du denn mit dem gemacht?«

»Das Bild des Toten gezeigt. Was war das jetzt wieder?«

»Eines seiner Gedichte zur Lage von Gression«, antwortete der Bierbaron trocken. »Er kann so was wenigstens noch. Aussterbende Spezies, alte Schauspielkunst.« Er hob das Glas in die Höhe und bellte in den Raum hinein. »Jemand ein Leffe dunkel?«

»Ja, für mich«, rief ein Mann vom Eingang her. Er war braun gebrannt, Anfang 70, kernig und anscheinend top-fit mit einem gewinnenden Grinsen.

»Hubert!«, rief der Wirt laut und schaute verdattert. »Klar, das Bier ist für dich!« Er wandte sich an Straubinger. »Das ist ein guter Kumpel von Maxim. Hubert Abel. War schon mit Maxims Vater dick. Er weiß noch nichts, kommt grade erst aus Mallorca.«

»Was ist denn das für ein Empfang? Ihr seht mich alle so an, als wäre jemand gestorben.«

Abel betrat den Raum und stellte sich an die Theke. Er zog ein Bein leicht nach, wie Straubinger auffiel.

Stille. Straubinger ging zu ihm hin und zeigte Abel das Bild. »Kennen Sie diesen Mann?«, fragte er leiden-schaftslos.

Abel zog den Kopf zurück und weitete die Augen. »Ouououou!«, rief er. »Ouououou, Verdammt!« Er wischte sich durch das Gesicht und trank das Glas aus. »Gib mir 'nen Schnaps!«

Der Wirt öffnete sogleich das Eisfach. »Guten?«

»Ja, doppelt. Hauptsache, stark.«

»Und? Wer ist das?«, fragte Straubinger.

»Mein Freund Maxim?« Er atmete schwer. »Maxim Debiers. Um Gottes willen, was ist passiert?« Er trank den Schnaps in einem Zug leer.

»Das würde ich gern von Ihnen wissen. Kommen Sie. An den Tisch.«

»Warum soll ich?«

»Mein Name ist Straubinger. Ich bin Hauptkommissar und ermittle in dem Fall, also?«, sagte Straubinger und streckte die Hand einladend zum Tisch hin.

Abel setzte sich, wobei er ein Bein ausstreckte und sich kurz ans Knie fasste. Offenbar hatte er ein Problem mit dem Bein.

»Ist was mit Ihnen? Alles in Ordnung?«, fragte Straubinger.

Abel hob die Hand. »Sie meinen das Bein? Nicht weiter schlimm. Dat Ding vom Krieg«, sagte er beiläufig mit einem verschwörerischen Grinsen. »Alte Verletzung. Kniescheibe. War 'n Arbeitsunfall.«

Straubinger nickte. »Und Ihnen hat niemand Bescheid gesagt? Angerufen? Freunde machen so was.«

Abel lehnte sich vor. »Hier von den Lackaffen hat niemand meine Nummer«, antwortete er hinter vorgehaltener Hand. »Ich will nicht, dass mich die halbe Welt anruft, während ich mich ausruhe.«

Das klang irgendwie abgezockt, dachte Straubinger. »Sie waren also in Urlaub bis heute?«

Abel nickte und brummte ein Ja. »Wo ... haben Sie meinen Bruder gefunden?« Abels strenger Blick offenbarte tiefe Falten, die sich sorgenvoll um seine Augen scharten.

»Ihren Bruder?«

»Wir waren wie Brüder. Angelbrüder. Weiß jeder hier.« Er stützte sein Gesicht in die Hände. »Mannomann, ich kann es nicht fassen. Wie ist denn das passiert?«, fragte er mit immer noch verstörter Miene. »Hey, Bierbaron, noch einen Guten«, rief er. »Das hilft in allen Fällen.« Er hielt Straubinger das Glas hin, als wolle er es als Beweis anführen. »Glauben Sie mir.«

»Woher kannten Sie Maxim Debiers?«

»Ach herrje, vom Angeln.« Abel spielte mit dem leeren Glas. »Ich war oft mit Maxims Vater unterwegs, da hat er Maxim dann hin und wieder mitgebracht. Und nach dem Tod seines Vaters, na ja, da hab ich mich um Maxim gekümmert. Er brauchte jemanden, dem er vertrauen konnte. Maxim war ein sehr stiller Mensch, der kaum Freunde hatte.«

»Wo kann man hier angeln?«, fragte Straubinger.

»Na, hier im Dorf. Im Forellenparadies, gleich nebenan. Kennen Sie das nicht?«

Straubinger schüttelte den Kopf. »Und wie haben Sie seinen Vater kennengelernt?«

Abel sah versonnen an die Wand. »Ich saß am Wasser, an einem der Teiche, und Jean setzte sich mit seinem Hocker neben mich. Er warf seine Angel ins Wasser und so haben wir uns kennengelernt.«

»Nur nebeneinandergesessen? Nichts weiter?«

»Es gibt ganz wenige Menschen, zu denen hast du 'ne Seelenverwandtschaft. Da muss man nicht reden. Und man geht doch zum Angeln, um genau das zu tun, nix reden. Wir haben uns ein paarmal angesehen. Und blind verstanden. Ich hab ihm die richtigen Köder gereicht, er mir die richtigen Haken.«

»So schnell geht das?« Straubinger sah ihn skeptisch an.

Abel nickte. »Ja, so schnell geht das. So wurden wir Angelbrüder. Und Maxim, sein Sohn, auch. Seitdem kommt er oft hierher, und ich fahre ihn in Bütgenbach besuchen, da wohnt er. Einmal ist er im Forellenparadies und anschließend hier im ›Petit Marron‹, einmal bin ich am Stausee in Bütgenbach und anschließend im ›Töpferkeller‹. Früher jede Woche eigentlich. Hat ein bisschen nachgelassen.«

»Wieso nachgelassen?«

Er hob die Schultern. »Nur so, weiß auch nicht.«

Der Wirt brachte zwei Gute. »Der Kommissar kann sicher auch einen brauchen.«

Straubinger schüttelte kurz den Kopf, ohne den Blick von Abel abzuwenden. »Im Dienst.«

Der Wirt trank den Schnaps selbst, grinste und ging zurück.

»Sie kannten Capitaine Jean Debiers also gut?«

»Das kann man wohl sagen. Mein bester Freund. Kam aus Malmedy.«

»Und den Namen Debiers, den spricht man dort so aus wie das deutsche Wort Bier?«

»Ja, deutsch, das sind ja Ostbelgier, also irgendwie … wie soll ich sagen … deutsch sprechende Franzosen.«

»Was hat Maxim, ja offensichtlich regelmäßig, nach Gressenich verschlagen?«

»Schönes Dorf, nette Leute.«

»Herr Abel, so viel Zeit hab ich jetzt nicht!« Straubingers Blick ließ keine Widerrede zu.

»Also, er hat hier noch seine Stiefmutter besucht.« Straubinger nickte.

»Jetzt sagen Sie schon, wo Sie ihn gefunden haben!« Abel wurde ungeduldig.

»Die Verwandtschaft, die Stiefmutter, das ist Frau Robrecht, richtig?« Straubinger beobachtete genau, wie er reagierte.

»Ja, aber … woher wissen Sie das?« Abel wirkte einigermaßen verwirrt. Der Wirt brachte einen neuen Schnaps.

»Maxim Debiers wurde am Parkplatz ›Buche 19‹ gefunden. Wissen Sie, wo das ist?«

»Natürlich kenne ich ›Buche 19‹. ›Buche 19‹ kennt doch jedes Kind.« Abel spielte mit dem Schnapsglas, das er noch nicht angetrunken hatte. Dann trank er es in einem Zug leer. »Sauzeug, verdammtes.«

»Wie genau waren die Verhältnisse? Also Frau Robrecht, Maxim Debiers, sein Vater ...«

Abel hob die Schultern. »Na ja, er mochte sie sehr, sie war wohl sehr lieb zu ihm. Und sein Vater hat ihn oft hergeholt, schon als Kind. So hat er mir das erzählt.«

»Kennen Sie Frau Robrecht auch so gut?«

»Ja, eine herzensgute Frau.«

Straubinger beobachtete ihn. Abel wirkte ein wenig unsicher und wich seinem Blick aus. »Hatte Maxim Feinde?«

Abel hob die Hände. »Was wollen Sie denn noch alles wissen?« Er dachte nach. »Feinde? Feinde, glaub ich nicht.«

»Was hat er gemacht?«

»Er war Buchhalter, soweit ich weiß. Es klingt seltsam, aber das war nie unser Thema.«

»Warum gerade hier?«, fragte Straubinger. »Warum an ›Buche 19‹? Was glauben Sie?«

Abel hob die Schultern, zog die Mundwinkel nach unten und drehte die Handflächen nach außen. »Was weiß ich? Einer der großen Zufälle dieser Welt?«

Straubinger musterte Abel lange. »Wer könnte Interesse daran haben, Maxim umzubringen?«

»Keine Ahnung.« Abel schwieg eine Zeit lang, lehnte sich zurück und rieb sich erneut die Augen. »Verdammte Kopfschmerzen. Haben Sie was dagegen, wenn wir uns unter anderen Bedingungen zusammensetzen und weiterreden? Ich möchte eigentlich nach Hause gehen und schlafen. Verstehen Sie das?«

Straubinger machte eine Pause. »Gut, belassen wir es dabei. Ich brauche noch Ihre Personalien. Anschrift und die Ausweisnummer.«

Abel reichte ihm seinen Ausweis. Straubinger machte Fotos und gab ihn zurück. »Noch eine letzte Frage. Sagt Ihnen Dorado etwas?«

»Eldorado, ist das nicht ein Western?«

»Nein, nein.« Straubinger lachte. »Dorado soll sich hier irgendwo befinden.«

Abel schüttelte den Kopf. »Nie gehört. Nein.«

»Gut, vielen Dank, Sie können dann gehen.«

Abel nickte kurz, stand auf und stellte sich an die Theke. »Schreib's bitte an. Ich bin fix und fertig, ich gehe.« Zusammengesunken und mit traurigem Blick verließ er das Lokal.

Straubinger stellte sich an seinen Platz und wandte sich an den Wirt: »Bierbaron, kennst du Dorado?«

Der Wirt setzte einen angestrengten Blick auf. »Dorado? Schon mal gehört. Ja, aber wo und was das ist?« Er hob die Schultern. »Hier im Dorf, oder was soll das sein?«

»Ja, hier irgendwo. Wer könnte das wissen?«

»Tschicks Großeltern.«

»Von der Oma hab ich ja den Begriff. Aber die wissen nicht, wo das ist.«

»Noch zwei Gute!«, rief ein Mann, der sich mit einem anderen an einem der Tische angeregt unterhielt.

Der Wirt zückte die eiskalte Flasche aus der Kühltheke und goss ein.

»Sag mal, was ist das für ein Zeug, dieser Gute?«, fragte Straubinger.

»Wolkenels.« Der Wirt hielt ihm die Flasche hin.

»Vom Wolkenmaler?«

Der Wirt nickte. »Ja, den kaufe ich bei ihm.«

»Das war also in der Ledertasche?«

»Genau.«

»Hat er eine Lizenz?«

Der Wirt warf ihm einen ernsten Blick zu. »Langsam, Eisenfuß!«, mahnte er leise, und sein Lachen klang eher bedrohlich als fröhlich, während er unbeirrt ein Bier zapfte. »Du willst es dir doch nicht mit den Leuten hier verscherzen. Von irgendwas muss er doch leben, der arme Schlucker.«

»Ich dachte, er verkauft seine Bilder.«

Der Wirt starrte Straubinger verwundert an und schmunzelte mitleidig. »Alle zwei Jahre ein Bild. Aber der Wolkenels, den lieben die Leute hier. Es gibt Abende, da verkauf ich mehr Els als Bier.«

Straubinger staunte. »Nicht schlecht. Muss ja irgendwas dran sein, an dem Zeug.«

»Elixier, sag ich dir, reines Elixier! Impotenz? Trink 'nen Wolkenels und es klopft wieder in den Lenden. Pickel? Mit Wolkenels verschwinden Sie, zumindest für einen Abend. Halsschmerzen? Wolkenels spült sie weg, man muss nur genug davon trinken. Gastritis? Wolkenels ätzt den Magen frei und macht glücklicher als Salzsäure. Kopfweh? Geht zwar nicht ganz weg, aber du spürst es erst wieder am nächsten Tag. Also, Wolkenels hilft immer.«

»Mann, Bierbaron, du hättest Werbefuzzi werden sollen!«, lallte ein Mann an der Theke, der gerade den 17. Strich auf seinen Deckel gemacht bekam.

»Und die Leut glauben daran?«, fragte Straubinger belustigt.

Der Wirt nickte. »Alle glauben dran. Und wenn alle dran glauben, dann ist es doch wahr, oder?«

Straubinger lehnte sich vor und stützte das Kinn in eine Hand. »Nimmst du den auch als Medizin?«

»Ja«, antwortete der Wirt. »Ich trink ihn gegen blöde Fragen, die beantwortet der Els zwar nicht, aber ich hör dann nicht mehr so genau hin.« Auffordernd stellte er zwei Wolkenels hin und prostete ihm zu, sodass Straubinger nicht ablehnen konnte.

Der Sorgsame Heiland

Heute war Samstag und Straubinger hatte erfahren, dass Schwester Martina Dienst hatte. Er parkte den Wagen vor dem Seniorenheim »Der Sorgsame Heiland« und betrat das Foyer.

Drinnen wandte er sich an die erstbeste Person, die ihm über den Weg lief. Ein alter Mann, weit über 80, stützte sich auf einen Rollator und schlurfte an ihm vorbei.

»Ich suche eine Schwester Martina.«

Der Alte beäugte ihn argwöhnisch. »Wir haben da ein paar zur Auswahl. Klein und dick, groß und schlank oder mit allem?«

»Mit allem?« Straubinger lachte. »Wie soll ich das verstehen?«

Der Alte reckte sich und stand pfeilgerade vor ihm, verzog das Gesicht und gestikulierte wie ein überengagierter Laienschauspieler. Zuerst bewegte er die Hände mit gespreizten Fingern nach vorn, als würden sich zwei Airbags öffnen, dann hielt er sie tiefer hinter sich, als würde er sich draufsetzen wollen. Seine Gestik machte jede weitere Erläuterung überflüssig. Trotzdem ließ er genüsslich verlauten: »Ohren *und* Arsch.«

Straubinger hob die Schultern. »Wo ist denn das Büro?«

Der Alte stützte sich etwas enttäuscht erneut auf seinen Rollator, deutete mit dem Kopf in Richtung einer Tür und zog weiter seine Bahn.

»Morgen«, sagte Straubinger zu der jungen Frau hinter dem Computer. »Ich suche eine Schwester Martina, die Frau Gisela Robrecht betreut. Hat sie heute Dienst?«

»Ja, sie hat heute Dienst. Wer will das wissen?«

Straubinger zeigte seinen Ausweis.

»Ihr Name ist Martina Ruelens, Schwester verwenden wir übrigens schon lange nicht mehr. Wir haben nämlich auch ein paar Brüder hier. Wir sagen einfach Pfleger und Pflegerin.«

»Ist Frau Ruelens im Haus?«

Sie inspizierte seine Uhr. »Sie wird in 20 Minuten hier sein, schätze ich. Ich sag ihr Bescheid, wenn sie kommt. Sie können im Aufenthaltsraum warten.«

Straubinger nickte und ging ins angrenzende Zimmer. Es war am Boden durchgehend gefliest und behagliche Sitzmöbel, Tische voller Zeitschriften und ein großer Fernseher standen darin. Der Raum war so angelegt, dass auch Rollstühle Platz fanden und sich ins gesamte Mobiliar einfügen konnten.

Zwei Damen und zwei Herren saßen um einen Tisch und spielten Karten. Einem der Männer fehlte ein Arm, Straubinger schätzte ihn auf etwas über 80 Jahre. Er hatte die Reihe seiner Spielkarten in den Deckel eines weißen Schuhkartons gesteckt, der umgekehrt vor ihm auf dem Tisch stand.

In der anderen Ecke des Raums saßen zwei alte Herren und eine Dame zusammen und sahen fern. Irgendein Privatsender, eine Comedy-Show. Ein junger Mann stand auf der bunten Bühne, groß, schlank und gut aussehend.

Schnodderig machte er sich über Alte lustig. Der Mann mit dem Rollator aus dem Foyer, den Straubinger unter den Fernsehenden erkannte, schmiss ein Stück Kuchen nach der Mattscheibe.

»Hey, was soll das? Flegel!«, beschwerte sich der andere.

»Mach den Scheiß aus!«

»Wieso denn? Das ist doch Kabarett. Was hast du?«

»Kabarett? Das soll Kabarett sein? Das ist Comedy, der Scheiß.«

»Ja und? Das ist eben modernes Kabarett!«, sagte die Frau, die neben ihm saß und einen Schal strickte. »Das ist heut so. Die jungen Leute machen das anders.«

»Scheiß drauf!«, schrie der Alte. »Comedian, das ist ein Schimpfwort! Merkt ihr denn nicht den Unterschied? Seid ihr zu blöd dazu?«

»Tu bloß nicht schon wieder so allwissend«, meckerte der andere Alte. »Was ist denn da der Unterschied, hä?«

»Bei Comedy, da machen sich schicke, junge, überhebliche Schnösel über Arme, Alte und Kranke lustig. Herablassendes Pack! Kabarett ist aus dem Schmerz der Armen und Kranken geboren, die sich das Recht nehmen, die Schönen, die Reichen und die Überheblichen anzugreifen. Genau umgekehrt!« Er schlug sich mit der flachen Hand auf die Stirn. »Und deinen Schal kannst du dir sonst wohin … Ach, was soll's!«, rief er und verließ verärgert den Raum.

»Meldung«, rief eine der Damen an dem anderen Tisch mit brüchiger, aber sicher klingender Stimme. Sie legte eine Reihe Karten ab.

»Aha, Canasta«, sagte Straubinger und stellte sich an den Tisch. »Darf ich?« Er griff nach einer Stuhllehne.

Der alte Herr mit dem Schuhkarton gab eine brummige Antwort, was wohl »Ja« bedeuten sollte.

Straubinger setzte sich. »Ein wahrlich königliches Spiel.« Er sah alle vier nacheinander an und lächelte freundlich. Keine Reaktion.

Straubinger versuchte es ein zweites Mal. »Wussten Sie, dass Canasta in Montevideo, also in Uruguay, entwickelt wurde?«

»Quatschkopp!«, schimpfte der zweite alte Herr, schenkte Straubinger aber keinen Blick.

Die kleinere der beiden Damen fuhr mit einem Krächzen dazwischen. »Als wüssten wir nicht, wo Montevideo ist.«

»Natürlich. Entschuldigen Sie, ich wollte nicht stören.«

»Und warum setzen Sie sich dann hierher?«, fragte die Dame mit der Meldung und legte drei Treff Könige und zwei Joker ab.

»Bisher bin ich nur netten Menschen hier in Ihrem schönen Dorf begegnet.« Straubinger grinste.

»Dann wird es Zeit, dass sich das ändert«, antwortete der Mann mit dem Schuhkarton.

»Waren Sie bei der 12. Division?«

Sofort trat eine bedrohliche Stille ein. Alle vier starrten Straubinger an, als hätte er jemanden angespuckt.

»Sie waren im Krieg. Und Sie haben Ihren Arm verloren.« Straubinger deutete mit dem Kinn auf den leeren Hemdsärmel, der von der linken Schulter des Mannes herabhing und akkurat gebügelt mit einer Sicherheitsnadel am Hemd festgesteckt war.

Der Mann war erstarrt. Dann räusperte er sich. »Leutnant Armin Zündorf ...« Weiter kam er nicht. Er schluckte und atmete durch. »Grenadier-Regiment 48, 12. Infante-rie-Division unter Generalmajor Gerhard Engel, unter-stellt dem Kommando der 7. Armee.« Der Mann ratterte seine Litanei herunter wie ein Maschinengewehr. »Ver-letzt gegen Mittag des 19. September 1944 im Wald süd-lich von ›Buche 19‹, Gressenicher Wald, durch eine US-amerikanische Panzerhaubitze, welche den linken Arm unmittelbar unterhalb des Schultergelenks wegriss. Geret-tet durch den beherzten Einsatz der Betreuungshelferin Herta Weißenberg, geheiratet von ebendieser Herta Wei-ßenberg am 18. Mai 1947 in Werth, Gemeinde Gressenich, heute Stadt Stolberg. Auch ohne linken Arm immer noch guter Dinge und wohlauf.« Er hob seine rechte Hand zum militärischen Gruß wie ein Automat.

Die kleine Dame neben ihm, seine Canasta-Partnerin, hob ihre Hände vors Gesicht und schluchzte. Zündorf streichelte ihre Schulter. »Meine Herta! Meine gute Herta!«

Sie legte ihren Fächer aus Spielkarten auf den Tisch und sah ihn zu Tränen gerührt an. Dann wandte sie sich mit zittriger Stimme an Straubinger. »Sie können sich nicht vorstellen, was damals hier los war. Ich war Kranken-schwester beim Roten Kreuz, wir haben ja alle im Auf-trag der Wehrmacht gearbeitet, in den Lazaretten. Spä-ter dann wurden wir vom Roten Kreuz abgetrennt und zu sogenannten Betreuungshelferinnen degradiert. Eine Schmach war das! Ab da erhielten wir die dienstlichen Weisungen vom Oberkommando des Heeres. Selbstherr-liche Wahnsinnige, ohne medizinische Kenntnisse. Bis auf ein paar Ausnahmen.«

»Wie haben Sie Ihren Mann gerettet, mitten im Kampf-getümmel?«, fragte Straubinger.

»Es war strengstens verboten, sich dem Kampfgeschehen zu nähern. Aber das Gemetzel war so katastrophal, dass selbst die Sanitätsfahrzeuge nicht mehr operieren konnten. Ich bin damals mit einer Kollegin in den Wald gefahren, wir hatten uns einen VW-Kübelwagen genommen, um zu sehen, ob wir irgendetwas tun konnten. Wir trafen nur auf Tote, aber diesen Leutnant hier«, sie tätschelte Zündorfs rechten Arm, »den haben wir noch lebend gefunden, ihn notdürftig zusammengeflickt, in den Kübelwagen gelegt und ins Feldlazarett gefahren.«

»Die ganzen armen Teufel!«, sagte Zündorf. »Mausbach und Schevenhütte sollten wir zurückerobern, eine Welle nach der anderen wurde zurückgeschlagen. Viele Tausend Mann sind hier in den Wäldern verreckt. Da hat auch die Superwaffe nix geholfen.«

»Superwaffe?« Straubinger lehnte sich vor. »Was war das, diese Superwaffe?«

»Sind Sie der Kommissar?«, rief eine feste Frauenstimme dazwischen. Sie kam auf Straubinger zu und streckte ihm die Hand entgegen. »Martina Ruelens.«

Straubinger erhob sich und begrüßte sie. »Ja, der bin ich.« Vor ihm stand eine große, gut gebaute Frau Mitte 40. Ihre schwarze Kurzhaarfrisur rahmte ein ebenmäßiges Gesicht ein. Ihr energischer Blick nötigte Straubinger Respekt ab. Sie war offensichtlich die Schwester Martina mit allem.

»Ich habe leider nicht viel Zeit, ich muss gleich weiter zur nächsten Kundin. Aber kommen Sie, dann können wir in Ruhe reden.«

Straubinger verabschiedete sich. »Vielen Dank für das gute Gespräch. Ich würde Ihnen gern bei anderer Gelegenheit weiter zuhören. Das war sehr spannend.«

Die vier nickten höflich und lächelten, Zündorf winkte ihm sogar hinterher.

Martina Ruelens ging voran. »Haben Sie lange auf mich gewartet?«

»Nein, ich habe mich sehr angeregt mit den Herrschaften unterhalten.« Straubinger holte auf und ging neben ihr.

»Ach, wahrscheinlich wieder so ein Kriegszeug. Immer wieder derselbe alte Kram.« Ihre Stimme klang abschätzig. »Ein anderes Thema kennen die ja nicht.«

»Sie haben ja nicht mehr lange, um das zu erzählen.«

»Na ja, aber irgendwann kennt man das auswendig.« Sie griff nach einem Schlüsselbund und öffnete eine Tür, anscheinend ein Zimmer fürs Personal. »Setzen Sie sich. Was kann ich für Sie tun?«

»Schön haben die Leute das hier. Ist ein tolles Wohnheim.«

»Wohnheim, das hört sich so unselbstständig an. Wir nennen es betreutes Wohnen.« Sie ging hinüber zu einer Art Ablage und trug etwas in eine Liste ein. Dann kam sie zurück zum Tisch und setzte sich.

»›Der Sorgsame Heiland‹, sehr christlich«, bemerkte Straubinger.

Martina Ruelens lachte. »Das sagen viele. Es ist eher eine ausgeklügelte Marketingidee, fürchte ich. Die alten Leute sind ja noch eifrige Kirchgänger. Wenn sie mal nicht mehr sind, können wir aus der Kirche in Gressenich eine Achterbahn oder Skihalle machen. Das bringt Touristen ins Dorf.«

»Der alte Zündorf, der hat mir eben was Interessantes erzählt, was von einer Superwaffe, kennen Sie das?«

Sie nickte und spielte mit ihrem Schlüsselbund. »Ja,

so was erzählt der immer wieder mal. Irgendwie geheim und gefährlich. Aber wenn das Ding so wichtig gewesen wäre, wie er tut, dann hätten die Deutschen den Krieg gewonnen, oder?«

»Sie nehmen den alten Herren nicht sonderlich ernst?«

»Ach, hören Sie doch auf! Was glauben Sie, was wir uns hier alles anhören müssen? Der Krieg, das war in einem anderen Jahrhundert, das ist so weit weg.«

Sie legte den Schlüssel auf den Tisch, wusch sich die Hände und setzte sich erneut hin.

»Es gibt einen alten Mann im Dorf, den nennen die Leute den Wolkenmaler. Im Winter ...«

»... ist er hier bei uns. Ein Spinner, aber ein liebenswerter. Er sieht zwar zehn Jahre älter aus, aber er ist dieses Jahr erst 60 geworden. Er hat ein bisschen Angst vor mir. Nennt mich ›Die Bestie‹.« Sie lachte. »Kennen Sie ihn etwa?«

Straubinger nickte. »Ja, ich hab ihn im Wald getroffen, bei seiner Hütte.«

»Hui, hat er Sie reingelassen? Das ist eine hohe Ehre!« Es amüsierte sie offensichtlich sehr, über ihn zu reden. »Hat er schon einen Namen für Sie?«

»Mich nennt er Eisenfuß?«, antwortete Straubinger.

»Eisenfuß? Na das ist ja mal ein Name!«

»Mögen Sie seinen Els?«, fragte Straubinger.

»Oh ja, mit ihm muss man seinen Els trinken, sonst hat man verloren. Und die Bilder, die er malt! Sie berühren mich tief. Wir haben ihm drei abgekauft und hier bei uns aufgehängt. Eines in den Restaurantstuben, eines im Aufenthaltsraum und eines hängt im Büro unseres Pflegechefs. Übrigens, er streitet sich nicht nur mit mir, mit allen! Mit dem Restaurantbetreiber und mit dem Pflege-chef auch.« Sie lachte. »So ist er nun mal.«

Straubinger fiel auf, wie ihre Augen glänzten, fast so, als würde sie von einem Liebhaber erzählen.

»Sie scheinen ihn wirklich zu mögen.«

Sie nickte. »Ja, ich mag ihn sehr«, erwiderte sie.

»Wie ist eigentlich sein richtiger Name?«

»Bruns Bando heißt er. Ist wohl preußisch oder polnisch?«

»Sie pflegen auch Frau Robrecht?«, fragte Straubinger, während er sich den Namen aufschrieb.

Sie schien von der Frage überrascht. »Natürlich, und danke übrigens, dass Sie uns letztens verständigt haben, als es ihr so schlecht ging.«

»Ist selbstverständlich. Wie geht es ihr jetzt?«

»Sie hat es dann ganz gut weggesteckt. Maxim war ihr ein und alles«, antwortete sie und machte eine bedauernde Miene. »Eine nette alte Dame. Ich betreue sie nun seit …«, sie sah nach oben, schloss kurz die Augen und schien zu rechnen, »ja, seit 20 Jahren?«

»Da war sie noch jung«, stellte Straubinger erstaunt fest.

»Ja, da war sie noch jung. Um die 50. Und ich auch, gerade mal 25. Sie hat eine Erbkrankheit seit frühester Kindheit.«

»Und da haben Sie schon hier gearbeitet?«

Sie lachte kurz. »Nein, nein, da gab es den ›Sorgsamen Heiland‹ noch nicht. Ich kam damals immer aus Eilendorf hierher, das ist bei Aachen. Ihr Mann …«

»Capitaine Debiers?«, fragte Straubinger dazwischen.

»Ja. Sie konnte von Glück sagen, denn sie hatte dadurch Vorzüge, zum Beispiel, dass ich von den belgischen Streit-

kräften aus ein- bis zweimal in der Woche als Krankenschwester ins Haus kam. Nachdem die Belgier in den
90ern aus Aachen abgerückt waren, hab ich dann eine
Stelle hier beim ›Sorgsamen Heiland‹ bekommen.«

»Sie sind Belgierin?«

»Ja, ich komme aus Lüttich, schön, nicht?«

»Ich kenne Lüttich nicht.« Straubinger lächelte.

»Oh«, sagte sie schwärmerisch, »eine wunderbare Stadt.
Hat alles, was man so braucht.«

Straubinger stand auf und ging ein paar Schritte.

»Was können Sie mir über Capitaine Debiers erzählen?«

»Ist ein toller Mann gewesen. Gut aussehend, fit, rede-
gewandt, einfach ein Gentleman alter Schule.«

Straubinger machte eine kleine Pause und dachte nach.
»Gisela Robrecht und Jean Debiers. Haben sie sich also
gut verstanden?«

»Also, anfangs waren sie äußerst harmonisch. Aber die
letzten Jahre, da ging es bergab. Sie haben oft gestritten.«

»Warum?«

»Er soff immer mehr. Ständig war er betrunken. Ganz
eigenartig. Früher war das nicht so. Sie kannte das nicht
von ihm. Unzählige Male haben sie gestritten deswegen.«

»Gab es einen Auslöser für die Sauferei?«

Sie hob die Schultern. »Keine Ahnung. Und dann zum
Schluss, da hat er über Herzprobleme geklagt. Und sie
hat noch mehr mit ihm geschimpft, er solle endlich zu
saufen aufhören.«

»Herzprobleme? War er beim Arzt deswegen?«

Sie hob die Schultern. »Ja, bei Dr. Geldermann, ein nie-
dergelassener Hausarzt aus Stolberg. Hat sich inzwischen
zur Ruhe gesetzt. Aber der hat nichts feststellen können.«

»Gab es hier im Ort keinen Arzt?«

»Doch, aber Gisela kannte Geldermann wohl aus ihren Stolberger Verbindungen.«

»Wie kann das denn sein, dass er Debiers' Herzschwäche nicht erkannt hat?«, fragte Straubinger.

»Dr. Geldermann ist ein Ignorant. Er kam zwar oft zu Gisela, also zu Frau Robrecht. Aber richtig zugehört hat er ihr nie, wenn sie was plagte. Hier ein Sälbchen, da Tabletten. Und sein Fitnesszeug, so Nahrungsergänzungsmüll, hat er ihr verkauft. Das Übliche, aber eine richtige ärztliche Betreuung? Fehlanzeige!«

»Sie haben keine gute Meinung von ihm.«

»Wer hat die schon?«, zischte sie. »Auch ein Säufer, wie Debiers zum Schluss. Sie haben sich in dieser Hinsicht prächtig verstanden.«

Straubinger bemerkte, dass ihr Gesicht zu einer verachtungsvollen Maske verfiel. »War Debiers' Tod also vorauszusehen?«

»Nicht direkt«, sagte sie grübelnd. »Aber irgendwann, plötzlich, verließen sie ihn.«

»Wer verließ wen?«

»Sagt man so. Eigentlich war er ja kerngesund, und dann … futschikato.«

»Woran ist Capitaine Debiers gestorben?«

Sie dachte kurz nach. »Dr. Geldermann hat damals Herzversagen festgestellt, soweit ich das weiß.«

Straubinger beobachtete, wie sie dabei nach unten sah und kaum wahrnehmbar den Kopf schüttelte. »Sie sagen das so, als würden Sie daran zweifeln.«

»Nein, nein«, wehrte sie schnell ab. »Das ist ein falscher Eindruck.«

»Waren Sie dabei, als er starb?«

»Nein, ich bin am Morgen hin, um nach Gisela, also Frau Robrecht, zu sehen. Ihr ging es schon seit Tagen nicht so gut. Da lag er tot auf dem Sofa. Ich glaube, er ist nachts verstorben, aber Frau Robrecht hat erst morgens den Arzt gerufen. Sie konnte überhaupt nichts sagen, war total geschockt.«

»Erzählen Sie mir genau, wie es war«, sagte Straubinger.

»Na ja, ich war vielleicht zehn Minuten vor Geldermann dort. Als er kam, war er total überheblich und abweisend. War er ja eigentlich immer. Er kann mich nicht leiden. Hat mich sofort weggeschickt, als ich mir gerade die Leiche ansah. Was ich denn da mache und so, ich würde meine beruflichen Kompetenzen überschreiten.« Sie äffte ihn nach, und ihre Empörung war deutlich herauszuhören. »War doch nur meine berufliche Neugier.« Es schien sie immer noch hart zu treffen. »Ich bin dann wutentbrannt gefahren. Der Kerl hat mich zum Weinen gebracht.«

Straubinger nahm wahr, wie sie schnaubend ihren Kopf zurückwarf. »Haben sie ein persönliches Problem mit Dr. Geldermann?«

Ihr Blick wurde hart. »Nein, habe ich nicht!«, protestierte sie. »Er ist ein Idiot, mehr nicht! Also, jedenfalls war Debiers tot und der Pflegeaufwand für Gisela, also Frau Robrecht, wurde größer. Seitdem gehe ich fast jeden Tag zu ihr. Und wissen Sie was? Ich mag sie wirklich gern.«

SONNTAG, 21. JUNI

Wolkenmalers Hütte

»Warum bist du so schnell abgehauen?«

Der Wolkenmaler antwortete nicht. Er hielt den breiten Pinsel in der Hand, sah in den Himmel und verteilte mit geübten Strichen das Blau auf die Leinwand. »Heute ist es ein anderes Blau als gestern. Siehst du, gestern war es wie eine Kornblume, keine Wolke, heute ist es kälter, wässriger, wie kalter Stahl. Und Wolken, schöne Wolken, die gutes Wetter bringen.«

»Was hast du mit dem Belgier eigentlich zu tun gehabt?«

Der Wolkenmaler blinzelte. »Du magst die Gedichte?«

»Ja, ich mag deine Verse.«

»Es sind nicht meine Verse. Es sind Verse aus alter Zeit, die eine große Geschichte erzählen. Von der Stadt, die einst in Üppigkeit schwelgte, die von den Metallen reich wurde und die dann in Elend unterging, weil Gott die Menschen dafür bestrafte, dass sie nichts mehr als ihren Reichtum im Sinn hatten.«

»Und wann?«

»Man sagt, es war zur Zeit der Römer, dass sich die Stadt Gression hier ausdehnte. Andere sprechen von den Türken, sie seien hier gewesen, um mit ihren Pferden den Omerstrom auszutrinken und die Stadt dem Erdboden gleichzumachen.«

»Malst du auch den Himmel von Gression?«, wollte Straubinger wissen.

»Ja, ich habe einige Bilder gemalt, mit dem Himmel und den Wolken dieser Zeit.«

»Malst du auch den Himmel von 1956?«

Augenblicklich wirkte die Luft wie elektrisch aufgeladen. Abrupt hielt der Wolkenmaler inne. »Was weißt du schon von 1956, Eisenfuß.« Er verschwand in der Hütte, Straubinger hörte, wie er irgendetwas hektisch zusammenräumte. Er ging ihm hinterher. »Verschwinde, du Elender! Verschwinde einfach.«

»Was weißt du über Heinrich Vandenberg?«

»Bläää, bläää!«, schrie er und äffte mit Fingern und Daumen neben seinem Mund ein Quatschmaul nach. »Bläää, bläää, bläää!«

»Ist ja gut, mein Freund. Ist ja gut. Aber vielleicht wäre es besser, wenn du mir alles erzählst, was du weißt. Vielleicht zu deinem eigenen Schutz.«

»Ich bin nicht dein Freund. Du bist neugierig. Das ist hier nicht gut. Ist hier nicht gut.«

»Sag mir, was hat der Belgier von dir gewollt? Der Tote!«

»Bläää, bläää, bläää!«

»Maxim Debiers, aus Bütgenbach. Was hat er gewollt?« Straubinger ließ nicht locker.

Der Wolkenmaler riss die Hände vor sein Gesicht und verkrampfte sich am ganzen Körper. Er fing an zu weinen, zitterte wie Espenlaub.

»Was macht dir so zu schaffen?«, fragte Straubinger sanfter und legte ihm eine Hand auf den Unterarm.

Jäh riss der Wolkenmaler den Arm zurück.

»Niemand kann dir etwas tun.«

Der Wolkenmaler reckte die Hände in den Himmel und rief:

»Schon lag tief im Schattenlande
Gression – von Gott verflucht;
Schnell bestraft in Spott und Schande,
Gott schont den nur, der ihn sucht.«

Er verstieg sich erneut in seinen Bläääbläää-Gesang, lief in seine Hütte und sperrte hinter sich zu.

Straubinger starrte die Hütte lange an und begriff. Der alte Mann trug ein Geheimnis mit sich herum, das so traumatisch sein musste, dass jedes Gespräch darüber ihn in den Wahnsinn treiben würde. Das »Bläääbläääbläää« klang noch in ihm nach, als er sich langsam von der Hütte entfernte.

Das Forellenparadies

Straubinger blinzelte in die Mittagssonne, die genau über ihm stand. Ein Schild mit dem Schriftzug »Das Forellenparadies« war über dem Torbogen am Eingang zu lesen, dahinter befanden sich Geschäftsräume zum Fischverkauf. Die großen Fischteiche füllten die Talsohle aus und waren entlang eines Bachlaufs angelegt, der aus dem Höhenzug des Waldgebiets kam und im Schatten einer langen Baumreihe dahinplätscherte.

Der groß gewachsene Mann mit den dunklen, kurz geschnittenen Haaren und dem Köcher in der Hand sah ihn länger an, bevor er etwas sagte. »Der Omerbach. Unsere Lebensader. Fließt durch ganz Gressenich und entspringt irgendwo oben im Gressenicher Wald.«

»Wirklich schön haben Sie es hier!« Straubinger drehte sich und versuchte, das gesamte Areal zu erfassen.

»Zum ersten Mal bei uns?«

»Ja, zum ersten Mal.« Straubinger sah hinüber zu den Bäumen, die das Bachbett säumten. »Sind Sie der Besitzer?«

»Ja, Diemberger, Wolfgang Diemberger.« Er reichte Straubinger die Hand. »Wollen Sie angeln?«

»Nein. Straubinger, Polizei Stolberg. Ich suche jemanden, der angelt. Den Herrn Abel, kennen Sie den?«

»Natürlich, ein Stammkunde. Der sitzt am Angelteich beim Kiosk, gleich dahinten.« Diemberger zeigte nach rechts, wo Straubinger an der Flucht entlang der Teiche eine kleine Bude erkannte, ein alter Bauwagen, der zum Kiosk umgebaut worden war.

Straubinger bedankte sich und ging auf den Kiosk zu. Einige vereinzelte Angler saßen am Ufer des großen Weihers, hier herrschte absolute Stille. Nur ein paar Vögel zwitscherten, ab und zu hörte man ein Plätschern, wenn eine Forelle aus dem Wasser sprang und nach einer Mücke schnappte, oder das Schnarren einer Spule, wenn ein Angler seine Schnur erneut auswarf.

Der Bauwagen war weiß gestrichen, die kleinen Fensterläden gelb und rot, ähnlich wie an der Stolberger Burg. In der Seitenwand war eine große Klappe eingebaut worden, die offen war und das Innere einsehbar machte. Drinnen stand eine junge Frau und bot Kaffee, Fischbrötchen und Bier an. Zwei Angler standen dort mit einer Flasche in der Hand, unterhielten sich und machten der Frau ab und zu ein Kompliment, das sie, erkennbar an ihrer gelangweilten Mimik, wahrscheinlich nicht hören wollte.

Abel saß etwa zehn Meter weiter am Ufer und beobachtete ruhig die spiegelglatte Wasseroberfläche. Neben ihm im Gras standen im Schatten seines Klapphockers eine offene Flasche Bier und ein Eimer mit Wasser, in dem zwei Forellen schwammen. Daneben eine blaue Kühltasche und eine Box, in der er wohl seine Ausrüstung hatte.

»Schöner Tag heute«, sagte Straubinger. »Schon lange auf den Beinen?«

Abel sah überrascht auf und sah auf die Uhr. »Seit sieben.« Dann richtete er den Blick wieder aufs Wasser. »Jetzt ist Mittag, allmählich wird es zu warm. Dann beißen sie nicht mehr. Im Sommer beißen sie nur morgens und abends. Ich pack bald ein. Zwei Fische, na ja. Aber es sind besonders schöne heute.«

»Wie geht es Ihnen?«

»Na ja, erst Jean, jetzt Maxim. Sie fehlen mir. Ganz schön bitter. Normalerweise würde er jetzt neben mir hocken, an seinem Bier schlürfen und aufs Wasser gucken.« Abel griff nach einem zusammengelegten Anglerhocker, der neben ihm im Gras lag, klappte ihn auf und stellte ihn neben sich. »Hier, sein Hocker. Nehmen Sie Platz.«

Zögerlich setzte Straubinger sich hin. »Danke, wenn Sie erlauben.«

»Ist schon recht«, antwortete Abel.

»Ich hab noch mal nachgedacht. Über Maxims Vater, den Capitaine. Er hat Maxim doch mit einer anderen Frau bekommen, als er schon mit Gisela Robrecht verbandelt war, oder?«

»Ja, das hab ich Maxim auch mal gefragt. Der Capitaine war ein vielseitiger Mann.« Abel bewegte seine Hand hin und her. »Wenn Sie wissen, was ich meine. Obwohl er Gisela damals schon kannte, genau wie Sie sagen. So hat Jean mir das damals unter Männern erzählt.« Er trank sein Bier aus, wandte sich kurz ab und wickelte die Angelschnur, die im Wasser hing, auf die Spule.

»Hat Maxim mal etwas über Streit oder Probleme zwischen Gisela Robrecht und dem Capitaine erzählt? Den Eroberungstrieb ihres Mannes kann sie doch nicht einfach hingenommen haben.«

Abel schüttelte den Kopf. »Nicht, dass ich wüsste. Da hat Maxim nie was erzählt.« Sein Tonfall wurde härter. »Was das anging, da hatte Jean Debiers wohl eine sehr französische Eigenschaft. Da müssen die Frauen so was akzeptieren, da haben die Männer doch alle 'ne Mätresse. Auch wenn Gisela den Capitaine immer noch in den Himmel heben mag.« Abel schob fahrig die Rute zusammen und sortierte seine Utensilien in seine tragbare Anglerbox ein. Irgendetwas hatte ihn getroffen. »Aber eigentlich hat Debiers Gisela ja, also abgesehen von seinem Don-Juan-Syndrom, gut behandelt«, sagte er, bemüht, seinen Unmut zu überspielen.

»Hat der alte Debiers Maxim eigentlich geschlagen?«

Abel zögerte keinen Augenblick. »Nein, hat er nicht. Obwohl das damals viele Väter gemacht haben. Wieso fragen Sie das?«

»Viele, aber doch nicht alle. Reine Routinefrage.« Straubinger sah ihn ernst an.

Abel nahm eine der Forellen aus dem Eimer und schlug ihr im nächsten Augenblick mit dem Messerknauf knapp hinter die Augen auf die Schädeldecke. Die Forelle zitterte noch. Abel stach ihr mit dem Messer ins Herz, sodass sie ausblutete. Ohne dass Straubinger sich wehren konnte, legte Abel ihm den Fisch in die Hände und holte die hellblaue Kühltasche näher heran. Dann nahm er ihm den Fisch wieder ab, legte ihn auf das Brucheis und schloss den Deckel.

Straubinger streckte ihm die Hände entgegen. Abel lachte. »Entschuldigung«, sagte er und reichte Straubinger zwei Tücher einer Küchenrolle, mit denen er sich die Hände abwischte. »Nehmen Sie das Wasser des Weihers, alles Natur!«

Abel machte sich an den zweiten Fisch, schlachtete ihn auf dieselbe Art und Weise, öffnete die Kühlbox erneut und legte ihn neben die erste Forelle auf das Eis. Dann hängte er sich die Anglerbox um und nahm die beiden Hocker sowie die Rute in die Hände. »Nehmen Sie bitte die Kühlbox?«, fragte er.

Straubinger folgte ihm zum Kiosk.

»Trinken Sie noch einen mit?«

Straubinger nickte und stellte die Kühlbox auf den Boden.

Abel bestellte. »Heike, zwei Gute.«

Die junge Frau stellte zwei Gläser hin und goss aus einer eiskalt dampfenden Flasche Wolkenels ein. »Zum Wohle, die Herren.« Abel hob das Glas und stieß mit Straubinger an.

Straubinger trank und schüttelte sich. Abel lachte und knallte das Glas auf das schmale Thekenbrett. Die junge Kellnerin sah ihn stoisch an und kassierte wortlos.

Abel fixierte seine Augen, winkte mit dem Kopf in Richtung Parkplatz und setzte sich in Bewegung.

»Sie müssen sich sicher jeden Tag ziemlich viel anhören«, sagte Straubinger zu Heike.

»Anglerlatein, alles Anglerlatein.« Heike ließ die Gläser in das gefüllte Spülbecken gleiten. »Bei den feinen Herren hier stumpft man irgendwann ab«, sagte sie mit einem vertraulichen Blick und grinste kurz.

»Trinken die hier bei Ihnen viel von diesem Els?«, fragte Straubinger.

»Saufen tun die irgendwie alle genug. Und Els gilt ja im Dorf eher als Medizin. Mir soll's recht sein.«

»Na dann, schönen Tag noch.« Straubinger folgte Abel, der leicht humpelnd in Richtung Auto unterwegs war.

Bald hatte Straubinger ihn eingeholt. »Sie sagten, Maxim war eher der zurückhaltende Typ. Den Eindruck hatte ich nicht. Ich hab ihn im ›Petit Marron‹ sogar als sehr offenherzig kennengelernt.«

Abel stockte kurz. Dann legte er einen Schritt zu. »Er hat nicht mal einen Aal schlachten können. Hatte nur Zahlen im Kopf und belgisches Bier. Keine große Welt. Er war eigentlich immer zu Hause, beim Angeln oder in der Kneipe. Wollte ja nicht mal mit mir nach Malle.«

Abel sperrte den Kofferraum seines Kombis auf und legte das Anglerzeug hinein. »Eine Bitte habe ich, Herr Kommissar. Behandeln Sie Gisela schonend. Es bringt sie ansonsten um den Verstand.«

»Glauben Sie das wirklich? Sie ist erwachsen und machte auf mich einen stabilen Eindruck.«

»Ja, oberflächlich mag das sein. Aber kratzen Sie mal dran. Sie werden einen Orkan erleben, glauben Sie mir.«

»Sie hat ja eine gute Betreuerin«, bemerkte Straubinger.

»Die Lütticher Schlampe? Martina Ruelens ist eine Bestie! Eine Katastrophe, diese Frau!«

»Wieso glauben Sie das?«

Abel winkte ab. »Ach, ich sag da nichts weiter dazu. Sie kann niemand leiden, der sich Gisela auch nur ein paar Zentimeter nähert. Wie eine Löwin, die ihr Junges beschützt. Einfach lächerlich!«

»Vielleicht braucht Gisela Robrecht das im Moment. Erst mal vielen Dank für Ihre Auskunft. Ich glaube, ich komme wieder auf Sie zu«, sagte Straubinger und wartete auf Abels Reaktion.

Abel, der in seinem Kofferraum kramte, richtete sich auf und hob die Kühltasche hoch. »Die Forellen hier, die schenke ich Ihnen. Am besten sofort braten, wenn Sie nach Hause kommen. Ein Tipp von mir: mit Korianderkörnern würzen. Äußerst delikat.«

Straubinger lächelte steif. »Herr Abel, das ist sehr freundlich von Ihnen. Aber das kann ich nicht annehmen. Erstens übersteigt das den Wert von zehn Euro, wo für Beamte die Korruption beginnt. Und zweitens …«

»Ja?«, fragte Abel gespannt.

»Ich hab gesehen, wie die Tiere zu Tode kamen. Und das war wirklich nicht der schönste Anblick.«

Die Pferdedecke

»Ein merkwürdiger Typ!« Straubinger schüttelte den Kopf.

»Hier in der Gegend gibt es so viele von denen, dass ich jetzt wirklich nicht wissen kann, wen du meinst«, sagte Sigrid und grinste.

»Dieser Abel. Er ist der beste Freund unseres Toten gewesen. Und redet manchmal wirres Zeug. Kennst du ihn?«

Sigrid musste nicht lange nachdenken. »Jetzt sag nicht Hubert. Hubert Abel?«

Er hielt kurz inne. »Doch.«

»Geschniegelter Lackaffe! Klar, den kenne ich, und wie! Er hat es mal bei mir versucht. Ziemlich aufdringlich, muss ich sagen. Das war beim Boule-Turnier im ›Petit Marron‹. Vor zwei oder drei Jahren. Schönes Wetter, draußen. Ich hab mitgespielt und gerade die Eisenkugel geworfen, da packt der Idiot mir von hinten an die linke Arschbacke.«

»Ich vermute mal, das ist nicht gut für ihn ausgegangen.«

»Nach dem Wurf ist meine Hand zurückgeschnellt und hat ihn, natürlich aus Versehen, sehr peinlich getroffen.« Sie grinste von einem Ohr zum anderen.

Straubinger lachte herzlich. »Und da hat er sicher die Schnauze voll gehabt.«

»Im Gegenteil, er hat das zum Anlass genommen, sich einerseits zu entschuldigen und mir andererseits was vorzujammern. Als ich ihm dann meine Meinung gegeigt habe, wollte er mir als Wiedergutmachung tatsächlich ein paar Forellen schenken. Natürlich nur, wenn ich sie für ihn und mich gemeinsam braten würde. Er wollte auch was zu trinken mitbringen.«

»Das hat dich sicher sehr gefreut«, stichelte Straubinger. »Hältst du ihn für gefährlich?«

Sigrid stutzte. »Puh, gefährlich im strengen Sinne? Er ist ein aufdringlicher Aufreißertyp. Aber gefährlich? Er ist sicher mit Vorsicht zu genießen. Ich kann mir vorstellen, dass er äußerst unangenehm werden kann.« Sie ging zum Kühlschrank, holte zwei eiskalte Kölsch heraus, öffnete die Flaschen und gab Straubinger eine. »Aber das macht einen ja noch nicht zum Mörder.«

Straubinger sah sie ernst an. »Traust du ihm einen Mord zu?«

Langsam schüttelte sie den Kopf. »Ich weiß es nicht. Ich halte ihn für einen Angeber, der nichts anderes als seine Fische im Kopp hat.« Sie brachte sich in Position, hob ihre Flasche und sang lautstark los. »Das kommt vom Ru-hudern, das kommt vom Segeln, das kommt vom Fische fang'n, das kommt vom ru-di-ru-di-rallala …«

Straubinger lachte, er wusste nicht ob aus vollem Herzen oder ob peinlich berührt. Er entschloss sich zum Ersten, lachte weiter und stieß mit ihr an. Dann stieg er in das Lied mit ein. Im Nu waren die Flaschen leer. Sigrid holte zwei neue.

»Ihr Rheinländer, wer soll euch jemals verstehen?«

»Das war aber von dir gerade ein guter Beginn zum Verständnis«, antwortete sie.

»Was ist das für ein Lied?«, fragte er.

»Das singen sie da unten im Forellenparadies öfter mal. Wenn sie genug Els getrunken haben. Kölsch tut es aber auch.«

»Wie schafft man das? Einfach so fröhlich sein, fast auf Kommando.« Straubinger sah sie mit einer Mischung aus Heiterkeit und Bewunderung an.

Sigrid setzte sich und stieß erneut mit ihm an. »Man kann versuchen, es nachzuahmen, aber dann versteht man es nicht. Oder man wirft sich einfach rein, mitten hinein. Es gibt genügend Dinge auf der Welt, die es verdienen, dass man über sie lacht. Auch Personen, überall, und die hier drinnen nicht ausgenommen.« Einen Augenblick hielt sie inne. »Das bedeutet aber nicht, dass man in unserer Gegend nur lustig und fröhlich ist. Nein, das nicht. Es gibt solche Leute, die glauben, dass man es sein müsste. Aber das ist fatale Oberflächlichkeit.«

»Für Fremde ist es nicht immer so einfach, das unterscheiden zu können«, sagte Straubinger.

»Hier sind viele Leute eigentlich freundlich und offenherzig. Egal, woher jemand kommt. Das muss natürlich noch keine Basis für eine Freundschaft sein. Aber es kann den Weg dahin ebnen.«

»Aber es gibt auch genügend verschlossene Misanthropen.«

»Aber nicht so viele wie in Bayern«, sie lachte herzlich. Dann wurde sie ernst. »Es gibt genügend Momente und Dinge, die einen fertigmachen. Menschen, Vorgänge, Ereignisse, die dich zur Verzweiflung treiben. Du musst nur aufpassen, dass diese Dinge nicht das Übergewicht bekommen.« Sie gab ihm einen Kuss. »Ich hab dir die Bilder entwickelt.« Sie ging zum Schrank, holte einen Stapel Positive heraus und warf sie vor ihm auf den Tisch. »36 Euro.«

»Ganz schön teuer. So was hat mal 20 Pfennig pro Abzug gekostet.«

»Damals. Außerdem ist das Handarbeit. Also?«

»Zahlt die Polizei«, antwortete er.

»Sind eigentlich alle nix. Unscharf, falsch belichtet und so. Nur zwei sind wirklich gut.«

Straubinger blätterte die Abzüge durch. Sigrid hatte sie auf der Rückseite durchnummeriert. Der siebente Abzug war identisch mit dem Bild aus der Akte Hürtgenwald. Er sah sich Nummer sechs und Nummer acht genauer an. Nummer sechs war völlig unscharf und unbrauchbar. Auf der Acht entdeckte er das, was ihn besonders interessierte. Schnell ging er die anderen Bilder durch. Doch nur auf dem einen Bild war das zu erkennen, wonach er suchte. »Hab ich's doch gewusst!«

»Was?«, fragte Sigrid.

»Sieh her, was ist das hier im Vordergrund?« Er deutete auf den unscharfen Zipfel im Bild Nummer sieben aus der Akte. »Das hier. Im nächsten Bild ist es deutlicher. Hier, auf der Nummer acht. Was ist das deiner Meinung nach?«

Sigrid beugte sich vor und kräuselte die Augenbrauen. »Eine Decke?«, fragte sie leise.

»Ja, ich glaube auch, eine Wolldecke!« Straubinger nahm sich das Bild noch einmal vor. »Eine Pferdedecke oder so was.«

MONTAG, 22. JUNI

Polizeihauptwache Süd, Stolberg

Anja Schepp legte das Papier auf den Tisch. »Gerichtsmedizin. Die schreiben hier, dass der Tote, kurz bevor er erschlagen wurde, Schnaps getrunken haben muss. Der Alkoholgehalt im Blut war zwar gering, aber die konnten mit der Gaschromatografie Thujon nachweisen.«

»Sagen Sie mir auch, was das bedeutet?«, fragte Straubinger mürrisch.

»Thujon ist Hauptbestandteil des Wermutkrauts. Außerdem haben sie noch Menthol gefunden.«

»Menthol steckt in Minze drin. Wolkenels«, sagte Straubinger. »Trinkt da in der Gegend jeder. Das wird uns kaum weiterhelfen.«

»Und die Spurensicherung schreibt was zu der Axt. Ein außergewöhnliches Exemplar. Eine Zimmermannsaxt von Gränsfors Bruk.«

»Was ist da so außergewöhnlich?«

»Der Preis. Ich hab das mal recherchiert.« Anja Schepp legte ihm einen Ausdruck hin.

»Wie bitte? 270 Euro für eine Axt?«, fragte Straubinger.

Sie hielt die Analyse der Spurensicherung in der Hand und berichtete weiter. »Wenn du sie heute kaufst. Das ist eine schwedische Manufaktur. Speziell legierter Axtstahl und ein Stiel aus bestem Hickoryholz. Handgemacht, jede Klinge trägt sogar einen Stempel mit den Initialen des Schmieds, der die Axt gefertigt hat.«

»Ich wusste nicht, dass es bei Werkzeugen auch einen ausgeprägten Snobismus gibt. Das Ding bekommt man sicher nicht im Baumarkt an der Ecke.«

»Wohl kaum. Es gibt nur sehr wenige Händler. Der nächste ist in Düsseldorf. Oder in Maastricht.«

»Was macht man mit einem solchen Edelwerkzeug?«

»Nach Angaben des Herstellers eignet sich das gute Stück besonders zum Zurichten und Behauen von Stämmen und Planken.« Sie sah auf. »Hier steht übrigens noch, dass jede Axt mit einem Klingenschutz aus Leder ausgeliefert wird.«

»Hat die Spusi etwas Vergleichbares am Tatort gefunden?«

Anja schüttelte den Kopf. »Nein, davon steht hier nichts. Aber die Spusi sagt, dass man an der Klinge Fasern von gegerbtem Leder gefunden hat, sie könnte also wahrscheinlich in einem solchen Lederschutz gesteckt haben.« Anja Schepp hob die Schultern. »Bleibt die Frage, wer kauft sich so was?«

»Ich sag mal, ein Mann«, antwortete Straubinger. »Jemand, der gern Holz bearbeitet. Ein Schnitzer, Zimmermann, Schreiner, Tischler oder Hobbybildhauer. Irgendwas in der Art.«

»In jedem Fall jemand«, fügte sie trocken hinzu, »der sein Werkzeug mehr liebt als seine Frau.«

Beim Bierbaron

Straubinger klingelte. Aber niemand öffnete. Er klopfte ans Fenster, hielt die Hände um die Augen und versuchte, im Gastraum irgendetwas zu erkennen. Ein Auto fuhr vor. Der Wirt des »Petit Marron« stieg aus und lachte.

»Na, Eisenfuß, Sehnsucht nach mir?« Der Bierbaron trug zwei Taschen mit Fleisch aus dem Auto zur Tür. »Heute ist Montag, da mach ich erst abends auf.«

Straubinger ging zum Kofferraum und nahm die Kiste mit Gemüse. »Wohin?«

»Mir folgen. Ist ja klasse, einfach mal von der Polizei den Einkauf getragen zu kriegen.« Er ging voran in die Küche, öffnete einen großen Kühlschrank und begann, Fleisch und Gemüse einzuräumen.

»Hier, die zwei Flaschen, die gehören in die Kühlschublade in der Theke.«

Straubinger nahm den Cognac und den Amaro und brachte sie in den Gastraum.

»Magst du ein Sandwich? Ich mach mir gerade eines. Ich lad dich ein«, rief der Wirt ihm zu.

Straubinger ging zurück in die Küche. »Gerne, danke! Das ist wirklich freundlich von dir.«

»Na ja, mit dem Pfarrer, dem Dorflehrer und mit der Polizei muss man sich von Kindesbeinen an gut stellen. So war das immer bei uns.« Er grinste, legte vier Scheiben Weißbrot in eine Pfanne und holte den frischen Schinken hervor.

»Riech mal, ›Jambon d'Ardenne‹, Ardenner Schinken. Moor, Pilze, Kräuter, der Geruch des Hohen Venns. Kupferfarben, an der Luft getrocknet, dann geräuchert mit Buchenholz und Wacholder.«

Straubinger roch an dem dunklen Schinken und kostete eine Scheibe. »Gut, wirklich gut.«

»Käse aus Belgien, besonders würzig. Noch ein paar frische Datteltomaten aus neuer holländischer Produktion, ein paar Scheiben frische Gurke aus dem Eifelland, und das spülen wir dann mit einem Leffe herunter. Was sagst du?«

»Eine Weltsensation! Damit hatte ich nicht gerechnet.«

»Was führt dich her zu mir?« Der Bierbaron ließ zwei Bier in die Gläser laufen.

»Tja, eigentlich wollte ich dich fragen, ob der Belgier, also Maxim Debiers, an dem Tag, als er tot im Wald gefunden wurde, zuvor bei dir war. Letzten Dienstag.«

»Uff, das ist schwierig zu beantworten. Dienstags ist eigentlich immer ganz gut voll. Muss ich wirklich überlegen.«

Er nahm die knusprigen Brotscheiben aus der Pfanne, bestrich sie mit Remoulade und belegte sie mit mehreren Schinkenscheiben. Darauf Tomaten und Gurken und den Käse, den er mit einem Bunsenbrenner kurz anröstete. Obenauf wieder einen Toast. »Voilà, der Herr!«

Straubinger biss hinein und trank einen Schluck Bier. »Mann, ist das köstlich!«

»Wie kommst du drauf, dass er hier war?«, fragte der Bierbaron kauend.

»Wir haben Wermut und Minze in seinem Magen gefunden. Wolkenels, würd ich mal sagen.«

»Das ist 'ne tolle Spur, Eisenfuß, aber den bekommst du in Gressenich überall.« Der Bierbaron lachte. »Aber weißt du was? Für mich klingt das höchst ungewöhnlich. Das kann gar nicht sein.«

Straubinger stutzte und verstand nicht, was ihn so

erheiterte. »Wieso kann das gar nicht sein? Bei dir trinken die Leute doch viel von dem Zeug, das hast du mir selbst gesagt.«

Erneut grinste er. »Ja, schon. Aber weißt du, was Maxim zu Els gesagt hat? ›Das schüttet man doch keinem Esel ins Ohr‹, hat er gesagt, so abscheulich fand er den. Er ist wahrscheinlich der einzige Mensch, der hier in der Kneipe noch nie ein Glas Els getrunken hat.«

»Nie?«

Der Bierbaron schüttelte den Kopf. »Nein, nie.«

Am Spielplatz

Als Straubinger das »Petit Marron« verließ, beobachtete er zwei Mädchen und einen Jungen, die auf der Lehne einer Bank des Spielplatzes saßen. Ein zweiter Junge, schätzungsweise 17, hielt eine Dose mit Whisky-Cola-Mix in der Hand und stand in Angeberpose an die Kühlerhaube des Volvos gelehnt. Als er sich anschickte, ein Selfie zu machen, grölten und applaudierten die drei anderen spöttisch, sie waren offenbar angetrunken. Der Junge auf der Bank zündete sich eine Zigarette an. Eines der Mädchen trank einen Schluck von seinem Alcopop und reichte ihn an das zweite Mädchen weiter. Es waren die vier, die der Wolkenmaler Dorf-Punks nannte.

Straubinger ging auf seinen Volvo zu. »Gefällt er dir?«

Der Junge nickte, wobei ihm eine Strähne seiner langen blonden Haare ins Gesicht rutschte. Mit einer geübten Handbewegung legte er sie zurück hinter sein Ohr. »Geile Karre. Deiner?«

»Ja, meiner. Und nimm deinen Arsch von der Kühlerhaube.« Straubinger nahm den Schlüssel und setzte an, ihn ins Schloss zu stecken.

»Wat, net mal Zentralverriegelung?«

»Mein Freund, so was gab es zu der Zeit noch nicht. Ich hab einen Schlüssel.«

»Wat hat der für 'n Baujahr?«, fragte der Junge.

»1974. Wenn du damit fährst, spürst du noch, wie das Benzin durch deine Adern rauscht.« Straubinger zwinkerte ihm zu.

»So 'n Scheiß! Wat is 'n dat für 'n Spruch?«

»Willst du mal mitfahren?«

»Klar, Mann.« Er schwang sich zur Beifahrertür und wartete, bis Straubinger sie von innen entriegelte.

Der Junge beugte sich vor und checkte den Innenraum. Sein Blick blieb an dem rissigen, schwarzen Sitzpolster hängen. »Mannomann, echte Ledersitze!«

»Und Lederlenkrad.«

»Wat is dat für einer?«

»Volvo 244 GL, eckig und knusprig wie Knäckebrot.«

Der Junge lachte. »Du bis' mir ja 'n Typ. Kommst du aus Schweden?«

»Hört man das?«, fragte Straubinger und grinste.

»Eher Bayern, oder? Ihr seid ja vielleicht drauf da unten! Ihr meint ja immer, ihr sprecht Hochdeutsch.« Er lachte spöttisch. »Wir hatten hier mal 'ne Kneipe, ›Zum Bayerischen Buam‹, der Wirt kam auch aus Bayern. Hat so jeredet wie du.«

»Na ja, alles können wir nicht in Bayern, aber dafür sprecht ihr im Rheinland ja so schön.«

Der Junge nickte. »Jou, dat weiß isch, hammer in der Schule jelernt.«

Straubinger lachte und sah den Jungen an. »Der Wirt hier, der nennt euch Dorf-Punks.«

»Der Vogel, der hat doch überhaupt keine Ahnung, wat 'n Punk is. Seh ich etwa aus wie so 'n Punker-Arsch?«

»Hey, Sven«, schrie eines der Mädchen. »Wat machs' du da?«

»Halt die Klappe!«, rief Sven, stöhnte kurz, ließ den Verschluss der Dose zischen und trank einen Schluck. »Die Tusse will wat von mir.«

Straubinger deutete auf die Dose in Svens Hand. »Schon ganz schön früh unterwegs.«

»Ach, dat is ja nur 'n Schlückschen. Un'? Fahren wir?«

Straubinger startete den Motor.

»Boah ey. Wat für 'n Sound!« Sven lachte. »Der klingt noch richtig nach Auto.«

Straubinger fuhr los. Die anderen drei schimpften und riefen ihnen hinterher. Irgendwas mit Irrer und Blödmann.

»Hast du mit Autos zu tun?«

»Ja, ich lerne Kfz-Mechatroniker. Aber am liebsten bastle ich an alten Karren rum, so wie deiner hier.«

»Wie alt bist du, Sven?«

»17, warum?«

»Hast du eine Prüfungsbescheinigung?«, fragte Straubinger.

»Meinst du den BF 17? Klar!«

»Willst du mal fahren?« Straubinger bremste und lenkte links um die Kapelle herum auf die Schevenhütter Straße.

Sven machte große Augen. »Im Ernst jetzt? Aber ich darf ja mit dir nicht fahren, bist ja nicht eingetragen als Begleiter.«

»Macht nix«, sagte Straubinger und zwinkerte ihm zu. »Ich hab ein gutes Verhältnis zur Polizei. Oder hast du zu viel getrunken?« Straubingers strenger Blick sah ihn prüfend an.

»Das eben war mein erster Schluck.« Er riss die Augen auf, hob die rechte Hand hoch und legte Mittel- und Zeigefinger über Kreuz. »Schwör!«

»Gut«, sagte Straubinger und fuhr auf den leeren Marktplatz. Er stieg aus, ging zur Beifahrerseite und öffnete die Tür. »Rutsch rüber, los!«

Sven drückte ihm die Dose in die Hand, krabbelte auf den Fahrersitz und positionierte sich. Er griff ans Lenkrad und rieb mit den Handflächen über das Leder. Glücklich grinsend machte er sich kurz mit den Bedienelementen vertraut. »Wow, das ist ein Auto!«

»Na dann, fahr los.«

»Echt jetzt, so richtig im Verkehr und so?«

»So viel Verkehr ist hier ja nicht. Wird schon klappen, Sven. Erst mal ein paar Runden hier auf dem Platz.«

Der Motor heulte auf.

»Nicht zu viel Gas. Die Kupplung kommt spät, aber heftig. Vorsicht!« Straubinger sah nach vorn. Der Wagen machte einen kleinen Hüpfer und fuhr dann langsam los. Nach drei Runden sagte Straubinger: »Jetzt auf die Straße.«

Sven fuhr auf die Straße, hinunter in die Gracht, über die kleine Brücke, dann wieder bergauf.

»Jetzt zurück zum ›Petit Marron‹«, sagte Straubinger.

Sven fuhr erstaunlich sicher. Vorschriftsmäßig bremste er an der Straßeneinmündung, sah nach links, dann nach rechts und überquerte die Straße an der Kapelle vorüber.

»Sag mal, Sven, kennst du den Wolkenmaler?«

Sven schlug kurz aufs Lenkrad und lachte. »Der alte Sack mit dem weißen Umhang? Ja klar, den kennen wir.«

»Woher kennst du ihn?«

»Boah, Alter, der ist bekloppt, total bekloppt. Wenn der uns sieht, dann hält er immer 'ne Predigt.« Sven klopfte sich auf den Schenkel und gluckste. »Und wie der rumläuft, Alter!«

»Was sagt er denn zu euch?«, fragte Straubinger.

»Wie verkommen wir sind und so. Regt sich auf, dass wir rauchen. Und trinken. Dabei säuft er selbst wie ein Loch.«

»Wie ein Loch? Ist das nicht übertrieben?«

Sven bremste das Auto an der Stelle ab, wo sie losgefahren waren. Er stieg aus und riss triumphierend die Hände in die Höhe. Die anderen Drei applaudierten heftig. »Du Held!«, rief eines der Mädchen. »Sven Vettel!«, jubelte der andere Junge. »Ich will ein Kind von dir!«, rief das zweite Mädchen. Sie lachten laut.

Sven sah Straubinger süffisant an. »Ich sag's ja, die will was von mir.«

Straubinger gab ihm die Dose zurück. Aufgeplustert wie ein Pfau sprang Sven über den Jägerzaun und stolzierte auf seine Freunde zu. Straubinger ging langsam hinterher.

»Mann, wie hast du das denn geschafft?«, fragte der andere Junge und schlug Sven auf den Arm.

»Schaff nur ich«, antwortete Sven großspurig.

Straubinger stellte sich vor sie hin. »Hauptkommissar Straubinger, Kripo Stolberg.«

Sven sah ihn erschrocken an.

»Uiuiui, hat der Kerl Scheiße gebaut?«, fragte der andere Junge.

»Hören Sie nicht auf den«, sagte Sven.

»Hat der auch einen Namen?«

»Den hat seine Mama im Papierkorb vergessen, darum hat der hat keinen Namen«, scherzte Sven.

Der andere Junge biss sich auf die Unterlippe und schlug Sven auf den Kopf. Sven riss lachend die Arme hoch. »Okay, okay, schon gut!« Sven holte kurz aus und gab dem anderen eine zurück. »Das ist Ralf, den mag keiner. Nicht mal die Mädchen mögen ihn.«

Die beiden jungen Frauen grinsten. »Blödmann«, sagte die erste scharf.

»Wenn ihr euch gefangen habt, hab ich eine Frage an euch.«

Die vier beruhigten sich und sahen Straubinger belustigt an.

»Ihr alle kennt doch den Wolkenmaler, oder?«

Sie grummelten ein undeutliches »Ja« und nickten.

»Den verarschen wir schon mal, wenn er uns blöd kommt«, sagte Ralf und fuchtelte merkwürdig mit den Händen. »Mit seinem alten Moped und dem alten Helm. Und der Bart, der dann durch die Gegend weht. Is ja auch ein komischer Typ, oder?« Ralf steckte den Finger in die Nase. Das zweite Mädchen schlug ihm auf die Hand und verzog angeekelt das Gesicht.

Straubinger grinste. »Und was habt ihr so erlebt mit ihm?«

»Lina, sag du«, forderte Ralf.

Lina zog an ihrer Jacke, streckte Ralf die Zunge raus und pulte an ihren Fingernägeln. Sie hob kurz die Schultern. »Na ja, die Jungs haben ihm immer was hinterhergerufen, so was wie Reservejesus oder Miraculix. Er sieht ja auch 'n bisschen so aus, oder?«

»Is ja wohl nicht schlimm«, rief Ralf dazwischen.

»Und dann sind wir mal in den Wald gegangen, eine rauchen und so. Und da meinte Ralf, wir könnten ja mal sehen, wo der Kerl in seiner Hütte haust«, sagte das andere Mädchen, grinste verschlagen und rieb sich die Hände. »Mal so rumgucken, ob es da was zu holen gibt.«

»Hey, Sofie, halt einfach die Klappe, ja?«, herrschte Ralf.

Straubinger sah ihn scharf an. »Bist du hier der Chef?«

Ralf sah zur Seite. »Is doch wahr.«

»Weiter, was ist da passiert?«

»Nicht viel«, sagte Lina, »wir waren da auf dem Weg, vom Parkplatz weg, da haben wir was blitzen sehen hinter den Bäumen. Ich weiß noch, wie Sven uns gemahnt hat, die Klappe zu halten. Wir haben uns gebückt, hinter ein paar Bäumen versteckt. Und dann haben wir gesehen, wie er an uns vorbei ist, irgendwie hinter den Bäumen ist er vorbeigegangen.«

»Wo war das? Bei seiner Hütte?«

»Nee, nicht ganz, pah, so hundert Meter weiter vielleicht«, antwortete Ralf.

»Ja, da beim Wasserbunker ungefähr«, rief Sven.

»Beim Wasserbunker, aha«, sagte Straubinger.

»So 'n olles Kriegsteil. Da oben im Wald.«

»Oder wie wir 'ne Woche später an seiner Hütte waren,

das war 'n Ding«, rief das andere Mädchen und klatschte euphorisch in die Hände.

»Habt ihr ihm was geklaut?«

Sven wandte sich an Straubinger. »War nur 'n Spaß.« Sven versuchte, die Situation zu retten.

»Oder gestritten?«, hakte Straubinger nach.

»Nein, nicht direkt«, sagte Ralf kleinlaut. »Also, er war ganz schön sauer.«

»Erzähl, was war los? Und wann war das?«

Die vier drucksten rum. Dann fuhr Sven fort. »So vor 'nem Jahr. Da sind wir zu seiner Hütte. Wir waren ganz schön aufgeregt. Wie bei 'ner Expedition. Mit den Fahrrädern bis kurz davor. Da haben wir die Räder in den Wald gestellt und sind zu Fuß weiter. Bei der Hütte war aber keiner. Da haben wir vorsichtig die Tür aufgemacht. Und haben ihn da liegen sehen. Auf seinem Bett.«

»Der war ja total besoffen!«, rief Ralf.

»Ja, da lag 'ne leere Flasche Els neben ihm im Bett«, bestätigte Sven und grinste verschämt. »Der muss ganz schön einen gezogen haben.«

»Und weiter?«, drängte Straubinger.

»Ja, Lina, mach du«, forderte Sven sie diesmal auf.

Lina wand sich und suchte Hilfe in den anderen Gesichtern.

»Los, erzähl schon«, kommandierte Ralf.

»Also, das war so«, begann sie zögerlich. »Ich bin dann rein. War ja irgendwie auch 'ne Mutprobe. Ich hatte Angst. Dann hat er gegrunzt und geschmatzt und angefangen, im Schlaf zu fluchen. Ja, er hat geflucht. So was wie: ›Weg, weg, Schurke, Teufel. Verschwinde, lass mich in Ruhe.‹ Und mit der Hand hat er geschlagen. In die Luft.«

Sofie lachte albern und beugte sich immer wieder vor. »Und stehen geblieben bist du, wie angewurzelt. Uuuaaaah, hast du Schiss gehabt!« Sie gackerte wie ein Huhn.

»Ich hätt dich mal gern gesehen, blöde Kuh!«, schimpfte Lina.

»Was geschah dann?«, fragte Straubinger.

»Er schnarchte kurz«, fuhr Lina fort, »und dann hat er immer wieder in die Luft geschlagen. ›Du Teufel, lass mich. Hau ab!‹, und so 'n Zeug. Immer wieder. Irgendwie schräg, das Ganze.«

»Und das war 'ne andere Sprache. Nich' so wie wir hier«, bemerkte Sofie.

»Ich bin ja kein Experte«, sagte Straubinger. »Aber ich hab mehrfach mit ihm gesprochen, und mir kommt es vor, dass er eigentlich genauso wie ihr alle hier redet.« Abwartend sah er die vier nacheinander an.

»Normal schon«, sagte Sofie. »Aber er hat anders gesprochen.«

»Wie denn? Österreichisch, bayerisch, alemannisch?«, fragte Straubinger.

»So wie Sie, hahaaa!«, rief Ralf dazwischen und lachte.

»Also, ich red bayerisch.«

»Keine Ahnung«, meinte Sven und hob die Schultern.

»Weiß nicht«, sagte Lina. »Jedenfalls hat er da rumgestammelt im Schlaf, er hatte ja auch gesoffen.«

»Ja, aber er hat noch was gerufen«, sagte Sven, »erinnert ihr euch? Wir haben da doch ziemlich gelacht.« Sven stellte sich in eine alberne Pose und streckte die Hände aus, um den Wolkenmaler nachzuahmen, wenn er ein Gedicht aufsagte. »›Mein Täufer, mein Täufer‹ oder so 'n Scheiß.«

»Ja, und irgendwas von Erdengrund und so, und dann hat er rumgestöhnt wie 'ne alte Dampflok«, rief Ralf. Sie heulten vor Lachen auf wie ein Rudel Hyänen.

»Es hat sich gereimt«, ergänzte Lina und kräuselte Nase und Stirn, »ich stand zwar nah dran, aber ich hab's nicht verstanden.«

»›Der Täufer‹, hat er gesagt?«, fragte Straubinger in die Runde.

Sie nickten. »Ja, ganz sicher«, bestätigte Lina noch einmal.

»Und er hat die ganze Zeit nichts gemerkt?«, fragte Straubinger. »Also von euch, dass ihr da wart?«

Die vier drucksten rum und sahen sich an, wobei Ralf und Lina ein Lachen unterdrückten.

»Hört zu, ich tu euch nichts! Ihr werdet nicht bestraft, egal, was ihr gemacht habt, klar?«

Ralf und Sven nickten. »Lina!«, forderte Ralf sie erneut auf.

»Also, wir haben ihm …«, Lina gähnte kurz, streckte die Arme, verschränkte die Hände und drehte sie so, dass ihre Handflächen nach außen wiesen, während sie beschämt den Kopf einzog, »… drei …«, sie zögerte und sah Ralf an, »… Flaschen …«, ihr Blick fiel auf Sven und auf Sofie, dann stammelte sie leise: »… von seinem Wolkenels geklaut.« Sie zog die Hände zurück.

»Ja, und dabei ist eine direkt vor der Tür auf einen Stein gefallen und kaputt gegangen, hat einen Heidenlärm gemacht!«, ergänzte Ralf und machte eine entschuldigende Geste.

»Da ist er dann aufgewacht, erst ganz, ganz langsam«, schilderte Sofie.

»Und dann, den hätten Sie sehen sollen!«, rief Ralf. »Ist hoch wie 'ne Rakete. Und hat geschimpft wie 'n Irrer.«

»Na ja, er hat schon ein bisschen gebraucht zum Aufstehen«, erklärte Sven. »Aber dann ist er auf uns los. Mit seiner leeren Flasche. Wir sind abgehauen, er hat die Flasche hinter uns her geschmissen und Ralf am Rücken getroffen.«

Ralf wiegelte ab und hob die Hand. »Nix passiert, nix passiert!«

»Die zwei Flaschen Els, die noch heil waren, haben wir dann abends hier gesoffen«, lachte Sven. »Mit ein paar Kumpels aus Schevenhütte. Die hatten wir schnell zusammengesimst.«

Straubinger lachte kurz. »Danke, ihr vier! Übrigens, ihr könntet euch bei ihm entschuldigen. War ja nicht gerade nett von euch.«

»Nääh«, nölte Ralf. »Bei dem Bekloppten doch nicht. Hockt sein Leben lang da in der Hütte rum wie 'n Yeti. Is doch klar, dat der bekloppt is! Is 'n Loser, sonst nix.«

»Wer weiß«, sagte Straubinger lächelnd. »Vielleicht hat er mehr drauf, als ihr denkt. Ihr könntet überrascht sein.«

Die zweite Hälfte

Es war ein schöner Abend, an dem es noch lange warm war. Straubinger saß am Tisch und schlürfte einen Cocktail, den Sigrid ihm gemacht hatte. Irgendwann sagte sie: »Mir ist was aufgefallen.«

»Was meinst du? Hab ich einen Fleck am Hemd?«, fragte Straubinger.

»An den Negativhüllen.«

»Und was?«, wollte Straubinger wissen.

»Sie ging zum Schrank, öffnete eine Schublade und holte die Pergaminhülle mit den Negativen. »Siehst du hier oben rechts die Nummer?«

Straubinger nickte.

»Das ist eine fortlaufende Bezeichnung, die Opa und mein Vater vergeben haben. Hier steht 1956/126.«

Straubinger konnte ihr nicht folgen. »Ja, und?«

»Jede Hülle hat Platz für einen Film, also 36 Aufnahmen. Filmmaterial war teuer.«

»Ja, aber was willst du …« Straubinger hielt inne. »Du meinst, hier ist nur ein halber Film drin?«

Sigrid nickte. »Genau. Wo ist die zweite Hälfte des Films? Warum hätte man einen halben Film verschwendet?«

Straubinger sah sie erstaunt an. »Ist mir gar nicht aufgefallen.«

»Ach!«, gab sie spöttisch zurück.

»Aber wenn ich nur 17 Aufnahmen gemacht habe von einem Projekt, kann es doch passieren, dass die zweite Hälfte unbelichtet bleibt, wenn ich die Bilder dringend brauche und entwickeln muss«, wandte Straubinger ein.

»Ha, da kennst du aber meinen Opa schlecht!» Sigrids Ausführung klang wie eine Anklage. »Was das angeht, war Opa geizig bis zum Gehtnichtmehr.« Anscheinend war ihr die Sparsamkeit ihres Opas ein Dorn im Auge. »Der hätte nie und nimmer einen halben Film verschwendet. Da hätte er entweder den Film komplett belichtet, einfach um mehr Auswahl zu haben, oder er hätte noch irgendwas fotografiert, Kinder, Tiere, schöne Damen, irgendwas, bis der Film zu Ende wäre.«

»Damals hat man einfach nichts verschwendet.« Straubinger nickte verstehend. »Weißt du, ob dein Großvater das Labor ab und zu anderen zur Verfügung gestellt hat?«

»Ja, hat er. Da waren zum Beispiel ein paar Zeitungsfritzen, die kein eigenes Labor hatten. Oder ein paar Hobbyfotografen, gute Kunden und so. Die haben hier ihre Filme und Kameraausrüstungen gekauft und oft die Bilder von Vater entwickeln lassen. Aber manchmal haben sich die Leute selbst ins Labor stellen dürfen. Er hat auch Fotokurse gegeben.«

»Gibt es so was wie einen Giftschrank? Ich meine, wo er pikante Fotos oder so etwas aufbewahrt hat?«

»Pikant, sagst du, aha«, antwortete sie und grinste. Sie kniff die Augen zusammen und sah nach oben, wobei sie nervös mit einem Bleistift auf ihr Kinn tippte. »Der Opa – das hat meine Oma mal erzählt, nachdem der Opa gestorben war –, der hat schon mal so 'n paar Frauen hier gehabt im Studio. Nach dem Krieg, da haben die Mannsbilder so Fotos gebraucht, meinte die Oma. Nackt, halb in ein Betttuch gehüllt, lasziver Blick, scharf geworfene Schatten. So was ließ sich zu Geld machen. Die Mädels kamen aus Holland, die hat er irgendwo in 'ner Kneipe in Vaals hinter der Grenze engagiert, soweit ich weiß. Die kamen angeblich immer mit so 'nem dicken Amischlitten vorgefahren.«

»Und wo hat er diese Pikanterien gelagert?«

»Tja, gute Frage«, antwortete sie. »Vielleicht auf dem Dachboden. Da steht noch in der hintersten Ecke ein alter halbhoher Schrank.«

»Nix wie hin«, rief Straubinger und folgte ihr die Treppen hinauf. Im obersten Stockwerk holte sie eine Taschenlampe und einen langen Stock mit einem Haken am Ende aus einem Wandschrank und ließ ihn in die Öse an der Deckentür gleiten. Sie zog die Tür auf, klappte sie herunter und hievte die Leiter hinab, die mit schwingend klingenden Stahlfedern gesichert war. Sigrid stieg die Leiter hinauf, knipste einen Lichtschalter an und kroch auf dem Holzboden aus rohen ungehobelten Brettern entlang. »Dahinten steht er«, klang es gedämpft von oben. »Komm rauf!«

Straubinger kletterte hinterher.

»Hier könnte es sein«, rief Sigrid. »Aber der Schrank ist zugesperrt. Schlüssel hab ich nicht.«

Straubinger überlegte nicht lange. »Hast du Werkzeug?«

»Ja, in der Garage. Aber ich weiß nicht, ob …«

Straubinger lief die Treppen hinunter durch den Keller in die Garage, sah sich um und entdeckte an der Wand ein Brecheisen. Im Nu war er wieder oben auf dem Dachboden. »Leuchte mal«, sagte er zu Sigrid und deutete auf die Taschenlampe in ihrer Hand.

»Spinnst du?«, protestierte sie. »Das gute Stück ist noch von meiner Oma.«

»Braucht sie es noch?«, fragte Straubinger abwartend.

»Blödmann!«, schimpfte sie lautstark.

»Leuchte mal!«, sagte er erneut und wartete.

Zögernd und mit immer noch bösem Blick schaltete sie die Lampe an und ließ den Lichtkegel auf die mittlere Doppeltür fallen.

Straubinger setzte an und hebelte kurz. Die Tür flog krachend auf. Holzsplitter und Staub schossen durch die Luft.

»Das war's dann wohl mit Opas schönem Schrank.« Sigrid machte ein trauriges Gesicht.

Straubinger machte beide Türen auf und wühlte in dem Holzschrank, der in 5oer-Jahre-Nachkriegsleichtbauweise gefertigt war. »Ich lass ihn reparieren. Ist eh nur Pappmaschee.«

»Hey, erlaube mal, das ist Opas schickstes Möbel!«, scherzte sie.

»Na ja, so schick auch wieder nicht, sonst wäre er nicht hier oben gelandet.«

»Der ist hier gelandet, weil Oma die Sexfotos nicht mehr in der Wohnung haben wollte«, gab Sigrid zur Antwort.

In dem Schrank roch es ein bisschen muffig, aber auch angenehm nach Holz. Auf dem oberen Regalbrett standen alte Dosen, daneben lagen Gardinen, Fahrradschläuche und Schulhefte. Darunter stand eine schwarze Holzkiste mit einem kleinen Vorhängeschloss.

Sigrid nahm die Schulhefte in die Hand und blätterte eines durch. »Oh, Mamas erste Schulhefte. Mann, hatte die 'ne Sauklaue!« Sie lachte und hielt ihm eines der Hefte hin.

»Später«, antwortete Straubinger und holte die Kiste heraus. »Erst das hier.« Er setzte den Hebel an, riss das Vorhängeschloss aus der Verankerung und klappte den Deckel hoch. Die Kiste war voller grauer Briefumschläge. Er nahm den ersten heraus und las den Zettel vor, der angeklebt war: »»Mareike, 1958/112, geheim««, sagte er triumphierend. »Darf ich aufmachen?«

Sigrid nickte. »Klar, mach auf.«

Der Umschlag war nicht verschlossen. Er entnahm ihm eine Pergaminhülle und hielt sie gegen das Licht. »Erstaunlich gut erhalten. Ganz schön scharf, eure Holländerinnen. Schau selbst.« Er gab ihr die Hülle in die Hand. »Nur Sexfotos.«

»Freu dich doch«, sagte Sigrid und grinste.

Er sah alle Umschläge durch. »Heutzutage eher harmloses Zeug, inszeniert wie Heiligenbildchen«, schloss Straubinger.

Sigrid Meckel sah ihn lange an. »Es muss noch die zweite Hälfte des Films geben. Da bin ich mir sicher.«

»Aber was soll da drauf sein?«

»Wenn die erste Hälfte des Films an die Polizei ging und die zweite Hälfte nicht in derselben Pergaminhülle ist, dann möchte ich mal vermuten, dass es etwas ist, woran die Polizei die Nase nicht bekommen sollte. Und sicher hat mein Opa diesen Film nicht selbst entwickelt. Er war ein höchst korrekter Mann«, sagte Sigrid streitlustig. »Und wehe, du behauptest etwas anderes.«

Straubinger blickte auf den Schrank, den er gerade aufgesprengt hatte. »Der Fotograf damals hat den Film hier im Labor selbst entwickelt. Und die zweite Hälfte der Aufnahmen kann nur bei ihm zu Hause sein. Wo sonst?«

1956 – MONTAG, 21. MAI

Gressenicher Wald, 9.55 Uhr
– kurz nach dem Moment

Der Junge schüttelte sich, sah auf den Toten hinunter. Wohin? Wo war seine Mutter? »Du Mörder!«, hörte er sie aus der Tiefe des Waldes schreien. Dann ein Schuss! Der Junge verkrampfte sich, wollte schreien vor Schreck. Er ging zurück ins Dickicht. Dann hörte er Schritte, jemand ging schnell. Er lief um die Lichtung herum, auf dem Weg, den sie gekommen waren, hielt inne und versteckte sich hinter einem Baum.

Der Mann überquerte die Lichtung, eine Pistole in der einen Hand, die andere hielt den leblosen Körper seiner Mutter, den er über seine Schulter geworfen hatte. Der Junge sah, wie Blut aus ihrem Mund floss. Versteinert beobachtete er, was der Mann machte.

Er legte sie direkt neben den Leichnam des verstümmelten Mannes. Dann steckte er die Fähnchen wieder an die richtigen Stellen zurück, holte das schrubberartige Gerät und verschwand im Dunkel des Unterholzes.

Nach einigen Minuten traute sich der Junge aus seinem Versteck. Langsam kroch er zwischen den kleinen Fähnchen entlang auf den Körper der Mutter zu. Er kniete sich neben sie hin und nahm ihre Hand. »Mama«, winselte er leise. Ihre Haut war noch warm. Er spürte es kaum, aber ganz kurz nahm er wahr, wie ihre Hand die seine drückte. Er erschrak.

Starr vor Schmerz glaubte er, sie lächeln zu sehen, und ihre ganze mütterliche Liebe spiegelte sich in ihrem sanft glänzenden Blick. Ihre Augen glitten zurück, sie sah nach oben, als würde sie die Unendlichkeit vom Himmel herabholen. Bibbernd sah er sie an und weinte. Ein letztes Mal durchzuckte es ihren Körper, dann erschlaffte ihre Hand. »Maaaaamaaaaa!« Verzweifelt schrie der Junge sich die Seele aus dem Leib, sodass der Wald erzitterte.

Dorado

Als Straubinger den »Sorgsamen Heiland« betrat, war es schon Nachmittag. Im Aufenthaltsraum saß das Ehepaar, das mit den Zündorfs befreundet war, allein am Tisch und legte Solitaire.

»Oh, wo sind denn die Zündorfs?«, fragte Straubinger.

»Ach«, antwortete die Frau, »ihm geht es nicht gut seit ein paar Tagen.«

»Ich hatte gehofft, Herrn Zündorf noch mal treffen zu können.«

»Nun, es hat ihn zwar sehr aufgeregt, das Gespräch mit Ihnen«, sagte der Mann, »aber ich glaub, er hat sich gefreut, dass er es Ihnen erzählen konnte.«

»Denken Sie, ich kann ihn noch mal sprechen?«

Die Frau kramte in einer Handtasche, die an ihrem Stuhl hing, und holte ein Handy hervor, das fast nur aus großen Wähltasten bestand. »Warten Sie.« Sie drückte auf eine Taste. »Herta? Ja, ich bin's! Hier ist der junge Mann von neulich, er möchte Armin noch mal sprechen … Ja, er will ihn noch was fragen … Nein? Ach … Ach so, ja. Dann gute Besserung.« Sie steckte das Handy zurück in die Tasche. »Er fühlt sich nicht wohl, hat Herzrasen, ihm ist schlecht. Sie möchten sich dieser Tage noch einmal melden, sagt sie.«

Straubinger wandte sich an ihren Mann. »Vielleicht wissen Sie, was er mit dieser Superwaffe gemeint hat.«

Der Alte stöhnte. »Nicht genau. Wir haben uns übrigens noch nicht vorgestellt. Mia und Willi Sauren.« Er räusperte sich. »Es war eine geheime Waffe, und Armin, er war ja der Adjutant vom Kommandeur der 12. Division.« Er sah zu seiner Frau. »Es war doch die 12., oder?«

Sie nickte. »Das erzählt Armin uns immer wieder«, fügte sie hinzu.

»Und was ist mit dieser Waffe?«

»Die hat wohl irgendwie nicht funktioniert.«

Straubingers Puls stieg an. »Und was war das für eine Waffe?«

»Irgendeine ganz besondere Bombe. Mehr weiß ich auch nicht. Das müssen Sie Zündorf selbst fragen. Er schwärmt zwar von dem Ding, aber er tut ja immer noch so, als stünde er unter Schweigepflicht.«

»Gut, werde ich nachholen«, sagte Straubinger. »Sagt Ihnen der Name Dorenbusch etwas?«

Willi Sauren musste nicht lange überlegen. »Ja, klar. So hieß doch der letzte Besenbinder hier. Ein komischer Vogel. Armin hat früher oft mit ihm gezecht, bevor ihn seine Herta gezähmt hat«, sagte er und reckte Straubinger seinen Kopf mit einem zugekniffenen Auge entgegen.

Mia Sauren stieß ihn kurz an und setzte ein böses Gesicht auf.

»Hepp Dorenbusch«, ergänzte Willi Sauren. »Aber da fragen Sie auch am besten den Armin.«

»Wann war das, als die beiden miteinander verkehrt haben?«

»So kurz nach dem Krieg, Ende 40er-, Anfang 50er-Jahre. Der Armin war hilflos und nervlich am Ende. Können Sie sich ja vorstellen. Er war ja fremd hier in Gressenich.«

»Fremd, wo kam er denn her?«, fragte Straubinger.

Sauren lachte. »Aus Stolberg, das war für die Menschen hier damals so weit weg wie heutzutage Hongkong. Er hatte im Dorf keine Freunde. Nur Herta. Oh Gott«, brachte er mit brüchiger Stimme hervor und machte eine abwinkende Handbewegung, »wenn der die Herta nicht gehabt hätte!« Sauren fasste sich mit Daumen und Zeigefinger an die Augen und unterdrückte seine Tränen.

»Und dieser Hepp Dorenbusch. Wo ist er geblieben?«

Sauren hob die Schultern. »Der ist in den Kupferhof Blumenthal gezogen, keiner weiß, warum. Ist irgendwie zu Geld gekommen. Aber dann, keine Ahnung.«

»Sie kommen doch beide aus Gressenich, oder?«, fragte Straubinger.

»Ich komme aus Schevenhütte und mein Mann aus Gressenich.«

»Dann kennen Sie ja die Gegend seit Ihrer Kindheit.«

»Natürlich«, antwortete Willi Sauren.

»Hm, sagt Ihnen Dorado etwas?«

Willi Sauren sah seine Frau abwartend an.

»Dorado«, sagte Mia Sauren zögerlich, »so hieß doch damals die Farm.«

»Welche Farm?«, fragte Straubinger.

»Na, oben im Wald. Das ist heute ein Restaurant. ›Zur Reh-Farm‹ heißt das jetzt. Der alte Müller hat das Gelände von der Gemeinde Gressenich gepachtet, das muss so ungefähr gewesen sein, als ich geboren wurde, also Mitte der 20er-Jahre. Der war Lebensmittelhändler. Hat dort Wild, also Rehe, Hasen und Fasanen, gezüchtet. Dann hatte der noch Schafe, Hühner, Gänse, Pelztiere, all der Deuvel für Viecher. Als Kinder sind wir oft dahin, sonntags. Der alte Müller, der hat uns mit den Tieren spielen lassen. Seine Farm da oben hat er ›Das Dorado‹ genannt.«

Zur Reh-Farm

Die Landschaft zeigte sich in einem satten Grün, so kräftig und dunkel, wie Straubinger es nirgendwo zuvor gesehen hatte. Goldglänzend strahlende Kornfelder, hügelige Wiesen und saftige Weiden mit stolzen Pferden und genügsamen Kühen breiteten sich vor ihm aus. Der Wald oben auf den Hügeln wirkte erhaben, über allem wie eine dunkle Krone. Diese Gegend hatte ihren eigenen Zauber. Wie schön es hier war! Doch Straubinger ließ das dunkle Gefühl nicht los, dass sich hinter all der friedlichen Idylle ein tiefer Abgrund verbarg.

Sein Navi führte ihn direkt in den Wald hinein. Nach kurzer, aber kurvenreicher Fahrt bergan auf einem engen Weg öffnete sich der Wald, und da war sie, die ›Reh-Farm‹, eine große Insel inmitten eines Meeres aus dichtem Grün. Auf einer Lichtung befanden sich ein flaches Gebäude, Stallungen, ein Spielplatz mit Außengastronomie und ein großzügiges Gehege, in dem das Wild gezüchtet wurde. Ein Reh piepste und wurde sogleich von einem grünblau schillernden Pfau übertönt, der vor Straubinger herumstolzierte und eitel sein Rad schlug.

Straubinger betrat das Lokal, in dessen Vorraum eine kleine Theke und zwei Tische standen. In dem großen Gastraum, der sich unmittelbar anschloss, waren die Tische eingedeckt für schätzungsweise 50 Personen, weiße Tischtücher, aufwendig gefaltete Stoffservietten, Kerzenleuchter sowie Wein- und Wassergläser. Die breite Fensterfront bot einen Blick auf das Wildgehege, in dem ein paar Rehe friedlich ästen, und auf den nahen Wald. Pure Behaglichkeit.

Die junge Frau hinter der Theke putzte Gläser und begrüßte ihn freundlich. »Guten Tag, Sie haben Pech. Wir haben heute eine geschlossene Gesellschaft.« Ihr Bedauern war nicht gespielt.

Straubinger zeigte seinen Ausweis. »Ich möchte gar nichts konsumieren, ich möchte gern den Besitzer sprechen.«

»Oh, natürlich, entschuldigen Sie. Er ist in der Küche, ich sage Bescheid.« Sie verschwand hinter einem Vorhang.

Nach weniger als einer Minute kam ein schlaksiger Endfünfziger in Kochkleidung auf ihn zu. »Sie müssen der Kommissar aus Bayern sein«, rief er ihm lächelnd entgegen. »Gröbner, Stefan Gröbner«, sagte er und reichte ihm die Hand. »Hat sich schon rumgesprochen, dass Sie hier Ihre Nachforschungen anstellen. Und der Wolkenmaler hat Sie Eisenfuß getauft, hab ich recht?« Er zeigte auf Straubinger und lachte. Dann wurde er ernst. »Ist ja schrecklich, was da passiert ist.« Gröbner setzte seine Kochhaube ab und strich seine hellblonden Haare zurück. Dann kniff er eines seiner tief liegenden Augen zu und streckte erneut den Zeigefinger. »Wissen Sie was? Sie haben Glück. Kommen Sie, begleiten Sie mich. Wir sitzen in der Küche und testen gerade das Menü für heute Abend. Mein Souschef und ich. Kommen Sie! Haben Sie Hunger?«

Straubinger wirkte überrumpelt. »Na ja, was G'scheits hab ich heut noch nicht gegessen.«

»Sehen Sie, nun sind Sie unser Testesser.« Er ging voran und winkte Straubinger auffordernd zu, dass er ihm folgen solle.

Straubinger sah die junge Frau hinter der Theke fragend an. »Gehen Sie schon«, sagte sie lächelnd. »Er meint das ernst.«

Gröbner hielt ihm die Flügeltür auf, die in die Küche führte. Ein blutjunger Kochlehrling saß an einem kleinen Tisch und wartete anscheinend darauf, dass der Chef zurückkam.

»Thomas, nimm noch ein Gedeck dazu. Das ist der Kommissar Eisenfuß, von dem uns der Wolkenmaler erzählt hat.«

»Der Wolkenmaler kommt hierher?«, fragte Straubinger.

»Natürlich! Schon seit 40 Jahren, mein Vater und er, die waren befreundet. Quasi Nachbarn, wenn man so will.« Er lachte. »Er kommt jeden Freitagmittag, bringt uns Pilze aus dem Wald oder seinen Els, trinkt vorn an der Bar zwei Bier, erzählt uns von ein paar neuen Gedanken und dann ist er wieder weg.«

»Draußen im Gastraum, da hängen zwei Bilder. Mit Wolken. Sind die …«

»… von ihm, ganz genau. Schön, nicht?«

Der junge Kochlehrling brachte einen Teller, Besteck und ein Weinglas.

»Mein Neffe! Er wird mal ein großartiger Koch!«

»Danke, Onkel. Du bist ein großartiger Lügner.«

Gröbner lachte. »Er lernt noch, aber er hat Begabung. Ich bereite ihn auf die Gesellenprüfung vor. Und weil wir beide das hier alles zu zweit schmeißen, ist er trotzdem schon mein Souschef.«

»Hey, von wegen zu zweit«, rief eine Frauenstimme, »ohne mich wärt ihr gar nix, ihr zwei Hübschen!« Die Stimme gehörte einer Frau, die ihren Kopf durch die schmale Tür am anderen Ende der Küche steckte.

»Was würden wir nur ohne dich machen?«, antwortete Gröbner herzlich. »Darf ich vorstellen, Herr Kommissar, das ist meine wunderbare Frau Luzi Gröbner. Sie bringt alles wieder in Ordnung, was wir beide zuvor angerichtet haben. Sie kauft die Speisen ein, sie kassiert, sie kritisiert und sie lobt. Und manchmal singt sie für unsere Gäste. Das ist dann der Moment, wo ich am liebsten den Kochlöffel wegschmeiße und alles liegen lasse. Sie ist einfach das Beste, was mir im Leben passieren konnte.«

»Er untertreibt«, sagte sie trocken, grüßte Straubinger kurz und verschwand wieder.

Thomas brachte drei kleine Schalen mit Suppe.

»Probieren Sie, Eisenfuß!«, forderte Gröbner ihn auf. »Ich nenne übrigens alle Menschen so, wie der Wolkenmaler sie getauft hat.« Er grinste.

»Ist schon in Ordnung, ich bekomme ja was zum Essen!« Straubinger atmete den Duft der Suppe ein und kostete. »Ui, was ist denn das? Wunderbar.«

»Nehmen Sie einen Schluck Sherry dazu.« Gröbner goss einen Schluck Amontillado in ein Catavino-Glas. »Sein Aroma erinnert an Haselnüsse.« Bedächtig hielt er sein Glas unter die Nase und sog die Luft ein. »Der passt wunderbar zu Ihrer Rehsuppe.«

»Darf ich Sie etwas fragen?«, begann Straubinger.

Gröbner beobachtete den Kommissar, der ein paar Tropfen vom Sherry aus seinem Glas auf seinen Löffel mit Rehsuppe träufelte, und lehnte sich erstaunt zurück. »Das traut sich zu Tisch niemand.« Er lachte. »Aber Sie machen das … genau richtig! Sie sind mir ja einer.« Gröbner sah ihn an, als hätte er einen kleinen Jungen beim Schwindeln erwischt. Auch er nahm einen Löffel Suppe, tröpfelte Sherry hinein und gab Thomas zu verstehen, dass auch er das probieren solle. »Äh, fragen Sie, fragen Sie.«

»Sagt Ihnen der Begriff Dorado etwas?«

»Boah!«, rief Thomas dazwischen. »Das ist ein Ereignis. Großes Gaumenkino! Toll, Herr Kommissar. Die Suppe scheint mit dem Sherry aufzugehen wie eine Sommerblume. Wow!«

»Sie haben einen neuen Fan, Eisenfuß.« Gröbner setzte eine lobende Miene auf und wartete dann einen Augenblick. »Dorado, natürlich sagt mir das was. Eldorado, das sagenhafte Goldland der spanischen Konquistadoren, das sie im Inneren Südamerikas suchten und niemals fanden. Aber das werden Sie kaum meinen.«

Thomas brachte eine Vorspeise, eine kleine Keramikform mit einer duftenden Quiche, und schnitt sie in drei Teile. Er schien mächtig stolz auf sein Werk zu sein. »›Quiche Lorraine‹, mit Speck vom Mangalitza-Wollschwein.«

Straubinger kostete die Quiche, die ihm fast den Mund verbrannte.

»Eigene Aufzucht. Besser geht's nicht«, schwärmte Gröbner und goss einen Boxbeutelwein ein. »Fränkischer Silvaner. Nichts passt besser zu einer Quiche.«

»Wir müssen dieses Dorado nicht so weit suchen. Haben Sie es wirklich noch nie gehört?«, fragte Straubinger.

Gröbner kostete den Wein und schlürfte vorsichtig die Luft ein. »Wunderbar, wenn er oben auf der Zunge

Sauerstoff bekommt. Äh, nein, ich hab es wirklich noch nie gehört, Ihr Dorado. Was ist denn das?«

Straubinger trank einen Schluck. »Na, Ihr Anwesen hier. Der Erbauer dieser Anlage, namens Müller, der hat es damals Dorado getauft.«

»Josef Müller aus Aldenhoven, klar, der alte Müller! Dem hat mein Vater die Farm abgekauft, soweit ich weiß. Dorado. Irgendwie dämmert es mir, als kleiner Junge hab ich es vielleicht mal gehört. Hm. Was ist mit der Jus?«, rief Gröbner Thomas zu, der wieder am Herd stand.

»Gleich fertig«, rief Thomas und rührte mit einem Schneebesen in einer kleinen Kasserolle.

»Kennen Sie den Namen Dorenbusch?«

Gröbner sah nachdenklich aus. Er verneinte. »Tut mir leid. Wer soll das sein?«

Thomas servierte jedem einen kleinen Teller, eine Scheibe Schweinebraten mit einem glänzend weißen Fettrand, die mit zwei Spuren dunkler, fast roter Soße beträufelt war, daneben ein kleiner Würfel eines Gratins mit drei diagonal geschnittenen Lauchzwiebelringen bedeckt. »Schweinebraten von demselben Schwein wie der Speck in der Quiche und ein Gratin Gression.«

»Hepp Dorenbusch, das war ein Besenbinder«, sagte Straubinger und probierte den Braten.

Gröbner hielt kurz inne. »Ja, hier hat nach dem Krieg ein Besenbinder mit seiner Familie gehaust, das hat mein Vater erzählt.« Er füllte einen Weißwein in die Gläser. »›Picpoul de Pinet‹, quasi südfranzösische, zu Gold gewordene Apfelaromen. Sie werden den Geschmack im Gratin wiederentdecken. Thomas hat es mit Äpfeln von unserem Baum da draußen gemacht, an dem das Schwein vom Braten sich sein Leben lang gekratzt hat.« Gröbner lachte das Lachen eines glücklichen Mannes.

»Genau der, ja«, bestätigte Straubinger.

»Wer?«, fragte Gröbner.

»Der Besenbinder. Sein Name war Dorenbusch«, sagte Straubinger. »Vorzüglich, der Braten!«

»Die Jus ist mit Thymian und mit dem Wein gemacht, den Sie gerade trinken, dazu ein Schuss Balsamessig aus Trollinger, wegen der schönen Farbe«, sagte Thomas stolz.

»Mein Vater mochte ihn nicht sonderlich, diesen Besenbinder, wie sagten Sie, Dorenbusch? Er hatte ihn aufgenommen, weil er dringend Arbeit suchte, Frau und Kind, heimatlos. Ein armer Schlucker.« Gröbner machte eine bedauernde Miene und wandte sich dann an Thomas. »Gut, aber zu viel Thymian. Den Geschmack musst du rausziehen. Noch eine Spur roten Pfeffer, das edle Fett vom Schwein verträgt ein wenig mehr Schärfe.« Andächtig hob er sein Besteck, betrachtete sein Essen, als hätte er sich gerade verliebt, und sah zum Fenster hinaus. »Er hat anfangs hier im Gehege für die Tiere sorgen sollen. War wohl nicht sehr tierlieb, sagte mein Vater. Er hat ihn aber nicht rauswerfen wollen, weil er mittellos war. Dann hat er es wohl mit dem Besenbinden versucht.«

Thomas räumte ab. »Das Dessert kommt sofort.«

»Ah, dann schenke ich schon mal den Wein ein. Ein ›Barsac‹, ein Tropfen mit einer außergewöhnlichen Süße, verursacht durch Edelfäule, welche die Trauben befällt, wenn sich im Herbst die Nebel am Zusammenfluss aus zwei unterschiedlich temperierten Gewässern erheben. Ein winziger Schluck genügt, passt ausgezeichnet zu allem«, schwelgte er, »was nach Dessert aussieht.«

»Beerencocktail mit Früchten aus dem Gressenicher Wald an einer Creme aus Mascarpone, bulgarischem Joghurt und pürierten Beeren. Und obenauf eine Spur von Wildhonig.«

»Die Beeren bringt uns übrigens der Wolkenmaler. Und den Honig ernten wir hier in unserem eigenen Wald.«

»Mannomann, das ist ein Gedicht.« Straubinger verzog verzückt das Gesicht. »Ist eigentlich noch irgendwas von den Dorenbuschs hier verblieben?«, fragte er Gröbner.

»Nein, nicht, dass ich wüsste. Wir können gern mal die Schuppen hinten durchsuchen, aber mir wäre so was sicher aufgefallen. Die hatten ja auch nichts, zumindest hat mein Vater das so gesagt. Und irgendwann waren der Besenbinder und die Familie wohl plötzlich weg.«

»Und wo genau haben die hier gewohnt?«, fragte Straubinger und kratzte mit dem Löffel den letzten Rest Creme aus dem Glas.

»In einer Hütte, dort hinten im Wald. Das Stück Wald, das Sie da sehen, das gehört zu unserem Grund.«

»Gibt es diese Hütte noch?«

Gröbner grinste. »Ja, die gibt es noch.«

»Und was ist dort heute?«

»Ein Luxusappartement«, sagte er, immer noch grinsend, und Thomas grinste mit.

»Kommen Sie, Eisenfuß. Ich zeig's Ihnen.« Gröbner stand auf.

Straubinger bedankte sich kurz beim jungen Koch für das Testessen. »Und Sie, mein Junge, Sie haben einen außergewöhnlich schönen Beruf. Test bestanden, wenn ich das so lapidar sagen darf.« Dann folgte er Gröbner, der bereits an der Tür auf ihn wartete.

Gröbner sprintete durch den Gastraum, lief über die Terrasse und überquerte in großen Schritten die Weidefläche für die Rehe, die sich springend in den Wald verzogen. Straubinger folgte Gröbner bis an den Waldrand. »Dort, sehen Sie?«, sagte Gröbner.

Vor ihnen im Schatten stand eine Blockhütte, die von mächtigen Fichten umringt war. »Idylle pur«, sagte er fröhlich. »Soweit ich weiß, hat der Besenbinder die Hütte damals selbst gebaut. Das Holz hat ihm mein Vater zur Verfügung gestellt.«

»Eine schöne Hütte«, sagte Straubinger. »Und das ist jetzt ein Luxusappartement?«

Gröbner nickte. »Ich musste ein bisschen umbauen, aber es hat sich gelohnt.« Er ging auf die Tür zu und legte den hölzernen Riegel um. »Kommen Sie! Sehen Sie selbst.«

Straubinger folgte ihm auf den knarzenden alten Holzboden. Er guckte gegen frisch bearbeitete hölzerne Verschläge, dahinter überall frisches Stroh und anhaltendes zufriedenes Grunzen. Straubinger lachte. »Was ist denn das?«

»Das ist doch eine echte Luxuswohnung, oder? Für meine Mangalitza-Schweine!«

Straubinger schüttelte verblüfft den Kopf. Er bedankte sich bei Gröbner und stapfte nachdenklich zu seinem Volvo. Er hatte mehr von Dorado erwartet. Irgendwas musste er übersehen haben. Am besten wäre es, sich abzulenken, Pause zu machen, abzuschalten, dachte er. Sollte er nach Köln zurückfahren? Sich in den Kölner Dienstagabend stürzen? Oder sollte er Sigrid einen Besuch abstatten? Sein Herz klopfte. Er könnte sie anrufen und fra-

gen. Ach was, er würde einfach hinfahren, klingeln …
und dann weitersehen.

Verdammt, dachte er, als er vor der Haustür stand. Er
streckte den Finger vor, wartete ab und zog ihn wieder
zurück. Dieser Klingelknopf machte ihn wahnsinnig. Er
startete einen zweiten Versuch, bewegte den Finger Richtung Klingel und zögerte erneut.

»Na? Angst vor 'nem Knopf?« Sigrid stand hinter ihm
und hielt zwei Einkaufstaschen in der Hand.

Straubinger fühlte sich ertappt. »Na ja, ich …«

»Bevor du jetzt irgendeinen Scheiß zusammenlaberst.
Schön, dass du da bist, mein bayerischer Freund. Will der
junge Mann mir nicht behilflich sein?« Sie spielte Unge-
duld vor und lenkte ihren Blick auf ihre Taschen.

Straubinger stürzte die drei Stufen hinunter und stolperte. »Entschuldige«, sagte er mit hochrotem Kopf und
beide lachten.

»Na, du entschuldigst dich wenigstens, mein blöder
Ex hätte mir wahrscheinlich noch 'ne dritte Tasche in
die Hand gedrückt.«

Straubinger nahm ihr die Einkäufe ab, und sie kramte
nach dem Hausschlüssel. »Heut gibt es gegrilltes Huhn,
wenn du magst.«

»Nur Huhn?«, fragte er.

»Erst Huhn, dann sehen wir weiter, was der Abend
uns noch bringt.«

MITTWOCH, 24. JUNI

Bei den Dorenbuschs

Straubinger und Anja Schepp sowie zwei Uniformierte standen vor dem Kupferhof Blumenthal. Dieses Mal wollte Straubinger nicht zu Gerhild Vandenberg, sondern zu Dieter Dorenbusch. Dass er zuletzt bei ihm aufgelaufen war, hatte seine Ermittlungen nicht weiter eingeschränkt, er hatte genug über Hepp Dorenbusch erfahren, doch nun suchte er die Negative.

Straubinger klingelte. Sofort ging das Gekläffe los. Dorenbuschs Frau öffnete die Tür. Etwa 50, schwarz gefärbte Haare, mittellang, nicht frisiert. Blonde Augenbrauen, hellblaue Augen. Aufgedunsenes Gesicht. Sie trug ein dünnes Kleid und war abgemagert. Kalter Zigarettenrauch und eine Alkoholfahne lagen in der Luft. Unsicher und wackelig auf den Beinen, fragte sie, was los sei.

»Hausdurchsuchung!« Straubinger hielt den Zettel mit dem Durchsuchungsbefehl hoch. Die Frau blinzelte und versuchte zu lesen. Dann kam Dieter Dorenbusch eine Treppe herunter, die Hunde am Halsband, sodass die Tiere aggressiv röchelten.

»Dorenbusch, Hausdurchsuchung. Und halten Sie die Hunde in Schach, ansonsten müssen wir von der Schusswaffe Gebrauch machen. Haben Sie das verstanden?«

»Du … wills … die H…Hun…de erschießen?«, lallte Frau Dorenbusch und wollte Straubinger eine wischen.

Anja Schepp ließ ihren Arm dazwischenschnellen und packte sie blitzschnell beim Handgelenk. »Ausnüchterungszelle ist nicht weit.«

Die Frau zischte etwas von »blöööde Guh« und zog sich zurück.

Dorenbusch baute sich im Treppenhaus in Unterhemd und Trainingshose auf wie ein Bulldozer, neben ihm fletschten die Hunde die Zähne. »Hier kommt keiner rein!«, schrie er wutentbrannt.

»Ich sag es zum letzten Mal, legen Sie die Hunde an die Kette!«, mahnte Straubinger ruhig.

Zu Anja Schepps Erstaunen legte Straubinger eine Hand an sein Waffenholster und sah Dorenbusch durchdringend an. »Also?«

»Erschießen Sie doch die da«, sagte Dorenbusch und zeigte mit dem Kopf auf seine Frau. »Um die Schlampe is es nicht schade!«

»Waaas?« Die Frau wollte auf ihn losstürmen und fiel der Länge nach hin.

Anja half ihr auf. »Setzen Sie sich hin und bleiben Sie sitzen!«, befahl sie ihr und half ihr auf einen Stuhl. Die Frau setzte sich und stützte den Kopf in die Hände.

Straubingers Blick war immer noch auf Dorenbusch gerichtet, der jetzt die Hunde an den Uniformierten vorbeiführte und sie draußen an die Kette legte. Dann kam er zurück.

Die Hausdurchsuchung begann und Dorenbusch polterte und schimpfte pausenlos. Alle Räume wurden durchsucht, wobei Dorenbusch Straubinger ununterbrochen hinterherlief. Die Polizisten fanden nichts. Keine Negative, keine Unterlagen, nichts, was auf den Vater hindeutete. Auch nach mehrfachem Fragen, Dieter Dorenbusch wusste nichts oder besser wollte nichts wissen und die Befragung seiner Frau lief ähnlich.

Nur das Familienstammbuch fand Anja Schepp im Kleiderschrank der Frau, mit vielen losen Seiten, die dort hineingelegt waren. Ein Eintrag in der Sterbeurkunde bestätigte, dass Hepp Dorenbusch für tot erklärt worden war, das offizielle Sterbedatum lautete 17.07.1969.

»Woran ist Ihr Vater denn gestorben?«, wollte Straubinger wissen und ging an den Schnapsflaschen vorbei, die in einem Wandschrank standen, wobei er mit dem Zeigefinger über eine Zierleiste strich.

»An Schwund, er ist einfach verschwunden. Weg, tot, Nimmerwiedersehen. Verpisst hat er sich und vermisst hat ihn auch keiner«, bellte Dieter Dorenbusch.

»Wann ist er genau verschwunden?«, fragte Straubinger, betrachtete seinen Finger und blies den angesammelten Staub von der Kuppe.

»Ist doch scheißegal! Irgendwann!«

»Wann, will ich wissen«, herrschte Straubinger zurück.

»Na, ein Jahr vorher, 1968, glaub ich, im Sommer, mit irgendeiner Nutte durchgebrannt wahrscheinlich.«

Straubinger sah ihn lange an. »Und was war in Dorado?«, fragte er und wandte seinen Blick erneut auf das Regal mit den Schnapsflaschen. Er griff dahinter und holte ein braunes Lederalbum hervor.

Dorenbusch schüttelte den Kopf. »Dorado? Nie gehört. Vielleicht so 'n Puff, irgendein Puff!«, zischte er sarkastisch.

»Nie gehört?«, hakte Straubinger nach und betrachtete das Album.

»Mann, nein! Keine Ahnung!«, schrie Dorenbusch.

»Dort müssen Sie als Kind gelebt haben.« Straubinger schlug das Album auf. Es zeigte alte Schwarz-Weiß-Fotos mit gezacktem weißem Rand, wie sie in den 50er-Jahren üblich waren, sorgsam mit Selbstklebe-Fotoecken auf das schwarze Papier geklebt.

»Das ist mir so scheißegal wie nur irgendwas. Ich kenn nur das hier!«

»Muss ja ein feiner Kerl gewesen sein, Ihr Vater, wenn der eigene Sohn ihn so nett beschreibt. Hat er Sie oft verprügelt?«

»Gesoffen wie ein Loch hat er, geschlagen hat er alle, meine Mutter und mich. So lange, bis sie versehentlich die Treppe runtergefallen ist. Mausetot war sie.«

»Wie der Herr, so 's G'scherr«, murmelte Straubinger und blätterte weiter in dem Album.

»Häää, is das bayerisch?«

»Wie der Herr, so seine Knechte, heißt das. Sehen Sie sich um. Ihre Frau säuft, Sie saufen und schlagen tun Sie auch.« Straubinger ging einen halben Schritt näher an ihn heran. »Oder woher hat sie das aufgedunsene Gesicht?«

»Du Drecksau! Was geht dich meine Frau an?«, brüllte er und ging auf Straubinger los. Die zwei Uniformierten mussten den Hausherrn zurückhalten.

Straubinger schnalzte. »Sagen Sie, diese Fotos hier, wer hat die gemacht?«

Dorenbusch stutzte und antwortete leise: »Mein Vater. Er hat fotografiert. Mit so 'ner kleinen Kamera. So 'ne viereckige Box.«

»Und das hier, dieses Foto, wo ist das?«, fragte Straubinger und zeigte auf eines der Bilder.

»Keine Ahnung, das Album hab ich schon 20 Jahre nicht mehr in der Hand gehabt«, zischte Dorenbusch verächtlich.

Das Foto zeigte einen Mann, der sich auf eine Schaufel stützte und eine zweite in der Hand hielt, im Hintergrund waren Bäume zu sehen.

»Okay, Sie haben Ihren Vater nicht sonderlich gemocht. Aber ich muss wissen, wer das hier auf dem Foto ist?«, drängte Straubinger.

»Ich weiß es nicht«, blaffte Dorenbusch mit blitzenden Augen.

»Das ist eine kleine Baustelle, wie man auf den Bildern erkennt. Ist das in Dorado?«

»Hören Sie auf mit dem Scheiß. Dorado, Dorado, stecken Sie sich Dorado doch in den …«

»Hey, hey!«, unterbrach Straubinger.

Er ließ ihn nicht aus den Augen, als er an den beiden Kollegen vorbeiging, die Dieter Dorenbusch immer noch in Schach hielten. »Sie hören von uns.«

Dieter Dorenbusch spuckte Straubinger ins Gesicht.

Straubinger nahm ein Taschentuch, wischte sich das Gesicht ab und steckte es Dorenbusch, der gerade etwas sagen wollte, in den Mund. »Halten Sie einfach die Klappe. Und danke noch mal.« Dann ging er auf die Tür zu und drehte sich noch einmal kurz um. »Übrigens, hier stinkt es nach feigem Hund.«

Der »Mine Detector Mark III«

Luzi Gröbner wartete schon auf ihn, als er seinen Volvo vor der »Reh-Farm« parkte. »Als mein Mann mir von

Ihrem Gespräch gestern erzählt hat, hab ich doch noch mal die alten Stallungen durchsucht. Das Gerümpel steht da schon ewig rum und bisher hat sich keiner von uns rangetraut, das mal alles zu sichten und zu sortieren.« Sie machte eine entschuldigende Miene.

»Und, haben Sie was gefunden?«

»Kommen Sie mit, bitte. Das soll demnächst ohnehin alles abgerissen werden. Ich glaub, mein Mann ist da seit seiner Kindheit nicht mehr drin gewesen.« Sie lachte. »Er hat halt ein bestimmtes Grundempfinden für Ästhetik.«

»Was steht denn da so Furchtbares herum?«, fragte Straubinger.

»Da stehen noch Geräte von meinem Schwiegervater drin, die nicht mehr gebraucht werden. Landwirtschaftsmaschinen und alter Kram. Und da hab ich was gefunden, das Sie vielleicht interessiert. Jedenfalls ist das, glaube ich, nicht von meinem Schwiegervater.«

Sie betraten den alten Stall, in dem ein Traktor und ein verrosteter Heuwender standen, an der Wand hingen eine Egge, diverse Schaufeln, Rechen und andere Gerätschaften.

»Dahinten«, sagte sie und deutete in eine Ecke an der Rückwand. Hinter einer großen angerosteten Metalltonne stand etwas, das mit einem grauen Tuch abgedeckt war. Straubinger stapfte an all den Gerätschaften vorbei dorthin und zog das Tuch weg. Ein rucksackähnlicher Tornister und eine Stange mit einem runden, plattenähnlichen Fortsatz. »Ich werde verrückt! Ein Minensuchgerät.«

»Was sollte mein Schwiegervater mit einem Minensuchgerät machen?«

»Ihr Schwiegervater sicher nicht. Aber der Dorenbusch

vielleicht, der hier gewohnt hat. Das Ding möchte ich mitnehmen.«

»Natürlich«, sagte sie. »Ich hätte es sicher verschrottet.«

»Und jetzt kommen wir zu einer höchst unangenehmen Nachricht.« Straubinger machte ein mitleidiges Gesicht.

»Und die wäre?«, fragte sie gespannt.

»Ich muss an Ihren Luxusschweinestall.«

»Oh, und was bedeutet das?«

»Der Fußboden, er muss … na ja, rausgerissen werden.«

Luzi Gröbner schlug die Hände über dem Kopf zusammen. »Oh ja, das gibt ein Drama!«

»Sie müssen die Schweine halt ein paar Tage draußen halten.«

»Wegen der Schweine, da hab ich keine Bedenken. Aber mein Mann, der wird das kaum überleben. Wann?«

»Sofort. Der Trupp ist schon unterwegs.«

Luzi Gröbner rief ihren Mann an. Nach zwei Minuten stand er neben Straubinger. »Die Schweine hören das nicht gern.«

»Das kann ich verstehen.«

»Wie kommen Sie darauf, dass Sie dort etwas finden?«, fragte Gröbner sichtlich mürrisch.

Straubinger zeigte ihm das Foto, das er in dem Album bei Dorenbusch gefunden hatte. »Wer ist der Mann auf diesem Foto?«

Gröbner stutzte. »Das ist mein Vater.«

»Und wo ist das?«, fragte Straubinger.

»Das ist wohl … bei der Hütte, beim Schweinestall. Dort hinten.«

»Ihr Vater hat Dorenbusch geholfen, die Hütte auszubauen?«

»Ja, das hat er wohl gemacht. Klar, er war ein hilfsbereiter Mensch. Die haben damals einen neuen Holzboden eingezogen.«

Straubinger nickte. Er drehte das Foto um und zeigte Gröbner die Rückseite. »Die Jahreszahl, hier mit dem Bleistift gekritzelt, ist leider nicht mehr lesbar.«

»Ein uraltes Foto. Mein Vater, da ist er noch jung.« Gröbner lächelte. »Und was heißt das nun alles für Sie?«

»Das Foto brachte mich nur auf eine Idee, nämlich dass Dorenbusch etwas im Boden der Hütte versteckt haben könnte, also später mal. Nicht lange bevor er dann weggezogen ist.«

Gröbner sah nachdenklich aus. »Ich war ja noch sehr klein zu der Zeit. Aber ich erinnere mich, dass mein Vater später den Holzboden der Hütte wieder rausgerissen und einen Estrich gegossen hat ...«, sinnierte er und legte die Hand an sein Kinn, »... hm, warten Sie mal, das muss gewesen sein ... ja, nachdem die Leute, also die Dorenbuschs, damals ausgezogen sind.«

Straubinger nickte. »Also 1956.«

»Kann sein. Mein Vater war damals sehr erleichtert, dass der Kerl verschwunden ist, und hat die Hütte dann unmittelbar als Unterkunft und Jagdhütte für ein paar Freunde ausgebaut. Mit festem Betonboden.«

»Und Sie haben ganz sicher nie etwas darunter gefunden?«, fragte Straubinger und fixierte ihn.

»Nein. Der heutige Holzboden im Schweinehotel, der wurde ja viel später von mir über den Estrich verlegt. Den Beton hab ich nie angerührt.« Gröbner zögerte. »Aber warum soll Dorenbusch dort etwas vergraben, kurz bevor er auszieht? Das ist doch unlogisch.«

»Vielleicht, weil er zu dem Zeitpunkt noch nicht wissen konnte, dass er bald ein lukratives Wohnungsangebot bekommen würde«, antwortete Straubinger.

»Oh Mann, das gibt ja jetzt einen schönen Aufriss«, antwortete Gröbner betreten, »im wahrsten Sinne des Wortes.«

»Wie können wir es machen?«, fragte Straubinger.

»Wir sperren die Schweine in einen Pferch. Bei dem Wetter ist das wohl in Ordnung. Dann kommen Sie an den Boden ran. Stemmen Sie auf, was Sie wollen, aber setzen Sie mir den Stall anschließend wieder so instand, wie er war.«

»Das verspreche ich Ihnen. Die Mangalitza-Schweine sollen mir nicht böse sein!«

Im Schweinestall

Als Straubinger die Hütte betrat, kam ihm der leitende Beamte entgegen. »Ich würd Ihnen gern die Hand geben, aber ...«

»Was gibt es denn?« Straubinger war bis zum Zerreißen gespannt.

»Extrem ausgeklügelt. Dort in der Ecke. Vorsicht, rutschen Sie nicht aus, Sie müssen durch den Pferch, das Stroh ist verdammt rutschig.«

Straubinger machte eine lässige Geste, als hätte er sich sein Leben lang durch Schweineställe bewegt. Er öffnete die kleine Tür zu dem Holzverschlag und hatte nur die Ecke im Blick, als er beim zweiten Schritt ausrutschte und auf den Hintern fiel. Als er versuchte aufzustehen, rutschte er wieder aus. Seine Schuhe, sein Hände und seine Kleidung waren von oben bis unten besudelt. »Uaaaa!«, schrie er. »Verdammter Mist!«

Der Kollege reichte ihm eine Rolle mit Papierhandtüchern. Aber es half kaum etwas. Straubinger stellte sich angewidert hin und stützte sich auf die Holzumzäunung des Pferchs. In der Ecke sah er einen aufgestemmten Bereich im Estrich. Darunter eine Blechplatte.

»Die Platte war mit Erde bedeckt, sodass man sie gar nicht sehen konnte. Wir haben lange gesucht und geklopft, bis wir sie gefunden haben. Ganz schön schlau, der Kerl. Die Blechplatte liegt auf einem Holzkasten. Alles gut mit Karbonileum getränkt, damit es nicht verrottet. Und drinnen, da haben wir das hier gefunden.« Der Kollege reichte ihm eine Metallschachtel. »Wir haben das Ding noch nicht geöffnet.«

»Also los«, sagte Straubinger und nickte mit immer noch angeekeltem Gesicht.

Der Kollege öffnete die Schachtel vorsichtig. Drinnen lag ein Schnellhefter, der eine Pergaminhülle mit Negativen enthielt und ein paar handschriftliche Hinweise.

»Können Sie das lesen?«, fragte Straubinger den Kollegen.

»Sütterlin, wurde 1941 verboten, muss also jemand sein, der das zuvor noch in der Schule gelernt hat. Wir haben jemanden bei der Spurensicherung, der das lesen kann.«

Straubinger zeigte auf die Negativhülle. »Halten Sie das doch mal bitte gegen das Fenster!«, sagte er leise mit zittriger Stimme.

Der Kommissar betrachtete die Aufnahmen fast andächtig gegen das einfallende Tageslicht. Die ersten beiden Bilder ließen ihn erkennen, dass dort ein Mensch am Boden lag. Mehr konnte er durch das vergilbte Pergamin, das mit den Negativen fest verbacken war, nicht erkennen. »Volltreffer!«, sagte er leise.

»Was Wichtiges?«, fragte der Kollege.

Straubinger sah ihn an. »Es ist die Fortsetzung des Spektakels, das ich gerade untersuche. Und Sie, mein Freund, sind ein wahrer Schatzheber!«

In der Dunkelkammer

»Ja, jetzt. Bitte sofort.«

Sigrid verzog das Gesicht, dann nickte sie. »Na gut, weil du es bist. Hast Glück, dass ich überhaupt zu Hause bin.«

Straubinger zog Schuhe und Socken vor der Tür aus. Als er die Wohnung betrat, blieb Sigrid stehen. »Was ist denn das für ein verteufelter Gestank?«

»Ich … Ich bin in einen Schweinestall gefallen«, sagte Straubinger und wurde knallrot. »Die Umstände erfordern manchmal harten Einsatz.«

»Boah, so was hab ich ja noch nie gerochen!« Sigrid hielt sich die Nase zu. »Bevor du nicht diese Klamotten verbrannt und dich zehnmal geduscht hast, gibt das nix mit der Dunkelkammer!«, näselte sie.

Straubinger flüchtete ins Bad, kam nackt mit den Klamotten unter dem Arm wieder heraus und warf die Kleider und die Schuhe in den Garten. Dann verschwand er wieder.

»Du kannst den alten Bademantel von meinem Ex nehmen, hängt im Wandschrank!«, rief sie und steckte Straubingers Klamotten samt Schuhen in die Waschmaschine.

Sigrid hörte die Dusche rauschen. Sie nahm die Negativhülle in die Hand, betrachtete sie kurz und öffnete die Tür zum Bad. »Was ist denn damit passiert?«

»Die haben seit 1956 in einem Schweinestall gelegen«, tönte es aus der Dusche.

»Ich geh schon mal in die Dunkelkammer.« Sie wartete seine Zustimmung gar nicht erst ab. »Ich muss die Negative von dem Pergamin lösen. Über die Jahre hat die Feuchtigkeit wohl ihren Tribut gefordert.«

In der Dunkelkammer angekommen, ließ sie Wasser ins Becken und legte die gesamte Hülle hinein. Als sich das Papier von dem Celluloseacetat löste, nahm sie einen Streifen nach dem anderen heraus, föhnte ihn vorsichtig trocken und hängte ihn an die Leine.

Als Straubinger vor ihr stand, musste sie lachen. Sein dunkler Haarschopf war noch nass, er hatte ihn zurückgekämmt, der Bademantel mit Paisleymuster war mindestens zwei Nummern zu klein, die Ärmel reichten ihm gerade über die Ellbogen, der Saum endete knapp über den Knien. »Wow, schick siehst du aus. Wie Dalí nach 'ner zu heißen Wäsche.«

Straubinger sah an sich hinab und breitete jovial die Arme aus. »Besser als ganz ohne.«

»Mach die Tür zu und draußen das Licht aus, damit nix durch den Türspalt kommt. Schon mal so was gemacht?«

Straubinger wiegte den Kopf und bewegte die Hand hin und her. »Na ja, vor langer Zeit in der Polizeischule.«

»Gut. Dann mach bitte genau das, was ich dir sage.«

»Klar, du hast den Hut auf.«

Sigrid stellte drei Plastikwannen nebeneinander auf den Tisch. »Entwickler, Stoppbad, Fixierer«, sagte sie zu Straubinger. »Gewässert wird im Waschbecken. Verstanden?«

Während Straubinger die drei Wannen mit den Chemikalien füllte, legte Sigrid den ersten Filmstreifen in das Vergrößerungsgerät. »Bereit? Dann machen wir jetzt das große Licht aus und das Gelblicht an.«

Das Licht warf einen sehr schwachen gelbgrünen Schein auf die Arbeitsfläche. Sie nahm eine lichtdichte Schachtel aus einem Wandschrank. »18 mal 24 Zentimeter, ist das okay?«

»Ich denke schon, ja.« Straubinger nickte.

Sigrid nahm das erste Fotopapier heraus und packte die anderen wieder lichtdicht ein. Dann klemmte sie das Papier in den Metallrahmen und schaltete das Laborlicht am Vergrößerungsgerät an, sodass ein Schimmer und der Umriss des Negativs auf dem Papier sichtbar wurden. Sie stellte scharf und warnte: »Achtung, nicht bewegen.« Dann betätigte sie die Zeitschaltuhr und das Papier wurde für ein paar Sekunden weiß bestrahlt.

Sie gab Straubinger das Papier in die Hand und eine große Pinzette.

Straubinger legte das Papier in den Entwickler und bewegte es hin und her. Als das Bild sichtbar wurde und genügend Kontrast zeigte, tauchte er es in das Stoppbad und danach in die Fixierlösung. Danach ließ er das Papier ins Waschbecken fallen.

Sigrid lächelte und begann damit, ein Bild nach dem anderen zu belichten. Die ersten sechs Bilder zeigten die Leiche von Heinrich Vandenberg, wieder in unterschiedlichen Belichtungen und Schärfegraden. Als Straubinger ein weiteres Bild in den Entwickler tauchte und die Konturen sich ganz allmählich abzeichneten, stutzte er. Er sah näher hin und schreckte zurück. Konnte das sein?

»Oh Gott!« Straubinger sah Sigrid an, als hätte ihn ein Schlag getroffen. »Ich glaub es nicht! Schau dir das an!«

»Was ist denn?«, fragte Sigrid neugierig. »Sag schon!«

»Auf dem Bild ... da ist noch eine zweite Leiche.«

1956 – MONTAG, 21. MAI

Gressenicher Wald, 10.50 Uhr
– eine Stunde nach dem Moment

Der Junge lag tieftraurig und verloren neben dem Leichnam seiner Mutter. Sein Kopf ruhte auf ihrem Bauch, er hielt ihre Hand fest an seine Wange gedrückt. Er weinte und schluchzte ohne Pause. Als er sich allmählich beruhigte, kehrte die Angst zurück. Er musste weg. Doch wohin? Er setzte sich neben sie und streichelte ihr Gesicht. Dann holte er das Taschenmesser aus seiner Hosentasche, legte es seiner Mutter in die linke Hand, drückte sie zu und küsste sie.

Plötzlich hörte er ein Knacken. Schritte. Aufgeschreckt und ängstlich kroch er ins schützende Dickicht zurück. Er duckte sich hinter einen Strauch. Aus der Ferne sah er, dass der Mann zurückkam, in der einen Hand einen Spaten, in der anderen eine Ledertasche. Über seiner Schulter hing eine graue Wolldecke. Er blieb bei der Leiche seiner Mutter und der des Mannes stehen und legte den Spaten daneben.

Der Junge beobachtete genau, was der Mann machte. Er warf die Wolldecke über Kopf und Oberkörper der Mutter, als hielte er ihren Anblick nicht aus. Dann holte er eine Kamera aus der Tasche und begann, Fotos zu machen. Erst nur vom Mann und dem Baum, in dem eines seiner Beine hing. Zwischendurch verstellte er häufig etwas an dem Apparat.

Dann zog er die Decke weg, sodass die Mutter wieder zu sehen war. Er holte die Pistole hervor, legte sie in die Linke des toten Mannes und drückte die Hand fest um den Griff der Waffe.

Der Junge hielt sich den Mund zu und schluchzte durch die Finger. Was tat der Mann jetzt?

Er stellte sich so hin, dass er beide Leichen fotografieren konnte. Immer wieder. Es musste so aussehen, als hätte der Tote seine Mutter erschossen. Schließlich schlenderte er hinüber zu dem riesigen grauen Ding, legte die Äste zur Seite und fotografierte mehrmals die Aufschrift.

Er trottete zurück zu den beiden Leichen, stellte die Kamera ab und kniete sich hin. Der Mann machte mit dem Daumen ein Kreuzzeichen auf der Stirn der Mutter, so wie der Pfarrer es am Aschermittwoch machte. Ehrfürchtig faltete er die Hände, schloss die Augen und stammelte leise ein Vaterunser.

Der Junge traute seinen Augen nicht. Er kniete sich ebenfalls hin, faltete die Hände, sah dem Mann auf die Lippen und betete lautlos mit.

Langsam erhob sich der Mörder, steckte die Pistole wieder ein und warf Laub, Fichtennadeln und ein paar Äste auf den Toten. Von Weitem sah es nun so aus, als wäre es nur eine Unebenheit im Waldboden. Danach wickelte er den Leichnam der Mutter in die Decke, legte ihn über seine Schulter, hob den Spaten auf und ging in den Wald.

Das Letzte, was der Junge wahrnahm, war, wie Unterarm und Hand der Mutter aus der Decke heraushingen und sich bei jedem Schritt des Mannes hin- und herbewegten. Am kleinen Finger der zusammengedrückten

Hand konnte er die kleine Medaille noch erkennen, die halb hervorlugte. Dann war der Mann mit seiner Mutter im Schatten des Waldes verschwunden.

Der Junge wollte hinterherrennen, schreien, auf den Mann einschlagen. Doch winselnd und zusammengesunken wurde ihm bewusst, dass er das nicht überleben würde. Er rührte sich nicht vom Fleck. Aus der Ferne hörte er Spatenstiche und ab und zu ein leises Fluchen.

Dann, nach einer Stunde, war alles still. Der Strauch, hinter dem er hockte, die zerfetzten Bäume und der feuchte Wald waren das Einzige, was ihm Geborgenheit gab. Zitternd und verloren saß er den Rest des Tages und die ganze Nacht in seine viel zu große Jacke gewickelt in seinem Versteck. Bis er Tiergeräusche hörte, als um Punkt 5.00 Uhr morgens die Sonne aufging.

DONNERSTAG, 25. JUNI

Polizeihauptwache Süd, Stolberg

Straubinger saß bereits um 7.00 Uhr an seinem Schreibtisch und hatte eine große Leuchtlupe aufgetrieben. Aufmerksam betrachtete er die Fotos, die er gestern mit Sigrid Meckel entwickelt hatte.

Von der zweiten Hälfte des Films zeigten die ersten
sechs noch Vandenberg allein, dann folgten zehn Aufnahmen, auf denen eine Frauenleiche zu sehen war. Sie
war weitgehend unverletzt. Ihre Kleidung war intakt. Die
Frauenleiche trug einen Trenchcoat. Bei genauerem Hin-
sehen konnte Straubinger ein Einschussloch und einen
Blutfleck ausmachen. Ihr Gesicht war nicht zu erkennen.
Und dann entdeckte Straubinger die Pistole in Vandenbergs Hand.

Er holte sich Bilder von Militärmänteln aus dem Internet. Die Frau trug wahrscheinlich ein amerikanisches
Modell, aber sicher konnte er das nicht sagen. Und dann
entdeckte er auf einem der Bilder, dass die Frau etwas in
ihrer Hand hielt. Kaum sichtbar, doch da war etwas. Er
ging mit der Lupe näher heran, konnte es jedoch nicht
erkennen. Etwas Metallisches, Glänzendes. Eine Münze?

Straubinger griff zum Telefon und rief Sigrid Meckel an.
»Bist du etwa noch im Bett?« Am anderen Ende grummelte sie etwas in den Hörer. »Es ist erst halb acht. Was
gibt es denn so Spannendes, mein bayerischer Liebhaber?«

Straubinger schmunzelte. »Bitte, tu mir einen großen Gefallen.«

»Wenn es nix mit Aufstehen zu tun hat.«

Er schmunzelte. »Tja, da kann ich leider nix machen. Ich muss dich aus dem Bett scheuchen.«

»Grrr«, brummte sie. »Sag schon, was soll ich tun?«

»Geh bitte ins Labor. Schau dir die Negative noch mal an. Die Nummer 30. Sie hält etwas in der Hand. Kannst du mir da noch was rausholen? Vergrößern und so? Und dann das kleine Loch im Trenchcoat. Außerdem ist mir aufgefallen, dass Vandenberg eine Pistole in der linken Hand hält. Vielleicht kriegst du die in einem der Bilder größer hin.«

Sigrid Meckel gähnte. »Das gibt eine Lokalrunde! Dass das klar ist!«

»Nichts leichter als das. Du hast eh das schönste Lokal, das ich momentan kenne.«

Als Straubinger auflegte, betrat Anja Schepp das Büro. »Morgen, schon lange hier?«

»Ungefähr 'ne halbe Stunde.«

Anja Schepp stellte sich hinter ihn. »Na, Urlaubsbilder?«

Straubinger reichte ihr die Fotos. »Ui, Abenteuerurlaub im Dschungel?«

»So ähnlich. Der Fall von 1956. Gressenicher Wald. Die Leute haben das ›Die Hölle‹ genannt.« Straubinger gab ihr die Bilder mit den zwei Leichen.

»Was! Plötzlich zwei Tote?«, rief sie.

»Es gibt einen Teil Film mit einer Leiche und einen zweiten mit zwei Leichen.«

Sie ließ die Fotos sinken. »Wo haben Sie das denn aufgetrieben?«

»Also, das ist folgendermaßen«, begann er und schilderte ihr die Situation.

Anja Schepp sah ihn verwundert an. »Und warum soll ein Mann, der eine zweite Leiche findet, wohl erschossen, sie vor der Polizei geheim halten, sie aber fotografieren?«

»Gehen wir doch mal davon aus, dass derjenige, der das gemacht hat, überlegt gehandelt hat. Er hat die erste Leiche fotografiert, um ein Foto der Polizei zu übergeben. Die zweite Leiche mit der ersten zusammen aber, um vielleicht jemanden zu erpressen.«

»Dann kann es eigentlich nur dieser Hepp Dorenbusch gewesen sein«, sagte sie.

»Tja, das ist wohl klar.«

»Müssen wir den Kerl jetzt nicht verhaften?«

»Der kann nicht weglaufen, der ist wohl schon tot«, sagte Straubinger. Er zeigte Anja die letzten beiden Bilder. »Können Sie damit etwas anfangen?«, fragte er.

Anja nahm die Bilder in die Hand. »›PC 1400XB‹. Was soll das sein?«

»Offensichtlich aufgespritzt auf einen Lack. Können Sie mal rausfinden, was das sein könnte?«

»Bin schon unterwegs.« Sie setzte sich vor ihren Bildschirm und tippte die Buchstabenfolge ein. Dann lehnte sie sich zurück. »Mannomann, kleiner geht's wohl nicht bei Ihnen!«

Straubinger sah zu ihr hinüber. »Was ist es denn?«

»Hier steht: ›PC 1400X, anderer Name Fritz X. Zu ihrer Zeit die modernste ferngelenkte Fallbombe der Welt. Deutsches Fabrikat. 1.570 Kilogramm, 3,20 Meter lang. Gilt als Vorgänger heutiger präzisionsgelenkter Munition und Marschflugkörper.‹«

Straubinger war sprachlos. »Dann haben die also diese Fritz X gesucht.«

»Aber was ist das B? Ich finde nirgends eine Bezeichnung PC 1400XB.«

»Eine Weiterentwicklung vielleicht?«

»Hier steht noch was. Dass die Alliierten total scharf auf diese Bombe waren, weil sie bis in die 60er eine vergleichbare Technologie noch nicht hatten.«

»Oh Gott, das wird ja immer heftiger«, sagte Straubinger. »Wir müssen herausfinden, was das B zu bedeuten hat. Anja, versuchen Sie es mal bei der Bundeswehr. Da muss es jemanden geben, der sich mit Waffen der Wehrmacht auskennt.«

Das Telefon klingelte. »Es ist eine Art Blechmünze mit einem Heiligenbild«, sagte Sigrid Meckel. »Ich hab das Bild gescannt und es dir mit 'ner E-Mail geschickt.«

»Und die Pistole?«

»Ist auch dabei. Und jetzt erst mal 'n Kaffee!« Sie legte auf.

»Anja, kommen Sie doch mal her. Vielleicht erkennen wir zu zweit mehr.«

Anja Schepp stellte sich erneut hinter ihn. Konzentriert betrachtete sie den Bildschirm. »Diese Münze oder Medaille, die scheint an einer kleinen Kette zu hängen«, führte sie an.

»Zumindest hat sie oben eine Öse«, stellte Straubinger fest.

»Es ist ein Heiligenbild und am Rand der Medaille steht etwas geschrieben.«

Straubinger vergrößerte den Bildausschnitt. »Mist, zu pixelig.«

»Warten Sie mal.« Anja Schepp nahm sich einen Zettel und schrieb langsam, einen Buchstaben nach dem anderen, etwas auf. Dann sah sie sich den Zettel an. »›latrix afflictorum‹ kann ich lesen.«

»›latrix afflictorum‹«, wiederholte Straubinger. »Was kann das bedeuten? Kann hier jemand Latein?«

»Ich kann zwar kein Latein, aber Google.« Sie lief an ihren Platz und gab die Buchstaben ein. »Kann es sein, dass da am Anfang ein paar Buchstaben fehlen?«, fragte Anja laut.

Straubinger sah sich das Bild noch einmal genau an. »Ja, kann sein, es sieht so aus, dass die Medaille dort verdeckt ist.«

»›Consolatrix afflictorum‹. Das heißt ›Trösterin der Betrübten‹ und steht für die heilige Maria!«, rief sie ihm zu.

»Ich find hier ein Bildnis mit so einem dreieckigen Mantel wie auf der Medaille. Das Bildnis steht in der Gnadenkapelle in Kevelaer.«

»Wo ist das denn?«, fragte Straubinger.

»Kevelaer ist am Niederrhein. Kreis Kleve. Einer der wichtigsten Marienwallfahrtsorte Deutschlands, steht hier.«

»Warum hat sie diese Medaille in der Hand? Anja, finden Sie doch mal heraus, was es damit auf sich hat.«

»Okay, ich ruf mal die Kollegen in Kevelaer an, die können da sicher weiterhelfen.«

Straubinger sah sich das Bild der Pistole näher an. »Eine Walther P.38.«

»Was Besonderes?«, fragte Anja.

»Im Gegenteil. Wurde ab 1938 bei der Wehrmacht eingesetzt, daher die Zahl. Gehörte im Zweiten Weltkrieg zur Dienstausrüstung der deutschen Soldaten.«

Bei OK Drechsler

Straubinger saß im Auto und war auf dem Weg nach Vicht, als sein Handy klingelte.

»Hier ist Anja! Ich hab mich mal zu einem Bundeswehroffizier durchstellen lassen, der als Fachmann für Wehrmachtswaffentechnik gilt, ein Major Friedrichs. Hat fast 'ne Stunde gedauert, bis ich ihn an der Strippe hatte.«

»Sehr gut, Sie sind hartnäckig.«

»Die Fritz X wurde von der Ruhrstahl AG gebaut. Der Offizier sagte, von einer PC 1400XB oder einer Fritz XB hat er nie was gehört, aber er weiß, dass die Ruhrstahl AG an einer verbesserten Version arbeitete. Und er wollte die Bilder sehen.«

»Kriegt er. Noch was?«

»Ja. Diese Medaille, das ist so was wie 'ne Andenkenmedaille. Vorn das Gnadenbild der Maria mit unserer lateinischen Aufschrift, auf der Rückseite die Kapelle, in der dieses Bildnis ausgestellt ist, mit der Aufschrift ›Gnadenkapelle Kevelaer‹. Diese Medaille ist aus Stahlblech und wurde nur in den 50er-Jahren verwendet, als Souveniranhänger mit kleiner Kette.«

»Und welche Souvenirs wurden damit bestückt?«

»Alles Mögliche, Kugelschreiber, Taschenmesser, Schlüsselanhänger.«

»Stahlblech?«, sinnierte Straubinger. »Dann sollte man sie finden können.«

Er parkte den Wagen vor der Wache, schnallte sich den Tornister auf den Rücken, nahm Detektor und Sonde in die Hand und ging die Treppenstufen hinauf.

»Ah, der Eisenfuß«, begrüßte Drechsler ihn. »Sag mal, wieso nennen dich eigentlich die Leute so?«

»Tja, wenn ich das mal wüsste«, scherzte Straubinger und setzte den Tornister ab.

»Was hast du denn da?«, fragte Drechsler.

»Das ist ein Minensuchgerät, ein ›Mine Detector Mark III‹ aus dem Zweiten Weltkrieg, und jetzt musst du mir jemanden nennen, der das Ding zum Laufen bringt. Kollegin Schepp, mein Google, sagt, das Ding wurde von einem Polen erfunden und von den Briten in einer leicht abgeänderten Version bis 1995 eingesetzt. Muss also was taugen.«

Drechsler überlegte. »Da fragen wir doch mal den alten Meier, der ist Radio- und Fernsehtechniker gewesen.«

»Auch so ein ausgestorbener Beruf«, seufzte Straubinger.

»Ja, heut hast du zu viele windige Möchtegernexperten in irgendwelchen Elektronikmärkten mit null Ahnung rumlaufen. Na ja, soll uns jetzt egal sein.«

»Sag mal, was anderes. Ich suche einen Dr. Geldermann, Arzt, hat bis vor ein paar Jahren in Stolberg praktiziert. Sagt der dir was?«

»Ja, der wohnt in Zweifall.« Er nannte ihm die Adresse. »Schönes großes Haus.«

»Was ist er für ein Typ?«, fragte Straubinger.

»Alter Haudegen, rollendes R, rigoros, immer 'n deftigen Scherz parat«, antwortete Drechsler, während er in einer Kartei nach der Nummer vom alten Meier suchte.

»Also ist Geldermann schwierig zu nehmen?«

»Nicht unbedingt. Trinkt gern was. Aber ansonsten verlässlich und geradeaus. Wenn er was sagt, meint er es so.«

Drechsler wählte. »Herr Meier, Drechsler hier. Können wir mal bei Ihnen vorbeikommen? Ich hab hier ein Minensuchgerät aus dem Zweiten Weltkrieg. Wollen wir wieder zum Laufen bringen. Okay, ja, wir kommen.«

»Wozu willst du es eigentlich benutzen?«, fragte Drechsler.

»Ich will in den Gressenicher Wald, in ›De Höll‹, und dort will ich nach Metall suchen. Ich muss dort etwas finden.«

Als Straubinger gerade gehen wollte, rief Drechsler ihm hinterher: »Wenn du zu Geldermann willst, das kannst du vergessen. Er ist momentan gar nicht erreichbar. Er ist noch ein paar Tage verreist.«

»Wieso, woher weißt du das? Wo ist er?«, fragte Straubinger.

»Auf Entziehungskur. Zum dritten Mal. Und er wird wahrscheinlich zurückkommen und direkt wieder zur Cognacflasche greifen. Das hat er bisher immer so gemacht.«

In de Höll

Den Volvo und den Polizeidienstwagen hatten sie am Parkplatz »Buche 19« stehen lassen. Sie gingen eine breite Schneise entlang. Der Förster Georg ter Wey, der einen Klappspaten in der Hand trug, lief schon etwas schwerfällig. »Wir gehen zu Fuß. Ich brauche das, sonst roste ich ein.«

»Fit wie ein Preisboxer, aber rummaulen«, scherzte Drechsler.

»Ich bin jetzt 64, in zwei Jahren werde ich pensioniert. Da ist mir jeder Fußweg nur recht, um beweglich zu bleiben. Ich will dann den Jakobsweg gehen.«

»Alter Katholik«, stichelte Drechsler. »Sein Vater, der Senior-Förster, ist heiliger als der alte Ortspfarrer. Und das will was heißen.«

»Nun ja, meine Eltern haben mich zumindest so erzogen. Heutzutage kommt man ja mehr ins Zweifeln als zum Glauben«, antwortete er scherzhaft.

»Ter Wey ist ein außergewöhnlicher Name. Woher kommt der?«, fragte Straubinger.

»Vom Niederrhein. Wissen Sie, als mein Vater damals die Aufsicht hier bekam und wir aus unserem kleinen Dorf hergezogen sind, da haben meine Eltern, vor allem meine Mutter, ganz schön zu kämpfen gehabt. Das Forsthaus liegt ja mitten im Wald. Und durch seinen Namen, Enno ter Wey, kam er den Leuten erst einmal vor wie ein Außerirdischer. Kurzum, die Leute mochten uns anfangs nicht, hat meine Mutter erzählt. Es gab viele Wilderer nach dem Krieg, da war der Förster nicht der beliebteste Mitbürger.« Georg ter Wey grinste verschwörerisch.

Straubinger stapfte neben ihm, den Tornister auf dem Rücken. Die Sonde mit Detektor hatte Drechsler sich über die Schulter gelegt und blieb ein paar Schritte zurück.

»Aber dann, dann hat es uns irgendwann gefallen hier. Mein Vater fand Freunde, meine Mutter engagierte sich in der Kirchengemeinde und ich lernte nach Jahren ein schönes Mädchen kennen, das den Wald ähnlich liebte wie ich, und ich bin zum Gressenicher und dann wie mein Vater zum Förster geworden.«

»Dann ist Ihr Vater also damals mit dem Dorfpolizisten Wolfberg von Dorenbusch zu der Leiche gerufen worden.«

»In der Tat, eine ziemlich widerliche Sache war das damals. Ich kann mich noch gut erinnern.« Georg ter Wey ging weiter.

»Kennen Sie eigentlich den Wolkenmaler?«, fragte Straubinger.

»Den verrückten Bruns Bando? Natürlich. Warum?«

»Stört es eigentlich niemanden, dass er im Wald haust?«, setzte Straubinger nach.

»Ach, der tut niemandem weh. Mein Vater hat ihn gelassen, er hat ihm sogar geholfen, wo es ging. Bruns ist ein armer Teufel. Und ich war sogar mit ihm befreundet, als wir noch Jungs waren. Bis er angefangen hat zu spinnen. Aber er hat uns hier nie Probleme gemacht. Oder, Drechsler?« Er blieb stehen und wartete auf dessen Antwort.

»Nein. Wir haben ihn in Frieden gelassen«, bestätigte Drechsler.

Sie wanderten etwa 20 Minuten, dann bog ter Wey auf einen schmalen Pfad ab.

»Und dieser Platz, ›De Höll‹, wie sah das dort aus?«

»Die Bezeichnung besagt ja alles.« Ter Wey schritt stramm vorneweg. Dann blieb er stehen. »Hier ist es. Sie sehen nicht mehr viel davon. Die Stelle erkennen Sie noch daran, dass sie eine andere Bepflanzung hat. Mehr Laubbäume. Dort, wo die dichte Nadelwaldbepflanzung beginnt, hört die ehemalige Lichtung, also ›De Höll‹, auf.«

Straubinger sah sich um. »Sieht aus wie ein ganz normaler Wald.«

»Wie wollen wir hier bloß was finden?«, fragte Drechsler.

»Indem wir anfangen zu suchen. Hoffentlich hat dein Herr Meier gut gearbeitet und das Ding läuft.«

»Mit der neuen Batterie sollte es lange laufen, sagt Meier. Und zwei Reservebatterien hat er mir auch mitgegeben.« Drechsler deutete auf seine Tasche. »Und den alten Kopfhörer hat er gegen zwei Handyohrstöpsel ausgetauscht.«

Straubinger nahm Drechsler das Minensuchgerät ab, schloss die Sonde an den Tornister an und steckte sich die Ohrstöpsel in die Ohren. Dann bewegte er die Detektorscheibe über seinem Fuß hin und her. Das Gerät piepste. »Funktioniert«, sagte er.

Drechsler lachte. »Dann ist das kein Witz mit deinem Eisenfuß?«

»Nein, kein Witz«, antwortete Straubinger und grinste.

Er suchte den Rand der Lichtung ab und umkreiste sie in einer immer größer werdenden Spirale. Nach der ersten Runde blieb er stehen. Drechsler kam zu ihm und fragte: »Alles in Ordnung mit dir?«

»Ja. Der Täter muss sie von der Lichtung weggetragen haben. Und irgendwo muss ich diese Medaille finden. Und was an ihr dranhing.«

1956 – DIENSTAG, 22. MAI

Gressenicher Wald, 5.00 Uhr
– der Tag nach dem Moment

Ein Rehbock schreckte. Der Junge wachte auf. Die Farbe
des Himmels glich dem fahlen Grün der Bäume, die ihn
umgaben. Vögel zwitscherten. Ein Kuckuck rief in den
Wald hinein und ein Specht hämmerte seinen Schnabel in
einen Baum. Der Junge zitterte und wickelte sich fester
in seine Jacke. Tau lag auf seinen Schuhen. Wieso kauerte
er im Wald? Wo war seine Mutter? War das nur ein böser
Traum gewesen? Als ihm alles wieder vor Augen kam,
erschrak er vor seinen eigenen Gedanken. Seine Mutter
war irgendwo im Wald verscharrt worden.

Sein Magen knurrte, die Zunge klebte am Gaumen.
Ihm war elend zumute. Da, ganz leise, irgendwo weit entfernt hörte er Motorengeräusche. Stimmen, dann nichts
mehr. Irgendwann regelmäßiges Knacken, das ihn an leise
Marschmusik erinnerte. Schritte, die sich näherten. Wieder leise Stimmen. Die hüpfenden Strahlen von Taschen-
lampen. Angst.

Da war er wieder, der Fotomann. Aber nicht allein.
Drei Männer waren bei ihm. Einer war besser gekleidet,
gut frisiert, trug einen Hut und einen gepflegten Bart.
Als er den Stapel Decken von seinen Schultern fallen ließ
und seinen Hut kurz lüftete, zuckte der Junge zusammen. Irgendwie sah er dem Mann ähnlich, der auf die

Mine getreten war. Die zwei anderen Männer, in zerlumpter Kleidung, trugen einen Benzinkanister und ein Gerät, einem Schwertfisch ähnlich, den der Junge einmal in einem Malbuch gesehen hatte.

Der gut gekleidete Mann war der Chefmann, dachte der Junge, denn er gab Befehle. Die zwei Arbeiter stellten die Geräte ab. Der Fotomann zeigte in Richtung der Stelle, wo weiter hinten im Wald das Ding lag. Der Chefmann klopfte dem Fotomann auf die Schulter. Dann winkte er die zwei Arbeiter zu sich und erklärte ihnen mit vielen Handbewegungen, was sie zu tun hatten.

Der Junge beobachtete genau, was passierte. Der jüngere Arbeiter füllte Benzin in den Schwertfisch, schraubte den Tank wieder zu und startete die Maschine. Erst ein tuckerndes Geräusch, dann ein Heulen, eine Qualmwolke, und augenblicklich verbreitete sich ein bestialischer Gestank. Im Schutz des Lärms kroch der Junge ein Stück näher, um sie besser verstehen zu können.

»Los, fangt an, es wird hell«, rief der Chef, während die Motorsäge im Leerlauf tuckerte. »Kaputte Bäume gibt's genug! Sägen, stapeln, los, los!«

»Weeß dä' dann övverhaupt, wie dat Jerät funktioniert?«, fragte der ältere der beiden Arbeiter in tiefem Dialekt und zeigte auf seinen jugendlichen Kollegen, der neben ihm stand, die Motorsäge in der Hand.

»Nimm du erst mal die Hände aus den Hosentaschen!«, pflaumte der jüngere den älteren Arbeiter an.

»Das ist eine Dolmar CP«, bellte der Chef gegen den Motor, »das Neueste auf dem Markt, eine Ein-Mann-Motorsäge der Extraklasse.« Er ging auf den Jüngeren zu. »Ist was für intelligente Burschen«, sagte er zwinkernd, lächelte den jungen Arbeiter an und fasste ihn bei der Schulter. »Du machst das schon, nicht wahr, Hubert?« Dann wandte er sich barsch an den älteren: »Hat ein Vermögen gekostet, die Säge! Wehe, du machst was kaputt!« Der Chef wandte sich nach Süden und zeigte an den Rand der Lichtung. »Geht dahinten ans andere Ende, soll ja keiner sehen, dass hier jemand gesägt hat.«

»Und Achtung! Nur zwischen den Fähnchen gehen. Alles andere kann immer noch vermint sein!«, rief der Fotomann warnend.

»Und mach den Motor wieder aus, Hubert, der Sprit ist ja nicht geschenkt«, kam es vom Chef hinterher.

Die beiden gingen davon und begannen, mit Harken das Gestrüpp rund um einige Baumruinen zu entfernen.

»Und wo liegt das Ding genau, Dorenbusch?«, fragte der Chef.

Der Fotomann, Dorenbusch hieß er also, dachte der Junge, winkte mit dem Kopf und ging voran. »Weiter vorn, mitten im Wald, hundert Meter etwa, Herr Vandenberg.«

Der Junge schlich um die Lichtung herum, ihnen hinterher. Als sie an dem Ding ankamen, versteckte er sich so, dass er alles sehen konnte. Der ältere Mann mit dem Hut legte offensichtlich sehr beeindruckt seine Hand auf das graue Ding und tätschelte die Stelle, wo mit schwarzer Farbe auf den Rumpf des graukalten Stahls »PC 1400XB« aufgespritzt war.

»Mein Bruder, der Idiot«, sagte Vandenberg verächtlich. »Fast hätte er sie für mich entdeckt.«

»Ja, fast. Aber ich war es, ich habe sie gefunden!«, log Dorenbusch. »Ich. Ihr Bruder war etwas zu neugierig.

Und dann … Bummm!« Dorenbusch machte eine entsprechende Bewegung mit den Händen und grinste.

»Die Idee mit der Mine hat also funktioniert?«, fragte Vandenberg angewidert. »Wo liegt er eigentlich?«

»Dahinten, am Rand der Lichtung, unter einer Decke. Hab ein paar Äste draufgelegt, dass Ihre Jungs ihn nicht unbedingt sehen müssen«, flüsterte Dorenbusch und wies mit dem Kinn in Richtung der beiden Arbeiter.

»Und danach holst du die Polizei.«

»Ja, und den Förster. Die Sägespuren dahinten, da sag ich einfach, dass wir Holzarbeiten gemacht haben. Heinrich und ich. Gutes Brennholz.« Dorenbusch grinste. »Und die Dolmar CP lassen wir in seiner Nähe liegen. Das sieht glaubwürdiger aus.«

»Weißt du eigentlich, was das hier ist?«, fragte Vandenberg, ohne den Blick von dem Ding zu wenden.

Dorenbusch hob langsam den Kopf. »Eine Bombe. Aber was so besonders daran ist, keine Ahnung.«

»Das hier«, flüsterte Vandenberg, »ist das Beste, was die deutsche Waffenindustrie je gemacht hat. Revolutionäre Technik, die Amis und die Russen hatten so was nicht im Zweiten Weltkrieg.«

»Und das wisst ihr alles von Armin Zündorf?«

»Ja«, sagte Vandenberg angeberisch, »dein alter Zechkumpan. Und Armin Zündorf hat uns auch von dir erzählt. Er sagte übrigens, du kannst saufen wie ein Bürstenbinder, Dorenbusch.«

»Besenbinder, ich bin Besenbinder«, protestierte Dorenbusch. Seine Miene zeigte Missmut. »Die paar Korn, die wir gezecht haben.«

»Der hat ja selbst gesoffen wie ein Loch. Da werden

wohl einige Liter zusammenkommen«, spottete Vandenberg und lachte. »Und er hat gesagt, dass du den Gressenicher Wald besser kennst als jedes Eichhörnchen.«

Dorenbusch grinste gequält. »Das mit der Bombe«, sagte er unsicher, »das hat Ihr Bruder mir so genau nicht erzählt.«

»Woher auch, er hatte keine Ahnung von diesen Dingen«, sagte Vandenberg verächtlich. »Er wollte sie meistbietend verkaufen, an die Amis, die Russen, an jeden, der genug gezahlt hätte. Mein Bruder war ein Versager, ein Vaterlandsverräter!«

»Und was macht sie jetzt so außergewöhnlich, diese Bombe?«

»Sie trägt doppelt so viel Sprengstoff bei gleichzeitig viel größerer Reichweite. Ein Höllending!«

Dorenbusch blieb der Mund offen stehen.

»Keine Angst.« Vandenberg feixte. »Der Sprengstoff in der Bombe ist gegen Schläge und Erschütterungen völlig unempfindlich.«

Dorenbusch wurde offensichtlich mulmig zumute. Mit bleichem Gesicht wich er einen Schritt zurück, stolperte und fiel auf den Hintern. »Mannomann, dann, dann ist das hier …«

»… die erste Superwaffe.« Vandenberg ging zu ihm, reichte ihm die Hand und zog ihn hoch. »Tölpel!« Erneut tätschelte er das Ding. »Aber der Zünder muss defekt sein. Was übrigens bei der Fritz X nicht passiert wäre.«

»Da haben die Amis vor zwölf Jahren ja noch mal Glück gehabt«, sagte Dorenbusch mit zittriger Stimme.

»Kannst du laut sagen!«, antwortete Vandenberg. »Wenn die hier explodiert wäre, dann wäre ein Teil der

1. US Armee weggepustet worden wie Watte. Es haben im Herbst '44 zwar schon genügend Amis hier zerstückelt in den Bäumen gehangen«, sagte er krächzend, »aber es hätten ruhig noch ein paar mehr sein können.« Das dreckige Lachen der beiden drang bis zu den Arbeitern, die sich kurz nach ihnen umdrehten. »Auf dieses Ding hier«, sagte Vandenberg und klopfte auf den Stahlflügel am Ende der Bombe, »können wir stolz sein! Keiner auf der ganzen Welt hat so was. Bis heute nicht!«

In dem Moment kreischte der Motor der Säge auf und ächzte laut, als sie in das Holz einer Fichte schnitt. Der Junge fuhr zusammen.

»Niemand!«, brüllte Vandenberg euphorisch gegen den Lärm an, »niemand hat so was!«

»Aber es gibt doch die Atombombe, wozu braucht man dann das hier noch?«, fragte Dorenbusch grübelnd.

»Die Atombombe vernichtet ein ganzes Volk. Mit allen Schätzen und Reichtümern.« Er wartete auf eine Reaktion. Doch Dorenbusch sah ihn tumb an und verstand offensichtlich nicht, was er meinte. »Wenn du ein Volk erobern und benutzen willst«, flüsterte er verschwörerisch, »dann musst du seine Wirtschaftskraft erhalten und darfst es nicht samt seinen Gütern zerstören! Eine Atombombe ist totaler Mist. Strategisches Versagen! Das haben auch die Amis begriffen nach Hiroshima und Nagasaki. Aber mit dem hier, mit einer hoch wirkungsvollen Lenkwaffe, damit kannst du dein Ziel direkt ansteuern. Deinen Feind mitten ins Herz treffen! Das ist die Zukunft. Die Atombombe hat ausgedient. Die Amis wollen genau so was hier entwickeln, Lenkwaffen. Und deshalb müssen wir unser Kind hier schützen, weil wir die Einzigen sind, die so was haben. Bei meiner Ehre!«, rief er und hob die Hand zum Gruß an die Stirn.

Dorenbusch tat dasselbe.

»Und wir kommen wieder. Dass wir den Krieg verloren haben, das war ein dummes Versehen. Und bald holen wir uns die Welt zurück! Nicht wahr, Dorenbusch!«

»Da will ich dabei sein, Herr Vandenberg!«, antwortete Dorenbusch zaghaft, aber doch bestimmt. »Ich muss raus aus meinem Loch.«

»Na ja, nur mal langsam mit den jungen Pferden! Irgendwann kommt auch dein Tag. Geduld, Geduld.«

FREITAG, 26. JUNI

Der Fund

Straubinger hatte gestern den ganzen Tag lang gesucht. Er war in konzentrischen Kreisen um die ehemalige Lichtung ›De Höll‹ gelaufen. Wenn der »Mine Detector Mark III« angeschlagen hatte und es in seinen Ohren heftig piepste, hatte er das Gerät zur Seite gelegt und vorsichtig mit dem Klappspaten gegraben, bis er etwas gefunden hatte. So hatte er ein paar verrostete Nägel, fünf Patronenhülsen, einen verrosteten Stahlhelm, ein Stück Stacheldraht und eine Granatenhülse ausgebuddelt. Georg ter Wey und Kollege Drechsler waren bereits mittags abgezogen. Als es gedämmert hatte, war auch Straubinger zum Aufgeben gezwungen gewesen.

Heute musste er sie finden, diese Medaille, denn die Ermittlungen im Fall Maxim Debiers drängten, und Straubinger war felsenfest überzeugt, dass der Mord an dem Belgier mit der »Akte Hürtgenwald« zusammenhing. Um neun legte er los, genau an der Stelle, an der er gestern aufgehört hatte. Gegen elf kamen ter Wey und Drechsler wieder vorbei, um zu sehen, wie es ihm ging. Drechsler machte wieder einen blöden Witz, half ihm aber beim Ausbuddeln und ging zwei Runden mit der Sonde, während ter Wey sich mit dem Zustand der Bäume beschäftigte und Notizen machte. Kurz nach Mittag, als Straubinger gerade die Sonde von Drechsler wieder übernommen hatte und eine weitere Runde drehte, piepste das Gerät. Der Ausschlag war zwar gering, aber deutlich wahrnehmbar. Er rief: »Drechsler, hier ist was! Bring mal den Spaten her.«

Drechsler trottete herbei und begann zu graben. Beim zweiten Spatenstich, mit dem er gerade 15 Zentimeter des Bodens abtrug, stieß er auf einen starken Widerstand.

»Vorsicht!«, sagte Straubinger.

»Könnte das eine Mine sein?«, fragte Drechsler angespannt.

»Das Signal war so schwach, glaube ich eher nicht.«

»Drechsler grub um die Stelle herum und legte ein paar Knochen frei. »Oh Gott!«, rief er. »Ein … Ein menschlicher Arm.«

Straubinger fasste in die Tasche und holte zwei Paar Latexhandschuhe heraus. »Ist zwar fast unsinnig, aber damit wir keinen Ärger mit der Spurensicherung bekommen.«

Drechsler streifte die Handschuhe über, bückte sich und grub mit den Händen. »Besonders fleißig war er nicht, unser Totengräber«, meinte Drechsler. »Sie liegt ziemlich nah an der Oberfläche.«

»Der Waldboden ist so stark durchwurzelt, dass man da kaum durchkommt. Außerdem wird er kaum Zeit gehabt haben.« Straubinger hob einen Unterarmknochen hoch, eine Elle, die deutliche Bissspuren aufwies. »Die Wildschweine werden den Rest besorgt haben.«

Straubinger kontrollierte, ob das Skelett etwas in einer Hand hielt. Nichts. »Merkwürdig. Wo ist die Medaille?«, fragte er leise sich selbst. Als sie einen weiteren Teil des

Skeletts freigelegt hatten, sagte er: »Das ist keine Frau. Wohl eher ein Mann.«

Drechsler sah ihn mit aufgerissenen Augen an. »Was sagst du da?«

»Sieh dir mal die Hände an und die Länge der Arme, also ich glaube nicht, dass das eine Frau ist. Ich hab zu viele Skelette gesehen, das ist ein Mann!« Straubinger fasste sich ans Kinn. »Den Rest lassen wir für die Spurensicherung übrig.«

»Sieh mal, im Oberschenkel, da steckt eine Kugel«, sagte Drechsler.

»Tatsächlich. Dann hat der Detektor auf die Kugel angeschlagen.«

Sie gingen zurück und winkten ter Wey zu, der auf einem Hocker saß und in einem Buch las.

»Das Skelett dort hinten, das ist keine Frau. Es ist ein Mann!«, sagte Straubinger.

Ter Wey schreckte zurück. »Ein Mann, sagen Sie?«

»Ja, und eine Kugel steckt im linken Oberschenkelknochen.«

Ter Wey überlegte. »Das könnte Hepp Dorenbusch sein. Er wird ja seit Jahren vermisst.«

Straubinger nickte. »Das wäre eine Erklärung. Aber eines wissen wir dann immer noch nicht. Wo ist die Frau?«

Als die Kollegen der Spurensicherung an »Buche 19« eintrafen, saßen Drechsler und ter Wey im Polizeidienstwagen und sprachen miteinander. Straubinger verabschiedete sich von den beiden und begleitete die Mannschaft zum Ort des Leichenfundes.

»Na, da hat ja schon jemand kräftig rumgewühlt«, grummelte der leitende Beamte.

»Das war ich.«

»Alleine?«

Straubinger nickte. »Kollege Drechsler hat mir nur ein bisschen assistiert, aber gebuddelt hab ich.«

Der Kollege warf Straubinger einen kritischen Blick zu.

»Als es bedenklich wurde, hab ich dann aufgehört. Den Rest macht ihr«, beschwichtigte er.

Vorsichtig gruben die zwei Männer das Skelett aus. Der Kollege putzte am linken Oberschenkelknochen herum.

»Wildfraß?«, fragte Straubinger.

Der Kollege schüttelte den Kopf. »Nein, das sähe anders aus.« Dann pulte er die Kugel aus dem Knochen. »Ein Geschoss«, sagte er und hielt die Zange hoch, die ein stark verformtes Projektil erfasst hatte. »Sieht aus wie neun Millimeter, Parabellum. Wann soll das hier passiert sein?«

»Im Mai 1956«, antwortete Straubinger.

»Könnte passen.«

Straubinger nickte kurz. »Noch ein Schuss, der tödlich war?«

»Schwer zu sagen. Wie es aussieht, nicht. Keine zertrümmerten Rippen, kein Loch im Schädel, kann ich aber erst mit Sicherheit sagen, wenn das Skelett im Labor war«, meinte der Kollege und machte ein zweifelndes Gesicht. »Aber hier ist noch was.«

Straubinger sah ihn fragend an.

»Zwei oder drei Verletzungen an den Rippen, sieht aus wie Messerspuren.«

»Bist du sicher?«

»Ja, ich würde sagen, der Herr hier wurde angeschossen und danach hat ihn jemand erstochen.« Der Kollege wandte sich wieder dem Skelett zu. Dann stutzte er. »Was haben wir denn hier?«, sagte er triumphierend und hob ein Geschoss aus dem Waldboden hervor. »Eine weitere Kugel. Ebenfalls Parabellum. Aber bei Weitem nicht so stark deformiert. Die ist nicht in einem Knochen stecken geblieben. Die hat irgendwo ein Weichteil getroffen.«

In der Hütte

»Bruns Bando! Wo steckst du?«, tönte es durch die verschlossene Tür. Der Wolkenmaler erschrak. Das Knarzen der Tür, die sich langsam öffnete, jagte ihm einen Schauer über den Rücken. Der Schein einer Taschenlampe fiel auf sein soeben aufgeräumtes Bett. Totenstille. Blitzschnell ergriff er den Stock und schnellte vor. Sein harter Schlag traf den Arm, sodass die Lampe hinfiel. Ein Schmerzensschrei.

Der Wolkenmaler trampelte so lange auf die Lampe, bis sie erlosch, ein gezielter Tritt beförderte sie in hohem Bogen durch die Tür nach draußen.

»Was hast du dem Bullen verraten?«, schrie die schmerzverzerrte Stimme hinter der schwarzen Sturmhaube.

»Nichts!«, rief der Wolkenmaler voller Angst. »Nichts. Ich hab gar nichts verraten!«

»Alles will er wissen. Was hast du ihm gesagt?« Der Schrei klang fast hysterisch. »Los, rede!«

»Nichts, gar nichts!«

»Los, sag's mir!«, brüllte die Stimme. »Ich bring dich um!«

Der Wolkenmaler stand wie gelähmt vor dem Tisch. »Ich hab nichts gesagt!«, rief er den Tränen nah. »Lass mich, ich werde nichts verraten!«

Aus heiterem Himmel traf ihn der harte Schlag des Stocks, der an der Tür stand, zweimal, dreimal, so oft, bis er blutend zu Boden ging.

Bilder wurden von den Wänden gerissen, Schränke ausgeräumt, die Matratze flog aus dem Bett.

Erneut ein gellender Schrei. »Sag es mir, sonst schlag ich dich tot!«

Der Wolkenmaler hob die Hände schützend über den Kopf und sah in Panik nach oben. Der Stock erhob sich wieder und wieder über ihm und sauste ein ums andere Mal auf seine Arme, Beine und Rippen. Er brüllte vor Schmerz.

Da, ein Automotor. Der Stock fiel zu Boden, schnelle Schritte verließen die Hütte.

Der Wolkenmaler kroch auf eines der Bilder zu, die von der Wand gerissen worden waren. Er drehte den Rahmen vorsichtig auf die Rückseite, grinste und umarmte das Bild wie einen Schatz. Seine Arme, seine Beine und seine Nase bluteten. Auch aus dem Mund tropfte das Blut. »Wolkenmaler!«, hörte er eine entfernte Stimme. Er lächelte.

Straubinger schlug die Tür seines Volvos zu. Ein Schatten an der Hütte. Vorsichtig ging er in Richtung Eingang. »Wolkenmaler!«, rief er. Keine Antwort. Eine kaputte Taschenlampe lag vor der Behausung. Die Tür stand offen. Langsam ging er hinein, sah sich um und fand den Wolkenmaler zusammengekauert in einer Ecke sitzend. Blut, überall war Blut. »Bruns!«, rief Straubinger, ging in die

Hocke und tätschelte ihm die Wangen. Langsam erwachte er aus seiner Starre. »Wer war das?«, fragte Straubinger.

Bruns Bando starrte ihn an und flüsterte: »Eisenfuß. Er rettet mich.« Dann fiel er in Ohnmacht.

Straubinger packte ihn und wollte ihn gerade hochheben, als sein Blick flüchtig auf die Rückseite des Bilds fiel. »Der Horizont«, entfuhr es ihm leise.

Er legte den Wolkenmaler über seine Schulter und hielt ihn fest, nahm das Bild in die andere Hand und trug Bruns Bando zu seinem Auto. Dann raste er los. »Hey, Bierbaron, ruf die Rettung. Ein Schwerverletzter! Hubschrauber und Notarzt. Gressenich Marktplatz. Frag nicht, sofort! Ich bin in fünf Minuten dort.«

1956 – DIENSTAG, 22. MAI

Gressenicher Wald, 7.00 Uhr
– der Tag nach dem Moment

Die beiden Arbeiter schleppten immer noch Holzwerk herbei. Dorenbusch hatte ihnen Anweisungen gegeben und gezeigt, wie sie mit dem Holz die Einhausung bauen sollten. »Bald wird man von dem Ding nix mehr sehen«, sagte er triumphierend. »Sie wird unauffindbar sein.«

Nach einer weiteren Stunde war die Lenkbombe hinter dem Holzverschlag verschwunden, dessen abgeschrägte Wände im Unterholz kaum auffielen. »Sieht gut aus«, sagte Dorenbusch zufrieden. »Wir werden noch ein paar Stützen einrammen, um oben grobe Äste für die Dachkonstruktion abzustützen, und dann kommt die Abdeckung drauf.«

Alle vier machten sich ans Werk, auch Vandenberg half mit, die Holzkonstruktion entsprechend fertigzustellen. »Jetzt die Nägel!«, rief Dorenbusch.

Die zwei Arbeiter begannen damit, das Astwerk an den Holzwänden mit Nägeln zu befestigen. Sorgsam legten sie unter Dorenbuschs Anleitung die geölten Wolldecken auf das Astwerk, befestigten sie mit Draht und deckten das Bauwerk mit Erde und Laub ab, um es mit jungem Strauchwerk zu bepflanzen. »Das muss ja nur ein paar Jahre halten«, sagte Vandenberg zu Dorenbusch. »Dann holen wir sie uns zurück.«

»Sorgt dahinten noch mal dafür, dass es nicht ganz so wild aussieht, wo ihr gesägt habt«, rief Dorenbusch den Arbeitern im Befehlston zu. »Macht ein bisschen Ordnung!«

Als die beiden Arbeiter zu der Stelle zurückgingen, schlenderte er zu Vandenberg hinüber, der sich das Bauwerk noch einmal ansah.

Zögerlich tapste Dorenbusch mit dem linken Fuß auf dem Boden herum, während er die Hände auf dem Rücken verschränkte. »Ich hab Ihre Familie gerettet. Das müssen Sie mir vergüten«, sagte er, während er zu Boden blickte.

Olaf Vandenberg drehte sich zu ihm. »Meine Familie gerettet? Was soll das bedeuten?«, fragte er streng.

»Ihr Bruder, er hat eine Frau umgebracht. Dahinten, auf der Lichtung.«

Olaf Vandenberg blieb der Mund offen stehen. »Mein Bruder? Eine Frau ermordet? Niemals!« Er lachte.

»Aber so war es, ich hab's gesehen. Sie wollte weglaufen, da hat er sie erschossen. Einfach so.«

Vandenberg zischte. »Dorenbusch, reden Sie doch keinen Mist! Wie kann das sein? Er ist auf eine Mine getreten. Wie soll er da eine Frau erschossen haben?«

»Sie hatten Streit. Er hatte was mit ihr.«

»Was, hier, an diesem gottverlassenen Ort?«

»Ich war ja hier mit ihm verabredet. Sie haben … zusammen Pilze gesammelt oder so. Und natürlich … na ja. Als wir uns an ›Buche 19‹ getroffen haben, da war schon miese Stimmung zwischen den beiden. Als wir dann hier waren, da hat sie ihn beschimpft. Ja, und geohrfeigt hat sie ihn. Laut war sie. Und da ist sie weg und er hat sie einfach erschossen. Dann ist er hinterher und dabei ist er auf die Mine getreten. Direkt neben ihr.«

Olaf Vandenberg starrte ihn wortlos an. Er wollte etwas sagen, aber lange brachte er nichts hervor. Er hielt sich an dem grauen Ding fest. »Erschossen, sagst du. Eine Frau. Was für eine Frau?«

»Ach, so ein Flittchen aus dem Nachbardorf. Nicht der Rede wert. Flüchtlingsweib. Keiner vermisst sie.«

Vandenberg fasste sich an den Kopf. »Was machen wir denn? Wenn das rauskommt, dann … Dann bin ich ruiniert. Ein Mord in der Familie Vandenberg. Undenkbar!«, sagte er panisch. Vandenberg starrte Dorenbusch an, als würde er durch ihn hindurchsehen. »Dorenbusch, du musst das Ganze … Du musst die Klappe halten, hörst du?«

»Keine Angst«, beschwichtigte Dorenbusch. »Ich hab alles in die Wege geleitet. Ich hab sie vergraben, die findet niemand.«

»Vergraben?« Erneut fasste er sich an den Kopf. Dann ging er auf ihn zu und griff ihm an die Schulter. »Gut. Gut gemacht. Und die findet wirklich niemand?«

»Niemand!«

»Und … niemand weiß davon, oder? Niemand außer wir beide?«

»Niemand außer wir beide.«

Vandenberg war komplett durcheinander. »Dorenbusch, das werde ich nicht vergessen.«

Dorenbusch sah ihn an und wartete auf mehr Zugeständnisse. Dann sagte er vorsichtig: »Eine Wohnung und eine gute Arbeit.«

Vandenberg nickte. »Gut. Sollst du haben. Und es bleibt unter uns!«

»Es bleibt unter uns. Und zur Sicherheit, dass es unter uns bleibt, habe ich ein paar Fotos gemacht.«

»Was für Fotos?«, fragte Vandenberg aufgeregt.

»Schöne Fotos. Friedliche Fotos. Wie Heinrich neben ihr liegt, die Pistole noch in der Hand. Ich werde sie für uns beide aufbewahren. In ewiger Erinnerung an unsere Verschwiegenheit.«

Vandenberg verschlug es die Sprache. Als er gerade etwas sagen wollte, kamen die beiden Arbeiter zurück.

»Alles klar, Chef, wir haben da ein bisschen aufgeräumt«, sagte der junge Arbeiter.

»Gut, Hubert, gut«, antwortete Vandenberg offensichtlich verärgert. »Ihr könnt dann zusammenpacken.«

Der ältere Arbeiter hob die Säge auf und warf sie noch einmal an, um einen überstehenden Ast abzusägen.

Vandenberg herrschte ihn an. »Willst du, dass uns der Förster hört? Es ist schon bald neun!«

Der Arbeiter reagierte sichtlich mürrisch. Er schnitt ein säuerliches Gesicht und schwenkte die tuckernde Säge am hinteren Griff nach unten und zur Seite, als ob sie ein Ritterschwert wäre, wobei er versehentlich mit dem Daumen den kleinen Gashebel betätigte. Der Motor heulte augenblicklich auf und versetzte die Kette mit den messerscharfen Sägezacken unheilvoll in Bewegung.

Der Junge, der immer noch in seinem Versteck saß und alles mit angehört hatte, erschrak. Ein gellender Schrei durchschnitt die Luft. Er beobachtete, wie der jüngere Arbeiter brüllend vor Schmerz hinfiel und sich das Knie hielt. Er blutete stark.

Vandenberg lief zu ihm, bückte sich und nahm seinen Kopf in die Hände. »Hubert!«, rief er. »Schnell, Verband!«

Der ältere Arbeiter stand völlig fassungslos daneben, die Säge tuckerte immer noch.

»Mach das verdammte Ding aus!«, brüllte Dorenbusch, während er dem jungen Arbeiter mit seinem Gürtel das Bein abband. »Kniescheibe, seine Kniescheibe ist zerfetzt, du Irrer!« Dorenbusch riss sich sein Hemd vom Leib und verband den Jungen, so gut es ging.

Vandenberg versuchte, den schreienden Burschen am Boden zu trösten. »Ruhig, Hubert, ruhig. Das wird wieder. Wir bringen dich zum Arzt. Keine Sorge, das wird wieder!«

SAMSTAG, 27. JUNI

Polizeihauptwache Süd, Stolberg

Anja saß bereits am Schreibtisch, als Straubinger auftauchte. »Sie sehen ja ganz schön übernächtigt aus.«

»Zu lange geschlafen, ist ja schon zehn«, sagte er und grinste.

»Was haben Sie denn da Schönes?« Anja deutete auf das Bild in seiner Hand.

Straubinger stellte es vor sie auf die Tischplatte.

»Ein Bilderrätsel. Die Vorderseite zeigt ein Bild, wie der Wolkenmaler es oft gemalt hat. Heller Himmel, wenige Wolken, fröhlich, Wärme ausstrahlend. Aber«, sagte er und wendete das Bild, »außergewöhnlich ist, dass die Rückseite des Rahmens mit einer zweiten Leinwand bespannt ist.«

Anja betrachtete das Gemälde eine Weile und legte den Kopf schief. »Dunkelgrau, gewittriger Himmel, blutrot angeleuchtete Wolken. Irgendwie bedrohlich.« Ihr Gesicht nahm einen ernsten Zug an. Sie fröstelte. »Als würde ein starker Wind wehen«, flüsterte sie. »Und als ob ein … ein göttliches Licht durch die Schleier hindurchleuchtet.«

Straubinger sah sie erstaunt an.

»Kunst Leistungskurs, mein Lieblingsabiturfach. Polizistin aus Versehen«, sagte sie grinsend.

»Nur weiter.«

»Der Himmel ist in Bewegung, irgendwie scheint aus dem Bild auch ein leiser Donner zu grollen.«

Straubinger betrachtete das Kunstwerk noch einmal eindringlich. »Wie machst du das bloß, Bruns Bando?«, murmelte er leise.

»Und hier unten, diese Madonna, das ist doch unsere Madonna von der Medaille, oder?«, fragte Anja.

»Ja, das ist das Besondere an dem Bild. Er malt alle seine Werke ohne Horizont. Das hier ist das einzige, das mehr als nur Himmel und Wolken zeigt. Die Waldkrone hier, sie schimmert bläulich hinter waberndem Nebel, sehen Sie?«

Anja nickte. »Und davor thront die Madonna mit dem Kind im Arm, die ›Consolatrix afflictorum‹, und darunter ein brennender Dornbusch.«

»Und am Rand des Bildes, auf dem Rahmen, steht ein Vers geschrieben. Das Wort ›Täufer‹ kann ich lesen. Den Rest muss ich noch entziffern.«

»Ein außergewöhnliches Bild. Ich könnte es stundenlang betrachten«, sagte sie und stützte ihr Kinn in die rechte Hand. Dann schreckte sie hoch, als ihr offenbar etwas einfiel. »Sie baten mich doch, mich noch mal näher mit diesem Hubert Abel zu befassen. Hab mal rumtelefoniert.«

»Und?«, fragte Straubinger und ging zur Kaffeemaschine.

»Er stammt aus Stolberg, ist 1939 geboren.«

»Das wissen wir ja schon. Was Neues?«

»Vater im Krieg gefallen. Muss ein ziemlich heftiger Nazi gewesen sein. Waffen-SS. Mutter kam im September 1944 bei Kämpfen um Stolberg ums Leben, auf dem Donnerberg.«

»Donnerberg?« Straubinger trank einen Schluck Kaffee und verzog das Gesicht.

»Ist ein Stadtteil von Stolberg. Da, wo der große rotweiße Sendemast steht.«

»Ah, ja, hab ich gesehen.«

Das Telefon klingelte. »Wirklich dieselbe Waffe? Ja, danke«, sagte Straubinger und legte auf. »Das war die Spurensicherung. Es ist tatsächlich ein männliches Skelett. Die zweite Kugel in dem Grab stammt aus derselben Waffe, mit der die Kugel im Oberschenkel des Skeletts abgefeuert wurde. Weiter, was war mit Abel?«

»Abel kam nach dem Krieg zu einem katholischen Nonnenorden, eine Art Waisenhaus, wurde aber dann in Pflege gegeben.«

»Wo kam er unter?«, fragte Straubinger.

Anja sah ihn ein paar Sekunden lang an. »Bei Olaf Vandenberg.«

Straubinger lehnte sich zurück. »Aha, das ist ja ein Ding! Sind Sie sicher? Woher stammt die Information?«

»Einwohnermeldeamt. Er war immer, soweit nachvollziehbar, bei Olaf und Ottilie Vandenberg gemeldet. Dann ist Ottilie gestorben. Aber Hubert Abel taucht immer in den Einwohnermelderegistern auf. Schulbesuch und so. Die Wohnung, die er heute in Düren Gürzenich bewohnt, gehört, na?«

»Olaf Vandenberg?«

Anja nickte. »Olaf Vandenberg bewohnt seit 1960, in dem Jahr ist seine Frau gestorben, ein Wasserschloss, Burg Birgel, im Süden der Stadt Düren.«

»Zeigen Sie mal auf der Karte«, bat Straubinger sie und sah an die Wand.

»Sehen Sie, wo Müller das blaue Fähnchen hingesteckt hat, da ist Gressenich. Ungefähr 15 Kilometer östlich liegt Düren.«

»Sehe ich. Und Burg Birgel?«

»Tja, irgendwo dazwischen. Am Rand des Hürtgenwalds.« Straubingers Handy klingelte. »Ja? Gut, dass Sie mich zurückrufen. Wie geht es ihm denn?«, fragte er und zwinkerte Anja Schepp währenddessen zu. »Okay, da muss ich wohl noch warten.« Er legte auf.

»Wer war das?«, fragte sie gespannt.

»Der Arzt aus dem Bethlehem-Krankenhaus. Der Wolkenmaler ist noch nicht zu sprechen, sagt er. Er schläft viel und ist zu labil, um vernommen zu werden. Er würde noch ein bisschen Zeit brauchen, um sich so weit zu erholen, dass er Besuch empfangen kann.«

Im »Sorgsamen Heiland«

Armin Zündorf saß an dem großen Tisch im Aufenthaltsraum. »Sie müssen entschuldigen, Herr Kommissar, ich war letztens unpässlich. Das tut mir leid.« Zündorf machte eine leichte Verneigung.

»Schon in Ordnung, ich bin ja froh, dass es Ihnen nun wieder besser geht.«

»Was kann ich für Sie tun?«

»Ich habe noch ein paar Fragen. Sie sprachen doch zuletzt von der Superwaffe. Ist das die Fritz X?«

Zündorf schien leicht überrascht. »Ich sehe, Sie kennen sich aus. Die Fritz X, das war die erste funkgesteuerte Lenkbombe der Welt. Damit hat die Luftwaffe

1943 große Schiffe im Mittelmeer zum ersten Mal ferngesteuert versenkt.« Zündorf stockte. »Aber woher … wissen Sie etwas über die Fritz X?«, fragte er argwöhnisch.

»Was bedeutet Fritz XB? Oder korrekter PC 1400XB?«

Zündorf wischte sich die Lippen trocken. »Nun, das ist ja ein Geheimprojekt.«

»Gewesen, Herr Leutnant. Wir leben im Jahr 2009, es sind mehr als 60 Jahre vergangen.«

Zündorf nickte verhalten. »Sie haben recht.« Er trank einen Schluck. »P stand für Panzerbombe, weil sie auf der Basis einer Panzerbombe gebaut wurde, C für ›Cylindrisch‹, 1.400 für 1.400 Kilo. So einfach ist das.«

»Und das X?«

»Für die gekreuzten Leitruder am hinteren Teil. Später, nach der Fertigstellung, hat man sie auch FX 1400 genannt, das F für Fernlenkbombe.«

Straubinger staunte. »Also ein äußerst bürokratischer Name.«

»Tja, sehr poetisch waren die Nazis nie. Erst die Mannschaften der Wehrmacht haben sie Fritz X getauft. Ein wenig fantasievoller.«

Straubinger rutschte auf seinem Stuhl nach vorn und legte die Arme auf den Tisch. »Was wissen Sie über diese Fritz XB?«

»Eine ferngelenkte Bombe wie schon die Fritz X.«

»Und was bedeutet das B? Fritz XB?«

»Ganz einfach, nach A folgt B. Eine Weiterentwicklung. Aber die hatte es wirklich in sich.«

»Was hat sie so besonders gemacht? Sie waren doch sicher involviert als Adjutant von Engels, oder?«

Zündorf fühlte sich offensichtlich geschmeichelt. »Ja,

wir waren absolute Geheimnisträger«, antwortete er und genoss den Moment. »Schon die Fritz X war ein technisches Wunderwerk. Aber die Fritz XB war ein Prototyp, die Weiterentwicklung der Fritz X. Diese neue Version war aus Metallschaum statt Vollmetall gemacht. Das brachte eine Gewichtsersparnis von etwa 80 Prozent des Bombenkörpers, also etwa 50 Prozent des Gesamtgewichts. Sie war daher mit doppelt so viel Sprengstoff bestückt! In der Fritz X waren etwa 300 Kilo Amatol 40. Die Version B brachte es auf über 600 Kilo. Alle waren nach dem Krieg scharf auf die XB, die Amerikaner, die Russen, die Tommys und die Franzosen. Alle wollten das Ding haben, die perfekte Waffe, weil sie gezielt irgendwo hingeschickt werden konnte. Aber sie haben sie nie bekommen. Die einzige, die je eingesetzt wurde, war die hier im Gressenicher Wald.«

»Und wie kam es, dass diese Fritz XB ausgerechnet in Gressenich zum Einsatz kam?«

»1944, nach der Landung in der Normandie, bewegte sich die amerikanische Armee von Südwesten, also von Belgien her, auf unseren Raum zu. Die deutschen Soldaten sind vor den in allem überlegenen Amerikanern weggelaufen wie die Hasen. Das 7. Korps der 1. US-Armee schaffte es Mitte September 1944 durch die beiden Westwall-Linien, diese Höckerlinien zur Panzerabwehr …Hm, kennen Sie das?«, fragte Zündorf.

»Nein, aber ich habe mal Bilder davon gesehen«, antwortete Straubinger. »Das sind doch diese Höckerbetondinger, die wie Dinosaurierzähne aussehen, oder?«

»Ja, alles aus bombastischem Stahlbeton. Galten damals als nahezu unsprengbar. Stehen ja heute noch in der Landschaft hinter Stolberg und Aachen rum. Denkmalschutz«, fügte er zischend hinzu. »Also, die Amis schafften es, diese Linien zu überwinden, und konnten in einem Fronteinbruch von 15 Kilometern Tiefe bis Gressenich vorstoßen. Dieser Fronteinbruch wird heute von Historikern als ›Stolberg-Korridor‹ bezeichnet.«

Straubinger nickte und hörte gespannt zu.

Zündorf räusperte sich kurz. »Mausbach und Schevenhütte wurden schnell erobert, Gressenich nicht, da hatte sich die Wehrmacht festgebissen und verschanzt.«

»Und Sie waren mittendrin?«

»Die äußerst geschwächte Wehrmacht hätte das auf die Dauer nicht durchhalten können, das war jedem klar. Die waren moralisch und seelisch am Ende. Die Amis waren haushoch überlegen. Die deutsche Seite brauchte eine frische und kampferprobte Division.«

»Und woher?«

»Man hat die an der Ostfront erprobte 12. Infanterie-Division aus Westpreußen geholt.«

»Und Sie? Wie kamen Sie zu dieser Truppe?«

»Generalmajor Engels hat einen ortskundigen Adjutanten gesucht. Ich war ordentlich ausgezeichnet und ihm empfohlen worden. Und ich war natürlich motiviert, meine Heimat zu verteidigen. Ich hab mich mit Engels hervorragend verstanden, und so stieß ich zur 12. dazu.« Aus Zündorfs Worten klang leiser Stolz, als bekäme er gerade eine zweite Chance zur Anerkennung seiner damaligen Leistungen. »Die 12. wurde im Eiltransport hierhergebracht und in Schüben gegen den mächtigen Feind angesetzt, um ihn wieder zurückzudrängen. Und da brachten sie uns die Fritz XB.«

»Wie, hierher?«

»Nein, man sagte uns, dass die Bombe unsere Rettung bringen würde. Und wir Idioten, wir haben das auch noch geglaubt. Als das Flugzeug kam, haben alle wie die Irren Hurra gebrüllt und auf eine Explosion gewartet. Sie muss dann mitten in den Gressenicher Wald gerauscht sein. Ich hab fast geweint. Mein Wald! Der Wald, in dem ich meine Kindheit und Jugend verbracht hatte, sollte mitsamt dem Feind gesprengt werden«, erläuterte er mit brüchiger Stimme. »Aber der große Knall blieb aus.« Zündorf sah beschämt nach unten. »Ich glaube, ich war der Einzige in der Truppe, der erleichtert war. Hätte ich mir das anmerken lassen unter all den Preußen«, beschwor er und richtete seinen Blick wieder auf Straubinger, »die hätten mich an Mutters Apfelbaum gehängt, glauben Sie mir!« Er schniefte, doch sein Blick zeigte Stärke. »Ich schäme mich nicht dafür.«

»Das müssen Sie auch nicht.«

»Jedenfalls wurden wir dann mit allen Kräften in den Wald zurückgeschickt. Den Rest kennen Sie«, sagte er und tätschelte seinen Armstumpf. »Niedergemacht haben sie uns, aber sie haben fast genauso viele Mann verloren wie wir. Zehntausende.«

»Haben Sie Heinrich Vandenberg davon erzählt?«

Zündorf wurde offensichtlich verlegen. »Ja, das war wohl ein Fehler. Eines Tages, zehn Jahre nach dem Krieg, da stand er plötzlich vor der Tür. Mit seinem jüngeren Bruder. Mann, war das eine schöne Überraschung! Ich saß ja neben ihm in der Schule. Wir hatten uns völlig aus den Augen verloren. Zufällig hat er erfahren, dass ich hier in Gressenich gelandet war.«

»Aber Heinrich und sein Bruder, sie standen sich doch eigentlich nicht sehr nahe, oder?«

»Mich hat es auch gewundert. Es war schrecklich mit den beiden. Heinrich war verächtlich ihm gegenüber und Olaf hat ihn abgrundtief dafür gehasst. Heinrich hat so halb im Scherz was von ›mein kleiner Bruder hat ja ein Auto‹ und ›er schuldet mir noch was‹ gefaselt, ihn wie einen Idioten aussehen lassen. Dabei war Olaf viel geschäftstüchtiger. Er war schon immer ein bisschen arrogant, der Heinrich.«

»Und den beiden haben Sie von der Fritz XB erzählt?«

»Wir haben die ganze Nacht durchgesoffen. Wenn ich daran noch denke, die arme Herta. Ist abgehauen, als wir die alten Lieder gesungen haben.« Er sah zur Decke. »Ja, dann habe ich ihnen von der Bombe erzählt. Ich wusste ja ungefähr, wo sie runtergegangen war. Von einem überlebenden Kameraden. Drechsler hat gesehen, wo sie damals reingerauscht ist. Das muss einen riesengroßen Fetzen in den Wald gerissen haben. Inmitten des Kampfgebiets. Wenn sie explodiert wäre, dann gute Nacht, Yankees!«

»Wie haben sie reagiert?«

»Olaf Vandenberg war wie elektrisiert. Heinrich eher weniger. Erst als ich sagte, dass diese Bombe absolut einzigartig war. Ich hab dann die ganzen Details daher gelallt, Metallschaum, funkgesteuert, strategisch epochemachend und all das Zeug. Da wurde auch Heinrich hellhörig.«

»Welchen Eindruck hat Heinrich auf Sie gemacht?«

»Er war ein verträumter Idiot. Hat geprahlt, dass er die Nazis ja immer schon bekämpft hätte. Ein Großmaul, sag ich Ihnen!« Zündorf war der Ärger anzumerken, sein Kopf lief rot an. »Ein Kommunist und Weltverbesserer.

Hat überhaupt nicht verstanden, welch große Idee uns damals verloren gegangen ist!« Als ihm das rausrutschte, biss er sich auf die Unterlippe. »Also, ich hab das jetzt nicht so gemeint, aus damaliger Sicht, hab ich das …«

»Vergessen Sie's«, sagte Straubinger. »Und Dorenbusch?«

»Ich hab dann von Dorenbusch erzählt, dass er Minenräumer war und die Gegend bestens kennt. Später ist Heinrich noch mal wiedergekommen, ohne Olaf. Wollte wissen, wie er Dorenbusch finden kann. Mehr weiß ich nicht.«

»Haben Sie sich eigentlich keine Gedanken gemacht, als es damals hieß, Heinrich Vandenberg wäre beim Holzmachen auf eine Mine getreten?«

Zündorf sah vor sich auf die Tischplatte und schüttelte den Kopf. »Nein, nein, da hab ich mir nichts dabei gedacht. Das ist doch zu der Zeit vielen im Wald passiert. Von Gressenich bis Hürtgen war der Wald mit Minenfeldern gespickt. Weit über hundert Mann sind noch nach dem Krieg beim Minenräumen, beim Pflügen oder bei Waldarbeiten gestorben. Wieso hätte ausgerechnet Heinrich verschont werden sollen, wenn er schon so blöd war, mit der Motorsäge durch den Wald zu stolzieren und Holz zu sägen? Nur weil er ein Vandenberg war?« Zündorf schüttelte verächtlich den Kopf. Dann sah er Straubinger lange an. »Aber … wieso ist ausgerechnet er in den Wald gegangen?«, fragte er ins Leere.

Im Forellenparadies

Als er den »Sorgsamen Heiland« verließ, hatte er eine Idee, wie er Sigrid überraschen konnte. Zwei schöne Forellen und eine Flasche Riesling. Das klang hervorragend. Er fuhr am »Petit Marron« vorbei und bog ins Forellenparadies ein. Als er ausstieg, hörte er Gesang. Er kam vom Angelteich. Vor dem Kiosk war ein kleines weißes Festzelt aufgebaut. Lichterketten hingen an Pfosten entlang des Teichs und wiesen den Weg vom Zelt bis zum Haus, zu dieser Nachmittagsstunde waren sie noch nicht beleuchtet.

Straubinger ging auf das Zelt zu. »Das kommt vom Ru-hudern, das kommt vom Segeln, das kommt vom Fische fang'n, das kommt vom ru-di-ru-di-rallala ...«, tönte es ihm entgegen. Als er das Zelt betrat, saßen dort etwa 20 Männer und 10 Frauen, schunkelten und hielten gefüllte Gläser in der Hand. An der Zeltwand verteilt hingen Netze, Angeln und Fotos von prächtigen bunten Fischen. Ein Mann in der hinteren Ecke spielte Ziehharmonika und trieb die Singenden an. Das Lied endete mit einem kräftigen »Proooost«, und in der fröhlichen Anglerrunde trank jeder sein Glas aus.

Wolfgang Diemberger erkannte ihn und kam lächelnd auf ihn zu. »Kommen Sie, trinken Sie ein Glas mit uns. Zufällig hier?«, fragte er.

»Ich wollte eigentlich zwei Forellen kaufen und eine Flasche Weißwein«, sagte Straubinger.

»Ja, gern, das machen wir dann. Erst holen Sie sich ein Getränk bei Heike am Kiosk.«

»Aber ich wollte eigentlich ...«

»Geht aufs Haus. Das können Sie jetzt nicht ablehnen«, schob er grinsend hinterher und legte Straubinger die Hand auf den Rücken. »Sehen Sie, sie winkt Ihnen schon zu.«

Heike lächelte, und er winkte kurz zurück. Plötzlich stand Abel hinter ihm. »Na, Herr Kommissar, doch Lust auf Fisch bekommen?«

Straubinger fuhr herum. »Äh, ja, heut schon.« Dann ging er zu Heike an den Kiosk und bestellte sich ein Bier.

»Schön, dass Sie uns mal wieder besuchen«, sagte sie.

»Ja, find ich auch.«

Sie goss zwei Els ein. »Hier, schenk ich Ihnen.« Sie hob das Glas und forderte ihn zum Trinken auf.

Straubinger nahm das Glas, zog die Stirn kraus, goss sich den Schnaps in einem Zug in die Kehle und schüttelte sich.

»Sie trinken das nicht oft, oder?«, fragte Heike spöttisch.

Straubinger schüttelte den Kopf. »Nein, wahrlich nicht. Darf ich Sie noch etwas fragen?«

»Nur zu, nur zu!«, antwortete sie, zog die Mundwinkel nach oben und stützte beide Unterarme auf das Thekenbrett, sodass sie Straubinger direkt in die Augen sehen konnte.

Straubinger nahm ihren Blick zur Kenntnis und lächelte zurück. Erst nach einigen Sekunden fragte er: »Sie kannten Maxim Debiers?«

Ihr Gesicht wurde ernst und sie richtete sich wieder auf. »Ja, natürlich.«

»Hat er oft Els getrunken?«

Sie überlegte. »Nein, sehr selten, also wirklich kaum. Immer nur Bier. Im Gegensatz zu seinem Vater, der hat das Zeug geschluckt wie ein Specht«, sagte sie und lachte. »Ist ja hier Medizin, besser als jeder Arzt.«

»Aber es gab Momente, wo auch Maxim einen Els getrunken hat?«

»Tja, also wirklich selten. Wenn er musste, also wenn die Alten das von ihm erwartet haben, zum Beispiel wenn sie einen Rekord zu feiern hatten.«

Aus dem Zelt drang wieder ein Lied. »Die Fischerin vom Bodensee war eine schöne Maid, juche …« Straubinger sah kurz hinüber. Er bemerkte, dass Abel sie beobachtete. »Welchen Rekord?«, fragte er Heike.

»'nen dicken Fisch, ein Jubiläum oder so was. Dann musste er einfach einen trinken. Darauf bestanden die anderen. Hätte er kaum ablehnen können.«

Straubinger hob sein Bierglas, bedankte sich und ging ins Zelt zurück. »Na, Abel, was schauen Sie mir so interessiert hinterher?«

»Ach, nix, ich freu mich, dass Sie uns beehren. Ein schönes Plätzchen hier, oder?«, antwortete er und grinste verschlagen.

»Ja, das ist wahr. Gute Stimmung, liebe Menschen. Vor allem, wenn man ein Waisenhaus gewohnt war.«

Abels Blick verfinsterte sich. Er schürzte die Lippen, schnaubte kurz und stürmte humpelnd hinaus.

Diemberger kam auf ihn zu. »Ui, welche Laus haben Sie dem denn jetzt über die Leber geschickt?«

»Nichts weiter«, gab Straubinger zurück. »Danke für das Bier. Können wir jetzt die Forellen holen?«

Diemberger nickte. »Natürlich. Kommen Sie. Und Weißwein steht auch kalt. Riesling aus dem Rheingau. Bester Fischwein, sag ich Ihnen.«

Straubinger ging neben Diemberger den Weg entlang. »Der Abel, ist der schon lange Stammangler bei Ihnen?«

»Ja, schon einige Zeit.«

»Er war mit Jean Debiers befreundet, haben die beiden sich hier kennengelernt?«

»Ja, auch schon lange her.«

»Wie war das?«

Diemberger sah ihn verwundert an. »Sie meinen, auf welche Weise die beiden sich kennengelernt haben?«

Straubinger nickte. »Ja, wissen Sie das noch?«

»Ja, ich war dabei.« Diemberger lachte und öffnete die Tür zum Fischladen.

»Was erheitert Sie so?«

»Es war hier drin.« Seine Stimme hallte an den weißen Fliesen wider.

»Ach«, sagte Straubinger, »das war nicht am Angelteich?«

»Nein, hier. Hier drin, im Fischladen. Die waren zu Anfang nie zusammen am Teich.« Er ging hinter die blitzblank geputzte und geleerte Fischtheke und machte das Licht an. »Debiers war schon lange Stammkunde bei uns. Ich hab gerade mit ihm die Monatsabrechnung gemacht, da kam Abel herein. Er war Neuling, niemand hatte ihn zuvor gesehen.«

»Wann war das?«

»Ich schätze mal … vor 15 Jahren. Er stellte sich jedenfalls ziemlich tollpatschig an.« Diemberger zog eine weiße Schlachtschürze über. »Äh, zwei Große, sagten Sie?«

»Ja, zwei Große.«

Diemberger verschwand um die Ecke.

»Inwiefern tollpatschig?«, rief Straubinger ihm nach.

»Man sieht doch gleich, ob sich jemand auskennt oder
nicht. Er war in voller Montur, alles neu, hielt eine neue
Ausrüstung in der Hand und einen ziemlich albernen
Koffer.«

Straubinger hörte ein paar Schläge aus dem Nebenraum.

»Und er trug einen Hut, der eher wie ein Tropenhelm
aussah.« Er kam zurück mit zwei frisch geschlachteten
und ausgenommenen Forellen, zwei wirkliche Prachtex-
emplare, legte sie auf Ölpapier und schlug sie darin ein.
Dann schüttete er etwas Brucheis in eine dicke Plastiktüte
und legte die Forellen obendrauf. »Abel kam auf mich
zu und fragte, wo man denn hier angeln könne. Ich sagte,
überall in den Teichen, er soll nur zum Kiosk gehen und
dort eine Karte erwerben. Dann hat er Debiers gefragt,
ob er ihn vielleicht einweisen könne. Er sehe doch so
erfahren aus. Debiers hat ihn angesehen wie ein Auto. ›Sie
wollen an den Amazonas, oder? Da kenne ich mich nicht
so gut aus‹, hat er gesagt.« Diemberger griff eine Flasche
Riesling aus dem Kühlschrank, stellte sie neben die Fische
und lachte. »Aber irgendwie hat er ihm dann wohl leid-
getan und Debiers hat ihm ein paar Sachen erklärt. Sie
sind schließlich Freunde geworden.«

»Also war Debiers viel länger bei Ihnen als Abel?

»Ja, natürlich. Für Sie 30 Euro. Spezialpreis.«

Straubinger nahm die Flasche in die Hand und betrachtete das Etikett. »Guter Tropfen. Der ist ja schon allein
die Hälfte wert.«

Diemberger grinste und verneigte sich leicht. »Gern.«

Straubinger bedankte sich. »Noch eine letzte Frage.
Warum humpelt er eigentlich?«

»Der Abel? Scheußlich, ja. Hab ich mal gesehen, total kaputtes Knie.«

Straubinger schluckte. »Wie kann das passieren?«

»Ach, er erzählt es gern mal, wenn er kräftig einen über den Durst getrunken hat. Wenn Sie noch geblieben wären, hätte er es Ihnen vielleicht auch heute noch erzählt«, sagte er fröhlich.

»Ich glaub, er hatte eben keine gute Laune. Erzählen Sie es mir?«

»Es muss im Wald passiert sein, bei Holzarbeiten, als er noch jung war. Ihm ist damals die Kniescheibe weggerissen worden. Von einer Kettensäge.«

1956 – MITTWOCH, 23. MAI

Gressenicher Wald
– zwei Tage nach dem Moment

Halb tot vor Hunger, Durst und Kälte schleppte der Junge sich durch den Wald. Er suchte einen Platz, an dem er sich in der Sonne aufwärmen konnte, die bereits durch die hohen Bäume blitzte.

Den ganzen gestrigen Tag und die halbe Nacht hatte er damit verbracht, das Grab seiner Mutter zu suchen. Doch er hatte es nicht finden können. Er hatte sich die Augen aus dem Kopf geweint, und nun fehlte ihm die Kraft weiterzuheulen. Er war nur noch ein kleines Häufchen, das sich irgendwie am Leben hielt.

Zu seinem Glück waren die Temperaturen in der Nacht nicht zu tief gesunken, sodass die Sonnenstrahlen am Morgen ausreichten, um ihm etwas Wärme zu spenden. Endlich fand er eine Lichtung, wo die umstehenden Bäume ihn vor dem leichten Wind schützten. Die Geräusche des Walds machten ihm längst keine Angst mehr. Ab und zu grunzten Wildschweine, doch sie waren weit weg, sodass er sich nicht zu fürchten brauchte.

In der Ferne hörte er das Geräusch von Motoren, wahrscheinlich Waldarbeiter. Aber es könnten auch diese Männer sein, die der Mörder seiner Mutter in den Wald geführt hatte. So mied er eine Begegnung und trottete einen Pfad entlang, die Zunge klebte an seinem Gaumen. Er kniete sich hin und leckte den Tau von den Gräsern.

In ihm stieg das Gefühl der Einsamkeit auf. In Zukunft würde er vollkommen auf sich allein gestellt sein. Aber wie sollte er das machen? Er würde schon etwas zu essen finden, dachte er kämpferisch und schleppte sich weiter. Mit den Menschen wollte er nichts mehr zu tun haben. Sie hatten ihm seine Mutter genommen. Böse waren sie, grausam und gierig. Irgendwann war er so müde und benebelt von seinen verzweifelten Gedanken, dass er sich am Wegrand ins Gras legte. Nach zwei Minuten war er eingeschlafen.

Als er erwachte, stand eine Frau neben ihm. »Hey, Junge, was ist mit dir?«, fragte sie, eher mit verzweifeltem als mit freundlichem Ton. »Hey, Junge, wach auf!« Sie rüttelte an ihm.

Der kleine Junge starrte ihr ängstlich ins Gesicht. Er gab einen lang gezogenen quengelnden Laut von sich. Dann zog er den Arm zurück, an dem sie rüttelte.

»Junge, wie heißt du?«

»Bruns«, sagte er zaghaft mit ängstlichem Blick.

Die Frau lachte. »So heißt keiner. Also, wie richtig?«

»Bruns.« Wieso lachte die Frau so blöd?

»Haha, sunne Quatsch! Bruns, Blödsinn. Brumms, brumms, ich nenn dich Brummbär.« Sie grinste ihn an. »Sag, wo ist deine Mama?«

Bruns begann leise zu weinen. Er antwortete nicht.

»Kannst du nicht reden? Na, Brummbär, komm, ich helf dir hoch.« Sie reichte ihm die Hand und zog ihn auf die Beine. »Wo gehörst du hin, Jong?«

Der kleine Bruns legte den Kopf in die Hände und schluchzte, warum fragte sie so viel? Wo er hingehörte, wusste er nicht, jetzt wo seine Mutter tot war.

»Hast niemand, wa'? Weißt du was, Jong? Jetzt gehen wir zu mir und da bekommst du ein Marmeladenbrot. Selbst gemacht, aus Waldbeeren und so. Das schmeckt dir sicher, wa'?«

Traurig nahm er ihre Hand und folgte ihr. Sie erzählte ihm nur blödsinniges Zeug, den ganzen Weg lang. War sie verrückt oder einfach nur dumm? Hör auf zu reden, hör auf, flehte er innerlich, doch er sagte nichts.

»Kannst du nicht sprechen, Jong?«

Bruns sah zu Boden und ging einfach weiter. Nach einer Weile kamen sie an eine kleine Siedlung. »Dat is der Bend, Jong. Da wohn ich, komm!«

Sie betraten ein kleines Grundstück mit einem halb verfallenen Fachwerkhaus, das an der Hinterseite direkt an den Wald angrenzte. Sie sperrte die Tür auf und nahm ihn mit hinein. »Zieh deine Schuhe aus, Brummbär, dann gibt es warme Milch und Brot, ja?«

Bruns nickte, zog die Schuhe aus und folgte ihr in die kleine Küche. Sie ging zu dem großen Metallboiler und heizte ihn mit Holz ein. Es dauerte nicht lange, da knisterte ein Feuer unter dem Boiler. Bruns saß am Tisch und sah ihr zu. Sie stellte Milch auf den Herd und holte ein Glas Marmelade aus dem Spind, dazu Butter und Brot, die sie vor sich hinstellte. »Ich helf dir, Jong«, sagte sie zärtlich, strich ihm über die Wange und schmierte ihm ein Marmeladenbrot.

Bruns hatte wahnsinnigen Hunger, aber er traute sich nicht richtig. Die Frau lächelte und nickte ihm zu. »Iss,

Brummbär, iss.« Sie stützte ihr Kinn in die Hand und betrachtete den kleinen Jungen, als wäre er ein Wunder.

Bruns war das jetzt alles egal, er biss in das Brot und trank die Milch aus.

»Noch mehr Milch?«, fragte die Frau.

Bruns nickte.

»Gleich steck ich dich in die Bütt, mit heißem Wasser und richtiger Seife. Mit Lavendel und so. Da wirst du wieder blitzeblank!« Sie trug zwei Eimer heißes Wasser aus dem Boiler zu einem Holzzuber und füllte ihn mit kaltem Wasser auf. »So, rein mit dir. Kannst dich ruhig ausziehen. Brauchst dich nicht vor mir zu schämen. Ich hatte auch so einen kleinen Jungen. Aber der hatte einen richtigen Namen. Bernd hieß er, und sein Papa, der hieß … Ach, egal.«

Bruns stieg auf einen Hocker und ließ sich von dort aus in den Zuber gleiten.

»Ich heiße übrigens Hilde, kannst mich Tante Hilde nennen. Hörst du? Tante Hilde«, sagte sie und lachte.

Bruns sagte gar nichts. Er sah sie an, wie sie lächelte und das Stück Seife an einem nassen Lappen rieb. »Na los, stell dich hin, Brummbär.« Dann begann sie, ihn von oben bis unten einzuseifen.

Ihm war das sehr unangenehm. Er schämte sich ein bisschen, aber er spürte, dass sie ihm nichts Böses wollte, auch wenn ihr Benehmen ihm fremd war. Tante Hilde war freundlich, nicht wie die anderen Menschen, die er kannte.

Tante Hilde wusch ihm die Haare, holte ihn aus dem Wasser, trocknete ihn ab und brachte ihm frische Kleidung, die sie noch von ihrem Sohn hatte. »Von Bernd sind die«, sagte sie und reichte ihm ein paar Hausschuhe. »Kannst du alles anziehen.«

Dann führte sie ihn in ein kleines Zimmerchen mit einem Kinderbett. »Schlaf ein bisschen, Brummbär. Du kannst bleiben. Ich sorg für dich.«

Als sie das Zimmer verlassen hatte, schloss er die Augen. Das heiße Wasser hatte ihn noch müder werden lassen. Alle Bilder stiegen wieder in ihm auf. Leise summte er. Ein Kinderlied, das seine Mutter ihm jeden Abend vorgesungen hatte. »Maikäfer, flieg, der Vater ist im Krieg. Die Mutter ist im Pommerland, Pommerland ist abgebrannt. Maikäfer, flieg! Hmm, hmhm hmm, hmhm hmhm hm hmm …«

MONTAG, 29. JUNI

Im Bunker

»Prima, dass Sie Zeit haben«, sagte Straubinger zu Georg ter Wey, als er seinen Volvo am Parkplatz bei Krewinkel abstellte.

»Kommen Sie, fahren Sie bei mir mit«, antwortete ter Wey.

Straubinger stieg in den Mercedes Geländewagen des Försters. »Ich will sehen, ob derjenige, der den Wolkenmaler überfallen hat, Spuren im Gelände hinterlassen hat. Sie haben vielleicht einen Blick dafür, ob etwas anders ist als sonst.«

In wenigen Minuten waren sie an der Hütte des Wolkenmalers angelangt. »Als ich Bruns Bando gefunden habe, konnte ich gerade noch sehen, dass jemand hinter der Hütte im Wald verschwand. Aber ich musste mich um ihn kümmern. Vielleicht hat derjenige etwas verloren oder andere Spuren hinterlassen.«

Straubinger hatte den Blick fest am Boden, als sie die Umgebung der Hütte absuchten.

»Nichts«, sagte ter Wey. Sie gingen einen kaum erkennbaren Trampelpfad entlang, der von der Hütte wegführte, parallel zu der breiten Schneise nach Norden. »Wohin führt der Pfad?«, fragte Straubinger.

»Nirgendwohin. Der hört nach 50 Metern auf. An einer kleinen Lichtung. Bruns hat da manchmal gesessen, einfach so.«

»Merkwürdig, man kann doch auf dem Fahrweg gehen, was soll dann dieser Pfad?«, fragte Straubinger.

Ter Wey hob die Schultern. »Ist ja so einiges eigenartig, was der Kerl macht.«

Nach etwa 50 Metern verlor sich der Pfad tatsächlich. Ein Baumstumpf war mit einem Sitzbrett abgedeckt, das mit einem schweren Nagel auf der Sägefläche befestigt war.

»Hier hat er sich ein Plätzchen zurechtgemacht.« Straubinger grinste.

Ter Wey war bereits umgekehrt und ging zurück, als Straubinger entdeckte, dass der Pfad, kaum sichtbar, etwa sieben Meter entfernt, doch weiterzugehen schien. Er folgte ihm und stand nach einigen Minuten vor einem verfallenen Betongebäude. Ein gesprengter Bunker.

Die Wände waren meterdick, außen grün angelaufen, mit Efeu und Moosen bewachsen, doch die Räume schienen weitgehend intakt zu sein. Er holte seine Taschenlampe hervor und warf einen Blick hinein. Dann betrat er den großen Raum und konnte aufrecht stehen. Von der Decke hingen kleine Stalaktiten wie in einer Tropfsteinhöhle. Vermoderte Holzbalken lagen verstreut am Boden und verströmten einen Geruch nach Pilzen. An einer Wand fielen ihm Trümmer auf, anscheinend hatte man den Zugang zu einem Nachbarraum gesprengt.

Er verließ die Anlage und umrundete gerade den Bunker, als Georg ter Wey den Pfad zurückkam.

»Was ist denn das für ein Bunker?«, rief Straubinger.

»Ein alter Wehrmachtsbunker«, antwortete ter Wey. »Wahrscheinlich ein Munitionsdepot. Die Leute hier haben ihn früher Wasserbunker genannt.«

»Das ist der Wasserbunker?«, entfuhr es Straubinger. »Davon haben die Jungs und Mädels erzählt«, murmelte er.

»Die Truppenbunker sind alle gesprengt. Drüben, gegenüber von seiner Hütte, sind zwei, und weiter Richtung Süßendell, da war ein Sanitätsbunker, der hatte auch mehrere Räume.«

Straubinger begann damit, den Bunker genauer zu untersuchen. Jeden Winkel sah er sich an, jede Wand und jede Absprengung. An einer Ecke hinter dem Bunker fiel Straubinger ein verwelkter Blumenstrauß aus Feldblumen, Disteln und Kräutern auf, der ein paar Meter entfernt unter einem Baum lag. »Was haben die Blumen hier zu suchen?«

Ter Wey hob die Schultern. »Vielleicht jemand, der zu Ehren der Gefallenen Blumen ablegt? Es gibt solche Leute immer noch.«

Straubinger ging näher zu den gesprengten Betonblöcken und nahm sie unter die Lupe. »Kann das ein Zugang sein?«, fragte er ter Wey.

»Nein, die Amis haben damals ganze Arbeit geleistet. Da kommen Sie nicht rein.«

Straubinger leuchtete mit seiner Lampe. Seitlich, fast nicht zu erkennen, gab es einen schmalen Schlitz. Er spähte hinein, konnte jedoch kaum etwas sehen. Hinter einer Krümmung nahm er einen bläulichen Schimmer wahr.

Er sah auf seinen Bauchansatz, verzog das Gesicht und beschloss, einen Versuch zu starten. Er steckte einen Arm in den Schlitz und spürte, dass eine Öffnung um die Ecke ging.

»Hey, was machen Sie denn da?«, protestierte ter Wey. »Das ist viel zu gefährlich.«

Sitzend schob Straubinger die Beine voran und zwängte sich hinein.

»Straubinger, lassen Sie das, das ist doch viel zu schmal. Sie bleiben stecken!«

»Mein Gott«, antwortete Straubinger keuchend, »wie damals beim Höhlenforschen. Ein Freund«, stöhnte er, »der hat mich einmal in eine Alpenhöhle mitgenommen. Sie wissen ja gar nicht, wo ein Mensch überall durchpasst!«

Langsam kam er voran, quetschte und streckte sich, machte sich dünn und zog schließlich zum Schluss Kopf und Arme sowie seine Taschenlampe hinterher. Dann stand er in einem Raum und erschrak. Völlig überwältigt von dem Anblick konnte er nicht glauben, was er vor sich sah.

»Hallo, ist da was?« Die Stimme ter Weys drang nur gedämpft durch die enge Öffnung an sein Ohr.

»Gleich!«, antwortete Straubinger. »Gleich …«

Der ganze Raum war ausgemalt. Mit blauem Himmel und weißen Wolken. In Kniehöhe wurde der gemalte Himmel von Kalkausblühungen durchzogen, die von der aufsteigenden Feuchtigkeit herrührten und wie ein schneeweißes Watteband dem Gemälde eine schwebende Leichtigkeit verliehen. Auf dem Boden entlang der Wände links und rechts standen mehr als ein Dutzend Bilder des Wolkenmalers, so, als hätte er sie als Opfer dargebracht, mal mit dunklen Wolkenmotiven, mal mit hellen. Hinter einem der Bilder lag eine Pistole, eine alte Walther P.38.

An der Kopfwand hing an einem Metalldorn ein kleiner Bilderrahmen mit dem winzigen schwarz-weißen Porträtfoto einer Frau. Und mitten im Raum stand ein Militärfeldbett mit einer hellroten Wolldecke. Zwei große Kerzen standen am Fußende des Feldbetts, dazwischen, fast verloren, eine Vase mit einem Blumenstrauß. Und am Kopfende, rechts und links des Feldbetts, stand je eine Flasche Wolkenels.

Ehrfürchtig näherte sich Straubinger dem Bett. Er hielt kurz inne. Dann zog er vorsichtig die Decke zurück. Ein Skelett, die Knochen waren sorgfältig und nahezu vollständig richtig angeordnet. Eine Rippe war zertrümmert. Die zweite Kugel! Sie war im Körper der Mutter.

In der rechten Hand lag ein offenes Taschenmesser, an dem eine Medaille hing.

Straubinger zog sich Latexhandschuhe über und nahm das Messer vorsichtig auf. »Consolatrix afflictorum« und das Madonnenbildnis. Die Medaille, die er auf dem Foto mit der toten Frau neben Heinrich Vandenberg gesehen hatte.

Straubinger betrachtete das kleine Porträt an der Wand. Eine hübsche Frau mit einem freundlichen Lächeln. Das Bild rührte ihn. Wie traurig das alles war!

»Ist was mit Ihnen?«, fragte ter Wey und verzog misstrauisch das Gesicht, als Straubinger wieder aus den Betontrümmern kroch.

Straubinger richtete sich auf, klopfte seine Kleidung ab und griff in seine Hosentasche. Er zeigte ihm ein paar Handyfotos von dem Skelett und der Situation in dem Bunker.

Ter Wey staunte nicht schlecht. »Was ist denn das?«, rief er.

»Wir haben hier einen Gruß vom Wolkenmaler.« Straubinger legte ihm vorsichtig das Messer in die Hand. »Das lag dort, als hätte die Leiche es in der Hand gehalten. Geöffnet.«

Ter Weys Reaktion war völlig anders, als Straubinger erwartet hatte. Als er das Messer sah, taumelte er, hielt sich kurz an einem Baum fest und wurde augenblicklich kreidebleich. Er wendete die Medaille und las so leise, dass seine Stimme kaum zu vernehmen war. »›Consolatrix afflictorum‹, die ›Trösterin der Betrübten‹, aus Kevelaer.«

Straubinger sah ihn erstaunt an. »Sie kennen das?«

»Das … das … kann nicht sein«, stammelte ter Wey kopfschüttelnd. »Das … ist ja …« Weiter kam er nicht. Er stolperte ein paar Schritte und setzte sich auf einen Baumstumpf. Völlig niedergeschlagen saß er da und betrachtete das Messer in seiner Hand.

»Herr ter Wey, was ist los?«, fragte Straubinger. »Das ist ein Taschenmesser, aber was hat Sie jetzt so umgehauen?«

»Das ist … mein Messer«, klagte er verwirrt. »Das … Das hat mein Vater mir geschenkt, als ich elf Jahre alt war.«

Straubinger sah ihn verwirrt an. »Wie jetzt, Ihr Messer? Wie soll ich das denn verstehen?«

Ter Wey erhob sich, gab ihm das Messer zurück und sagte leise: »Kommen Sie morgen ins Forsthaus. Mein Vater und ich … wir werden dort sein. Kommen Sie und bringen Sie Zeit mit.«

Im Bethlehem-Krankenhaus

Der Wolkenmaler schlief. Die Ärzte hatten ihn versorgt, seine Elle war gebrochen, ansonsten hatten die Schläge ihm außer ein paar Platzwunden nicht viel antun können.

»Ein harter Brocken. Er wird bald wieder«, hatte die alte Ärztin zu Straubinger gesagt.

Straubinger saß an dem kleinen Tisch neben dem Krankenbett und sinnierte über das Gemälde, das er in seinen Armen gefunden hatte. Der Täufer. Es musste jemand sein, der eine große Bedeutung für den Wolkenmaler hatte. Er beobachtete ihn, wie er im Bett lag und so friedlich wirkte. Doch er musste etwas auf dem Gewissen haben, den Tod von Hepp Dorenbusch.

In der Hand hielt er den Laborbericht. Darin war zu lesen, dass an den Rippenbögen des Toten im Wald drei Schnittverletzungen identifiziert wurden. Von einem scharfen Messer. Es waren schätzungsweise drei Stiche, wahrscheinlich direkt ins Herz. Außerdem ein Schussbruch am linken Oberschenkel.

In dem Moment öffnete Bruns Bando die Augen. »Eisenfuß«, flüsterte er und streckte langsam seine Hand aus.

Straubinger zögerte. Doch dann nahm er sie. Sie war kalt.

Der Wolkenmaler lächelte. »Danke. Du bist ein guter Mann.«

Straubinger lächelte zurück. »Geht es dir besser?«
Er nickte.

»Wer war das in deiner Hütte?«

Der Wolkenmaler sah an die Decke und schwieg.

Straubinger versuchte es mit einem anderen Thema. »Das Bild. Ich hab den Horizont gesehen, den du gemalt hast. Die Madonna mit dem Kind, die Trösterin der Betrübten.«

Der Wolkenmaler sah ihn an, ohne etwas zu sagen.

»Aber darunter, der brennende Dornbusch. Der hat mir nichts gesagt. Wieso ein brennender Dornbusch, Bruns?«

Der Wolkenmaler sah ihn immer noch an wie ein klei-

ner Junge, der erwartete, dass der Vater ihn einer Misse-
tat überführte.

»Dann erinnerte ich mich daran«, erzählte Straubinger ganz leise, »dass ich den Bierbaron mal gefragt hab,
wo ich abbiegen muss. Er sagte ›vorn links‹, aber ich hab
ihn nicht verstanden. Für mich als Bayer klang es so wie
›vorren links‹, keine Ahnung was das bedeuten sollte. Erst
nachdem ich nachgefragt hatte, war mir klar, dass er ›vorn‹
meinte. Vorn und vorren. Wie Dorn und Dorren. In Gressenich und Umgebung wird wohl ›Dornbusch‹ fast wie
›Dorenbusch‹ ausgesprochen. Der brennende Dornbusch
auf deinem Bild steht für Hepp Dorenbusch, durch den
deine Mutter und du damals in das Feuer von ›de Höll‹
geraten seid. Und sie ist dort gestorben.«

Der Wolkenmaler senkte seinen Blick, faltete die
Hände und nickte. »Nun kennst du den Horizont und
meine Schmerzen, die sich darunter verbergen.«

»Ja, ich verstehe dich.« Straubinger nahm das Bild in
die Hand und las:

›»In dem Erdengrund verschwunden,
Alle Liebe, alle Güte.
Jäh zerreißt das Herz, geschunden,
Nur der Täufer mich behüte.‹

Das ist der Vers, den du hier an den Rand des Bildes
geschrieben hast. Die ersten beiden Zeilen, sie gelten deiner Mutter, nicht wahr?«

Der Wolkenmaler fixierte wieder die Decke. Tränen
lösten sich aus seinen Augen. »Ja«, sagte er leise. »Ich
habe sie gesucht.«

»Und du hast sie gefunden.«

Er reagierte nicht.

Straubinger beobachtete ihn. »*Wir* haben jemanden gefunden«, sagte er leise. »Einen Mann.«

Abrupt setzte der Wolkenmaler sich auf und starrte den Kommissar mit aufgerissenen Augen an, in denen sich Angst spiegelte.

»Im Wald. Vergraben. Und dieser Mann wurde erstochen. Mit einem Messer. An dem Skelett haben wir Spuren von mindestens drei Einstichen entdeckt. Sie dürften alle drei ins Herz gegangen sein. Und er hatte eine Kugel im Bein. Ist es Hepp Dorenbusch, Bruns? Hast du auf ihn geschossen, ihn erstochen? Weil er deine Mutter getötet hat?«

Der Wolkenmaler zitterte. Langsam nickte er und sah auf. Dann erzählte er, was er damals alles beobachtet hatte. Dass Hepp Dorenbusch Heinrich Vandenberg in die Falle gelockt hatte, sodass er auf eine Mine treten musste. Wie Dorenbusch seine Mutter verfolgt und sie erschossen hatte, weil sie Zeugin seiner bösen Tat war. Und dass er, der kleine Bruns, seiner Mutter das Messer in die Hand gedrückt hatte, zum Abschied. Wie danach Dorenbusch die beiden so hinlegt hatte, dass Heinrich Vandenberg wie der Mörder seiner Mutter aussah, und wie Dorenbusch seine Mutter in den Wald getragen hatte. Mit tränenerstickter Stimme fügte er leise hinzu: »Jahrelang habe ich sie gesucht. Und dann, eines Tages, da hab ich sie gefunden.«

»Du hast sie dort gefunden, wo ich jetzt den Mann gefunden habe.«

Der Wolkenmaler nickte.

»Und die Pistole hast du mit ihr ausgegraben?«

Traurig sah der Wolkenmaler ihn an. »Als ich meine Mutter fand, da fand ich in ihrem Grab auch die Pistole, mit der sie erschossen worden war.«

»Und in ihrer Hand, da hat sie eine Medaille gehalten. Mit einer Kette dran. ›Consolatrix afflictorum‹, die Trösterin der Betrübten, aus Kevelaer. War diese Medaille ein Messeranhänger?«

Er schwieg. Doch Straubinger erkannte an seinem Blick, dass er richtiglag.

»Ich wusste, dass du ihn findest. Du schon, Eisenfuß!«

»Aber wie und wo hast du ihn abgepasst, Bruns?«

Der Wolkenmaler sah ihn fast verschämt an, antwortete aber nicht.

»Und Dieter Dorenbusch, der junge Dorenbusch. Was wollte er von dir, warum hat er dich im ›Petit Marron‹ bedrängt?«

»Er will immer dasselbe. Er will etwas über Gerhild Vandenberg wissen. Er will sie loswerden. Sie macht ihm wohl andauernd Schwierigkeiten.«

»Und, weißt du etwas über sie?«

Er schüttelte heftig den Kopf. »Nein, nichts!«, schrie er fast panisch. Dann packte er Straubingers Arm und drückte fest zu. »Nichts.«

»Der Täufer? Wer ist der Täufer?«

Der Wolkenmaler schwieg erneut. Er verzog das Gesicht zu einer Grimasse, biss fest zu und bleckte die Zähne. Straubinger beobachtete, wie er mit sich kämpfte.

»Es war Jean, Johannes, Jean-Baptiste Debiers, stimmt's? *Baptiste*, der Täufer. Hat er dich reingewaschen? Von einer Sünde?«

Es kam keine Antwort, nicht mal ein Zeichen, das Straubinger hätte deuten können.

»Solange du schweigst, gehe ich davon aus, dass ich recht habe.« Straubinger sah ihn an. »Auch jetzt schweigst du. Das bedeutet also, dass es stimmt. Gut. Warum hat der Capitaine, der Täufer, sich um dich gekümmert?«

»Weil er ein guter Mann war«, sagte der Wolkenmaler leise. »So wie du, Eisenfuß. Ein guter Mann.«

»Aber woher kannte er dich? Wie habt ihr euch kennengelernt?«

»Nach Tagen«, flüsterte er, »allein im Wald damals kam ich zu einer Frau, die so einsam war wie ich. Ihr Mann war gefallen, ihr kleiner Sohn gestorben, als die Amerikaner ihr Dorf eroberten. Sie lebte allein in einem halb kaputten Bauernhaus. Nicht weit von dem Haus fand sie mich am Wegesrand, halb verdurstet, halb verhungert. Hilde Vossen, eine Näherin, sie kümmerte sich um mich, wusch meine Kleider, kämmte meine Haare, kochte mir Suppe aus Knollen und Wurzeln. Sie schenkte mir all ihre Liebe, denn sie war voll davon und wusste nicht, wohin damit. Ich schrie und redete im Schlaf, sagte sie, über den Tod im Wald. Und dann, dann hatte sie in der Zeitung gelesen, dass Heinrich Vandenberg auf eine Mine getreten war. Da ging sie zum Haus der Vandenbergs und erzählte ihr, der jungen Frau, davon. Gerhild und Johannes ...«

»Du meinst Jean Debiers?«

»... ja, ich habe ihn Johannes genannt, sie kamen, um mit mir zu reden. Sie wollten wissen, ob ich etwas gesehen hatte. Aber ich sagte nichts, ich konnte nichts sagen, es war wie ein Pfropfen, der in meiner Kehle steckte. Nichts konnte ich sagen. Ich schwieg, aber sie haben sich um mich gekümmert. Sie gaben Hilde Geld, sodass wir leben konnten.«

Straubinger war irritiert von dem starren Blick des Wolkenmalers, der sich in ihn zu bohren schien.

»Später bin ich davongelaufen. In den Wald. Hildes Liebe war süß und schwer zugleich, zu schwer für mich. Da hat sich der Capitaine um mich gekümmert, wie der Täufer sich um die armen Sünder gekümmert hat. Er hat mir geholfen, wo ich Hilfe brauchte.«

»Aber er wollte doch sicher auch etwas von dir. Was wollte er von dir wissen, Bruns? Du wusstest etwas, was er haben wollte, oder?«

Der Wolkenmaler schreckte kurz auf und zog seine Hand zurück. Dann legte er sich hin und schloss die Augen, hob die Arme und flüsterte:

»Stahlgewitter, Höllenfeuer,
Von den Himmeln fiel herab.
Doch im hölzernen Gemäuer
Findest du dein ewig Grab.«

Straubinger ging ein Licht auf. »Du wusstest, wo die Bombe lag. Stahlgewitter, Höllenfeuer, das ist die Bombe! Und er wollte sie haben. Für die Amerikaner wollte er sie bergen, stimmt das, Bruns?«

Der Wolkenmaler fuhr auf. Voller Angst sah er Straubinger an. »Eisenfuß, Eisenfuß, alle wollten sie das Ding! Alle!«

»Wer noch, Bruns, wer noch?«

»Kain, er erschlug den Bruder. Mithilfe des Teufels. Mithilfe des lodernden Satans!«, rief er schwer atmend.

»Kain, wer ist Kain? Olaf Vandenberg? Trägt er die

Schuld am Tod des Bruders? Mithilfe von Dorenbusch, dem Satan, dem brennenden Dornbusch?«

Erneut richtete der Wolkenmaler sich auf.

»In de Höll zu Gression
Wollt der Gute sich bewähren.
Doch des bösen Bruders Lohn
ließ den Satan Tod gebären.«

Erschöpft ließ er die Hände sinken und schloss die Augen.

»Ist es Olaf Vandenberg, den du meinst? Der Bruder, der böse Bruder von Heinrich? War er dort?«

Der Wolkenmaler öffnete kurz die Augen. »Ja, er war dort. Er war dort. Mit dem Teufel, mit Dorenbusch.«

»War noch jemand dabei?«

»Der Junge, der die Kniescheibe verlor. Der Junge«, flüsterte er.

»Abel? Hubert Abel?«, fragte Straubinger aufgeregt. »Ihm wurde die Kniescheibe zerstört. War er dort?«

Der Wolkenmaler sackte in sich zusammen und schlief erschöpft ein.

»Bruns!«, rief Straubinger. »Bruns, sprich weiter! Ich muss es wissen!« Er rüttelte ihn sanft und rief jetzt lauter: »Bruns, rede mit mir. Bruns! Wer war das in deiner Hütte?«

Eine Krankenschwester betrat den Raum. »Hey, hey, der Mann braucht Ruhe! Bitte lassen Sie ihn.« Sie stürmte auf Straubinger zu. »Gehen Sie jetzt«, befahl sie verärgert.

»Aber ich muss mit ihm reden«, sagte Straubinger.

»Doch nicht so! Los, gehen Sie! Oder muss ich den Arzt holen?«

Straubinger stand auf. »Schon gut. Ich gehe.«

Burg Birgel

Straubinger fuhr langsam auf die Burg zu, die von einem etwa zehn Meter breiten Wassergraben umgeben war. Er parkte seinen Wagen und ging über die Brücke, die auf einen runden Torbogen in dem graubraunen Bruchsteingemäuer zuführte. Darüber ragte ein achteckiger Turmaufbau empor.

Im Hof fiel ihm ein dunkler Geländewagen auf, ein alter Jeep Cherokee mit belgischem Kennzeichen. Dunkelbraun mit goldenem Streifen.

Ein Mann, etwa Mitte 50, schlurfte in Gummistiefeln durch den Hof, mit einer grünen Arbeitshose und einer grünen Jacke bekleidet. In der Hand hielt er einen Rechen.

»Sagen Sie, wem gehört denn dieser schöne Jeep?«

»Das ist meiner«, sagte der Mann. »Und wer will das wissen?« Er sprach mit deutlich niederländischem Akzent.

»Straubinger, Josef Straubinger. Sind Sie der Gärtner?«

»Sieht man das?«, fragte der Mann und lachte. »Angenehm. Van Meer, Jaap van Meer.«

»Sie sind Niederländer?«

Van Meer nickte.

»Mit belgischem Kennzeichen?«

»Ja, ich wohne in Gemmenich, direkt an der Grenze, irgendwie halb Deutschland und halb Holland, aber liegt trotzdem in Belgien.«

»Das Auto, fahren Sie das nur selbst?«

»Eigentlich fahr ich nur selten. Ich hab hier in der Burg ein Zimmer. Das Auto steht nur rum.«

»Wo waren Sie am Dienstag, den 16. Juni?«

»Sind Sie von der Polizei?« Van Meers Gesichtsausdruck wurde skeptisch.

Straubinger holte seinen Ausweis hervor. »Also?«

»Ouu, ouu, das ist … fast zwei Wochen her. Am Dienstag, den 16. Juni? Da war ich in Köln. Hab mich mit zwei Freunden im ›Früh‹ getroffen. So was machen wir einmal im Jahr. Ich bleib dann immer zwei Tage.«

»Waren Sie mit dem Auto dort?«

»Quatsch, wenn ich Bier trink, dann fahr ich natürlich mit dem Zug. Dauert ja nicht lange von Düren bis Köln.«

»Und der Schlüssel zu Ihrem Auto? Wo war der?«

Er grübelte nicht lange. »Hm, ja der, der war auf meinem Zimmer, wie immer. Hängt innen an der Tür.«

»Kennen Sie Hubert Abel?«

»Ja, klar. Der Hubert. Er ist der Erbe hier im Haus. Quasi der Sohn vom alten Vandenberg. Der Hubert ist ja so gut wie adoptiert. Seine Frau ist ja schon früh gestorben.« Er hob die Hand an den Mund und fügte verschämt und leise hinzu: »Aber Herr Vandenberg hat immer andere. Mal aus Köln, mal aus Lüttich, mal aus Russland. Die kommen und am nächsten Tag gehen sie auch wieder.«

»Und wie kommt er an die Frauen? Er ist doch fast 90?«

»88. Aber topfit. Und an schönen Frauen hat er immer noch Spaß. Und der Hubert, der kümmert sich darum, dass er versorgt ist.«

»Ist Abel gerade hier?«

»Nein, ist mit dem Alten unterwegs, Wellness«, er schrieb mit den Fingern Gänsefüßchen in die Luft und grinste, »oder so. Kommen erst am Mittwoch zurück. Ich muss mich jetzt um das Rosenbeet kümmern. Kommen Sie ruhig mit.«

»Machen Sie das alles alleine hier?«

Van Meer lächelte zufrieden. »Seit fast 30 Jahren.«

»Ganz schön viel Arbeit. Und hilft Ihnen niemand?«

»Das ist schöne Arbeit. Manchmal, da hilft mir der Hubert. Der macht das auch gern.«

»Ach, kann der das?«

»Ja, kann der gut. Seine Mutter, die war ja eine Kräuterfee, muss ihm im Blut liegen.«

»Aha, eine Kräuterfee. Und, ist sie tot?«

»Ja, schon ganz lange, die is ja, wie auch sein Vater, im Krieg ums Leben gekommen. Der Vater, der war ein Freund vom alten Olaf Vandenberg. Hat der Hubert mir alles erzählt.«

»Und der Hubert, der kennt sich mit Pflanzen aus?«

»Ach, der kennt alles, der Hubert. Vor allem giftige Blömtjes. Fingerhut, Bilsenkraut, Herbstzeitlose, Goldregen, Tollkirschen, dafür interessiert er sich besonders.«

Straubinger begleitete ihn ein Stück. »Sagen Sie, haben Sie eine Axt? Eine Gränsfors Bruk?«

Van Meer blieb stehen. »Woher wissen Sie das?«

»Also Sie haben eine?«

Er zögerte. »Ja, eine Zimmermannsaxt von Gränsfors Bruk, die hat mir der Chef zum 40. Geburtstag geschenkt. Was sehr Besonderes. Zum Schiffe bauen. So was hat ein guter Holländer immer dabei«, sagte er und lachte. »Damit hab ich das alte Ruderboot neu beplankt. Das Boot für den Herrn Vandenberg und für Hubert, im Wassergraben haben die schon mal geangelt.«

»Wann genau war das, Ihr 40. Geburtstag?«

»Am 16. März 1995.«

»Und wo ist diese Axt?«

»Im Kofferraum vom Auto, da liegt sie immer, warum?«

Straubinger drehte sich zu dem Jeep hin und ging ein

paar Schritte. »Kommen Sie! Machen Sie den Kofferraum mal auf.«

Van Meer sah ihn ungläubig an. »Was soll das denn?«

»Los, holen Sie den Autoschlüssel.«

Es dauerte zwei Minuten, bis er zurückkam. Er öffnete
die Heckklappe, sah hinein und nahm die graue Decke
weg. Erstaunt glotzte er in den leeren Raum. »Nanu!«,
entfuhr es ihm. »Weg!«

»Und das fällt Ihnen heute erst auf?«

»Pfff. Ich war ja nur einmal einkaufen mit dem Auto
in letzter Zeit. Aber da hab ich die Klappe nicht aufgemacht.«

Straubinger sah die Lederscheide in einer Ecke liegen. Er zog einen Latexhandschuh über und nahm die
Scheide in die Hand. »Das Gränsfors-Bruk-Zeichen mit
der Krone«, sagte Straubinger und deutete auf den Metall-
knopf des Lederschutzes. »Und Sie sind ganz sicher, dass
Ihre Axt nicht irgendwo anders herumliegt?«

»Ja, ganz sicher, warum?«

»Mit einer solchen Axt ist am 16. Juni einem Mann
der Schädel gespalten worden, im Gressenicher Wald.«

Straubinger ging zum Auto zurück und griff zum
Handy. Dann hielt er kurz inne. Verdammt, es fiel ihm
wie Schuppen von den Augen: Er hatte bei seiner ersten
Begegnung mit Abel zwar vom Bierbaron vernommen,
dass Abel auf Mallorca gewesen sein sollte, aber er hatte
Abel gar nicht näher danach gefragt. Er wählte Anjas
Nummer. »Großfahndung nach Hubert Abel!«, rief er.
»Überprüfen Sie bitte sein Alibi für den Mord an Maxim
Debiers am 16. Juni. Er soll auf Mallorca gewesen sein.
Der Mann ist möglicherweise gefährlich, Anja!«

DIENSTAG, 30. JUNI

Im Forsthaus

Straubinger saß im Auto und sinnierte über das zweite Gespräch, das er gerade mit dem Wolkenmaler gehabt hatte. Er war aufgeschlossener gewesen als gestern, denn er vertraute ihm. Es kam ihm vor, als wolle er sich vieles von der Seele reden. Sein ganzes Leben hatte er geschwiegen, und was ihn so sehr belastet hatte, begann sich nun einen Weg zu bahnen. Von Abel und Olaf Vandenberg fehlte weiterhin jede Spur, hatte Anja ihm am Telefon durchgegeben, die Hotels der Gegend hatten keine Reservierungen auf die Namen, und die »Wellness-Oasen«, ein Begriff, auf den sie sich intern geeinigt hatten, konnten auch keinen Besuch der beiden verzeichnen.

»Was macht sein Alibi?«, hakte Straubinger nach.

»Darauf komme ich jetzt. Ich hab erst mal alle Reisebüros in Düren angerufen. Und tatsächlich, Abel hatte einen Flug erster Klasse nach Mallorca gebucht.« Anja machte eine lange Pause.

Straubinger ächzte hörbar enttäuscht. »Sein Alibi ist also wasserdicht.«

»Aber wissen Sie was? Meine Nachfrage bei der Lufthansa ergab, dass die Reise nicht angetreten wurde. Der Sitzplatz blieb leer!«

»Anja! Sie können einen ja ganz schön auf die Folter

spannen!«, rief Straubinger angesäuert. »Das hätten Sie gleich sagen können.«

»Er hat kein Alibi. Ich bin gut, oder?«

Straubinger drehte die Scheibe hinunter und ließ sich den frischen Wind um den Kopf wehen. Das musste sie sein, die Einfahrt zum Forsthaus. Das alte Fachwerkhaus lag inmitten des Waldes, nur ein gewalzter Weg aus Schotter führte von der Straße aus dorthin. Eine kleine Lichtung umgab das alte Gebäude, das bereits seit dem 17. Jahrhundert hier stand, wie Müller ihm in der Polizeiwache gesagt hatte. Birken und Pappeln säumten den Weg, neben dem Haus war ein kleiner Fischteich.

Als Straubinger aus dem Wagen stieg, kam ihm Georg ter Wey entgegen. »Er weiß, dass Sie kommen. Seien Sie rücksichtsvoll. Der alte Mann hat eine Herzschwäche. Er ist 84 Jahre alt geworden und ich möchte, dass er den Tag noch überlebt.«

Straubinger nickte. »Was haben Sie ihm erzählt?«

»Nicht sehr viel. Nur, dass Sie das Messer gefunden haben. Und dass ich dadurch jetzt weiß, dass er Bruns' Vater ist. Wir haben uns darüber verständigt. Mir gegenüber war er zwar reumütig und ehrlich, aber eher wortkarg.«

Als sie das Haus betraten, führte Georg ter Wey Straubinger in einen kleinen Wohnbereich. Enno ter Wey, der alte Förster, saß in einem Ohrensessel und las ein Buch. Er trug grünes Jägergewand und ein Paar schwarze Schuhe, die den Eindruck erweckten, er wolle gleich losziehen. Offensichtlich war ihm wichtig, vor Straubinger ein ordentliches Bild abzugeben. Als er den Kommissar sah, erhob er sich und reichte ihm die Hand. Er wirkte erstaunlich fit.

»Schön, Sie kennenzulernen«, sagte Straubinger. »Ihr Sohn hat mir schon von Ihnen erzählt.«

»Und nicht nur Gutes, wie ich hörte«, sagte Enno ter Wey mit sorgenvollem Gesicht. »Ich wünsche, wir hätten uns unter anderen Umständen getroffen. Aber es nutzt nichts, ich muss es loswerden. Mein Leben lang hab ich es mit mir herumgetragen.«

Straubinger sah ihn wortlos an.

Enno ter Wey machte eine Pause. Ihm war die Situation sichtlich unangenehm. Doch er zeigte Haltung. »Ich habe kein Verbrechen begangen, aber ich hätte mich mehr um meinen Sohn kümmern müssen.« Er sah Georg an. »Um meinen anderen. Aus ihm hier ist ja etwas geworden.«

»Aus dem anderen nicht?«, fragte Straubinger.

»Nun ja, wie man es nimmt. Ich hätte ihm bessere Chancen mitgeben müssen. Aber ich war …«

»Zu feige!« Georgs Einwurf traf ihn wie eine Ohrfeige. Er rieb sich das Gesicht. »Du hast wohl recht, mein Sohn. Ich war zu feige. Damals hätte mich das meine Arbeitsstelle gekostet. Mein Leumund musste absolut einwandfrei sein. Als Förster galt man zu der damaligen Zeit als Vorbild. Heute ist das anders«, fügte er versonnen hinzu.

Straubinger blickte ihn freundlich an. »Erzählen Sie mir ganz einfach, was damals war. Sie müssen sich für nichts und vor niemandem rechtfertigen.«

»Ich möchte, dass Sie einen Kaffee mit uns trinken, und einen Kuchen hab ich auch gebacken. So wie meine Frau ihn immer gemacht hat. Seit sie nicht mehr ist, mach ich das hier.«

»Na ja, fast so wie sie«, scherzte Georg und grinste.

»Georg, sei so lieb.«

Der Blick des alten Försters folgte seinem Sohn hinterher, als er in die Küche ging.

»Hören Sie, Herr Hauptkommissar. Er weiß nicht alles. Er weiß nichts über die Frau, es hätte ihm zu sehr wehgetan, denn er hat seine Mutter geliebt, und ich ja auch. Bitte, wenn Sie Fragen zu der Frau haben, schicken Sie Georg raus.«

Straubinger nickte. »Gut, das machen wir dann schon.«

Ter Wey setzte sich aufrecht in seinen Sessel und begann zu erzählen. »Sie war wunderschön. 1948 ist sie aus Westpreußen, also aus dem heutigen Polen, vertrieben worden. Sie kam hier an mit nichts. Mausbach, Pestalozzistraße, da hat man sie hingebracht. Sie hatten ja alle nichts! Sie ist in den Wald gegangen, hat Brennholz gesammelt, und ich bin ihr dort begegnet, in der Nähe der Stelle, wo Bruns später die Hütte gebaut hat. Da war früher ein kleiner Wetterunterstand. Ich fragte sie nach ihrem Namen. Maria Bando, das klang für ich wie eine Heilige. Maria Bando!«, wiederholte er schwärmerisch. »Ja, und dann, dann habe ich mich unsterblich in sie verliebt. Sie war die schönste Frau, die ich jemals gesehen hatte. Ihre Bewegungen, ihr Lächeln, ihre Stimme, es war alles wie in einem wunderbaren Traum. Und da … Da habe ich eine große Dummheit begangen, als wir uns das dritte Mal gesehen haben. Sie suchte Halt und den konnte ich ihr geben. Zumindest für …«

»… für ein paar Stunden«, ging Georg dazwischen, der ein Tablett mit Kaffee und Marmorkuchen brachte. »Vater, glaubst du, ich hätte dich nicht gehört?« Er verteilte Tassen und Teller und goss den Kaffee ein. »Ich bin übrigens nicht so empfindlich, wie du glaubst. Und außerdem, ich bin ja auch nur ein Mann, ich muss nicht gut finden, was du gemacht hast. Aber ich kann es nachvollziehen.«

Beschämt sank Enno ter Wey in sich zusammen.

»Nur Mut, Vater, nur Mut.«

Der Alte sah Georg ter Wey an und suchte Vergebung in den Augen seines Sohnes. Georg biss in ein Stück des Kuchens und wich seinem Blick nicht aus.

»Bald erfuhr ich von ihr, dass sie schwanger war. Ich schwor ihr, dass ich sie unterstützen würde, aber ich sagte ihr auch, dass ich nicht mit ihr zusammenleben konnte. Meine Familie würde ich niemals im Stich lassen. Sie beschimpfte mich, sie schlug mich, aber ich erduldete alles, weil ich im Unrecht war. Als sie kurz vor der Entbindung stand, brachte ich sie ins nahe Belgien, in ein Nonnenkloster, wo sie einen strammen Jungen zur Welt brachte. Sie nannte ihn Bruns und ich versprach ihr, für ihn zu sorgen.« Er machte eine Pause und sah seinen Sohn an. »Ich hab sie wirklich geliebt. Aber euch doch auch!«

»Dein Kaffee wird kalt«, sagte Georg zu ihm. »Trink mal.«

»Mach dich nicht lustig über mich«, mahnte der Alte. »Es ist schlimm genug für mich, dass es so gekommen ist.«

Straubinger trank einen Schluck Kaffee. »Herr ter Wey«, bat er den jüngeren Förster. »Ich hoffe auf Ihr Verständnis. Aber Sie werden vielleicht verstehen, dass ich ganz gern ein paar Worte unter vier Augen mit Ihrem Vater wechseln möchte. Macht es Ihnen etwas aus, uns allein zu lassen?«

Georg ter Wey blickte Straubinger durchdringend an. Dann nickte er, stand auf und verließ wortlos den Raum.

»Fahren Sie bitte fort. Ganz in Ruhe.«

»Ja, danke, es ist schwer für ihn.« Er sah zur Tür, pausierte kurz und fuhr dann fort. »Maria und der Junge, sie blieben noch ein paar Wochen bei den Nonnen.«

»Wieso gerade Belgien?«, fragte Straubinger.

»So konnte ich sicher sein, dass die Sache hier keinen Wind machen würde. In Mausbach kannte sie kaum jemanden, die Vertriebenen waren dort quasi unter sich. Sie hatten wenig Anschluss. Aber wenn man mitbekommen würde, dass sie ein Kind zur Welt brachte, dann würde sich so was verbreiten wie ein Lauffeuer. Also, Belgien.« Er schnäuzte sich kurz. »Ich habe ihr dann eine neue Bleibe besorgt. In einer kleinen Mietwohnung in Mausbach. Dort wohnte sie mit Bruns. Ich habe ihr genügend Geld gegeben. Ich hab ihr eine Nähmaschine gekauft, damit sie als Näherin arbeiten konnte. Regelmäßig habe ich sie besucht. Als die Leute zu reden begannen, habe ich meine Besuche reduziert. Und schließlich musste ich unsere Treffen fast ganz einstellen. Wir haben uns dann nur noch sehr selten gesehen, damit ich ihr das Geld geben konnte, wenn der Junge schlief. So hat der Junge mich nie bewusst kennengelernt. Aber ich habe ihn immer wieder einmal gesehen. Als er in die Schule ging oder auf der Straße, wenn er mit den anderen Jungs spielte.«

»Und wie war es, als Maria Bando dann erschossen wurde?«

»Ich war außer mir vor Sorge. Ich wusste ja nicht, was passiert ist. Im Wald, in de Höll, da waren wir so gut wie nie. Das war vermintes Gelände. Die weit über hundert Toten des Minenräumkommandos nach dem Krieg waren uns bestens in Erinnerung. Also haben wir das in Ruhe gelassen.«

»Hepp Dorenbusch, sagt der Ihnen was? Der hat doch hier Minen geräumt.«

»Ja, der war ein Spezialist, sagte man. Er hat uns lange noch, bis in die 60er-Jahre, gewarnt dort hinzugehen, alles sei voller Minen. Wir von der Forstverwaltung haben natürlich das Gelände und auch ihn gemieden, wo es ging. Ein äußerst unsympathischer Zeitgenosse.«

»Ich bin mir ziemlich sicher, dass Dorenbusch Maria Bando erschossen hat. Und der Junge hat es mit ansehen müssen.«

Ter Wey senkte beschämt seinen Blick. »Ich hätte es verhindern können.«

»Ich glaube nicht. Es hätte genauso passieren können, auch wenn Sie ihnen näher gewesen wären. Erzählen Sie mir, wie es dazu kam, dass der Junge sich im Wald die Hütte gebaut hat.«

»Der Junge kam bei einer Frau unter, Hilde Vossen, wovon ich nichts wusste. Sie hatte von dem toten Heinrich Vandenberg im Wald in der Zeitung gelesen. Sie hat sich dann irgendwann an seine Tochter, Gerhild Vandenberg, gewendet und ihr von den Albträumen des Jungen erzählt. Dass er bei dem Unfall im Wald anscheinend dabei war und alles beobachtet hat. Gerhild Vandenberg wandte sich an Capitaine Debiers, der mit ihrer Cousine befreundet war und als ehemaliger belgischer Besatzungssoldat für den Wald irgendwie zuständig war.«

»Wissen Sie, warum er wirklich hier war?«, fragte Straubinger.

»Ja, er suchte eine Bombe, eine ganz spezielle Bombe. Und er vermutete, dass Heinrich Vandenberg in Wirklichkeit diese Bombe finden wollte. Also wollte er an den Jungen ran, an den kleinen Bruns. Aber das ist mir auch erst später klar geworden.« Er rückte sich in dem Sessel zurecht und trank noch einen Schluck. »Jedenfalls hat Hilde Vossen Geld bekommen, um Bruns weiterhin großzuziehen. Dehiers hat da wohl eine besondere Geldquelle bei den Besatzungsmächten angezapft. Aber Bruns schwieg. All die Jahre sagte er nichts.«

»Wieso konnte sie ihn einfach aufnehmen und bei sich wohnen lassen, das muss doch jemandem aufgefallen sein. Oder hat sie ihn adoptiert?«

»Ach, das hat damals niemanden interessiert. Es gab so viele elternlose Kinder, da war doch jeder froh, wenn diese Kinder ein Zuhause fanden, egal wie und wo. Hauptsache war, sie schickte den Jungen in die Schule. Auf der Gemeinde hat man ihm einfach ihren Nachnamen gegeben. Vossen. Aber den hat er wohl nie akzeptiert«, erklärte der alte Förster und schüttelte den Kopf. »Jedenfalls, die Zeit verging. Hilde Vossen hat mir später erzählt, dass er als junger Bursche immer häufiger nicht nach Hause kam, irgendwo allein im Wald übernachtete. Wenn man ihn nach seinem Namen fragte, stellte er sich stets als Bruns Bando vor, mit dem Nachnamen seiner Mutter, Bando. Er wurde schwierig, wie Hilde mir viel später einmal sagte. Und dann, dann ist er mir eines Tages im Wald begegnet.« Ter Wey atmete tief durch. »Ja, da stand er, ich bin ziemlich erschrocken, die Begegnung ging mir durch Mark und Bein. Denn ich habe ihn sofort erkannt. Nach all den Jahren. Ich glaubte, er wäre verschollen wie seine Mutter. Ich fand ihn dort, als er die Hütte baute, aus gesägten Rundhölzern, die wir am Wegrand aufgestapelt hatten. Ganz allein, da war er 19. Aber ich hab ihm nicht gesagt, dass ich ihn kannte und dass ich sein Vater war. Kurzum, er freute sich, dass ich ihn nicht behelligen oder verjagen wollte. Ich informierte den zuständigen Polizisten, Polizeiobermeister Wolfberg, und wir beschlossen, ihn gewähren zu lassen. Damals hat kein Hahn danach gekräht, wissen Sie, da war der Förster noch eine Autorität. Weitgehend autonom. Georg, mein Sohn, der half ihm, die Hütte zu bauen. Bruns zog dort im Sommer ein. Im Winter wohnte er weiter bei Hilde, war aber trotzdem oft im Wald unterwegs.«

»Wissen Sie, wo die Leiche seiner Mutter verblieben ist?«

»Nein, woher soll ich das wissen?«

»Georg hat Ihnen von dem Messer erzählt, das wir gefunden haben.«

»Ja, hat er.«

»Wir haben die Gebeine der Frau in einem verschlossenen Nebenraum beim Wasserbunker gefunden. Mit dem Messer von Bruns. Und mit dem hat Bruns Bando Hepp Dorenbusch getötet damals, nachdem er die Leiche seiner Mutter endlich im Wald gefunden hatte.«

Ter Wey bewegte sich keinen Millimeter. Wie eingefroren saß er in seinem Sessel. »Das … Das kann nicht sein. Wir hätten es doch bemerken müssen«, flüsterte er und starrte an die Wand.

»Er hat sie immer nur nachts besucht. Er hat es die ganze Zeit über geheim gehalten, weil er Angst hatte, dass man ihm die Mutter ein zweites Mal nimmt. Nur ein paar Jugendliche, die haben ihn mal dabei beobachtet, wie er nachts im Wald allein unterwegs war und in Richtung Wasserbunker schlich. Erst hab ich das nicht für so wichtig genommen. Aber dann hab ich es doch entdeckt. Wie eine Heilige in einer Grotte. Und für ihn scheint sie das auch gewesen zu sein.«

Enno ter Wey lehnte sich zurück und weinte leise. Er hatte sein Leben lang gelogen. Er hatte sich, seine Familie, Bruns Bando und seine Geliebte, Maria Bando, belogen.

Die Tür öffnete sich und Georg ter Wey lugte hinein. Er winkte ihn heraus und Straubinger folgte seinem Wunsch.

»Lassen Sie ihn allein. Ihm kann niemand helfen. Das muss er jetzt, am Ende seines Lebens, mit sich ganz allein ausmachen.« Georg ter Wey ging voran nach draußen auf einen kleinen Hof, setzte sich auf eine Holzbank, die dunkelgrün gestrichen war, und bot Straubinger einen Platz neben sich an.

»Er hat damals seine Eltern besucht, in Twisteden, einem Nachbardorf von Kevelaer. Und von dort hat er mir ein solches Messer mitgebracht, Bruns wohl auch. Es war mein erstes Taschenmesser.«

»Haben Sie dieses Messer noch?«, fragte Straubinger.

»Natürlich hab ich das noch.« Er zog ein Messer aus der Tasche, an dem eine Medaille hing. »Ich habe es lange benutzt. Mein erstes Messer, das war so was wie ein Heiligtum für mich. Nur auf meinem ist mein Name eingraviert, ›Georg ter Wey‹. Und hier auf dem anderen steht ›Bruns Bando‹.« Er hob kurz den Kopf und blickte Straubinger niedergeschlagen an. »Und jetzt sitz ich hier, ich alter Idiot, und begreife, warum mein Vater den verrückten Bando die ganze Zeit über so liebevoll behandelt hat und ihm jede Dummheit durchgehen ließ.« Georg ter Wey schüttelte den Kopf. »Mein Gott«, rief er. »Wenn ich bedenke, wie ähnlich wir uns zum Teil waren und sind, Bruns und ich! Aber irgendwie war ich auch oft eifersüchtig auf ihn und wusste nie, warum.« Immer noch betrachtete er das Messer in seiner Hand fast andachtsvoll. »Bruns Bando! Wir waren die besten Freunde. Ich hab ihm geholfen, seine Hütte auszubauen. Und jetzt dämmert mir alles. Damals, als ich mal mein Messer ausgepackt hab und er es in die Hände bekam, da hat er mich angesehen wie einen Teufel. Er hat mein Messer hingeworfen, sich umgedreht und wollte nicht mehr mit mir sprechen. Das war es, was ich damit meinte, dass er zu spinnen anfing.«

Er erhob sich und legte Straubinger das Messer in die Hand. »Verstehen Sie? Bruns Bando, der Wolkenmaler, ist mein Halbbruder. Und seine Mutter«, fügte er mit brüchiger Stimme hinzu, »die ist in de Höll umgebracht worden. Aber wie ist sie in den Bunker gekommen?«

»Hepp Dorenbusch hatte ihre Leiche dort vergraben, wo wir ihn vor ein paar Tagen gefunden haben«, sagte Straubinger. »Mitsamt der Pistole, mit der er sie ermordet hatte, und, ohne dass er es wusste, mit dem Taschenmesser, das der kleine Bruns Bando der Sterbenden weinend zum Andenken in die Hand gedrückt hatte. Bruns Bando hat seine Mutter lange gesucht. Und irgendwann, als er gerade erwachsen war, da hat er ihr Grab endlich gefunden. Er hat ihre Knochen vorsichtig ausgegraben und das Messer ebenfalls geborgen. Und die Pistole, die Dorenbusch auch in ihrem Grab verschwinden ließ.«

»Aber Dorenbusch, wie hat er ihn dann getötet?«

»Genau weiß ich es noch nicht. Ich muss ihn noch mal sprechen deswegen.«

»Bruns fühlte sich wie der verlängerte Arm einer Frau, seiner Mutter, in größter Not«, flüsterte ter Wey, die Augen starr auf den Boden gerichtet.

»Kann man so sagen. In Bruns Bandos Gedankenwelt war es eine reine Handlung, vor der er gar nicht zurückkonnte.«

»Dann ist er kein Mörder, mein Bruder.«

»Aus moralischer Sicht vielleicht nicht. Aber das müssen die Richter entscheiden.«

»Und als kleiner Junge hat Bruns das alles mit ansehen müssen. Wie grausam!«, schloss ter Wey.

Straubinger nickte und erhob sich. Langsam drehte er sich und betrachtete die hohen Fichten, die leise wimmernd den Grund des Forsthauses begrenzten. Er blinzelte und beobachtete, wie der Wind geräuschlos kleine wattige Wolken nach Osten über den Himmel schob. Ein paar Vögel zwitscherten, ein Rehbock schreckte und in der Ferne schrie der Pfau. »Und ich frage mich immer noch, was hat das alles mit dem Tod von Maxim Debiers zu tun?«

1968 – MITTWOCH, 24. JULI

Gressenicher Wald
– zwölf Jahre nach dem Moment

Bruns Bando stand vor seiner Hütte, die er seit März wieder bewohnte. Hier im Wald, neben dem Bunker, war der einzige Platz, an dem er sich wohlfühlte. Nur noch wenige Tage waren es bis zu seinem Geburtstag. 20 Jahre wurde er und er würde diesen Tag mit seiner Mutter allein verbringen.

Er hatte sich eine Staffelei gebaut, aus Hölzern und Ästen, die er im Wald gefunden hatte. Der Förster, Enno ter Wey, war freundlich zu ihm, hatte ihn nicht daran gehindert, dass er ständig hier in seiner Hütte wohnen wollte. Im Gegenteil, er half ihm, wo er nur konnte, hatte ihm aber gesagt, dass es nicht offiziell sein dürfe.

Erst gestern hatte Gerhild Vandenberg ihm neue Farben gebracht und drei großflächige Pinsel in verschiedenen Größen. Eine liebenswerte Frau. Eine der fünf Leinwände, die der Täufer für ihn besorgt hatte, stand auf der kleinen Holzbank neben seiner Hütte an die Wand gelehnt, aufgespannt auf einen Holzrahmen.

Seit er endgültig in seiner Hütte wohnte, hatte er Ruhe gefunden. Niemand störte ihn. Er schlief auf einer einfachen Holzpritsche, kochte sich abends eine Suppe und tagsüber malte er, wann er konnte. Gerhild verkaufte seine Bilder für ihn und es reichte gerade zum Leben. Mehr wollte er nicht.

Es dampfte aus dem Boden, die Morgensonne ließ den Regen der vergangenen Tage wieder dorthin steigen, wo er hergekommen war. Bruns Bando fröstelte, er zog den Reißverschluss seiner Jacke zu und wollte sich gerade einen Tee kochen, als leise ein Motorengeräusch an sein Ohr drang. Das Geräusch wurde allmählich lauter. Es kam von Norden her, jemand fuhr die Schneise entlang, die vom Parkplatz Krewinkel hierherführte. Er stutzte, zog die Stirn kraus und horchte genauer hin. Unruhe ergriff ihn. Dieses Geräusch, er kannte es. Dieses Knattern, dieses helle Knattern. Bruns nahm den Leinwandrahmen und verzog sich in die Hütte. Nur einen Spaltbreit hatte er die Tür geöffnet, um sehen zu können, wer sich näherte.

Dann raste eine dick vermummte Gestalt auf seine Hütte zu und fuhr, ohne das Tempo zu drosseln und ohne auch nur einen Blick auf die Hütte zu werfen, an ihm vorbei um die Kurve nach Osten auf den Parkplatz »Buche 19« zu. Auf dem Gepäckträger des Mopeds war ein leerer Weidenkorb festgeschnallt.

Der Wolkenmaler erstarrte. Nicht einmal schlucken konnte er. Sein Herz raste, doch er vermochte sich keinen Millimeter zu rühren. Es war die alte Wehrmachts-NSU, jenes Moped, auf dem er, der kleine Bruns, so oft als Kind mit seiner Mutter mitgefahren war. Er hatte es damals gesucht, dort, wo seine Mutter es mit ihm gemeinsam versteckt hatte, doch es war verschwunden.

Das Geräusch wurde leiser. Bruns Bando erholte sich von seinem Schock. Wut stieg in ihm auf. Unendliche Wut. Panisch begann er zu schluchzen. Er kramte in der alten Holzkiste, die er von Enno ter Wey bekommen hatte, und holte ganz unten die Walther P.38 hervor, wimmerte wie ein verzweifeltes Kind.

Dann rannte er los. Er blieb auf der gleichen Höhe, lief quer durch den Wald, rannte und rannte, keuchte, überquerte drei Quellläufe des Omerbachs und ahnte, welchen Weg der Mopedfahrer nehmen würde. Das Knattern war wieder zu hören, vor ihm, gedämpft durch die Bäume, aber er konnte deutlich die Richtung erahnen. Er war einen Bogen gefahren. Zu den Pilzen, dort, wo seine Mutter ihn einst hingeführt hatte. Bruns lief weiter, kam zur parallel führenden Schneise und sah das Moped an einen Baum gelehnt, nicht weit von der Stelle entfernt, wo seine Mutter es damals versteckt hatte. Der Teufel, er hatte es ihr gestohlen.

Bruns' Blut kochte. Er zitterte, aber diesmal nicht vor Angst, sondern vor unbändigem Zorn. Leise folgte er dem Trampelpfad. Der Boden dampfte hier noch intensiver, es musste ein hervorragender Morgen zum Pilzesammeln sein. Er hörte knackende Geräusche. Dann sah er ihn vor sich. Hepp Dorenbusch, leicht gebückt, auf dem Kopf eine grüne Strickmütze, den Pilzkorb in der Armbeuge, im Korb Steinpilze, große, satte Steinpilze. Nein, die hatte er nicht verdient, nicht er. In der anderen Hand hielt er ein Messer, von dessen Griff eine Medaille mit der »Consolatrix afflictorum« herabbaumelte. Sein Messer! Es war sein Messer! Der Satan hatte es seiner Mutter weggenommen, bevor er sie verscharrt hatte.

»Satan!«, schrie Bruns Bando außer sich vor Zorn. »Satan!« Er griff nach der Walther und hielt sie fest umklammert.

Dorenbusch schreckte hoch. Er starrte ihn mit all seinem Hass an, grinste dann böse und ließ den Korb fallen. Schneller, als Bruns Bando es ihm zugetraut hätte, preschte er auf ihn zu. Bruns hob die Walther und schoss. Er traf ihn ins linke Bein.

Hepp Dorenbusch verzog das Gesicht und ließ das Messer fallen. Er strauchelte, dann warf er sich mit aller Kraft auf ihn. Er schlug Bruns die Walther aus der Hand und warf ihn zu Boden. Bruns tastete hektisch nach dem Messer, das Dorenbusch hatte fallen lassen. Der Teufel rollte sich weg, doch Bruns stach zu. Einmal, und Dorenbusch röchelte kurz. Zweimal, und Dorenbusch pustete pfeifend die Luft aus. Dreimal, und Dorenbusch rührte sich nicht mehr.

Bruns atmete heftig ein und aus. Er schrie, erst vor Zorn, dann vor Ekel. Allmählich beruhigte er sich. »Ich habe ihn«, sagte er leise zu ihr. »Ich, ich habe ihn. Und mein Messer, Mama, dein Messer.«

MITTWOCH, 1. JULI

Im Tal der Vicht

Die Fahndung nach Hubert Abel war bisher erfolglos geblieben. Straubinger kam sich irgendwie vor, als würde er im Dunkeln stochern. Er konnte im Moment nicht viel ausrichten. Dann hatte Drechsler ihn am Morgen angerufen und ihn darauf hingewiesen, dass Dr. Geldermann aus seiner Entziehungskur zurück sei. »Kann ja nicht schaden, wenn du dich mal mit dem Doc unterhältst, was genau damals am Todestag von Debiers vorgefallen ist«, hatte er vorgeschlagen.

Hinter dem Ort Vicht weitete sich das Tal und führte an wenigen alten Gehöften und einem Sägewerk vorbei bis Zweifall, dem letzten Dorf, das zur Stadt Stolberg gehörte, bevor sich die Straße steil bergan auf die höchsten Erhebungen des Hürtgenwalds hinaufzog.

Es dauerte etwas, bis Straubinger das Haus von Dr. Geldermann gefunden hatte. Er klingelte. Nach wenigen Augenblicken schnarrte es durch die Sprechanlage: »Wer stört?«

Straubinger beugte sich vor. »Hauptkommissar Straubinger, Kripo Stolberg. Ich habe ein paar Fragen an Sie.«

Im nächsten Moment öffnete ein groß gewachsener, schlanker Mann mit dunklem, dichtem Haar und braun gebranntem, faltigem Gesicht die Tür. Er trug einen dünnen Tagesmantel mit rotgoldenem Paisleymuster. Darunter lugten zwei dunkelgraue Hosenbeine hervor und zwei Füße, die in braunen Lederpantoffeln steckten. Auf der Nase saß eine Lesebrille, über die hinweg er Straubinger ansah. »Hat der Saulümmel wieder was angestellt? Ich zieh ihm die Ohren lang.«

»Wen meinen Sie denn?«, fragte Straubinger.

»Na, meinen Enkel, wen denn sonst? Missratene Brut. Macht immer nur Ärger.« Er drehte sich um und ging zwei Schritte in die Eingangsdiele. »Hängt dauernd mit Neonazis rum. Oben in Vossenack. Wissen Sie, es gibt Leute, die das Museum und die Gedenkstätten zum Zweiten Weltkrieg dort oben missbrauchen, um die Vergangenheit wieder aufleben zu lassen. Scheißkerle sind das! Kommen von überall her. Und unsere Jugend lässt sich von dem Zinnober zu leicht anstecken.«

»Herr Dr. Geldermann, ich komme gar nicht wegen Ihres Enkels zu Ihnen. Es geht um etwas ganz anderes.«

»Aha«, grummelte er und führte Straubinger in sein Wohnzimmer, braune Ledersitzgarnitur, schwarzer Couchtisch mit Schieferplatte, Beistelltisch mit Zigarrenhumidor, Bücherregale ohne Ende, Schnapsschrank mit Gläsern und edlen Flaschen. Ein Raum, in dem sich belesene Männer sicher wohlfühlten.

»Zigärrchen?«, fragte er.

Straubinger schüttelte den Kopf. »Nichtraucher.«

»Zigarren raucht man nicht. Die verehrt man. Das ist wie ein saftiges Hirschsteak. Das ist auch nicht einfach nur Fleisch, sondern Jagdtrieb.«

»Verstehe ich. Ich rauche trotzdem nicht.«

»Cognac?«

Straubinger schüttelte den Kopf.

»Kommen Sie, einen können Sie vertragen«, sagte er und nahm eine ungeöffnete Flasche und zwei Schwenker aus dem Regal.

Wie Drechsler gesagt hatte: Kaum war er aus der Entziehungskur zurück, schon griff er wieder zur Flasche.

»Ich möchte nicht unhöflich sein«, bemerkte Straubinger. »Aber … waren Sie nicht gerade auf einer, äh, Entziehungskur?«

»Woher wissen Sie das?«, fragte Geldermann überrascht.

»Ich bin die Polizei«, gab Straubinger zurück.

»Wir machen das alle paar Jahre mal. Wir sind zu dritt«, erläuterte Geldermann, während er an dem Korkenverschluss der Cognacflasche nestelte. »Drei Ärzte, drei alte Freunde, drei Alkoholiker. Wir weisen uns gegenseitig in ein schönes, privates Sanatorium ein und lassen es uns gut gehen.«

Straubinger staunte über die Offenheit des alten Arztes. »Und das sagen Sie so freiheraus?«

Geldermann sah ihn mit gleichgültiger Miene an. »Das ist alles legal. Bezahlt komplett die Privatkrankenkasse«, erklärte er. »Wir Ärzte haben da besondere Konditionen, müssen Sie wissen. Und abends«, schob er konspirativ hinterher, »da treffen wir uns auf einem unserer Zimmer, erzählen uns alte Geschichten und trinken. Cognac.«

»Und das Personal? Die merken das nicht?«, fragte Straubinger erstaunt.

»Doch«, antwortete Geldermann. »Aber der Chef des Sanatoriums, ein alter Kollege, der ist ja einer von uns Dreien.«

Für einen Moment war Straubinger sprachlos. Dann nickte er. »Ja, also dann, einen Cognac nehme ich.«

»Hennessy, es gibt keinen besseren. Also in 'nem Supermarkt. Was anderes kriegt ein fremder Gast nicht von mir. Sonst säuft der mir all meine Vorräte aus.« Er lachte und schenkte die beiden Gläser ein. »Was kann ich für Sie tun, Herr Hauptkommissar?«

»Sie haben Capitaine Debiers gekannt?«

»Oh ja«, sagte er und erhob sein Glas. »Ein feiner Mann. Hab mich oft mit ihm zum Kartenspiel getroffen. Da hab ich noch in Stolberg gewohnt.«

»Sie waren sein Hausarzt. Und Sie haben damals den Totenschein ausgestellt?«

»Ja, das habe ich.«

»Wie würden Sie seinen Allgemeinzustand kurz vor seinem Tod beschreiben?«

»Debiers? Der war kerngesund. Ich war öfters bei seiner Frau. Er brauchte mich eigentlich nur, wenn er mal 'nen Husten oder so hatte.« Er sah auf den Cognac-schwenker in seiner Hand, dann blickte er Straubinger an. »Wir hatten allerdings eine kleine Meinungsverschie-denheit, zwei Monate, bevor er starb.«

»Worum ging es da?«

»Um die Krankenschwester, die von den Belgiern gestellt wurde und die seine Frau betreuen sollte. Sie war aus Lüttich, und da passte sie auch hin. Sie sah aus wie eine Dame aus einer Lütticher Unterweltspelunke.« Er trank den Cognac aus und schenkte sich gleich einen neuen ein.

»Sie meinen Martina Ruelens?«

Er nickte zustimmend.

»Wieso waren Sie öfter bei Debiers Frau Gisela?«

»Gisela war ja chronisch krank, Hypochondrie, wenn Sie mich fragen. Aber sie hat auch sporadisch ganz üble

Sehschwierigkeiten. Sie brauchte angeblich eine Pflegeperson für die Zeit, wenn Debiers unterwegs war. Aber diese belgische Krankenschwester, die war eine Katastrophe.«

»Inwiefern?« Straubinger langte in seine Innentasche und zog eine Brieftasche hervor.

»Eine Furie. Hatte immer recht. Ich hab mich mehrfach mit ihr gestritten, aus fachlichen Gründen.«

»Ich habe mit ihr gesprochen. Sie hat keine gute Meinung von Ihnen.«

Sein Gesicht verriet Gleichgültigkeit. »Was soll ich jetzt sagen? Ich halte sie für weitgehend unfähig als Krankenschwester. Kaffee kochen, Betten machen, die Leute mit Schnickschnack unterhalten, Gisela einen Kitschroman vorlesen. Das kann sie gut. Aber wenn es konkret medizinisch wird, ist sie unbrauchbar.«

»Hat Debiers über Herzprobleme geklagt?«

»Mir gegenüber nicht«, sagte er schon leicht lallend. »Der Mann war meiner Meinung nach kerngesund!«

»Die Kopie des Totenscheins vom Gesundheitsamt.«

»Ja«, sagte Dr. Geldermann belustigt.

»Ist das Ihre Schrift?« Straubinger zeigte auf den Totenschein.

Dr. Geldermann schüttelte den Kopf. »Nein. Das hat Jeans Freund ausgefüllt, ich habe es ihm diktiert.«

»Freund? Welcher Freund?«, fragte Straubinger erstaunt.

»Abel heißt er, Hubert Abel, ist oft mit Jean zum Angeln gegangen. Der hat an dem Morgen Forellenköder vorbeigebracht. Sie wollten wohl irgendwas Neues ausprobieren. Da ging er mir zur Hand.«

»Wie hat Abel auf Jean Debiers Tod reagiert?«

»Er war äußerst erschüttert, wenn Sie mich fragen.«

»Die Krankenschwester haben Sie abgewiesen, aber Hubert Abel ging Ihnen zur Hand?« Straubinger konnte kaum glauben, was er hörte. »Ist das ein normaler Vorgang?«

»Auf dem Land ist alles ein normaler Vorgang. Ich bin Landarzt, kein Klinikchef«, erwiderte er mürrisch.

»Im Totenschein steht Herzversagen. Würden Sie dem heute noch zustimmen?«

»Ja, natürlich, ich fand es zwar merkwürdig, aber ich hab's ja unterschrieben, oder nicht?«

Straubinger stellte den letzten Schluck Cognac zur Seite. »Das haben Sie, aber allmählich frage ich mich ernsthaft, in welchem Zustand Sie das getan haben.«

Schöne Frau

Straubinger ärgerte sich immer noch über die Ignoranz des Arztes, und mittlerweile konnte er Martina Ruelens' Meinung über ihn nachvollziehen. Er fuhr beim »Sorgsamen Heiland« vor, um sie ein weiteres Mal zu befragen. Capitaine Jean Debiers' Tod kam ihm zunehmend merkwürdiger vor.

Straubinger saß an dem kleinen Tisch und wartete geduldig ab, bis die Pflegerin sich zu ihm gesetzt hatte. »Halten Sie es für möglich, dass es eine andere Todesursache gab bei Capitaine Debiers?«, fragte er, als sie gerade einen Tee für beide eingoss.

Über ihr Gesicht huschte ein kurzes Lächeln, als wäre sie bei einer Lüge ertappt worden. Martina Ruelens lehnte sich zurück. Sie war offensichtlich von der Frage unangenehm überrascht. Dann änderte sich ihre Mimik und sie wurde angriffslustig. »Puh, mein Freund, das ist aber eine verdammt kniffelige Frage. Also Sie sind mir ja einer. Darauf wollen Sie also hinaus.«

»Ich habe Ihnen lediglich eine Frage gestellt. Darauf gibt es eine ganz einfache Antwort. Ja oder nein?«

Straubingers Blick schien sie einzuschüchtern. Sie rückte auf ihrem Stuhl hin und her und zuckte kurz mit den Schultern. »Ich kann es nicht sagen.«

Straubinger zog die Brauen hoch.

Sie kramte nervös in ihrer Handtasche und zündete sich eine Zigarette an. »Hören Sie, Herr Hauptkommissar«, antwortete sie verbissen, »was glauben Sie, wie oft so was vorkommt? Die Dunkelziffer ist verdammt hoch. Jedes Jahr werden in Deutschland etwa 1.200 nicht natürlich Verstorbene falsch zugeordnet, und der Totenschein wird auf natürlichen Tod ausgestellt. Das kann immer passieren. Möglich ist alles.«

Straubinger nickte. »Sie haben den Toten damals kurz gesehen. Als er auf der Couch lag. Und jetzt frage ich Sie noch einmal direkt nach Ihrer persönlichen Meinung. Wie ist Ihre Einschätzung? Vor Gericht werden Sie vielleicht diese Frage unter Eid beantworten müssen.«

Martina Ruelens wand sich. Ihr Blick verriet Zorn und Verzweiflung gleichzeitig. Sie stöhnte. »Ja, ich halte es für möglich. Es gibt Herzstillstand, der durch bestimmte Stoffe ausgelöst wird.« Sie trat mit dem Fuß auf und fluchte. »Hach, was soll ich sagen?« Sie zitterte.

»Sie brauchen keine Angst zu haben. Sagen Sie einfach, was Sie wissen.«

Sie beugte sich vor. »Mir ist damals die auffällige Haut-rötung in Debiers Gesicht aufgefallen«, flüsterte sie. »Er war ja eher ein blasser Typ. Und seine Pupillen waren ext-rem geweitet. Und er roch ... ich würde sagen ... nach Wermut.«

»Und was kann das bedeuten?«

Sie zögerte. »Vergiftung? Vielleicht hat man ihm etwas in seinen Wermut geschüttet. Er liebte Els. Hatte den gan-zen Keller voll mit dem Zeug. Wolkenels. Hat ihm sein Freund Abel immer mitgebracht.«

»Hubert Abel? Wussten Sie, dass er bei der Leichen-schau durch Geldermann dabei war? Er hat angeblich den Totenschein ausgefüllt, den Geldermann dann unter-zeichnet hat.«

»Nein, wusste ich nicht. Aber es wundert mich nicht. Die hingen doch immer irgendwie zusammen.«

Straubinger lief ein Schauer über den Rücken. »Haben Sie eigentlich morgens ein Glas oder eine Flasche bei dem Toten oder irgendwo im Haus gefunden?«

Sie dachte nach und antwortete zögerlich: »Nein. Nichts.« Sie machte eine kurze Pause. »Stimmt, das ist merkwürdig. Nein, ich hab gar nichts gefunden.«

»Aber womit ist er vergiftet worden? Wodurch kann eine solche Vergiftung ausgelöst werden, die Sie beschrie-ben haben?«

Sie pustete übertrieben die Luft aus und hob die Schul-tern.

»Nichts, was Ihnen einfällt?«

Sie sah auf den Tisch und antwortete schließlich: »Viel-leicht durch Parasympatholytika.«

»Was ist das?«

»Parasympatholytika. Da kommt man eigentlich leicht ran, wenn man sich mit Kräutern ein bisschen auskennt. Die sind etwa in Zierpflanzen enthalten, wie zum Beispiel Bilsenkraut oder Stechapfel, verwandt mit Kartoffeln und Tomaten, spezielle Nachtschattengewächse. Besonders beliebt ist die Tollkirsche. Vielleicht haben Sie schon von Belladonna gehört?«

Straubinger sah sie neugierig an. »Belladonna? Was ist das?«

»*Atropa belladonna*, die Schwarze Tollkirsche. Auf Deutsch heißt Belladonna ›schöne Frau‹. In minimalen Dosen in die Augen geträufelt, macht das Extrakt daraus große Pupillen. Ein beliebtes Schönheitshausmittel seit der Antike, wiederentdeckt in der Barockzeit. Es wird auch in der Homöopathie eingesetzt. In geringer Dosis ist es ungefährlich. Kann aber sporadisch zu Augenproblemen führen.«

»Und in höherer Dosis?«, fragte Straubinger.

Martina Ruelens atmete tief durch. Dann hob sie erneut die Schultern, sah Straubinger in die Augen und sagte: »In hoher Dosis ein starkes Gift, das zu Atemlähmungen und Herzstillstand führt. Schon etwas mehr als 100 Milligramm, oral verabreicht … absolut tödlich.«

In der Burg

»Wir haben ihn endlich!«, rief Anja ins Telefon, als Straubinger sich ins Auto setzte. »Er hat sich ohne Probleme festnehmen lassen.«

»Von wem reden Sie denn?«, fragte Straubinger.

»Abel. Die Kollegen haben ihn heute in aller Früh in der Burg Birgel festgenommen.«

»Ich wäre gern dabei gewesen!«, brummte Straubinger.

»Hab bei den Dürenern um Amtshilfe gebeten. Wollte nicht, dass er uns durch die Lappen geht. Sie warten dort auf Sie. Der alte Olaf Vandenberg ist auch da.«

Straubinger trat auf das Gaspedal und raste über Schevenhütte durch den Wald in Richtung Düren. Eine halbe Stunde später ging er über die Brücke und betrat den Hof der Burg. Ein Polizeiwagen mit Dürener Kennzeichen, der Geländewagen des Gärtners sowie ein schwerer Mercedes standen dort.

Der Gärtner kam ihm entgegen. »Da haben Sie ja einen schönen Schlamassel angerichtet. Alles in Aufruhr. Das ganze Haus ist außer sich.«

Wortlos ging Straubinger hinein. Ein Mann, weit über 80, kam ihm entgegen. Er trug einen leichten Anzug, braune Budapester und einen Seidenschal, der in seinem Hemd steckte. Er war groß gewachsen, hatte hellblondes Haar, das zwar lichte Stellen zeigte, aber immer noch üppig war. Der Mann sprach ihn freundlich an. »Sie müssen Hauptkommissar Straubinger sein.«

Straubinger nickte.

»Sehen Sie«, sagte er und zeigte auf ein Wappen an der Wand. »Das Familienwappen der Familie von der Ehren. Es hängt immer noch hier. Die Burg Birgel wurde von ihr im 16. Jahrhundert errichtet. Ursprünglich war die Wasserburg ein Gut zur Pferdezucht. Heute haben wir hier Gärten. Gemüse und Obstanbau, alles bio. Schön, nicht?«

Straubinger blieb ohne Regung.

»Aber das interessiert Sie momentan sicher gar nicht.« Der Alte lächelte kühl. »Ach, entschuldigen Sie. Vandenberg, Olaf Vandenberg.«

»Wo sind meine Kollegen?«

Der Alte gab ein verächtliches Lachen von sich. »Sitzen dort hinten und bewachen Hubert, als könnte er weglaufen. Wie armselig.«

Straubinger folgte Vandenbergs Handzeichen und forderte ihn auf mitzukommen.

Abel saß an einem Tisch und trank Kaffee. »Na, Herr Kommissar, haben Sie mich endlich?«

»Scheint so«, gab Straubinger zurück und bedankte sich mit einem Nicken bei den beiden Kollegen.

»Was liegt denn gegen mich vor?«, fragte Abel.

»Sie fliegen jedes Jahr um diese Zeit nach Mallorca, wie wir erfahren konnten.«

»Mein wohlverdienter Jahresurlaub. Ich treffe mich dort mit Freunden. Zum Küstenangeln.«

»Sie hatten auch dieses Jahr einen Flug gebucht, aber den Flug nicht angetreten.«

»Muss ich das?«

»Sie haben mich also belogen.«

»Wieso? Ich habe Ihnen gegenüber nie behauptet, dass ich auf Mallorca war.«

Straubinger wusste, dass er recht hatte. Er versuchte es anders. »Aber all Ihre Bekannten glaubten, dass Sie dort waren.«

»Mein Hotel in Mallorca war überbucht, sehr ärgerlich.« Abel sah ihn grinsend an.

»Wo waren Sie also während dieser Zeit?«

Abel hielt Straubingers Blick stand und blieb die Antwort schuldig.

»Sie wollen sich dazu also nicht weiter äußern? Ihnen ist doch klar, dass Sie das in eine äußerst verdächtige Position bringt.«

Hubert Abel presste die Lippen zusammen, starrte an die Wand.

Olaf Vandenberg seufzte. »Ich habe ihn gebeten hierzubleiben.«

Straubinger wandte sich erstaunt um und sah den Alten an, der etwas abseits in einem Brokatsessel saß. »Warum?«

»Ich habe ihn um einen Gefallen gebeten.«

»Was kann so wichtig sein, jemanden an seinem Jahresurlaub zu hindern?«

Vandenberg zögerte. Es war ihm sichtbar unangenehm, doch dann erklärte er mit überzeugendem Blick: »Ich hab eine alte Freundin im Harz, in Osterode. Sie hat dort lange Jahre ein, na ja, ein Geschäft geführt. Sie hatte mich gebeten, zu ihrer Feier zu kommen. Ein Jubiläum. Ich wollte da unbedingt hin. Sie können das gern überprüfen.«

»Das werde ich«, antwortete Straubinger. »Was für eine Art Geschäft ist das, das sie führt?«, fragte er.

»Ist das wichtig?«

»Ich nehme an, etwas Pikantes. Als langjähriger Freund und Kunde wollten Sie da also nicht Nein sagen, richtig?«, bemerkte Straubinger.

»Ja, ich wollte unbedingt hin.«

»Du musst das nicht erzählen, Olaf«, warf Hubert Abel ein.

»Warum nicht?«, fuhr Straubinger ihn an. »Haben Sie

Angst, dass jemand erfährt, dass Ihr Herr und Meister auch mit 88 noch gewisse Damenfreundschaften pflegt?«

»Ich brauchte jedenfalls jemanden, der hier am Haus bleibt«, sagte Vandenberg ruhig. »Denn genau für diese Tage waren seit Längerem Umbauarbeiten an der Heizung geplant. Und da dies ein denkmalgeschütztes Haus ist, musste das beaufsichtigt werden.«

»Hätte das der Gärtner nicht machen können, also Haus und Hof bewachen?«

»Ach, der Gärtner«, wandte Abel ein. »Er ist gern bei seinen Pflanzen, aber sonst eher keiner, der anderen sagen kann, wo es langgeht. Außerdem war er ja mit ein paar Freunden in Köln, das hatte er auch schon lange geplant.«

»Den Urlaub aufzugeben, das ist keine Kleinigkeit. Was hat er Ihnen dafür versprochen?«, fragte Straubinger streng.

»Ich komme schon nicht zu kurz, das können Sie mir glauben«, antwortete Abel lächelnd.

»Kann jemand bezeugen, dass Sie hier waren? Sie hätten sich ohne Probleme von der Burg entfernen können, für ein paar Stunden.«

Abel bejahte. »Das ist wohl so. Ich habe keine Zeugen, außer die Heizungsmonteure. Aber die haben mich ja auch nur manchmal, also eher selten, zu Gesicht bekommen.«

»Damit haben Sie kein Alibi für den Mord an Maxim Debiers.«

»So ist es, Herr Hauptkommissar«, antwortete Abel gelassen. »Ich habe kein Alibi. Und ich habe auch keine Idee, wer es gewesen sein könnte.«

Straubinger wechselte das Thema. »Und außerdem, was Jean Debiers angeht. Nicht er hat sich an Sie, sondern Sie haben sich an ihn rangemacht, um Bekanntschaft zu knüpfen.«

»Na und?«, fragte Abel lachend. »Ist das verboten?«

»Warum erschien es Ihnen so erstrebenswert, gerade ihn kennenzulernen?«

Abel überlegte kurz. »Na ja, er war ein imposanter Mann. Mit ihm befreundet zu sein, war eine Ehre. Ich wollte ein bisschen besser dastehen. Verzeihen Sie mir, Herr Kommissar.«

»Sie kennen sich mit Kräutern aus.«

»Geht so. Ich bin kein Experte.«

»Der Gärtner sagt was anderes.«

»Für den Gärtner ist jeder ein Experte, der ein bisschen was weiß. Das liegt daran, dass er selbst kaum Ahnung hat.«

»Was ist mit Tollkirschen?«

»Wer kennt die nicht? Sind ein natürliches Heilmittel. Ein wunderbares Zeug. Oder ein todbringendes.« Abel lächelte wissend.

»Sie wissen also, was man damit machen kann?«, fragte Straubinger.

Abel setzte sich auf, trank einen Schluck und antwortete völlig gelassen. »Atropin, so nennt man den Wirkstoff. Kann Frauen schöner machen, dann nennt man es Belladonna. Oder es bringt sie um, dann nennt man es Gift.«

»Es wächst hier in Ihrem Garten.»

»Ja, es wächst in unserem Garten.«

»Und Sie wissen, wie man ein solches Extrakt herstellt.«

»Ja, das weiß ich. Angeblich soll meine Mutter Spezialistin darin gewesen sein, aber daran kann ich mich nicht mehr erinnern. Was soll die Fragerei?«

Straubinger setzte sich zu ihm an den Tisch. »Sie haben Jean Debiers an dem Morgen, als er tot aufgefunden wurde, Forellenköder vorbeigebracht. Sie haben Dr. Geldermann geholfen, den Totenschein auszufüllen. Und Sie haben Jean Debiers mit Wolkenels versorgt.«

»Moment mal«, sagte Abel, hob die Augenbrauen und blickte Olaf Vandenberg an, der jetzt an der Tür stand.

»Kann es sein, dass Debiers an einer Atropin-Vergiftung gestorben ist?«, fragte Straubinger.

Abel sah ihn irritiert an. »Ich … Ich weiß nicht, woran sollte man das erkennen?«

»Sagten Sie nicht, Sie kennen sich aus?«, fragte Straubinger.

»Hey, hey, ich weiß doch nicht, wie so was … Dr. Geldermann sagte, es wäre Herzversagen.«

Straubinger hörte, wie Olaf Vandenberg schwer zu atmen begann. Vandenberg ging ein paar Schritte, hielt sich an der Sessellehne fest und setzte sich wieder, den Blick auf den Fußboden gerichtet.

Straubinger ging auf ihn zu. »Herr Vandenberg, was erschüttert Sie so? Ist es die Tatsache, dass Hubert Abel, Ihr Schützling und Quasi-Adoptivkind, einen Mord begangen hat?«, schmetterte er Vandenberg entgegen. »Vielleicht sogar zwei Morde? An Jean Debiers und an seinem Sohn Maxim?«

Abel mischte sich ein. »Die Forellenköder, die hab ich doch von …«

»Schweig!«, schrie Vandenberg ihn an.

»Was ist mit den Fischködern?«, wollte Straubinger wissen.

Abel kreuzte die Arme vor der Brust.

Straubinger wandte sich erneut an Vandenberg. »Sie haben Hubert Abel auf Capitaine Debiers angesetzt. Sie wollten jemanden in Debiers' Nähe haben, um genau zu wissen, was er machte. Debiers hatte ursprünglich den Auftrag, die Augen und Ohren offen zu halten, weil es Gerüchte gab, dass sich im Gressenicher Wald … na ja, sagen wir mal ein Geheimnis verbarg. Die Belgier wussten davon. Und Sie wussten, dass sie jemanden schicken würden.«

Vandenberg keuchte. »Was Sie alles wissen wollen …«

»Erklären Sie mir, warum Sie sich seit jeher um Hubert Abel kümmern«, forderte Straubinger.

Abel wollte aufstehen, doch Vandenberg gab ihm ein Zeichen, sich zurückzuhalten.

»Weil er der Sohn meines besten Freundes war. Seine Eltern sind früh gestorben. Und für mich war es eine Selbstverständlichkeit, ihn aufzunehmen. Und jetzt ist er mein Erbe.«

»Und Ihr Vollstrecker?«

Vandenberg schoss in die Höhe. »Was erlauben Sie sich?«, blaffte er Straubinger an, fasste sich an den Kopf und taumelte kurz.

»Sie waren damals in ›de Höll‹. Dorenbusch hat Ihren Bruder in Ihrem Auftrag in eine Falle gelockt, auf eine Mine, er hat ihn getötet. Er hat Ihnen von den Fotos erzählt und sie Ihnen wahrscheinlich auch gezeigt. Fotos, die beweisen sollen, dass Ihr Bruder Heinrich eine Frau erschossen hat. Er hat Ihnen erzählt, dass ihr Bruder die Frau beseitigt hätte, damit Ihre Familie und ihr Ruf nicht beschädigt würden. Heinrich wäre ein feiger Mörder gewesen, der eine Frau getötet hätte, eine Geliebte, von der niemand wissen durfte. War es nicht so?«, drängte Straubinger.

Vandenberg sah ihn fast erleichtert an. »War Heinrich das etwa nicht?«

»Nein, Heinrich war es nicht. Es war Dorenbusch. Bruns Bando hat alles mit angesehen.«

Vandenberg sank zusammen. Er öffnete seine Hände, sah hinein und sinnierte. »Mein ganzes Leben hab ich gedacht«, sagte er leise, »Heinrich wäre ein Mörder.« Er hob den Kopf und blickte Straubinger flehend an. »Und er ist wirklich unschuldig?«

»Ja, Heinrich hat niemandem etwas getan.«

»Oh Gott, wie hab ich ihn dafür verachtet!«

»Spielen Sie nicht den Betrübten. Sie haben Ihren Bruder gehasst. So sehr, dass Dorenbusch ihn für Sie beseitigen sollte. Warum?«

Vandenberg saß stocksteif da, mit hochrotem Kopf. »Niemals hätte er uns in Ruhe gelassen. Niemals!«

Straubinger horchte auf. »Wen meinen Sie? Wen in Ruhe gelassen?«

»Niemals!«, wiederholte Olaf Vandenberg und sah starr in die Luft, ohne etwas anzusehen. »Niemals, niemals …«

»Ist Ihnen eigentlich klar, dass Sie Ihren Schützling hier, Hubert Abel, in den ganzen Schlammassel mit hineingezogen haben?«, fragte Straubinger ruppig.

»Niemals, niemals …«

Abel explodierte. »Ich hab nichts gemacht. Ich war doch fast noch ein Kind! Hepp Dorenbusch hat Olaf immer mehr unter Druck gesetzt. Heinrich, der Mörder einer fremden Frau im Wald. Ein Mordfall in der Familie Vandenberg, ein riesiger Skandal, das hätte den Ruin für Olaf bedeutet.«

»Ist das der Grund, warum Hepp Dorenbusch und seine Familie das Wohnrecht im Kupferhof Blumenthal bekommen haben? Weil er Sie erpresst hat?«, fragte Straubinger Olaf Vandenberg.

Vandenberg ließ den Kopf sinken und nickte. »Ja. Ich hab das alles organisiert. Hubert ist völlig unschuldig.«

»Reden Sie keinen Unsinn! Sie wollen mir doch nicht erzählen, dass Sie Jean Debiers vergiftet haben. Sie wären doch gar nicht an ihn rangekommen! Und dass Sie Maxim Debiers mit einer Axt erschlagen haben. Mit der Axt Ihres Gärtners. Es kann nur Hubert Abel gewesen sein. Brechen Sie Ihr Schweigen, Vandenberg.«

»Los, sag's schon«, rief Abel verzweifelt dazwischen. »Sag es ihm«, drängte er Vandenberg.

Der Alte sah ihn lange an, schüttelte den Kopf und schwieg.

Straubinger wandte sich an Abel. »Was meinen Sie? Was soll er sagen?«

Hubert Abel starrte die Wand an. Straubinger war klar, dass aus Olaf Vandenberg nichts weiter herauszuholen war. Und Abel signalisierte Straubinger, dass auch er ab jetzt schweigen würde.

Im Garten

Als er die Wache betrat, ließ er sich in seinen Schreibtischsessel fallen und legte die Füße über Kreuz auf die Tischkante.

Anja sah ihn fragend an. »Alles gut?«

»Gar nichts ist gut. Abel und Vandenberg stehen vorläufig unter Hausarrest, aber der Fall ist nicht geklärt. Die Beweise reichen nicht aus. Ich kann nur hoffen, dass sie während der weiteren Vernehmungen weich werden. Das ist alles verworren.« Er erzählte ihr, was vorgefallen war. Und dass Abel und Vandenberg ein Geheimnis hatten, über das sie nicht zu reden bereit waren.

»Vielleicht brauchen wir die beiden gar nicht«, sagte Anja gespielt beiläufig und grinste stolz.

»Was ist denn, reden Sie schon.«

»Irgendwas stimmt nicht mit der Axt.«

Straubinger setzte sich aufrecht hin. »Mit der Mordwaffe?«

»Ja, sehr eigenartig. Ich hab recherchiert, bei den Händlern. Diese Initialen. Jeder Axt von Gränsfors Bruk werden die persönlichen Initialen des Schmieds eingehämmert. Und es gibt eine zweite.«

»Eine zweite was?«

»Eine zweite Axt.«

Straubinger kam es so vor, als wollte Anja ihn ein wenig zappeln lassen.

»Jetzt lassen Sie sich nicht jedes Wort aus der Nase ziehen«, knurrte er.

»Eine zweite Axt mit anderen Initialen«, antwortete sie nun ernster. »Also, der Händler in Maastricht, der wollte mir ja zuerst nichts sagen. Aber als ich mit Amtshilfe gekommen bin und ihn damit konfrontiert habe, dass die holländischen Kollegen ihm die Bude auf den Kopf stellen würden, da hat er doch nachgesehen. Er hat an Olaf Vandenberg zwei Äxte verkauft. Die erste vor 14 Jahren, die zweite vor 9.«

»Und weiter?«

»Er erinnerte sich an Vandenberg, er hat öfters mal gute Geräte bei ihm gekauft. Vor allem erinnerte er sich an den zweiten Kauf. Weil er nicht allein war. Es war jemand bei ihm. Eine Frau. Sie habe was von Garten- und Holzbau erzählt. Sie brauche eine gute Axt.«

Straubinger starrte sie an. »Weiter, weiter.«

»Er sagte, die Axt hätte Vandenberg zwar bezahlt, aber sie sei wohl ein Geschenk gewesen an diese Frau. Auf meine Nachfrage hin hat er noch gesagt, sie seien irgendwie zärtlich vertraut miteinander gewesen. Und sie hat ihren Namen auf den Lieferschein geschrieben. Der Händler hat mir den Lieferschein geschickt.« Anja schob ihm einen Ausdruck über den Tisch.

Straubinger las. »Ich fasse es nicht. Das kann doch nicht ...« Er sah Anja an. »Die beiden sind ein Paar?«

»Ja, offensichtlich, oder zumindest waren sie damals eines.«

»Wir brauchen einen Durchsuchungsbefehl!«, sagte Straubinger.

»Hab ich schon«, antwortete Anja und wedelte mit dem Papier hin und her.

»Und was ist mit den Initialen auf der Axt?«

»Erklär ich Ihnen unterwegs«, sagte Anja. »Aber ich hab noch mehr über sie erfahren. Sie werden staunen. Wir sollten hinfahren.«

Sie gingen um das Hauptgebäude herum, vorbei an dem Nebengebäude. Dorenbusch saß neben seinen Hunden in der Hocke. Als die Hunde Straubinger sahen, verzogen sie sich winselnd hinter die Hundehütte. Dorenbusch drehte seinen Kopf und warf Straubinger einen vorwurfsvollen Blick zu, ging seinen Hunden hinterher und fütterte sie weiter.

Hinter dem Haus trafen sie auf Gerhild Vandenberg, die im Garten arbeitete und die Beete harkte. Als sie die beiden bemerkte, stützte sie sich auf den Stiel der Harke und lächelte kühl. »Früher, da haben wir Unkraut gesagt. Alles, was wir nicht kannten, was wir nicht wollten, haben wir ausgerottet, verbrannt und mit Chemie bekämpft. Was für ein Irrsinn! Fast alle Kräuter haben irgendeinen Nutzen, eine Bestimmung oder einen Zweck.«

Straubinger ging an dem Beet entlang, das der gesamten Begrenzungsmauer vorgelegen war. An einer der Holzstatuen blieb er stehen, neben der ein Strauch wuchs. »Ja, alles hat seine Bestimmung. So wie das hier«, sagte er und berührte die schwarzen Beeren mit der linken Hand.

»*Atropa belladonna*«, erklärte sie. »Die Schwarze Tollkirsche. Ein wunderbares Gewächs.«

»Ihre Augen, sie sehen so jung aus. Sie wissen um die Wirkung der Tollkirsche. Sie benutzen ihr Extrakt seit Ihrer Jugend. Sie wollten stets schöner sein, als die Menschen um Sie herum Sie glauben ließen.«

»Wir benutzen es heute noch«, sagte sie trotzig, fast stolz.

»Wir?«, fragte er.

»Gisela und ich. Aber Gisela hat es immer ein wenig übertrieben«, antwortete sie und grinste verstohlen. »Sie sieht deshalb nicht mehr so gut. Und vielleicht ist sie deshalb auch … ein wenig kränklich.«

»Weite, schwarze Pupillen.«

Gerhild Vandenberg nickte, nahm ihre Harke und arbeitete weiter an dem Beet. »Jetzt kennen Sie mein Geheimnis.«

»Sie sind bemerkenswert fit für Ihr Alter«, bemerkte Straubinger.

»Regelmäßiges Training. Olaf wollte mich in der Olympiamannschaft sehen. Einer seiner hochtrabenden Träume als mein Vormund.«

»Nur Ihr Vormund?«, warf Anja ein.

Gerhild Vandenberg funkelte sie feindselig an und wandte sich schnell wieder ab. »Bitte sagen Sie Ihrer kleinen … Gehilfin, sie soll sich mit Unverschämtheiten zurückhalten, Herr Hauptkommissar.«

Straubinger nestelte an dem Strauch herum und schlug die Handflächen mehrfach gegeneinander, als ob er Schmutz abklopfen wollte.

»Das nutzt nichts, was Sie da tun«, sagte sie und deutete auf seine Hände. »Tollkirschen sind hochgiftig, Sie sollten sich die Hände gut waschen.«

»Danke, Sie kennen sich aus. Jean Debiers war lange Ihr Vertrauter. Er wollte von Bruns Bando erfahren, wo die Bombe liegt. Und Sie beide haben den Jungen geschont, er hat Schreckliches erleben müssen. Gemeinsam haben Sie beide für ihn gesorgt, nicht wahr? Doch als Sie sein Talent zum Malen entdeckten, da war die Versuchung groß.«

»Was reden Sie da?«, fragte sie abweisend.

»Meine Kollegin hat in einer Kölner Galerie seine Bilder gefunden.«

»Sie haben die Bilder von Bruns Bando dort gut verkauft«, erläuterte Anja, »haben damit ein kleines Vermögen gemacht. Ein Bild bringt über 10.000 Euro.«

»Und er malt viel, der Wolkenmaler«, fuhr Straubinger fort. »Ihm aber haben Sie erzählt, es reiche gerade mal für ein kleines Zimmer im Seniorenheim ›Zum Sorgsamen Heiland‹.«

Anja Schepp drehte sich und machte eine ausschweifende Handbewegung. »So ein Anwesen wie das Ihre hier«, sagte sie und deutete auf das Haupthaus des Kupferhofs, »verschlingt sicher eine Menge Geld, oder? Ihre Skulpturen hier, damit lässt sich wohl kein Vermögen machen. Zu profan, zu wenig originell, also, für meinen Geschmack.«

Gerhild Vandenberg schnaubte und sah sie hasserfüllt an. »Was wissen Sie denn schon über Kunst, Sie Banausin!«

»Da zogen Sie es sicher vor«, gab Anja unbeirrt zurück, »sich die Bilder von Bruns Bando zu eigen zu machen und sie als die Ihren anzupreisen.«

Gerhild Vandenberg rührte sich nicht vom Fleck. »So ein Unsinn!«, schrie sie.

»Blöd für Sie, dass der Galerist nun seit Kurzem auf seiner Hochglanz-Website die Bilder abgebildet hat. Aber dort ist nicht etwa Bruns Bando als Künstler erwähnt, der mit B. Bando signiert, sondern der Name ›Benita Bando‹, die ›erfolgreiche Malerin der Wolken‹. Sie verkaufen die Bilder und schmücken sich selbst mit dem Erfolg.«

Ihr Gesicht war zu einem eisigen Lächeln verzogen. Plötzlich warf sie die Harke in Straubingers Richtung und rannte los.

Reflexartig wehrte Straubinger die Harke mit den Unterarmen ab. »Los, suchen Sie die Axt!«, rief er Anja entgegen und rannte Gerhild Vandenberg nach.

In dem Moment bog von links ein Hund zähneflet-schend und heiser bellend auf den Fahrweg und hechelte Gerhild Vandenberg hinterher. Kurz vor der Straße sprang der Hund sie von hinten an und riss sie zu Boden. Doren-busch kam angelaufen und sah genüsslich zu, wie sein Hund knurrend und zähnefletschend auf ihr saß und sie in Schach hielt.

Als Straubinger neben ihr stand, sah er die Todesangst in ihrem Gesicht. Er schrie den Hund an. »Aus!«

Geduckt zog der Hund sich zurück und streifte um Dorenbuschs Bein herum.

»Ich hab ihn ausbilden lassen«, sagte Dorenbusch. »Ist ein guter Hund. Ein Wachhund. Verbellen, nicht beißen.« Dorenbusch grinste über das ganze Gesicht.

»Na, wenigstens einer, der was gelernt hat«, sagte Straubinger, packte Gerhild Vandenberg beim Kragen ihres Arbeitskittels und führte sie zurück in die Villa.

Die Axt

Gerhild Vandenberg saß an dem großen Tisch vor dem Kamin. Sie zitterte am ganzen Körper. Die Angst vor dem Hund war ihr tief in die Glieder gefahren, und Straubin-ger wollte den schwachen Moment ausnutzen, in dem sie vielleicht die Deckung fallen ließ.

Straubinger saß neben ihr. »Frau Vandenberg, was genau ist damals vorgefallen? In welcher Beziehung stan-den Sie zu Olaf Vandenberg?«, fragte er sanft.

Gerhild Vandenberg begann zu weinen. Ihre Tränen liefen die Wangen hinunter, doch sie versuchte, ihre Fassung zu bewahren. »Ich liebe ihn. Schon immer. Mein Vater hat mich abgelehnt, mich gedemütigt, weil ich dumm war, wie er sagte, und weil ich für eine Vandenberg zu ängstlich wäre. Und ich hab mich hässlich gefühlt, so klein, so rothaarig, wie ich war. Olaf war gut zu mir. Und er, er hat mich ebenso … geliebt! Und nach dem Tod meines Vaters, na ja, da wurde dann allmählich mehr aus unserer Zuneigung.«

»Hat er Sie wirklich geliebt?«, fragte Anja vorsichtig und setzte sich ebenfalls an den Tisch.

Gerhild Vandenberg reagierte trotzig. »Was soll das denn für eine Frage sein? Er hat mich geliebt. Wie ein Mann eine Frau eben liebt!«

»Aber Sie waren damals noch jung. Fast noch ein Kind!«, antwortete Anja.

»Haben Sie eine Ahnung! Es war nach dem Krieg! Da zählten andere Dinge. Überleben, Überleben! Da war man sehr früh eine Frau, viel früher als heute. Wir haben uns geliebt«, beharrte sie.

»Sie waren 16? Dann war er … wenn ich richtig rechne, 35.«

»Ein Mann eben«, sagte sie stur. »Ein richtiger Mann.«

»Seine damalige Frau, Ottilie, sie ist früh gestorben. Hat sie davon gewusst?«

»Ottilie!« Gerhild Vandenberg reagierte kokett wie ein kleines Mädchen. »Sie war eine blöde Kuh. Hat uns nur drangsaliert, wollte mir ständig Vorschriften machen, nur weil Olaf mein Vormund war. Wollte sich zwischen uns drängen. Ich hab ihr gezeigt, wo es langgeht. Sie hat uns mal erwischt, als er mich gerade … Sie hat sich so lange in ihrem Schmerz gewälzt, bis sie Tabletten fressen musste.« Sie blickte Anja und Straubinger nacheinander in die Augen, als wäre sie an all dem völlig unschuldig.

»Sie müssen ihn sehr geliebt haben«, sagte Straubinger ruhig. »Und Sie lieben ihn immer noch sehr.«

»Oh ja,«, fügte sie fast verträumt hinzu.

»Er liebt Sie ja anscheinend nicht mehr so sehr. Sie wissen, dass er zahlreiche Beziehungen zu leichtlebigen Damen pflegt?«

Sie schnellte aus ihrer Position hervor und schnaubte: »Was wissen Sie denn schon von Liebe? Glauben Sie tatsächlich, dass diese Nutten ihm irgendwas bedeuten? Alle großartigen Männer haben Nutten. Alle! Aber für eine wahre Liebe bedeuten sie nichts!«, rief sie. »Nichts!« Das letzte Wort spie sie Straubinger geradezu entgegen.

»Die wahre Liebe«, ließ Anja spöttisch fallen, »das legt sich mit der Zeit. Da sind die meisten Männer etwas flexibler, als die meisten Frauen sich das wünschen.«

Gerhild Vandenbergs Lippen zitterten, ihre Augen rollten hektisch und ihre Hände verkrampften sich.

»Zum Beispiel, wenn sie in den Harz fahren«, sagte Straubinger und wartete auf ihre Reaktion.

Erneut fuhr sie hoch. Ihre Stimme überschlug sich. »Zu dieser alten Hure! Jawohl, eine Hure ist sie! Eine hässliche alte Hure. Er hat sie im Urlaub kennengelernt, vor 40 Jahren.« Sie verzog den Mund und schnitt eine Grimasse. »Susi«, kreischte sie und ahmte deren Stimme nach, »die süße Susi. Diese erbärmliche Kuh!«

»Sie wussten also, dass Olaf Vandenberg im Harz war, und Sie wussten, dass Hubert Abel gar nicht auf Mallorca war.«

Sie schwieg und biss sich auf die Unterlippe.

Nach einer kurzen Pause fragte Straubinger: »Sie haben Jean Debiers gut gekannt. Sie haben sich gemeinsam um Bruns Bando gekümmert, damals.«

»Ja«, bestätigte sie. »Natürlich. Wir waren oft zusammen. Gute Freunde.«

»Aber mit der Zeit, da spürten Sie das Bedürfnis, Olaf Vandenberg, Ihren Geliebten, vor Capitaine Jean Debiers zu schützen, immer stärker.«

Gerhild Vandenbergs Gesicht verfinsterte sich.

»Debiers war zunehmend dem Alkohol verfallen und Sie hatten Angst, dass er irgendwann zu viel über Olaf Vandenberg und die Bombe ausplaudern könnte. Debiers wusste das vermutlich alles. Doch als er dann auch noch Ihren Betrug mit den Bildern erkannt hatte, da war für Sie das Maß voll, da haben Sie ihm ein paar Tollkirschen verpasst. War es so?«, fragte Straubinger.

Sie antwortete nicht.

»Sie haben ihm Belladonna in hoher Konzentration in seinen Wolkenels gemischt. Bei dem herben Geschmack von Els schmeckt man das nicht«, sagte Anja.

Straubinger fuhr fort. »Debiers hat Els gesoffen wie Wasser, Sie wussten, dass Abel ihn gut damit versorgt hat. An jenem Abend vor Jean Debiers' Tod ging es Gisela Robrecht nicht gut. Sie hatte mal wieder Sehschwierigkeiten. Sie wussten das und haben die Situation ausgenutzt. Gisela würde schon nichts bemerken, sie war ja bettlägerig. Sie haben dem Capitaine an dem Abend die vergiftete Flasche mitgebracht. Und Sie haben zugesehen, wie er davon getrunken hat.«

»Woher wollen Sie das wissen?«, schleuderte sie ihm entgegen.

»Ich habe auf der Fahrt hierher zu Ihnen mit Gisela Robrecht telefoniert. Bisher hat sie niemand danach gefragt«, sagte Straubinger und kostete den Moment sichtlich aus. »Sie hat mir bestätigt, dass Sie an dem Abend bei ihr waren.«

Gerhild Vandenberg sah sie mit blitzenden Augen an. »Blödsinn!«

»Kennen Sie das hier? Das ist eine Gränsfors Bruk«, sagte Anja und hob die Axt in die Höhe.

»Wir haben Sie in Ihrem Geräteschuppen gefunden. Ein teures Ding«, stellte Straubinger fest.

»Wir hatten immer schon gute Werkzeuge«, antwortete sie trotzig. »Und das, das ist mein Heiligtum, mit der ich meine Skulpturen mache.«

»Wann haben Sie die hier gekauft?«, fragte Straubinger.

Sie zögerte. »Gar nicht. Die hat Olaf mir vor etwa … ach, vor Jahren mal geschenkt«, antwortete sie und fuchtelte abwesend mit den Händen.

Anja kramte den Lieferschein hervor. »Hier ist der Lieferschein. Es gibt nicht viele Geschäfte, wo man ein solch edles Ding kaufen kann. Olaf hat eine in Maastricht gekauft, vor neun Jahren. Und Sie waren dabei. Ihr Name steht auf dem Papier hier. Vandenberg, Gerhild Vandenberg. Und der Händler führt genau Buch über die Äxte, die er verkauft.«

»Ja und? Seither hängt sie im Schuppen.«

Anja nahm den Blick nicht von ihr. »Seinem Gärtner hat er auch eine solche Axt geschenkt, zum runden Geburtstag, vor 14 Jahren. Und wie Ihre Axt hat er auch diese in Maastricht gekauft. Wissen Sie, was diese Äxte von Gränsfors Bruk so einzigartig macht?«

Gerhild Vandenberg lief rot an. Sie räusperte sich. »Nein.«

»Sie tragen neben der eingeschlagenen Krone, dem Wappen von Gränsfors Bruk, die Initialen des Schmieds. Das macht sie in gewisser Weise unverwechselbar.«

»Können Sie mir bitte erklären, was das alles mit mir zu tun hat?«

»Die Axt, die wir im Schädel des ermordeten Maxim Debiers gefunden haben, die trug die Initialen LB für Linus Blixt. Dieser Linus Blixt hat auf Nachfrage von uns zwischen 1997 bis 2003 bei Gränsfors Bruk als Schmied gearbeitet.«

Gerhild Vandenbergs Gesicht verfärbte sich zunehmend rot.

»Die Axt, die er seinem Gärtner zum 40. Geburtstag, also am 16. März 1995, geschenkt hat, trug die Initialen AS für Anders Sjöberg, der seit Mitte 1995 in Rente ist. Es war eine der letzten Äxte, die er hergestellt hat«, erklärte Anja und legte einen Zettel mit all den Initialen auf den Tisch, die von der Axt-Firma verwendet wurden.

»Was wollen Sie von mir …«

Anja hob die Axt hoch und knallte sie ihr auf den Tisch. »Das ist die Axt aus Ihrem Schuppen. AS, sehen Sie? Anders Sjöberg. Es ist die Axt mit den falschen Initialen. Es ist die Axt aus dem Kofferraum des Gärtners. Es ist die Anders-Sjöberg-Axt. Und die Axt im Schädel von Maxim Debiers, das ist Ihre, mit den Initialen LB für Linus Blixt, die Ihnen Olaf Vandenberg vor neun Jahren geschenkt hat. Denn Ihre Axt, so steht es auf dem Lieferschein, trug die Initialen LB, Linus Blixt. Und Linus Blixt hat 1995, als Olaf Vandenbergs

334

Gärtner Geburtstag hatte, noch gar nicht bei Gränsfors Bruk gearbeitet.«

Gerhild Vandenberg sank in sich zusammen.

»Sie haben vom Wolkenmaler erfahren, dass Maxim Debiers sich mit mir im ›Petit Marron‹ angeregt unterhalten hat«, sagte Straubinger. »Und dann haben Sie Panik bekommen, dass Maxim mir die Zusammenhänge schildern würde, mit Ihren Bildern, über Sie und Olaf Vandenberg. Denn er hatte das alles herausbekommen.«

»Was soll das?«, fragte Gerhild aufgebracht. »Das können Sie niemals beweisen.«

Anja lehnte sich vor. »Wir können es doch. Aus Aufzeichnungen seines Vaters, der Ihre Machenschaften akribisch notiert hatte. Das wissen wir von den belgischen Kollegen, die Maxims Wohnung in Bütgenbach durchsucht haben. Er war am Morgen vor seinem Tod in dieser Galerie in Köln, wie mir der Galerist erzählt hat. Und er hat sich sehr genau nach Ihnen und den Bildern erkundigt. Sie sind eine Betrügerin! Und Sie haben Angst um Ihre Einnahmequelle, die Bilder des Wolkenmalers.«

»Und Maxim Debiers hat Sie damit konfrontiert. Sie sind so versessen auf Ihre ergaunerte Künstlerkarriere, dass Sie dafür sogar töten. Ist es nicht so?«

Gerhild Vandenberg antwortete nicht.

»Sie haben Maxim zu einem Treffen überredet, haben mit ihm zum Schein eine Vereinbarung getroffen, mit ihm einen Els zur Versöhnung getrunken, wie man das eben hier so macht. Worauf er eingegangen ist. Aber er verträgt nicht viel. Er war benommen, dann haben Sie ihn kurzum mit der Axt erschlagen. Geübt im Schwingen der Axt sind Sie ja. Sie haben dann nur noch auf eine günstige Gelegenheit gewartet, die Axt aus dem Kofferraum des Gärtners zu stehlen, was nicht schwierig war. Und die haben Sie dann in Ihren Schuppen gehängt, ohne zu wissen, dass die Äxte an den Initialen unterscheidbar sind. Ihnen war klar, dass wir Abel verdächtigen müssen, sobald wir nach der Axt recherchieren, denn Sie wussten, dass der Gärtner ein Alibi hat. Und Sie wussten, dass Olaf Vandenberg zu seiner alten Freundin fuhr, was Sie wütend gemacht hat! War es nicht so? Sie wussten, dass Abel deshalb an die Burg gebunden war und seine Urlaubsreise nicht antreten konnte. Wir mussten Abel zwangsweise verdächtigen. Und Sie wären ihn endlich los, den einzigen Menschen, mit dem Sie Olaf Vandenbergs Liebe seit Ihrer Jugend teilen mussten. Der Mann, der Ihrem Geliebten fremde Frauen vermittelt hat. Und der Mensch, dem Vandenberg im Alter mehr und mehr vertraut hat. Mehr als Ihnen.«

Gerhild Vandenberg lehnte sich zurück und atmete tief durch. Ihre Mundwinkel zitterten, ihre Augen glühten. »Dieser Parasit!«, zischte sie.

»Und das ist auch der Grund, warum Sie Abel am Morgen nach dem Tod von Capitaine Jean Debiers dort hingeschickt haben. Diese neuesten Forellenköder, die hatten Sie gekauft und den beiden geschenkt. Sie haben ihn mit den Ködern zu Debiers geschickt, damit man ihn verdächtigt, für den Fall, dass überhaupt jemand Verdacht schöpft. Ganz schön durchtrieben. Das hat auch mich zuerst getäuscht.«

»Alles Hirngespinste von Ihnen!«, wehrte sie ab.

»Und schließlich sind Sie zum Wolkenmaler in die Hütte und haben ihn bedroht, weil Sie nervös wurden, nachdem ich bei Ihnen aufgetaucht war. Ihn wollten Sie jedoch nur einschüchtern. Denn eine Kuh, die man melkt, schlachtet man nicht. Ich bin mir sicher, er wird mir erzählen, dass Sie es waren, spätestens, wenn er erfährt, dass Sie seine Bilder teuer verkauft und ihn bestohlen haben.«

Mit einem jähen Schrei sprang sie auf, und bevor Anja einschreiten konnte, ergriff sie die Axt und schleuderte sie brüllend wie eine angeschossene Löwin in Straubingers Richtung. Straubinger bückte sich reflexartig, sodass die Axt halb an ihm vorbei-, halb über ihn wegflog und sirrend im Türrahmen stecken blieb.

Anja war instinktiv zurückgeschreckt, reagierte dann blitzschnell, sprang auf und packte sie von hinten, um ihre Arme auf dem Rücken zu fixieren. Straubinger drehte sich um, betrachtete die Axt und starrte dann zu ihr, wie sie geifernd und kreischend von Anja Schepp in Schach gehalten wurde.

»Dass Olaf Vandenberg Sie nicht belasten würde, das wussten Sie. Und dass Abel, der ihm ebenso hörig ist wie Sie, Sie nicht belasten könnte, war Ihnen auch klar. Und was Bruns Bando betrifft, die ganze Zeit über hat auch er kein einziges belastendes Wort über Sie verloren. Das braucht er jetzt auch nicht mehr. Sie haben sich ja gerade selbst ins Rampenlicht gestellt.«

Gerhild Vandenberg gab ihren Widerstand auf. Ihr Schreien verstummte, ihr Mund schloss sich allmählich. Sie setzte sich, ließ die Hände sinken und gab sich geschlagen.

»Eines sollten Sie vielleicht noch wissen: Olaf Vandenberg, Ihr Geliebter, er hat Ihren Vater auf dem Gewissen. Er war es, der Hepp Dorenbusch dazu angestiftet

hat, ihn in ein Minenfeld zu führen. Damit er ihn los-
würde, Ihren Vater, der ihm im Weg stand. Und diesen
Mann, den Mörder Ihres Vaters, den haben Sie geliebt,
Ihr ganzes Leben lang.«

Aus Gerhild Vandenbergs Augen lösten sich Tränen.
Sie weinte hemmungslos.

»Und ihn, ihn haben Sie die ganze Zeit geschützt.«

»Und wegen ihm«, ergänzte Anja, »haben Sie zwei
Menschen getötet.«

DONNERSTAG, 2. JULI

Bethlehem-Krankenhaus

Straubinger saß neben dem Bett.

Der Wolkenmaler sah ihn mit überraschend klaren Augen an. »Frag nur, mir geht es gut, Eisenfuß. Die lassen mich noch nicht raus«, sagte er etwas verärgert. »Obwohl ich wieder gesund bin.«

Straubinger schilderte ihm, was sie über Gerhild Vandenberg herausbekommen hatten. Seine Reaktion blieb aus, er hatte offenbar damit gerechnet.

»War es Gerhild in deiner Hütte?«

Der Wolkenmaler fixierte ihn lange. Dann nickte er vorsichtig und wendete seinen Blick auf die Bettdecke, beinahe so, als würde er sich schämen. »Sie ... Sie hat geglaubt, ich hätte Maxim irgendwas erzählt. Ich wusste gar nicht, was sie meinte. Aber sie hielt daran fest. Ich hab mich nur gewundert, hatte keine Ahnung, was sie eigentlich wollte. Panisch war sie, zugehört hat sie mir gar nicht mehr. Wie wild geworden ...«, er schluchzte, »... wild ... geworden.«

Straubinger machte eine Pause, bis der Wolkenmaler sich gefangen hatte. »Was war mit Maxim? Was hat er von dir gewollt, als ich euch im ›Petit Marron‹ gesehen habe?«

»Er hat was gefaselt von einer Galerie in Köln. Und dass Gerhild dort meine Bilder teuer verkauft.«

»Wie kam er drauf?«

»Ein Notizbuch des Täufers.«

»Und wieso erst jetzt, so lange nach dem Tod vom Capitaine?«

»Ich hab ihm von dir erzählt, Eisenfuß. Und dass du merkwürdige Fragen gestellt hast, zu meinen Bildern. Da hat er sich daran erinnert, dass sein Vater mal eine Bemerkung dazu fallen gelassen hat, wegen Gerhild. Da hat Maxim die alten Sachen von seinem Vater rausgekramt und darin gelesen. Über diese Galerie.« Er schlug mit der Faust auf sein Knie und presste zwischen zusammengebissenen Zähnen hervor: »Aber ich wollte ihm das nicht glauben.« Dann seufzte er tief. »Erst, als sie mich in der Hütte aufgesucht hat …«

»Verstehe, Bruns, verstehe. Eigentlich hattest du ja deinen Frieden gefunden, also irgendwie.«

Eine Zeit lang sahen sie sich an, ohne zu reden. Dann, als Straubinger aufstand und so tat, als wolle er sich verabschieden, fuhr der Wolkenmaler fort: »Es war im Juli 1968. Ich hatte für meine Mutter eine würdige Bleibe gefunden und in der Nähe für mich eine Hütte gebaut. An jenem Tag jedoch kam er in den Wald. Um Pilze zu sammeln«, zischte er. »Ich hörte das alte Moped, wie es die Schneise entlangfuhr. Und dann sah ich ihn.«

Straubinger starrte ihn mit offenem Mund an. »Bruns, ist es etwa das Moped, das du heute noch immer …«

Der Wolkenmaler nickte. »Ja, ich fahre es heute noch, es ist die alte NSU 201 meiner Mutter.« Er senkte den Kopf. »Nicht nur ihr Leben, zum Hohn hat er ihr auch noch das Moped gestohlen. Damals, nach seiner bösen Tat.« Er machte eine Pause, hob die Hände und sah Straubinger direkt in die Augen.

»Und das Messer? Wo war das Messer?«

»Er hatte es. Er hatte es ihr abgenommen und benutzte es als Pilzmesser!« Er schlug sich empört die Hand gegen die Stirn. »Als ich sah, dass er es besaß, dass er es benutzte, da habe ich nicht mehr an mich halten können. Und dann …« Der Wolkenmaler fasste sich ans Herz. »Das Messer und die NSU, ich habe uns beides von ihm, vom Teufel, zurückgeholt.«

»Aber beides ist auf immer verbunden mit dem gewaltsamen Tod dieses Menschen, Bruns.«

»Mit dem gewaltsamen Tod von zwei Menschen, Eisenfuß. Himmel und Hölle. Plus und Minus. Eine Nullsumme.«

Straubinger schwieg eine Zeit und betrachtete ihn lange, wie er in völliger Überzeugung von seiner Unschuld vor ihm im Bett lag. Nicht die Spur eines schlechten Gewissens, nicht der kleinste Hauch von Sünde schien an ihm zu zehren. Er schien völlig mit sich im Reinen zu sein.

»Die Pistole, Bruns, die hast du mit ausgegraben.«

»Ja, und sie funktionierte noch. Ich hab sie lange versteckt in der Hütte. Und danach hab ich sie mit dem Messer zusammen dorthin gebracht, wo sie hingehörte. Zu meiner Mutter.«

Straubinger versuchte, die Tat des Wolkenmalers einzuordnen. War es Mord, war es Rache, war es Sühne, war es Notwehr? Sosehr er auch in seinem Erfahrungsschatz grub, ihm fiel kein vergleichbarer Fall ein. Der Wolkenmaler und sein Handeln waren nicht vergleichbar mit den ungezählten Taten, mit denen Straubinger als Ermittler bisher konfrontiert gewesen war.

Er erhob sich und stellte ihm eine letzte Frage, bevor er ging. »Hast du kein schlechtes Gewissen?«

Der Wolkenmaler lächelte wie befreit. »Warum? Ich weiß nun endlich, wo der Horizont ist.«

DIENSTAG, 7. JULI

Im Kastaniengarten

Straubinger parkte den Volvo vorsichtig ein. Auf dem Streifen unter der Kastanie vor dem »Petit Marron« spielten drei Männer und eine Frau Boule. Bier- und Schnapsgläser standen auf dem Holztisch am Beginn der Boulebahn. Auf dem schwarzen Menüschild war zu lesen: »Heute Wolkenels bis zum Abwinken. Kostet nix. Wer feiert mit?«

Straubinger, Anja und Sigrid nahmen Platz an einem Tisch im Schatten der Kastanie. »Drei Leffe und dreimal Muscheln mit Pommes Frites wie in Belgien«, bestellte Sigrid.

Die Kellnerin bedankte sich und verschwand.

Keine Minute später kam der Bierbaron mit einem Tablett auf sie zu. »Zur Feier des Tages. Drei doppelte Wolkenels.« Er reichte ihnen die wohlgefüllten Schnapsgläser, nahm selbst eines in die Hand und hielt es in die Höhe. Wohlig seufzend trank er es aus. »Sag mal, Eisenfuß, was passiert jetzt mit dem Wolkenmaler?«

»Er soll sich erst mal erholen, wieder gesund werden.«

»Kommt er … ins Gefängnis?« Aus seiner Stimme klang ehrliche Sorge. Er setzte sich zu ihnen an den Tisch.

Straubinger zuckte mit den Schultern. »Es wird vielleicht zu einem Prozess kommen. Wir werden sehen. Es ist lange her, er war fast noch ein Kind damals. Und wegen dem, was ihm widerfahren ist, ist alles herausgekommen.«

»Dieser Fall ist so eigenartig«, sagte Sigrid, »Sie alle scheinen mir irgendwie Opfer und Täter zugleich. Gefangen von den Umständen ihrer unseligen Zeit. Gibt es dafür ein rechtliches Modell, das man anwenden könnte?«

Straubinger schüttelte den Kopf und hob zugleich die Schultern. »Wohl kaum. Es ist, wie es ist, es sind Menschen gestorben. Allein das zählt. Vielleicht entscheiden die Richter in seinem Fall milde.«

»Das Böse und das Gute voneinander zu trennen, das ist nicht immer so einfach«, bemerkte Anja.

»Was geschieht mit den Gebeinen seiner Mutter?«, fragte der Bierbaron. »Sie brauchen einen Platz.«

»Ich hab mit dem Bürgermeister gesprochen«, sagte Straubinger. »Sie bekommt ein Grab auf dem Ehrenfriedhof in Mausbach, neben den vielen im Krieg gefallenen Zivilisten. Irgendwie ist sie auch ein Opfer dieser Wirren. Dort hat sie dann einen Platz, wo Bruns Bando sie besuchen kann.«

»Wir sind froh, dass er wieder hier bei uns ist«, sagte der Bierbaron. »Sie pflegen ihn gut im ›Sorgsamen Heiland‹. Es wird nicht lange dauern, dann büxt er ihnen wieder aus.« Er grinste. »Tschick und ich, wir haben ihn gestern besucht.«

Tschick stand wie immer am Rauchertisch und grüßte Straubinger verhalten. Straubinger prostete ihm zu.

»Und er malt schon wieder«, sagte der Bierbaron und gab Tschick ein Zeichen.

Tschick ging kurz hinein, kam wieder heraus und

drückte Straubinger ein Bild in die Hand. »Das ist für dich«, sagte er. »Das sollen wir dir von ihm geben.«

Straubinger betrachtete das Bild lange und lächelte. »Wie schön. Ein Himmel, blau und warm, voller heller Wolken. Und es hat einen Horizont. Der Weg, mitten in grünen und saftigen Wiesen, scheint genau dahin zu führen, in diesen Himmel. Ich glaube, es ist sein Himmel.« Dann sah er sich die Signatur an. »Und hier. Er signiert es nun anders. ›Der Wolkenmaler‹. Das ist unverwechselbar.«

Sigrid sah hinüber zu einem Tisch am Ende des Gartens, an dem vier Männer in dunklen Overalls saßen und speisten. »Wer sind die?«, fragte sie den Bierbaron.

»Kampfmittelräumdienst aus Köln. Haben sich hier bei mir einquartiert. Die haben irgendwas Dickes aus dem Wald geholt. Muss ein Riesending gewesen sein.«

»Und das mit dem großen Ding, das weißt du von wem?«, fragte Straubinger.

»Von Tschick. Und Tschick«, fuhr der Bierbaron fort, »der weiß es von seiner Oma und die von der alten Zündorf und die vom Förster und der vom … Ach, was weiß denn ich. So funktioniert das schon seit ewigen Zeiten hier im Dorf. Und wenn jemand neu dazukommt, dann versteht er das oder auch nicht.« Der Bierbaron seufzte. »Und manchmal, da kommt einer und weiß mehr als alle anderen. Und der hat es dann ein bisschen schwerer«, fuhr er fort und ging einen Schritt zur Seite, als die Kellnerin die Getränke brachte. »Es sei denn, er gibt ab und zu mal eine Runde aus.«

Straubinger grinste, hob sein Glas und antwortete: »So langsam verstehe ich die Regeln hier. Aber eines muss klar sein. Bevor du kein bayerisches Bier am Zapf hast, werde ich nur diese Reagenzgläser hier ausgeben können.« Spöttisch zeigte er auf sein Kölschglas. »Und jetzt bring uns allen noch eins. Inklusive Tschick und dir. Und den vier Herren dort hinten in den Overalls, denen bringst du auch eins, aber ein großes! Die haben Großes geleistet.«

»Was haben sie denn getan, was dich so beeindruckt?«, fragte der Bierbaron erstaunt.

Straubinger antwortete nicht, lehnte sich zurück, trank und sah über den Rand seines Glases hinweg zum Spielplatz. Dort, am Jägerzaun, lehnte der Wolkenmaler und lächelte ihn an. Bevor Straubinger reagieren konnte, drehte er sich weg, stieg auf seine NSU und setzte sich knatternd in Bewegung. Ein letztes Mal hob er kurz die Hand und grüßte Straubinger, bevor er mit wehenden Haaren in Richtung Wald davonfuhr.

ENDE

ANMERKUNG:

Die auf den Seiten 50, 56 und 159 verwendeten, kursiv gesetzten Vierzeiler über die versunkene Stadt Gression stammen aus dem Gedicht »Gression« von Peter Bündgens (verfasst um 1920).

Der kursiv gesetzte Vierzeiler auf Seite 136 stammt aus dem Gedicht »Die Glocken von Gression« ebenfalls von Peter Bündgens (verfasst um 1920).

Alle Bücher von Lutz Kreutzer:

Hauptkommissar Josef Straubinger ermittelt:
1. Fall: Die Akte Hürtgenwald
ISBN 978-3-8392-2812-8

2. Fall: Römerfluch
ISBN 978-3-8392-0338-5

Schaurige Orte in der Schweiz (Hrsg.)
ISBN 978-3-8392-2854-8

Schaurige Orte in Südtirol (Hrsg.)
ISBN 978-3-8392-0190-9

Schaurige Orte am Niederrhein (Hrsg.)
ISBN 978-3-8392-0300-2

Schaurige Orte in Österreich (Hrsg.)
ISBN 978-3-8392-0410-8

Schaurige Orte auf Mallorca (Hrsg.)
ISBN 978-3-8392-0504-4

mit Uwe Gardein (Hrsg.):
Die gruseligsten Orte in München
ISBN 978-3-8392-2433-5

Die gruseligsten Orte in Köln
ISBN 978-3-8392-2454-0

Düstere Orte in Nürnberg
ISBN 978-3-8392-2569-1

Die gruseligsten Orte in Hamburg
ISBN 978-3-8392-2703-9

GMEINER SPANNUNG

WWW.GMEINER-VERLAG.DE
Wir machen's spannend